p231 thème qui explique les sourds

Bon à pomm dyputé en homme — p256

383 Girafle p[...]

GeFF 8849

VOYAGE

AUTOUR

DU MONDE.

VOYAGE
AUTOUR DU MONDE,
PAR LA FRÉGATE DU ROI
LA BOUDEUSE,
ET
LA FLÛTE L'ÉTOILE;
En 1766, 1767, 1768 & 1769.

A PARIS,

Chez Saillant & Nyon, Libraires, rue S. Jean-de-Beauvais.

De l'Imprimerie de Le Breton, premier Imprimeur ordinaire du Roi.

M. DCC. LXXI.

AVEC APPROBATION ET PRIVILEGE DU ROI.

AU ROI.

SIRE,

LE Voyage dont je vais rendre compte, est le premier de cette espece entrepris par les François & exécuté par les Vaisseaux de VOTRE MAJESTÉ. Le monde entier lui devoit déja la connoissance de la figure de la terre. Ceux de vos Sujets à qui cette importante découverte étoit confiée, choifis entre les plus illuftres Savans François, avoient déterminé les dimenfions du globe.

L'Amérique, il eft vrai, découverte & conquife, la route par mer frayée aux Indes & aux Moluques, font des prodiges de courage & de fuccès qui appartiennent fans conteftation aux Efpagnols & aux Portugais. L'intrépide Magellan, fous les aufpices d'un Roi qui fe connoiffoit en hommes, échappa au malheur fi ordinaire à fes pareils, de paffer pour un vifionnaire; il ouvrit la barrière, franchit les pas difficiles &, malgré le fort qui le priva du plaifir de ramener fon vaiffeau à Séville d'où il étoit parti, rien ne put lui dérober la gloire d'avoir le premier fait le tour du globe. Encouragés par fon exemple, des Navigateurs Anglois & Hollandois trouverent de nouvelles terres & enrichirent l'Europe en l'éclairant.

Mais cette efpece de primauté & d'aîneffe en matiere de découvertes, n'empêche pas les Navigateurs François de revendiquer avec juftice une partie de la gloire attachée à ces brillantes, mais pé-

ÉPITRE.

nibles entreprises. Plusieurs régions de l'Amérique ont été trouvées par des Sujets courageux des Rois vos Ancêtres ; & Gonneville, né à Dieppe, a le premier abordé aux terres australes. Différentes causes tant intérieures qu'extérieures ont paru depuis suspendre à cet égard le goût & l'activité de la nation.

VOTRE MAJESTÉ a voulu profiter du loisir de la paix pour procurer à la Géographie des connoissances utiles à l'humanité. Sous vos auspices, SIRE, nous sommes entrés dans la carrière ; des épreuves de tout genre nous attendoient à chaque pas, la patience & le zele ne nous ont pas manqué. C'est l'Histoire de nos efforts que j'ose présenter à VOTRE MAJESTÉ ; votre approbation en fera le succès.

Je suis avec le plus profond respect,

DE VOTRE MAJESTÉ,

SIRE,

Le très-humble & très-soumis serviteur
& sujet, DE BOUGAINVILLE.

DISCOURS

DISCOURS PRÉLIMINAIRE.

J'AI pensé qu'il seroit à-propos de présenter à la tête de ce récit, l'énumération de tous les voyages exécutés autour du Monde, & des différentes découvertes faites jusqu'à ce jour dans la mer du Sud ou Pacifique.

Ce fut en 1519 que Ferdinand Magellan, Portugais, commandant cinq vaisseaux Espagnols, partit de Séville; trouva le détroit qui porte son nom, par lequel il entra dans la mer Pacifique; où il découvrit deux petites îles désertes dans le Sud de la ligne, ensuite les *îles Larrones*, & enfin les *Philippines*. Son vaisseau, nommé *la Victoire*, revenu en Espagne, seul des cinq, par le cap de Bonne Espérance, fut hissé à terre à Séville, comme un monument de cette expédition, la plus hardie peut-être que les hommes eussent encore faite. Ainsi fut démontrée physiquement, pour la premiere fois, la sphéricité & l'étendue de la circonférence de la terre.

Drack, Anglois, partit de Plymouth avec cinq vaisseaux, le 15 Septembre 1577, y rentra avec un seul le 3 Novembre 1580. Il fit, le

Premier Voyage autour du Monde.

Second Voyage.

A

fecond, le tour du globe. La Reine Elifabeth
vint manger à fon bord, & fon vaiffeau, nommé
le Pélican, fut foigneufement confervé à Dept-
fort dans un baffin avec une infcription honorable fur le grand mât. Les découvertes attri-
buées à Drack font fort incertaines. On marque
fur les Cartes dans la mer du Sud une côte fous
le cercle Polaire, plus quelques îles au Nord de
la ligne, plus auffi au Nord la *nouvelle Albion*.

Troifieme   Le Chevalier Thomas Candihs, Anglois,
Voyage.   partit de Plymouth le 21 Juillet 1586, avec trois
vaiffeaux, y rentra avec deux le 9 Septembre
1588. Ce voyage, le troifieme fait autour du
monde, ne produifit aucune découverte.

Quatrieme   Olivier de Nord, Hollandois, fortit de Rot-
Voyage.   terdam le 2 Juillet 1598, avec quatre vaiffeaux,
paffa le détroit de Magellan, cingla le long des
côtes occidentales de l'Amérique, d'où il fe rendit aux Larrones, aux Philippines, aux Moluques, au cap de Bonne-Efpérance, & rentra à
Rotterdam avec un feul vaiffeau, le 26 Août
1601. Il n'a fait aucune découverte dans la mer
du Sud.

Cinquieme   Georges Spilberg, Hollandois, fit voile de
Voyage.   Zélande le 8 Août 1614, avec fix navires, per-

dit deux vaiſſeaux avant que d'être rendu au détroit de Magellan, le traverſa, fit des courſes ſur les côtes du Pérou & du Mexique, d'où, ſans rien découvrir dans ſa route, il paſſa aux Larrones & aux Moluques. Deux de ſes vaiſſeaux rentrerent dans les ports de Hollande le 1ᵉʳ Juillet 1617.

Preſque dans le même tems, Jacques Lemaire & Shouten immortaliſoient leur nom. Ils ſortent du Texel le 14 Juin 1615, avec des vaiſſeaux *la Concorde* & *le Horn*, découvrent le détroit qui porte le nom de Lemaire, entrent les premiers dans la mer du Sud en doublant le cap de Horn; y découvrent par quinze dégrés quinze minutes de latitude Sud, & environ cent quarante-deux dégrés de longitude occidentale de Paris, *l'île des Chiens*; par quinze dégrés de latitude Sud à cent lieues dans l'Oueſt, *l'île ſans Fond*; par quatorze dégrés quarante-ſix minutes Sud, & quinze lieues plus à l'Oueſt, *l'île de Water*; à vingt lieues de celle-là dans l'Oueſt, *l'île des Mouches*; par les ſeize dégrés dix minutes Sud, & de cent ſoixante-treize à cent ſoixante-quinze dégrés de longitude occidentale de Paris, deux îles, *celle des Cocos*, & *celle des Traîtres*; cinquante lieues plus Oueſt, *celle d'Eſpérance*, puis l'*île*

Sixieme Voyage.

A ij

de Horn, par quatorze degrés cinquante-six minutes de latitude Sud, environ cent soixante-dix-
neuf degrés de longitude orientale de Paris. Ensuite
ils cinglent le long des côtes de la Nouvelle Guinée, passent entre son extrémité occidentale &
Gilolo, & arrivent à Batavia en Octobre 1616.
Georges Spilberg les y arrête, & on les en-
voie en Europe sur des vaisseaux de la Compagnie : Lemaire meurt de maladie à Maurice,
Shouten revoit sa patrie. *La Concorde* & *le
Horn* rentrerent après deux ans & dix jours.

Septieme
Voyage.   Jacques Lhermite, Hollandois, commandant
une flotte de onze vaisseaux, partit en 1623 avec
le projet de faire la conquête du Pérou ; il entra
dans la mer du Sud par le cap de Horn, & guer-
roya sur les côtes Espagnoles, d'où il se rendit
aux Larrones, sans faire aucune découverte dans
la mer du Sud, puis à Batavia. Il mourut en sortant du détroit de la Sonde, & son vaisseau, presque seul de sa flotte, territ au Texel le 9 Juillet
1626.

Huitieme
Voyage.   En 1683, Cowley, Anglois, partit de la
Virginie ; il doubla le cap de Horn, fit diverses
courses sur les côtes Espagnoles, se rendit aux
Larrones, & revint par le cap de Bonne Espé-

rance en Angleterre, où il arriva le 12 Octobre 1686. Ce navigateur n'a fait aucune découverte dans la mer du Sud ; il prétend avoir découvert dans celle du Nord, par quarante-sept degrés de latitude auftrale, & à quatre-vingts lieues de la côte des Patagons, l'*île Pepis*. Je l'ai cherchée trois fois, & les Anglois deux, fans la trouver.

Wood Roger, Anglois, fortit de Briftol le 2 Août 1708, paffa le cap de Horn, fit la guerre fur les côtes Efpagnoles jufqu'en Californie, d'où par une route frayée déjà plufieurs fois, il paffa aux Larrones, aux Moluques, à Batavia, & doublant le cap de Bonne Efpérance, il territ aux Dunes le 1er Octobre 1711. *Neuvieme Voyage.*

Dix ans après, Rogewin, Hollandois, fortit du Texel avec trois vaiffeaux ; il entra dans la mer du Sud par le cap de Horn, y chercha *la terre de Davis* fans la trouver ; découvrit dans le Sud du Tropique auftral l'*île de Pâques*, dont la latitude eft incertaine ; puis, entre le quinzieme & le feizieme parallele auftral, les *îles Pernicieuses*, où il perdit un de fes vaiffeaux ; puis à-peu-près dans la même latitude, les *îles Aurore*, *Vefpres*, *le Labyrinthe* compofé de fix îles, & l'île de *la Récréation*, où il relâcha. Il découvrit enfuite fous le *Dixieme Voyage.*

douzieme parallele Sud trois îles, qu'il nomma *îles de Bauman*, & enfin sous le onzieme parallele auftral, les *îles de Tienhoven* & *Groningue* ; navigeant enfuite le long de la Nouvelle Guinée & des Terres des Papous, il vint aborder à Batavia, où fes vaiffeaux furent confifqués. L'Amiral Roggewin repaffa en Hollande de fa perfonne fur les vaiffeaux de la Compagnie, & arriva au Texel le 11 Juillet 1723, fix cents quatre-vingts jours après fon départ du même lieu.

Onzieme Voyage.   Le goût des grandes navigations paroiffoit entiérement éteint, lorfqu'en 1741 l'Amiral Anfon fit autour du globe le voyage dont l'excellente relation eft entre les mains de tout le monde, & qui n'a rien ajouté à la Géographie.

Douzieme Voyage.   Depuis ce voyage de l'Amiral Anfon, il ne s'en eft point fait de grand pendant plus de vingt années. L'efprit de découverte a femblé récemment fe ranimer. Le Commodore Byron part des Dunes le 20 Juin 1764, traverfe le détroit de Magellan, découvre quelques îles dans la mer du Sud, faifant fa route prefque au Nord-Oueft, arrive à Batavia le 28 Novembre 1765, au Cap le 24 Février 1766, & le 9 Mai aux Dunes, fix cents quatre-vingt-huit jours après fon départ.

Deux mois après le retour du Commodore Treizieme Voyage. Byron, le Capitaine Wallas part d'Angleterre avec les vaiffeaux *le Delfin* & *le Swallow*, il traverfe le détroit de Magellan, eft féparé du *Swallow*, que commandoit le Capitaine Carteret, au débouquement dans la mer du Sud ; il y découvre une île environ par le dix-huitieme parallele à-peu-près en Août 1767 ; il remonte vers la ligne, paffe entre les terres des Papous, arrive à Batavia en Janvier 1768, relâche au cap de Bonne-Efpérance, & enfin rentre en Angleterre au mois de Mai de la même année.

Son compagnon Carteret, après avoir effuyé beaucoup de miferes dans la mer du Sud, arrive à Macaffar au mois de Mars 1768, avec perte de prefque tout fon équipage, à Batavia le 15 Septembre, au cap de Bonne-Efpérance à la fin de Décembre. On verra que je l'ai rencontré à la mer le 18 Février 1769, environ par les onze degrés de latitude feptentrionale. Il n'eft arrivé en Angleterre qu'au mois de Juin.

On voit que de ces treize voyages (1) autour du Monde, aucun n'appartient à la nation Fran-

(1) Dom Pernetty, dans fa *Differtation fur l'Amérique*, parle d'un Voyage autour du Monde, fait en 1719 par le Capitaine Shelwosk ; je n'ai aucune connoiffance de ce voyage.

çoife, & que fix feulement ont été faits avec l'efprit de découverte ; fçavoir, ceux de Magellan,
de Drack, de Lemaire, de Roggewin, de Byron & de Wallas ; les autres navigateurs, qui
n'avoient pour objet que de s'enrichir par les
courfes fur les Efpagnols, ont fuivi des routes
connues fans étendre la connoiffance du globe.

En 1714, un François, nommé *la Barbinais
le Gentil*, étoit parti fur un vaiffeau particulier,
pour aller faire la contrebande fur les côtes du
Chili & du Pérou. De-là il fe rendit en Chine,
où après avoir féjourné près d'un an dans divers
comptoirs, il s'embarqua fur un autre bâtiment
que celui qui l'y avoit amené, & revint en Europe, ayant à la vérité fait de fa perfonne le tour
du Monde, mais fans qu'on puiffe dire que ce
foit un voyage autour du Monde fait par la Nation Françoife.

Parlons maintenant de ceux qui partant, foit
d'Europe, foit des côtes occidentales de l'Amé-
mérique méridionale, foit des Indes orientales,
ont fait des découvertes dans la mer du Sud, fans
avoir fait le tour du Monde.

Il paroît que c'eft un François, *Paulmier de
Gonneville*, qui a fait les premieres en 1503 &
1504;

1504; on ignore où font fituées les terres auxquelles il a abordé, & dont il a ramené un habitant, que le Gouvernement n'a point renvoyé
dans fa patrie, mais auquel Gonneville, fe croyant
alors perfonnellement engagé envers lui, a fait
époufer fon héritiere.

Alfonfe de Salazar, Efpagnol, découvrit en
1525 l'*île de Saint-Barthelemi* à quatorze degrés
de latitude Nord, & environ cent cinquante-huit
degrés de longitude à l'Eft de Paris.

Alvar de Saavedra, parti d'un port du Mexique en 1526, découvrit entre le neuvieme
& le onzieme parallele Nord, un amas d'îles
qu'il nomma les *îles des Rois*, à-peu-près par la
même longitude que l'île Saint-Barthelemi ; il fe
rendit enfuite aux Philippines & aux Moluques ;
& en revenant au Mexique, il eut le premier
connoiffance des îles ou terres nommées *Nouvelle Guinée* & *Terre des Papous*. Il découvrit
encore par douze degrés Nord, environ à quatre-
vingts lieues dans l'Eft des îles des Rois, une fuite
d'îles baffes, nommées les *îles des Barbus*.

Diégo Hurtado & Fernand de Grijalva, partis
du Mexique en 1433 pour reconnoître la mer
du Sud, ne découvrirent qu'une île fituée par

B

vingt degrés trente minutes de latitude Nord, environ à cent degrés de longitude Ouest de Paris. Ils la nommèrent *île Saint-Thomas*.

Jean Gaëtan, appareillé du Mexique en 1542, fit aussi sa route au Nord de la ligne. Il y découvrit entre le vingtieme & le neuvieme parallele, à des longitudes différentes, plusieurs îles; sçavoir, *Rocca Partida*, les *îles du Corail*, celles *du Jardin*, *la Matelote*, *l'île d'Arézise*, & enfin il aborda à la Nouvelle Guinée, ou plutôt, suivant son rapport, à la *Nouvelle Bretagne*; mais Dampierre n'avoit pas encore découvert le passage qui porte son nom.

Le voyage suivant est plus fameux que tous les précédens.

Alvar de Mendoce & Mindana, partis du Pérou en 1567, découvrirent les îles celebres que leur richesse fit nommer *îles de Salomon*; mais, en supposant que les détails rapportés sur la richesse de ces îles ne soient pas fabuleux, on ignore où elles sont situées, & c'est vainement qu'on les a recherchées depuis. Il paroit seulement qu'elles sont dans la partie australe de la ligne entre le huitieme & le douzieme parallele: L'île *Isabella* & *la terre de Guadalcanal*, dont les mêmes voyageurs font mention, ne font pas mieux connues.

En 1595, Alvar de Mindana, compagnon de Mendoce dans le voyage précédent, repartit du Pérou avec quatre navires pour la recherche des îles de Salomon. Il avoit avec lui Fernand de Quiros, devenu depuis célebre par fes propres découvertes. Mindana découvrit entre le neuvieme & le onzieme parallele méridional, environ par cent huit degrés à l'Oueft de Paris, les *îles Saint-Pierre, Magdelaine, la Dominique & Chriftine*, qu'il nomma *les Marquifes de Mendoce*, du nom de Dona Ifabella de Mendoce, qui étoit du voyage ; environ vingt-quatre degrés plus à l'Oueft, il découvrit les *îles Saint-Bernard*; prefque à deux cents lieues dans l'Oueft de celles-ci, l'*île Solitaire*, & enfin l'*île Sainte-Croix*, fituée à-peu-près par cent quarante degrés de longitude orientale de Paris. La flotte navigea de-là aux Larrones, & enfin aux Philippines, où n'arriva pas le Général Mindana : on n'a pas fçu ce qu'étoit devenu fon navire.

Fernand de Quiros, compagnon de l'infortuné Mindana, avoit ramené au Pérou Dona Ifabella. Il en repartit avec deux vaiffeaux le 21 Décembre 1605, & prit fa route à-peu-près dans

l'Oueſt-Sud-Oueſt. Il découvrit d'abord une petite île vers le vingt-cinquieme degré de latitude
Sud, environ par cent vingt-quatre degrés de longitude occidentale de Paris; puis entre dix-huit &
dix-neuf degrés Sud, ſept ou huit autres îles baſſes & preſque noyées, qui portent ſon nom ; &
par le treizieme degré de latitude Sud, environ
cent cinquante-ſept degrés à l'Oueſt de Paris,
l'île qu'il nomma *de la belle Nation*. En recher-
chant enſuite l'*île Sainte-Croix* qu'il avoit vue
dans ſon premier voyage, recherche qui fut vaine,
il découvrit par treize degrés de latitude Sud, &
à-peu-près cent ſoixante-ſeize degrés de longitude
orientale de Paris, l'*île de Taumaco*, puis à environ cent lieues à l'Oueſt de cette île, par quinze
degrés de latitude Sud, une grande terre qu'il
nomma la *terre auſtrale du Saint-Eſprit*, terre
que les divers Géographes ont diverſement placée. Là, il finit de courir à l'Oueſt, & reprit la
route du Mexique, où il ſe rendit à la fin de l'année 1606, après avoir encore infruĉtueuſement
cherché l'île *Sainte-Croix*.

Abel Taſman, ſorti de Batavia le 14 Août
1642, découvrit par quarante-deux degrés de
latitude auſtrale, & environ cent cinquante-cinq

degrés à l'Eſt de Paris, une terre qu'il nomma
Vandiemen; il la quitta faiſant route à Oueſt, &
environ à cent ſoixante degrés de notre longitude
orientale, il découvrit la *Nouvelle Zélande* par
quarante-deux degrés dix minutes Sud. Il en ſuivit la côte environ juſqu'au trente-quatre degré de latitude Sud, d'où il cingla au Nord-Eſt,
& découvrit par vingt-deux degrés trente-cinq
minutes, environ cent ſoixante-quatorze degrés
à l'Eſt de Paris, les *îles Pylſtaart*, *Amſterdam*
& *Roterdam*. Il ne pouſſa pas ſes recherches plus
loin, & revint à Batavia en paſſant entre la Nouvelle Guinée & Gilolo.

On a donné le nom général de *Nouvelle Hollande* à une vaſte ſuite, ſoit de terres, ſoit d'îles,
qui s'étend depuis le ſixieme juſqu'au trente-
quatrieme degré de latitude auſtrale, entre le
cent cinquieme & le cent quarantieme degré
de longitude orientale du méridien de Paris. Il
étoit juſte de la nommer ainſi, puiſque ce ſont
preſque tous navigateurs Hollandois qui ont reconnu les différentes parties de cette contrée. La
premiere terre découverte en ces parages, fut la
terre de *Concorde*, autrement appellée d'*En-
dracht*, du nom de celui qui l'a trouvée en 1616,
par le vingt-quatre & vingt-cinquieme degré de

latitude Sud. En 1618, une autre partie de cette
terre, située à-peu-près fous le quinzieme parall-
lele, fut découverte par *Zéachen*, qui lui donna
le nom d'*Arnhem* & de *Diemen*; & ce pays n'eſt
pas le même que celui nommé depuis *Diemen*
par Taſman. En 1619, Jean d'*Edels* donna ſon
nom à une portion méridionale de la Nouvelle
Hollande. Une autre portion, ſituée entre le tren-
tieme & le trente-troiſieme parallele, reçut celui
de *Leuwin*. Pierre *de Nuitz* en 1627, impoſa le
ſien à une côte qui paroît faire la ſuite de celle de
Leuwin dans l'Oueſt. Guillaume *de Witt* appella
de ſon nom une partie de la côte occidentale,
voiſine du tropique du Capricorne, quoiqu'elle
dût porter celui du Capitaine *Viane*, Hollandois,
qui en 1628, avoit payé l'honneur de cette découverte par la perte de ſon navire & de toutes
ſes richeſſes.

Dans la même année 1628, entre le dixieme
& le vingtieme parallele, le grand golfe de la
Carpentarie fut découvert par Pierre *Carpenter*,
Hollandois, & cette nation a ſouvent depuis fait
reconnoître toute cette côte.

Dampierre, Anglois, partant de la grande
Timor, avoit fait en 1687 un premier voyage ſur
les côtes de la Nouvelle Hollande, & étoit

abordé entre la terre d'*Arnhem* & celle de
Diemen ; cette courſe, fort courte, n'avoit
produit aucune découverte. En 1699, il partit
d'Angleterre avec l'intention expreſſe de reconnoître toute cette région ſur laquelle les
Hollandois ne publioient point les lumieres qu'ils
poſſédoient. Il en parcourut la côte occidentale
depuis le vint-huitieme juſqu'au quinzieme parallele. Il eut la vûe de la terre de Concorde, de
celle de Witt, & conjectura qu'il pouvoit exiſ-
ter un paſſage au Sud de la Carpentarie. Il retourna enſuite à Timor, d'où il revint viſiter les
îles des Papous, longea la Nouvelle Guinée, découvrit le paſſage qui porte ſon nom, appella
Nouvelle Bretagne la grande île qui forme ce
détroit à l'Eſt, & reprit ſa courſe pour Timor le
long de la Nouvelle Guinée. C'eſt ce même
Dampierre qui, depuis 1683 juſqu'en 1691,
tantôt Flibuſtier, tantôt Commerçant, avoit fait
le tour du Monde en changeant de navires.

Tel eſt l'expoſé ſuccint des divers voyages
autour du globe, & des découvertes différentes
faites dans le vaſte Océan Pacifique, juſqu'au
tems de notre départ de France. Avant que de
commencer le récit de l'expédition qui m'a été

confiée, qu'il me foit permis de prévenir qu'on ne doit pas en regarder la relation comme un ouvrage d'amufement : c'eft fur-tout pour les Marins qu'elle eft faite. D'ailleurs cette longue navigation autour du globe, n'offre pas la reffource des voyages de mer faits en tems de guerre, lefquels fourniffent des fcènes intéreffantes pour les gens du monde. Encore fi l'habitude d'écrire avoit pû m'apprendre à fauver par la forme une partie de la féchereffe du fonds ! Mais, quoiqu'initié aux Sciences dès ma plus tendre jeuneffe, où les leçons, que daigna me donner M. d'Alembert, me mirent dans le cas de préfenter à l'indulgence du Public un Ouvrage fur la Géométrie, je fuis maintenant bien loin du fanctuaire des Sciences & des Lettres ; mes idées & mon ftyle n'ont que trop pris l'empreinte de la vie errante & fauvage que je mene depuis douze ans. Ce n'eft ni dans les forêts du Canada, ni fur le fein des mers, que l'on fe forme à l'art d'écrire, & j'ai perdu un frere dont la plume aimée du Public, eût aidé à la mienne.

Au refte, je ne cite ni ne contredis perfonne ; je prétends encore moins établir ou combattre aucune hypothèfe. Quand même les différences

très-

très-senfibles, que j'ai remarquées dans les diverfes contrées où j'ai abordé, ne m'auroient pas empêché de me livrer à cet efprit de fyftême, fi
commun aujourd'hui, & cependant fi peu com-
patible avec la vraie Philofophie, comment au-
rois-je pû efpérer que ma chimere, quelque vrai-
femblance que je fcuffe lui donner, pût jamais
faire fortune ? Je fuis voyageur & marin ; c'eft-
à-dire, un menteur, & un imbécille aux yeux de
cette claffe d'écrivains pareffeux & fuperbes qui,
dans les ombres de leur cabinet, philofophent à
perte de vûe fur le Monde & fes habitans, &
foumettent impérieufement la nature à leurs ima-
ginations. Procédé bien fingulier, bien inconce-
vable de la part de gens qui, n'ayant rien obfervé
par eux-mêmes, n'écrivent, ne dogmatifent que
d'après des obfervations empruntées de ces mêmes
voyageurs auxquels ils refufent la faculté de voir
& de penfer.

Je finirai ce difcours en rendant juftice au courage, au zèle, à la patience invincible des Officiers (1) & équipages de mes deux vaiffeaux. Il

(1) L'Etat Major de la frégate
la Boudeufe, étoit compofé de
MM. de Bougainville, Capitaine
de Vaiffeau ; Duclos Guyot,

Capitaine de Brûlot ; Chevalier
de Bournand, Chevalier d'Oraifon, Chevalier du Bouchage,
Enfeignes de Vaiffeau ; Cheva-

C

n'a pas été néceffaire de les animer par un traitement extraordinaire, tel que celui que les Anglois ont cru devoir faire aux équipages de M.
Byron. Leur conftance a été à l'épreuve des
pofitions les plus critiques, & leur bonne volonté
ne s'eft pas un inftant rallentie. C'eft que la Nation Françoife eft capable de vaincre les plus
grandes difficultés, & que rien n'eft impoffible à
fes efforts, toutes les fois qu'elle voudra fe croire
elle-même l'égale, au-moins, de telle nation que
ce foit au monde.

lier de Suzannet, Chevalier de
Kué, Gardes de la Marine, fai-
fant fonctions d'Officiers ; le
Corre, Officier Marchand; Saint-
Germain, Ecrivain ; la Veze,
Aumônier ; la Porte, Chirur-
gien Major.

 L'Etat Major de la flûte
l'Etoile, étoit compofé de MM.
Chefnard de la Giraudais, Capitaine de Brûlot ; Caro, Lieute-

nant des Vaiffeaux de la Compagnie des Indes ; Donat, Landais, Fontaine & Lavary-le-
Roi, Officiers Marchands ; Mi-
chaud, Ecrivain ; Vivès, Chirurgien Major.

 Il y avoit de plus, MM. de
Commerçon, Médecin; Verron,
Aftronome, & de Romainville,
Ingénieur.

Pl. 1.

DÉVELOPPEMENT DE LA ROUTE
DES VAISSEAUX DU ROY
LA BOUDEUSE ET L'ÉTOILE AUTOUR DU MONDE

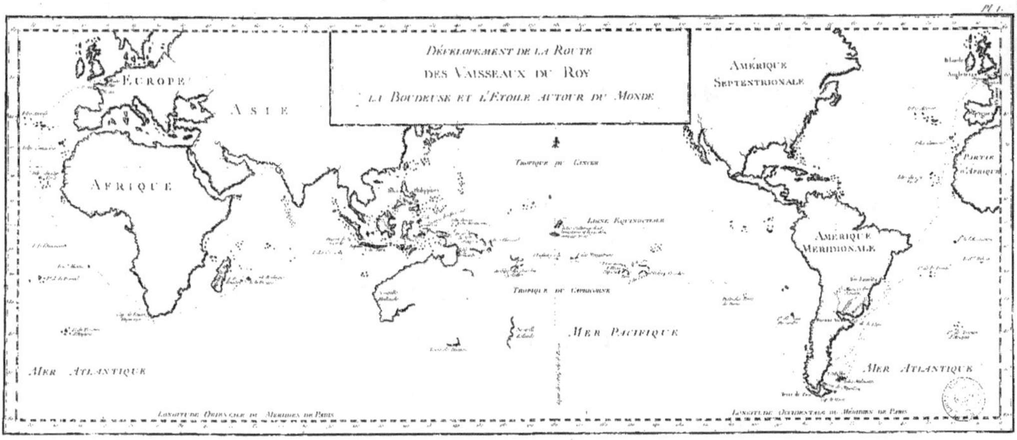

EUROPE

ASIE

AFRIQUE

AMÉRIQUE
SEPTENTRIONALE

AMÉRIQUE
MÉRIDIONALE

PARTIE
D'AFRIQUE

TROPIQUE DU CANCER

LIGNE ÉQUINOXIALE

TROPIQUE DU CAPRICORNE

MER PACIFIQUE

MER ATLANTIQUE

MER ATLANTIQUE

LONGITUDE ORIENTALE DU MÉRIDIEN DE PARIS

LONGITUDE OCCIDENTALE DU MÉRIDIEN DE PARIS

VOYAGE
AUTOUR DU MONDE.

❦❦❦❦❦❦❦❦❦❦❦❦❦❦❦❦❦❦❦❦❦❦❦❦❦❦❦❦

PREMIERE PARTIE,

*Contenant depuis le départ de France, jusqu'à la
sortie du détroit de Magellan.*

CHAPITRE PREMIER.

*Départ de la Boudeuse de Nantes ; relâche à Brest ; route de
Brest à Monte-video ; jonction avec les frégates Espagnoles
pour la remise des îles Malouines.*

ANS le mois de Février 1764, la France
avoit commencé un établissement aux îles
Malouines. L'Espagne revendiqua ces îles,
comme étant une dépendance du continent
de l'Amérique méridionale ; & son droit ayant été reconnu
par le Roi, je reçus ordre d'aller remettre notre établisse-

Objet du
Voyage.
1766.
Novembre.

C ij

ment aux Efpagnols, & de me rendre enfuite aux Indes
orientales, en traverfant la mer du Sud entre les tropiques.
On me donna pour cette expédition le commandement de
la frégate la *Boudeufe*, de vingt-fix canons de douze, &
je devois être joint aux îles Malouines par la flûte *l'Etoile*,
deftinée à m'apporter les vivres néceffaires à notre longue
navigation, & à me fuivre pendant le refte de la campagne. Le retard, que diverfes circonftances ont mis à la jonction de cette flûte avec moi, a allongé ma campagne de
près de huit mois.

Dans les premiers jours du mois de Novembre 1766,
je me rendis à Nantes où *la Boudeufe* venoit d'être con-
truite, & où M. Duclos Guyot, Capitaine de Brûlot, mon
fecond, en faifoit l'armement. Le 5 de ce mois, nous def-
cendîmes de Painbeuf à Mindin pour achever de l'armer;
& le 15, nous fîmes voile de cette rade, pour nous rendre à la rivière de la Plata. Je devois y trouver les deux
frégates Efpagnoles *la Efmeralda* & *la Liebre*, forties du Ferrol le 17 Octobre, & dont le Commandant étoit chargé de
recevoir les îles Malouines au nom de Sa Majefté Catholique.

Le 17 au matin, nous effuyâmes un coup de vent violent de la partie du Oueft-Sud-Oueft au Nord-Oueft; il
renforça dans la nuit, que nous paffâmes à fec de voiles
& les baffes vergues amenées, le point de deffous de la
mifaine, fous laquelle nous capeyions auparavant, ayant
été emporté. Le 18, à quatre heures du matin, notre petit
mât de hune rompit à la moitié environ de fa hauteur: le
grand mât de hune réfifta jufqu'à huit heures, qu'il rompit
dans le chouquet du grand mât, dont il fit confentir le ton.
Ce dernier événement nous mettoit dans l'impoffibilité de

Départ de Nantes.

Coup de vent.

continuer notre route, & je pris le parti de relâcher à Brest, où nous entrâmes le 21 Novembre.

Ce coup de vent, & le dégréement qu'il avoit occasionné, me mirent dans le cas de faire les remarques suivantes sur l'état & les qualités de la frégate que je commandois.

1°. Son énorme rentrée laissant trop peu d'ouverture à l'angle que font les haubans avec les mâts majeurs, ceux-ci n'étoient pas assez appuyés.

2°. Le défaut précédent devenoit d'une plus grande conséquence par la nature du lest, que la grande quantité des vivres dont nous étions pourvus, nous avoit contraints d'embarquer. Quarante tonneaux de lest, distribués des deux côtés de la carlingue à peu de distance de celle-ci, & douze canons de douze placés au pied de l'archipompe (nous n'en avions que quatorze montés sur le pont), formoient un poids considérable, lequel, très-abaissé au-dessous du centre de gravité, & presque réuni sur la carlingue, mettoit la mâture en danger, pour peu qu'il y eût de roulis.

Ces considérations me déterminerent à faire diminuer la hauteur excessive de nos mâts ; & à changer notre artillerie de douze contre du canon de huit. Outre la diminution de près de vingt tonneaux de poids, tant à fond de cale que sur le pont, gagnée par ce changement d'artillerie, le peu de largeur de la frégate suffisoit pour le rendre nécessaire. Il s'en faut d'environ deux pieds qu'elle n'ait le bau des frégates faites pour porter du douze.

Malgré ces changemens qui me furent accordés, je ne pouvois me dissimuler que mon bâtiment n'étoit pas propre à naviguer dans les mers qui entourent le cap de

Horn. J'avois éprouvé dans le coup de vent , qu'il faifoit de l'eau par tous fes hauts , & je devois m'attendre au rifque d'avoir une partie de mon bifcuit pourrie par l'eau qui , pendant le mauvais tems, s'introduiroit infaillible-ment dans les foutes ; inconvénient dont les fuites feroient fans reffource dans le voyage que nous entreprenions. Je demandai donc qu'il me fût permis de renvoyer la Bou-deufe dès îles Malouines en France , fous les ordres du Chevalier Bournand, Lieutenant de vaiffeau ; & de con-tinuer le voyage avec la feule flûte l'Etoile, dans le cas où les longues nuits de l'hiver m'interdiroient le paffage du détroit de Magellan. J'obtins cette permiffion , & le 4 Décembre, notre mâture étant réparée, l'artillerie chan-gée, la frégate entierement récalfatée dans fes hauts, je fortis du port & vins mouiller en rade, où nous paffâmes la journée à embarquer les poudres & rider les haut-bans.

Le 5 à midi nous appareillâmes de la rade de Breft. Je fus obligé de couper mon cable, le vent d'Eft très-frais & le juffant empêchant de virer à pic, & me faifant appré-hender d'abattre trop près de la côte. Mon Etat major étoit compofé de onze Officiers , trois volontaires, & l'é-quipage de deux cens trois matelots, Officiers mariniers, foldats, mouffes & domeftiques. M. le Prince de Naffau Sieghen avoit obtenu du Roi la permiffion de faire cette campagne. A quatre heures après midi, le milieu de l'île d'Oueffant me reftoit au Nord-quart-Nord-Eft du com-pas, & ce fut d'où je pris mon point de départ.

Pendant les premiers jours, nous eûmes affez conftam-ment les vents d'Oueft-Nord-Oueft au Oueft-Sud-Oueft & Sud-Oueft , grand frais. Le 17 après midi, on eut connoiffance *des Salvages*, le 18 *de l'île de Palme*, & le 19 *de l'île de Fer*. Ce qu'on nomme les Salvages, eft une petite île d'environ une lieue d'étendue de l'Eft à l'Oueft ; elle eft baffe au milieu, mais à chaque extrémité s'élève un petit mondrain ; une chaîne de roches, dont quelques-unes paroiffent au-deffus de l'eau, s'étendent du côté de l'Oueft à deux lieues de l'île : il y a auffi du côté de l'Eft quelques brifans, mais qui ne s'en écartent pas beau-coup.

Defcription des Salvages.

La vue de cet écueil nous avoit avertis d'une grande erreur dans notre route ; mais je ne voulus l'apprécier qu'après avoir eu connoiffance des îles Canaries, dont la pofition eft exactement déterminée. La vue de l'île de Fer me donna avec certitude cette correction que j'atten-dois. Le 19 à midi j'obfervai la latitude, & en la faifant cadrer avec le relevement de l'île de Fer, pris à cette même heure, je trouvai une différence de quatre degrés fept minutes dont j'étois plus Eft que mon eftime. Cette erreur eft fréquente dans la traverfée du cap Finiftere aux Canaries, & je l'avois éprouvée en d'autres voyages : les courans, par le travers du détroit de Gibraltar, portant à l'Eft avec rapidité.

Erreur dans l'eftime de la route.

J'eus en même tems occafion de remarquer que les Salvages font mal placés fur la carte de M. Bellin. En effet, lorfque nous en eûmes connoiffance le 17 après midi, la longitude que nous donnoit leur relevement, différoit de notre eftime de trois degrés dix-fept minutes à l'Eft. Cependant cette même différence s'eft trouvée, le 19, de quatre degrés fept minutes, en corrigeant notre point fur le relevement de l'île de Fer, dont la longitude eft déterminée par des obfervations aftronomiques. Il eft

Pofition des Salvages rec-tifiée.

à remarquer que, pendant les deux jours écoulés entre la vue des Salvages & celle de l'île de Fer, nous avons navigué avec un vent étale, grand largue, & qu'ainsi il doit y avoir eu bien peu d'erreur dans l'estime de notre route. D'ailleurs, le 18, nous relevâmes l'île de Palme au Sud-Ouest quart d'Ouest corrigé, & selon M. Bellin, elle devoit nous rester au Sud-Ouest. J'ai pû conclure de ces deux observations que M. Bellin a placé l'île des Salvages trente-deux minutes environ plus à l'Ouest, qu'elle n'y est effectivement.

Je pris donc un nouveau point de départ le 19 Décembre à midi. Notre route n'eut depuis rien de particulier jusqu'à notre attérage à la riviere de la Plata ; elle ne fournit d'observations qui puissent intéresser les navigateurs, que les suivantes.

1°. Le 6 & le 7 Janvier 1767, étant entre un degré quarante minutes & 00 degré trente-huit minutes Nord, & par vingt-huit degrés de longitude, nous vîmes beaucoup d'oiseaux ; ce qui me feroit croire à la vigie de *Penedo San-Pedro*, quoique M. Bellin ne la marque pas sur sa carte.

2°. Le 8 Janvier après-midi, nous passâmes la ligne entre les vingt-sept & vingt-huit degrés de longitude.

3°. Depuis le deux Janvier, les observations de variation nous étoient refusées, & je l'avois estimée d'après la Carte de Williams Mountain & Jacob Obson. Le 11, au coucher du soleil, nous observâmes trois degrés dix-sept minutes de variation Nord-Ouest, & le 14 au matin j'observai encore dix minutes de variation Nord-Ouest avec un compas azimuthal, étant par dix degrés trente minutes ou quarante minutes de latitude australe, & environ par

trente-

trente-trois degrés vingt minutes de longitude occidentale du méridien de Paris. Il est donc certain, si ma longitude estimée est exacte, & je l'ai vérifié telle à l'attérage, que la ligne où il n'y a pas de variation, s'est encore avancée vers l'Ouest depuis les observations de Mountain & d'Obson, & qu'il semble que le progrès de cette ligne vers l'Ouest est assez uniforme. En effet, sur le même parallele où William Mountain & Jacob d'Obson avoient trouvé douze à treize degrés de différence dans l'espace de quarante-quatre ans, j'en ai trouvé un peu plus de six degrés après un espace de vingt-deux ans. Cette progression mériteroit d'être constatée par une suite d'observations. La découverte de la loi que suivent ces changemens dans la déclinaison de l'aiguille aimantée, outre qu'elle fourniroit un moyen de conclure en mer les longitudes, nous conduiroit peut-être à celle des causes de cette variation, peut-être même à celle de la vertu magnétique.

4°. Au Nord & au Sud de la ligne, nous avons presque constamment observé des différences Nord assez grandes, quoiqu'il soit plus ordinaire de les y éprouver Sud. Nous eûmes lieu d'en soupçonner la cause, lorsque, le 18 Janvier après-midi, nous traversâmes un banc de frai de poissons, qui s'étendoit à perte de vûe du Sud-Ouest quart d'Ouest au Nord-Est quart d'Est, sur une ligne d'un blanc rougeâtre, large d'environ deux brasses. Sa rencontre nous avertissoit que depuis plusieurs jours, les courans portoient au Nord-Est quart d'Est; car tous les poissons déposent leurs œufs sur les côtes, d'où les courans les détachent & les entraînent dans leur lit en haute mer. En observant ces différences Nord, dont je viens de parler, je n'en avois point inféré qu'elles nécessitassent avec elles des différen-

Causes des différences qu'on éprouve dans la traversée au Brésil.

D

ces Oueſt ; auſſi quand, le 29 Janvier au ſoir, on vit la
terre, j'eſtimois à midi qu'elle me reſtoit à douze ou quinze
lieues de diſtance, ce qui me fit naître la réflexion ſuivante.

Un grand nombre de navigateurs ſe ſont plaints, depuis
longtems, & ſe plaignent encore que les Cartes, ſur-tout
celles de M. Bellin, marquent les côtes du Bréſil beaucoup trop à l'Eſt. Ils ſe fondent ſur ce que, dans leurs différentes traverſées, ils ont ſouvent apperçu ces côtes,
lorſqu'ils croyoient en être encore à quatre-vingts ou cent
lieues. Ils ajoutent qu'ils ont éprouvé pluſieurs fois que dans
ces parages, les courans les avoient portés dans le Sud-
Oueſt : & ils aiment mieux taxer d'erreur les obſervations
aſtronomiques & les Cartes, que d'en croire ſuſceptible
l'eſtime de leur route.

Nous aurions pu, d'après un pareil raiſonnement, conclure le contraire dans notre traverſée à la riviere de la
Plata, ſi un heureux hazard ne nous eût indiqué la raiſon
des différences Nord que nous éprouvions. Il étoit évident que le banc de frai de poiſſons, que nous rencontrâmes le 29, étoit ſoumis à la direction d'un courant : &
ſon éloignement des côtes prouvoit que ce courant régnoit
depuis pluſieurs jours. Il étoit donc la cauſe des erreurs
conſtantes de notre route ; les courans, que les Navigateurs ont ſouvent éprouvé porter au Sud-Oueſt dans ces
parages, ſont donc ſujets à des variations, & prennent
quelquefois une direction contraire.

Sur cette obſervation bien conſtatée, comme notre
route étoit à-peu-près le Sud-Oueſt, je fus autoriſé à corriger nos erreurs ſur la diſtance, en la faiſant cadrer avec
l'obſervation de latitude, & à ne pas corriger l'air de vent.

Pl. 1.

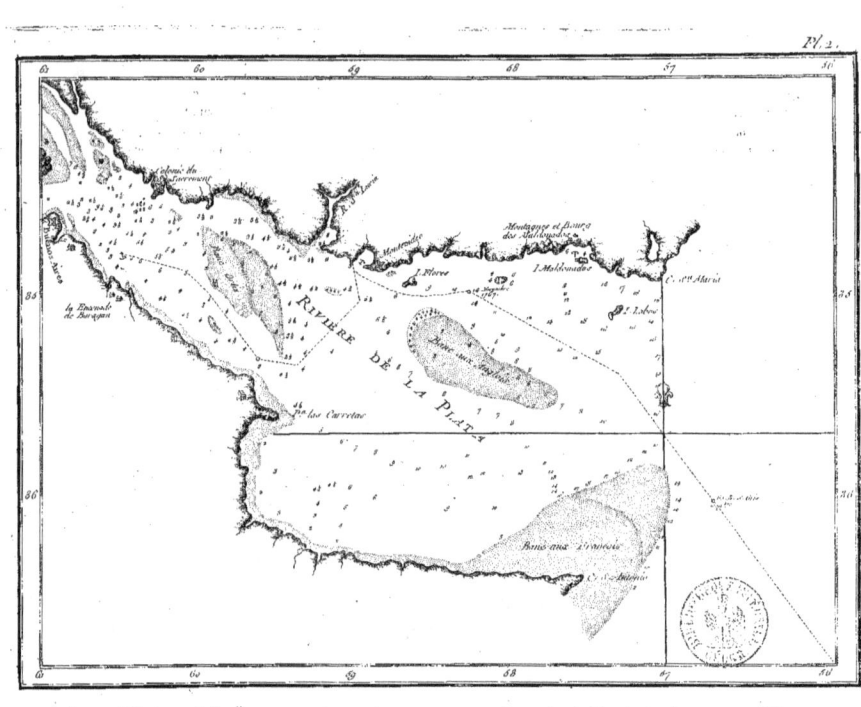

Je dois à cette méthode d'avoir eu connoissance de terre, presque au moment où me la montroit mon estime. Ceux d'entre nous qui ont toujours calculé leur chemin à l'Ouest, d'après l'estime journaliere, en se contentant de corriger la différence en latitude que leur donnoit l'observation méridienne, étoient à terre, long-tems avant que nous ne l'eussions apperçue. Auroient-ils été en droit d'en conclure que la côte du Brésil est plus à l'Ouest que ne le marque M. Bellin ?

En général, il paroît que, dans cette partie, les courans varient, & portent quelquefois au Nord-Est, plus souvent au Sud-Ouest. Un coup d'œil sur le gissement de la côte suffit pour prouver qu'ils ne doivent suivre que l'une ou l'autre de ces deux directions, & il est toujours facile de distinguer laquelle regne, par les différences Nord ou Sud que donnent les observations de latitude. C'est à ces courans qu'il faut imputer les erreurs fréquentes dont les Navigateurs se plaignent, & je pense que M. Bellin place exactement les côtes du Brésil. Je le crois d'autant plus volontiers, que la longitude de Rio-Janéiro a été déterminée par MM. Godin & l'Abbé de la Caille, qui s'y rencontrèrent en 1751, & qu'il y a aussi eu des observations de longitude faites à Fernambuc & à Buénos-Aires. Ces trois points déterminés, il ne sçauroit y avoir d'erreur considérable sur la position en longitude des côtes orientales de l'Amérique, depuis le huitieme jusqu'au trente-cinquieme parallele de latitude australe ; & c'est ce que l'expérience nous a confirmé.

Depuis le 27 Janvier nous avions le fond, & le 29 au soir, nous vîmes la terre, sans qu'il nous fût permis de la bien reconnoître, parce que le jour étoit sur son déclin,

Observation sur les courans.

Entrée dans la riviere de la Plata.

D ij

& que les terres de cette côte font fort baffes. La nuit fut obfcure, avec de la pluie & du tonnerre. Nous la paffâmes en panne fous les huniers aux bas ris & le cap au large. Le 30, les premiers rayons du jour naiffant nous firent appercevoir les montagnes *des Maldonades*. Alors il nous fut facile de reconnoître que la terre vue la veille, étoit *l'île de Lobos*. Toutefois, comme notre latitude d'arrivée étoit trente-cinq degrés feize minutes vingt fecondes, nous devions la prendre pour le *cap Sainte-Marie*, que M. Bellin place par trente-cinq degrés quinze minutes, tandis que fa latitude vraie eft trente-quatre degrés cinquante-cinq minutes. Je releve cette fauffe pofition, parce qu'elle eft dangereufe. Un navire qui, cinglant par trente-cinq degrés quinze minutes de latitude Sud, croiroit aller chercher le cap Sainte-Marie, courroit le rifque de rencontrer *le banc aux Anglois*, avant que d'avoir reconnu aucune terre. Cependant la fonde l'avertiroit de l'approche du danger; près du banc, on ne trouve plus que fix à fept braffes d'eau. *Le banc aux François*, qui n'eft autre que le prolongement *du cap Saint-Antoine*, feroit plus dangereux: lorfqu'on eft prêt à donner fur la pointe feptentrionale de ce banc, on trouve encore douze à quatorze braffes d'eau.

Les Maldonades font les premieres terres hautes qu'on voit fur la côte du Nord, après être entré dans la riviere de la Plata, & les feules prefque jufqu'à Montevideo. A l'Eft de ces montagnes, il y a un mouillage fur une côte très-baffe. C'eft une anfe en partie couverte par un îlot. Les Efpagnols ont un bourg aux Maldonades, avec une garnifon. On travaille depuis quelques années, dans fes environs, une mine d'or peu riche; l'on y trouve auffi des pierres affez tranfparentes. A deux lieues dans l'intérieur,

Corretion néceffaire ici dans la Carte de M. Bellin.

Mouillage des Maldonades.

eſt une ville nouvellement bâtie, peuplée entiérement de Portugais déſerteurs, & nommée *Pueblo nuevo*.

Le 31, à onze heures du matin, nous mouillâmes dans la baie de *Montevideo*, par quatre braſſes d'eau, fond de vaſe molle & noire. Nous avions paſſé la nuit du 30 au 31, mouillés ſur une ancre, par neuf braſſes même fond, à quatre ou cinq lieues dans l'Eſt de *l'île de Flores*. Les deux frégates Eſpagnoles deſtinées à prendre poſſeſſion des îles Malouines, étoient dans cette rade depuis un mois. Leur Commandant, Don Philippe Ruis Puente, Capitaine de Vaiſſeau, en étoit nommé Gouverneur. Nous nous rendîmes enſemble à Buénos-Aires, afin d'y concerter avec le Gouverneur Général les meſures néceſſaires pour la ceſſion de l'établiſſement que je devois livrer aux Eſpagnols. Nous n'y ſéjournâmes pas long-tems, & je fus de retour à Montevideo le 16 Février.

M. le Prince de Naſſau avoit fait avec moi ce voyage; & comme le vent étoit debout pour revenir en goëlette, nous débarquâmes vis-à-vis Buenos-Aires, au-deſſus *de la Colonie du S. Sacrement*, & fîmes la route par terre. Nous traverſâmes ces plaines immenſes dans leſquelles on ſe conduit par le coup d'œil, dirigeant ſon chemin de manière à ne pas manquer les gués des rivieres, chaſſant devant ſoi trente ou quarante chevaux, parmi leſquels il faut prendre avec un laqs ſon relais, lorſque celui qu'on monte eſt fatigué, ſe nourriſſant de viande preſque crue, & paſſant les nuits dans des cabanes faites de cuirs, où le ſommeil eſt à chaque inſtant interrompu par les hurlemens des tigres qui rodent aux environs. Je n'oublierai de ma vie la façon dont nous paſſâmes la riviere de Sainte Lucie, riviere fort profonde, très-rapide

Mouillage à Montevideo.

Février.

Route par terre de Buénos-Aires à Montevideo.

& beaucoup plus large que n'eſt la Seine vis-à-vis les Invalides. On vous fait entrer dans un canot étroit & long, & dont un des bords eſt de moitié plus haut que l'autre ; on force enſuite deux chevaux d'entrer dans l'eau, l'un à ſtribord, l'autre à bas-bord du canot, & le maître du bac tout nud, précaution fort ſage aſſurément, mais peu propre à raſſurer ceux qui ne ſavent pas nager, ſoutient de ſon mieux au-deſſus de la riviere la tête des deux chevaux, dont la beſogne alors eſt de vous paſſer à la nage de l'autre côté, s'ils en ont la force.

Don Ruis arriva à Montevideo peu de jours après nous. Il y vint en même tems deux goëlettes chargées, l'une de bois & de rafraîchiſſemens, l'autre de biſcuit & de farine, que nous embarquâmes en remplacement de notre conſommation depuis Breſt. Les frégates Eſpagnoles étant également prêtes, nous nous diſpoſâmes à ſortir de la riviere de la Plata.

CHAPITRE II.

Détails sur les Etablissemens des Espagnols dans la riviere de la Plata.

1767.

RIo de la Plata ou *la Riviere d'argent*, ne coule point fous le même nom depuis fa fource. Elle fort, dit-on, du *lac de Xaragès* vers les feize degrés trente minutes Sud, fous le nom de *Paraguai*, qu'elle donne à une immenfe étendue de pays qu'elle traverfe. Elle fe joint vers le vingt-feptieme degré avec *le Parana*, dont elle prend le nom avec les eaux. Elle coule enfuite droit au Sud jufque par le trente-quatrieme degré; elle y reçoit l'*Uraguai* & prend fon cours à l'Eft fous le nom de *la Plata*, qu'elle conferve enfin jufqu'à la mer.

On eft dans l'erreur fur la fource de ce fleuve.

Les Géographes Jéfuites, qui les premiers ont attribué l'origine de ce grand fleuve au lac des Xaragès, fe font trompés, & les autres Ecrivains ont fuivi leur erreur à cet égard. L'exiftence de ce lac, qu'on a depuis cherché vainement, eft aujourd'hui reconnue fabuleufe. Le Marquis de Valdelirias & Don Georges Menezès, ayant été nommés, l'un par l'Efpagne, l'autre par le Portugal, pour régler dans ces contrées les limites des poffeffions refpectives des deux Puiffances, plufieurs Officiers Efpagnols & Portugais parcoururent, depuis 1751 jufqu'en 1755, toute cette portion de l'Amérique. Une partie des Efpagnols remonta le fleuve du Paraguai, comptant entrer par cette voie dans le lac des Xaragès; les Portugais de leur côté, partant de Matagroffo, établiffement de leur nation fur la frontiere intérieure du Bréfil par douze degrés de latitude

Sud, s'embarquerent fur une riviere nommée *Caourou*, que les mêmes cartes des Jéfuites marquoient fe jetter auffi dans le lac des Xaragès. Ils furent fort étonnés les uns & les autres de fe rencontrer fur le Paraguai, par les quatorze degrés de latitude Sud, & fans avoir vû aucun lac. Ils vérifierent que ce qu'on avoit pris pour un lac, eft une vafte étendue de days très-bas, lequel en certain tems de l'année eft couvert par les innondations du

Source de la Plata. fleuve. Le Paraguai ou Rio de la Plata prend fa fource entre le cinquieme & le fixieme degré de latitude auftrale, à-peu-près à égale diftance des deux mers & dans les mêmes montagnes, d'où fort *la Madera*, qui va perdre fes eaux dans celles de *l'Amazone*. Le Parana & l'Uraguai naiffent tous deux dans le Bréfil; l'Uraguai dans la Capitainie de Saint-Vincent, le Parana près de la mer Atlantique, dans les montagnes qui font à l'Eft-Nord-Eft de Rio Janéiro, d'où il prend fon cours vers l'Oueft & enfuite tourne au Sud.

Date des premiers établiffemens que les Efpagnols y font. On trouvera dans l'Abbé Prevoft l'hiftoire de la découverte de Rio de la Plata, des obftacles que les Efpagnols y ont rencontrés & des premiers établiffemens qu'ils y ont faits. On y verra Diaz de Solis entrer le premier dans cette riviere en 1515, & lui donner fon nom qu'elle garde jufqu'en 1526, que Sébaftien Cabot lui donne celui de la Plata ou de *riviere d'argent*, en reconnoiffance de l'argent qu'il en tire des naturels. Cabot bâtit *le fort du S. Efprit* fur le *Rio Tercero*, trente lieues au-deffus du confluent du Paraguai & de l'Uraguai; mais cet établiffement eft détruit prefqu'auffi-tôt que formé. Don Pedre de Mendoze, grand Echanfon de l'Empereur, eft enfuite envoyé dans la riviere de la Plata en 1535. Il jette fous

de

de mauvais auspices les premiers fondemens de *Buenos-Aires* à la rive droite du fleuve, quelques lieues au-dessous de son confluent avec l'Uraguai ; & son expédition n'est qu'une suite de malheurs qui ne se terminent pas même à sa mort. Les habitans de Buenos-Aires, combattus sans cesse par les Indiens & par la famine, sont forcés de l'abandonner, & se retirent à *l'Assomption*. Cette ville, aujourd'hui capitale du Paraguai, bâtie par des Espagnols de la suite de Mendoze, sur la rive occidentale du fleuve & à trois cents lieues de son embouchure, s'étoit accrue en peu de tems. Enfin Don Pedre Ortiz de Zarate, Gouverneur du Paraguai, rebâtit Buenos-Aires en 1580 au même lieu où l'infortuné Mendoze l'avoit autrefois placée : il y fixe sa demeure, elle devient l'entrepôt des vaisseaux d'Europe, & successivement la capitale de toutes ces provinces, le siége d'un Evêque, & la résidence du Gouverneur général.

Buenos-Aires est située par trente-quatre degrés trente-cinq minutes de latitude australe ; sa longitude de soixante-un degrés cinq minutes à l'Ouest de Paris, a été déterminée par les observations astronomiques du P. Feuillée. Cette ville, régulierement bâtie, est beaucoup plus grande qu'il semble qu'elle ne devroit l'être, vu le nombre de ses habitans, qui ne passe pas vingt mille blancs, negres & métifs. La forme des maisons est ce qui lui donne tant d'étendue. Si l'on excepte les couvens, les édifices publics, & cinq ou six maisons particulieres, toutes les autres sont très-basses & n'ont absolument que le rez-de-chauffée. Elles ont d'ailleurs de vastes cours & presque toutes des jardins. La citadelle, qui renferme le Gouvernement, est située sur le bord de la riviere & forme un des côtés de la

Situation de la ville de Buenos-Aires.

Sa population.

E

place principale ; celui qui lui eft oppofé , eft occupé par
l'hôtel-de-ville. La cathédrale & l'évêché font fur cette
même place où fe tient chaque jour le marché public.

Cette ville
manque de
ports.

Il n'y a point de port à Buenos-Aires , pas même un
mole pour faciliter l'abordage des bateaux. Les vaiffeaux
ne peuvent s'approcher de la ville à plus de trois lieues.
Ils y déchargent leurs cargaifons dans des goëlettes qui
entrent dans une petite riviere nommée *Rio Chuelo*, d'où
les marchandifes font portées en charrois dans la ville qui
en eft à un quart de lieue. Les vaiffeaux qui doivent ca-
rener ou prendre un chargement à Buenos-Aires, fe rendent à *la Encenada de Baragan*, efpece de port fitué à neuf
ou dix lieues dans l'Eft-Sud-Eft de cette ville.

Etabliffemens
religieux.

Il y a dans Buenos-Aires un grand nombre de commu-
nautés religieufes de l'un & de l'autre fexe. L'année y
eft remplie de fêtes de Saints qu'on célebre par des proceffions & des feux d'artifice. Les cérémonies du culte
tiennent lieu de fpeétacles. Les Moines nomment les premieres dames de la ville *Majordomes* de leurs Fondateurs
& de la Vierge. Cette charge leur donne le droit & le
foin de parer l'Eglife , d'habiller la ftatue & de porter
l'habit de l'ordre. C'eft pour un étranger un fpeétacle
affez fingulier de voir dans les Eglifes de Saint François
ou de S. Dominique, des dames de tout âge , affifter aux
offices avec l'habit de ces faints inftituteurs.

Les Jéfuites offroient à la piété des femmes un moyen
de fanétification plus auftere que les précédens. Ils avoient
attenant à leur couvent une maifon nommée *la Cafa de los
exercicios de las mugeres*, c'eft-à-dire la maifon des exercices des femmes. Les femmes & les filles, fans le confentement des maris ni des parens , venoient s'y fanéti-

fier par une retraite de douze jours. Elles y étoient lo-
gées & nourries aux dépens de la compagnie. Nul homme
ne pénétroit dans ce sanctuaire, s'il n'étoit revêtu de
l'habit de Saint Ignace ; les domestiques même du sexe
féminin n'y pouvoient accompagner leurs maîtresses.
Les exercices pratiqués dans ce lieu saint, étoient la mé-
ditation, la priere, les cathéchifmes, la confeffion &
la flagellation. On nous a fait remarquer les murs de
la chapelle encore teints du fang que faifoient, nous a-
t-on dit, rejaillir les difciplines, dont la pénitence armoit
les mains de ces Madelaines.

Au refte tous les hommes ici font freres & de la même
couleur aux yeux de la Religion. Il y a des cérémonies
facrées pour les efclaves, & les Dominicains ont établi une
confrérie de Negres. Ils ont leurs chapelles, leurs meffes,
leurs fêtes, & un enterrement affez décent ; pour tout
cela, il n'en coûte annuellement que quatre réaux par Negre aggrégé. Les Negres reconnoiffent pour patrons S.
Benoît de Palerme & la Vierge, peut-être à caufe de ces
mots de l'Ecriture, *nigra fum, fed formofa filia Jerufalem.*
Le jour de leur fête ils élifent deux Rois, dont l'un repré-
fente le Roi d'Efpagne, l'autre celui de Portugal, & chaque Roi fe choifit une Reine. Deux bandes, armées &
bien vêtues, forment à la fuite des Rois une proceffion,
laquelle marche avec croix, bannieres & inftrumens. On
chante, on danfe, on figure des combats d'un parti à
l'autre, & l'on récite des litanies. La fête dure depuis le
matin jufqu'au foir, & le fpectacle en eft affez agréable.

Les dehors de Buenos-Aires font bien cultivés. Les habitans de la ville y ont prefque tous des maifons de campagne qu'ils nomment *Quintas*, & leurs environs fournif-

Confrérie & proceffions de Negres.

Dehors de Buenos-Aires ; leurs productions.

fent abondamment toutes les denrées néceffaires à la vie.
J'en excepte le vin, qu'ils font venir d'Efpagne ou qu'ils
tirent de Mendoza, vignoble fitué à deux cents lieues de
Buenos-Aires. Ces environs cultivés ne s'étendent pas
fort loin; fi l'on s'éloigne feulement à trois lieues de la
ville, l'on ne trouve plus que des campagnes immenfes,
abandonnées à une multitude innombrable de chevaux &
de bœufs, qui en font les feuls habitans. A peine, en par-
courant cette vafte contrée, y rencontre-t-on quelques
chaumieres éparfes, bâties moins pour rendre le pays ha-
bitable, que pour conftater aux divers particuliers la propriété du terrein, ou plûtôt celle des beftiaux qui le couvrent. Les voyageurs qui le traverfent, n'ont aucune retraite, & font obligés de coucher dans les mêmes charrettes qui les tranfportent, & qui font les feules voitures dont on fe ferve ici pour les longues routes. Ceux
qui voyagent à cheval, ce qu'on appelle aller à la légere,
font le plus fouvent expofés à coucher au bivouac au milieu des champs.

Abondance
de beftiaux.

Tout le pays eft uni, fans montagnes & fans autres bois
que celui des arbres fruitiers. Situé fous le climat de la
plus heureufe température, il feroit un des plus abondans
de l'univers en toutes fortes de productions, s'il étoit cul-
tivé. Le peu de froment & de maïs qu'on y feme, y rap-
porte beaucoup plus que dans nos meilleures terres de
France. Malgré ce cri de la nature, prefque tout eft inculte, les environs des habitations comme les terres les
plus éloignées; ou fi le hazard fait rencontrer quelques
cultivateurs, ce font des Negres efclaves. Au refte les
chevaux & les beftiaux font en fi grande abondance dans
ces campagnes, que ceux qui piquent les bœufs attelés

aux charettes, font à cheval, & que les habitans ou les voyageurs, lorfqu'ils ont faim, tuent un bœuf, en prennent ce qu'ils peuvent en manger, & abandonnent le refte, qui devient la proie des chiens fauvages & des tigres : ce font les feuls animaux dangereux de ce pays.

Les chiens ont été apportés d'Europe ; la facilité de fe nourrir en pleine campagne leur a fait quitter les habitations, & ils fe font multipliés à l'infini. Ils fe raffemblent fouvent en troupe pour attaquer un taureau, même un homme à cheval, s'ils font preffés par la faim. Les tigres ne font pas en grande quantité, excepté dans les lieux boifés, & il n'y a que les bords des petites rivieres qui le foient. On connoît l'adreffe des habitans de ces contrées à fe fervir du lacs ; & il eft certain qu'il y a des Efpagnols qui ne craignent pas de lacer les tigres : il ne l'eft pas moins que plufieurs finiffent par être la proie de ces redoutables animaux. J'ai vu à Montevideo une efpece de chat-tigre, dont le poil affez long eft gris-blanc. L'animal eft très-bas fur jambes & peut avoir cinq pieds de longueur : il eft dangereux, mais fort rare.

Le bois eft très-cher à Buenos-Aires & à Montevideo. On ne trouve dans les environs que quelques petits bois à peine propres à brûler. Tout ce qui eft néceffaire pour la charpente des maifons, la conftruction & le radoub des embarcations qui naviguent dans la riviere, vient du Paraguai en radeaux. Il feroit toutefois facile de tirer du haut pays tous les bois propres à la conftruction des plus grands navires. De *Montegrande*, où font ies plus beaux, on les tranfporteroit en cajeux par l'*Ybicui* dans l'Uraguai ; & depuis le *Salto Chico* de l'Uraguai, des bâtimens faits exprès pour cet ufage, les ameneroient à tel en-

Rareté du bois : moyens d'y remédier.

droit de la riviere où l'on auroit établi des chantiers.

Les Indiens, qui habitent cette partie de l'Amérique au Nord & au Sud de la riviere de la Plata, sont de la race de ceux que les Espagnols nomment *Indios bravos*. Ils sont d'une taille médiocre, fort laids & presque tous galeux. Leur couleur est très-basannée, & la graisse dont ils se frottent continuellement, les rend encore plus noirs. Ils n'ont d'autre vêtement qu'un grand manteau de peaux de chevreuil, qui leur descend jusqu'aux talons, & dans lequel ils s'enveloppent. Les peaux dont il est composé, sont très-bien passées ; ils mettent le poil en-dedans, & le dehors est peint de diverses couleurs. La marque distinctive des Caciques est un bandeau de cuir dont ils se ceignent le front ; il est découpé en forme de couronne & orné de plaques de cuivre. Leurs armes sont l'arc & la fleche ; ils se servent aussi du lacs & de boules (1). Ces Indiens passent leur vie à cheval & n'ont pas de demeures fixes, du-moins auprès des établissemens Espagnols. Ils y viennent quelquefois avec leurs femmes pour y acheter de l'eau-de-vie ; & ils ne cessent d'en boire que quand l'ivresse les laisse absolument sans mouvement. Pour se procurer des liqueurs fortes, ils vendent armes, pelleteries, chevaux ; & quand ils ont épuisé leurs moyens, ils s'emparent des premiers chevaux qu'ils trouvent auprès des habitations & s'éloignent. Quelquefois ils se rassemblent en troupes de deux ou trois cents pour venir enlever des bestiaux sur les terres des Espagnols, ou pour attaquer les caravanes des voya-

---

(1) Ces boules sont deux pierres rondes, de la grosseur d'un boulet de deux livres, enchâssées l'une & l'autre dans une bande de cuir, & attachées à chacune des extrémités d'un boyau cordonné long de six à sept pieds. Ils se servent à cheval de cette arme comme d'une fronde, & en atteignent jusqu'à trois cents pas l'animal qu'ils poursuivent.

geurs. Ils pillent, maſſacrent & emmenent en eſclavage.
C'eſt un mal ſans remede : comment dompter une nation
errante, dans un pays immenſe & inculte, où il ſeroit
même difficile de la rencontrer ? D'ailleurs ces Indiens
ſont courageux, aguerris, & le tems n'eſt plus où un Eſpagnol faiſoit fuir mille Américains.

Il s'eſt formé depuis quelques années dans le nord de
la riviere une tribu de brigands qui pourra devenir plus
dangereuſe aux Eſpagnols, s'ils ne prennent des meſures
promptes pour la détruire. Quelques malfaiteurs échap-
pés à la Juſtice, s'étoient retirés dans le Nord des Maldonades ; des déſerteurs ſe ſont joints à eux : inſenſible-
ment le nombre s'eſt accrû ; ils ont pris des femmes chez
les Indiens, & commencé une race qui ne vit que de pil-
lage. Ils viennent enlever des beſtiaux dans les poſſeſ-
ſions Eſpagnoles, pour les conduire ſur les frontieres du
Bréſil, où ils les échangent avec les Pauliſtes (1) contre
des armes & des vêtemens. Malheur aux voyageurs
qui tombent entre leurs mains. On aſſure qu'ils ſont
aujourd'hui plus de ſix cents. Ils ont abandonné leur premiere habitation & ſe ſont retirés plus loin de beaucoup
dans le Nord-Oueſt.

*Race de bri-
gands établis
dans le Nord
de la riviere.*

Le Gouverneur général de la province de la Plata ré-
ſide, comme nous l'avons dit, à Buenos-Aires. Dans tout
ce qui ne regarde pas la mer, il eſt cenſé dépendre du
Viceroi du Pérou ; mais l'éloignement rend cette dépendance preſque nulle, & elle n'exiſte réellement que pour
l'argent qu'il eſt obligé de tirer des mines du Potoſi, argent qui ne viendra plus en pieces cornues, depuis qu'on

*Etendue du
Gouverne-
ment de la
Plata.*

(1) Les Pauliſtes ſont une autre qui ſe ſont formés en République vers
race de brigands ſortis du Bréſil, & la fin du ſeizieme ſiecle.

à établi cette année même dans le Potofi une maifon des monnoies. Les gouvernemens particuliers du Tucuman & du Paraguai, dont les principaux établiffemens font *Santa-Fé*, *Corrientes*, *Salta*, *Tujus*, *Cordoue*, *Mendoze* & l'*Affomption*, dépendent, ainfi que les fameufes miffions des Jéfuites, du Gouverneur général de la Plata. Cette vafte province comprend en un mot toutes les poffeffions Efpagnoles à l'Eft des Cordillieres, depuis la riviere des Amazones jufqu'au détroit de Magellan. Il eft vrai qu'au Sud de Buenos-Aires il n'y a plus aucun établiffement ; la feule néceffité de fe pourvoir de fel, fait pénétrer les Efpagnols dans ces contrées. Il part à cet effet tous les ans de Buenos-Aires un convoi de deux cents charrettes, efcorté par trois cents hommes ; il va charger environ par quarante degrés dans les lacs voifins de la mer où le fel fe forme naturellement. Autrefois les Efpagnols l'envoyoient chercher par des goëlettes dans la baie S. Julien.

Je remets au fecond voyage, que les circonftances nous ont forcés de faire dans la riviere de la Plata, à parler des Miffions du Paraguai ; ce fera le tems d'entrer dans ce détail, en rapportant l'expulfion des Jéfuites, de laquelle nous avons été témoins.

Le commerce de la province de la Plata eft le moins riche de l'Amérique Efpagnole ; cette province ne produit ni or ni argent, & fes habitans font trop peu nombreux, pour qu'ils puiffent tirer du fol tant d'autres richeffes qu'il renferme dans fon fein ; le commerce même de Buenos-Aires n'eft pas aujourd'hui ce qu'il étoit il y a dix ans : il eft confidérablement déchû, depuis que ce qu'on y appelle *l'internation des marchandifes* n'eft plus permife, c'eft-à-dire depuis qu'il eft défendu de faire paffer les marchandi-

fes

ſes d'Europe par terre de Buenos-Aires dans le Pérou & le Chili ; de ſorte que les ſeuls objets de ſon commerce avec ces deux provinces ſont aujourd'hui le coton, les mules & le maté ou l'herbe du Paraguai. L'argent & le crédit des négocians de Lima ont fait rendre cette ordonnance contre laquelle réclament ceux de Buenos-Aires. Le procès eſt pendant à Madrid, où je ne ſais quand ni comment on le jugera. Cependant Buenos-Aires eſt riche, j'en ai vu ſortir un vaiſſeau de regiſtre avec un million de piaſtres ; & ſi tous les habitans de ce pays avoient le débouché de leurs cuirs avec l'Europe, ce commerce ſeul ſuffiroit pour les enrichir. Avant la derniere guerre il ſe faiſoit ici une contrebande énorme avec la colonie du S. Sacrement, place que les Portugais poſſedent ſur la rive gauche du fleuve, preſque en face de Buenos-Aires ; mais cette place eſt aujourd'hui tellement reſſerrée par les nouveaux ouvrages dont les Eſpagnols l'ont enceinte, que la contrebande avec elle eſt impoſſible s'il n'y a connivence ; les Portugais même qui l'habitent, ſont obligés de tirer par mer leur ſubſiſtance du Bréſil. Enfin ce poſte eſt ici à l'Eſpagne, vis-à-vis des Portugais, ce que lui eſt en Europe Gibraltar vis-à-vis des Anglois.

Colonie du Saint - Sacrement.

La ville de Montevideo, établie depuis quarante ans, eſt ſituée à la rive ſeptentrionale du fleuve, trente lieues au-deſſus de ſon embouchure & bâtie ſur une preſqu'île qui défend des vents d'Eſt une baie d'environ deux lieues de profondeur ſur une de largeur à ſon entrée. A la pointe occidentale de cette baie eſt un mont iſolé, aſſez élevé, lequel ſert de reconnoiſſance & a donné le nom à la ville ; les autres terres qui l'environnent, ſont très-baſſes. Le

Détails ſur la ville de Montevideo.

F

côté de la plaine eft défendu par une citadelle. Plufieurs batteries protegent le côté de la mer & le mouillage. Il y en a même une au fond de la baie fur une île fort petite appellée l'*Ile aux François*. Le mouillage de Montevideo eft sûr, quoiqu'on y effuie quelquefois des *pamperos*, qui font des tourmentes de vent de Sud-Oueft, accompagnées d'orages affreux. Il y a peu de fond dans toute la baie; on y mouille par trois, quatre & cinq braffes d'eau fur une vafe très-molle, où les plus gros navires marchands s'échouent & font leur lit fans fouffrir aucun dommage; mais les vaiffeaux fins s'y arquent facilement & y dépériffent. L'heure des maréés n'y eft point réglée; felon le vent qu'il fait, l'eau eft haute ou baffe. On doit fe méfier d'une chaîne de roches qui s'étend quelques encablures au large de la pointe de l'Eft de cette baie; la mer y brife, & les gens du pays l'appellent *la Pointe des charrettes*.

Sur le mouillage dans cette baie.

Montevideo a un Gouverneur particulier, lequel eft immédiatement fous les ordres du Gouverneur général de la province. Les environs de cette ville font prefque incultes & ne fourniffent ni froment ni mais; il faut faire venir de Buenos-Aires la farine, le bifcuit & les autres provifions néceffaires aux vaiffeaux. Dans les jardins, foit de la ville, foit des maifons qui en font voifines, on ne cultive prefque aucun légume; on y trouve feulement des melons, des courges, des figues, des pêches, des pommes & des coins en grande quantité. Les beftiaux y font dans la même abondance que dans le refte de ce pays; ce qui joint à la falubrité de l'air, rend la relâche à Montevideo excellente pour les équipages; on doit feulement y

La relâche y eft excellente pour les équipages.

prendre ſes meſures contre la déſertion. Tout y invite le matelot, dans un pays où la premiere réflexion qui le frappe en mettant pied à terre, c'eſt que l'on y vit preſque ſans travail. En effet comment réſiſter à la comparaiſon de couler dans le ſein de l'oiſiveté des jours tranquilles ſous un climat heureux, ou de languir affaiſſé ſous le poids d'une vie conſtamment laborieuſe, & d'accélérer dans les travaux de la mer les douleurs d'une vieilleſſe indigente?

CHAPITRE III.

Départ de Montévideo ; navigation jusqu'aux îles Maloui-
nes ; leur remise aux Espagnols ; détails historiques sur
ces îles.

1767.
Février.

Départ de
Montevideo.

LE 28 Février 1767 nous appareillâmes de Montevideo avec les deux frégates Espagnoles & une tartane chargée de bestiaux. Nous convînmes, Don Ruis & moi, qu'en riviere il prendroit la tête, & qu'une fois au large je conduirois la marche. Toutefois pour obvier au cas de séparation, j'avois donné à chacune des frégates un pilote pratique des Malouines. L'après-midi il fallut mouiller, la brume ne permettant de voir ni la grande terre ni l'île de Flores. Le vent fut contraire le lendemain ; je comptois néanmoins que nous appareillerions, les courans assez forts dans cette riviere favorisant les bordées ; mais voyant le jour presque écoulé, sans que le Commandant Espagnol fît aucun signal, j'envoyai un Officier pour lui dire que, venant de reconnoître l'île de Flores dans un éclairci, je me trouvois mouillé beaucoup trop près du banc aux Anglois, & que mon avis étoit d'appareiller le lendemain, vent contraire ou non. Don Ruis me fit répondre qu'il étoit entre les mains du pilote pratique de la riviere, qui ne vouloit lever l'ancre que d'un vent favorable & fait. L'Officier alors le prevint de ma part, que je mettrois à la voile dès la pointe du jour, & que je l'attendrois en louvoyant, ou mouillé plus au Nord, à moins que les marées ou la force du vent ne me séparassent de lui malgré moi.

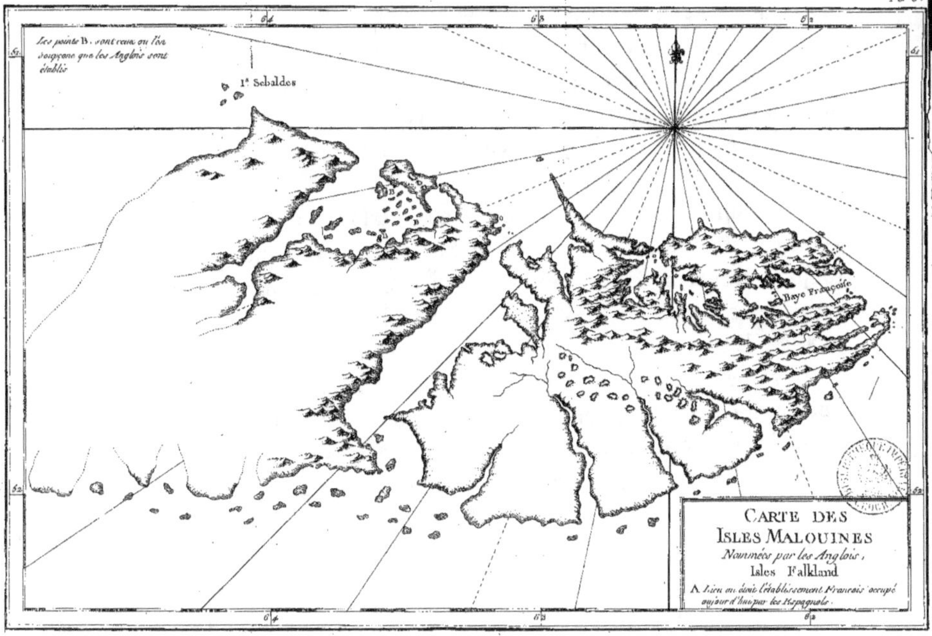

Pl. 3.

Les points B. sont ceux où l'on
soupçonne que les Anglois sont
établir

I.e Sebaldes

Baye Françoise

CARTE DES
ISLES MALOUINES
Nommées par les Anglois,
Isles Falkland

A. Lieu où étois l'établissement François occupé
aujourd'hui par les Espagnols

La tartane n'avoit point mouillé la veille, & nous la perdîmes de vûe le soir pour ne la plus revoir. Elle revint à Montevideo trois semaines après, sans avoir rempli sa mission. La nuit fut orageuse, le pamperos soufflâ avec furie, & nous fit chasser : une seconde ancre que nous mouillâmes nous étala. Le jour nous montra les vaisseaux Espagnols, mâts de hune & basses vergues amenés, lesquels avoient beaucoup plus chassé que nous. Le vent étoit encore contraire & violent, la mer très-grosse, & ce ne fut qu'à neuf heures que nous pûmes appareiller sous les quatre voiles majeures ; à midi nous avions perdu de vûe les Espagnols demeurés à l'ancre, & le 3 Mars au soir, nous étions hors de la riviere.

Nous eûmes pendant la traversée aux Malouines, des vents variables du Nord-Ouest au Sud-Ouest, presque toujours gros tems & mauvaise mer : nous fûmes contraints de passer en cape le 15 & le 16, ayant essuyé quelques avaries. Depuis le 17 après midi que nous commençâmes à trouver le fond, le tems fut toujours chargé d'une brume épaisse. Le 19, ne voyant pas la terre, quoique l'horison se fût éclairci, & que par mon estime je fusse dans l'Est des îles Sébaldes, je craignis d'avoir dépassé les Malouines, & je pris le parti de courir à l'Ouest ; le vent, ce qui est fort rare dans ces parages, favorisoit cette résolution. Je fis grand chemin à cette route pendant vingt-quatre heures, & ayant alors trouvé les fondes de la côte des Patagons, je fus assuré de ma position, & je repris avec confiance la route à l'Est. En effet, le 21 à quatre heures après-midi, nous eûmes connoissance des Sébaldes qui nous restoient au Nord-Est quart d'Est à huit ou dix lieues de distance, & bientôt après nous vîmes la terre des Malouines. Je me

Coup de vent essuyé dans la riviere.

1767.
Mars.

Route de Montévideo aux îles Malouines.

Faute commife dans la direction de cette route.

ferois au refte épargné l'embarras où je me trouvai, fi de bonne heure j'euffe tenu le vent, pour me rallier à la côte de l'Amérique & chercher les îles en latitude.

Le 23 au foir, nous entrâmes & mouillâmes dans la grande baie, où mouillerent auffi le 24 les deux frégates Efpagnoles. Elles avoient beaucoup fouffert dans leur tra-verfée; le coup de vent du 16 les ayant obligées d'arriver vent arriere, & la commandante ayant reçu un coup de mer qui avoit emporté fes bouteilles, enfoncé les fenêtres de fa grand'chambre, & mis beaucoup d'eau à bord. Pref-que tous les beftiaux embarqués à Montevideo, pour la Colonie, avoient péri par le mauvais tems. Le 25, les trois bâtimens entrerent dans le port & s'y amarerent.

Prife de pof-feffion de no-tre établiffe-ment aux Ma-louines par les Efpagnols.

Avril.

Le 1er Avril, je livrai notre établiffement aux Efpa-gnols qui en prirent poffeffion, en arborant l'étendart d'Ef-pagne, que la terre & les vaiffeaux faluerent de vingt & un coups de canon au lever & au coucher du Soleil. J'a-vois lû aux François habitans de cette Colonie naiffante une lettre du Roi, par laquelle Sa Majefté leur permettoit d'y refter fous la domination du Roi Catholique. Quel-ques familles profiterent de cette permiffion: le refte, avec l'Etat Major, fut embarqué fur les frégates Efpagno-les, lefquelles appareillerent pour Montevideo le 27 au matin (*).

(*) Lorfque j'ai livré l'établiffe-ment aux Efpagnols, tous les frais, généralement quelconques, qu'il avoit entrainés jufqu'au premier Avril 1767, montoient à fix cents trois mille livres, en y comprenant l'intérêt à cinq pour cent des fommes dépenfées depuis le premier armement. La France ayant reconnu le droit de Sa Majefté Catho-lique fur les îles Malouines, le Roi d'Efpagne, par un principe de droit public, connu de tout le monde, ne devoit aucun rembourfement de ces frais. Cependant comme il prenoit les vaiffeaux, bateaux, marchandifes, ar-mes, provifions de guerre & de bou-che qui compofoient notre établiffe-ment, ce Monarque jufte autant que généreux, a voulu que nous fuffions rembourfés de nos avances, & la fomme fufdite nous a été remife par fes Tréforiers, partie à Paris, le refte à Buenos-Aires.

On me pardonnera quelques remarques hiſtoriques ſur ces îles.

Il me paroît qu'on en peut attribuer la premiere découverte au célebre Améric Veſpuce, qui, dans ſon troiſieme Voyage pour la découverte de l'Amérique, en parcourut la côte du Nord en 1502. Il ignoroit à la vérité ſi elle appartenoit à une île, ou ſi elle faiſoit partie du continent ; mais il eſt facile de conclure de la route qu'il avoit ſuivie, de la latitude à laquelle il étoit arrivé, de la deſcription même qu'il donne de cette côte, que c'étoit celle des Malouines. J'aſſurerai, avec non moins de fondement, que Beaucheſne Goüin, revenant de la mer du Sud en 1700, a mouillé dans la partie orientale des Malouines, croyant être aux Sébaldes.

Sa relation dit qu'après avoir découvert l'île à laquelle il donna ſon nom, il vint mouiller à l'Eſt de la plus orientale des Sébaldes. Je remarquerai d'abord que les îles Malouines étant ſituées entre les Sébaldes & l'île Beaucheſne, & ayant une étendue conſidérable, il dut néceſſairement rencontrer la côte des Malouines, qu'il eſt même impoſſible de ne pas appercevoir étant mouillé à l'Eſt des Sébaldes. D'ailleurs Beaucheſne vit une ſeule île d'une immenſe étendue, & ce ne fut qu'après en être ſorti qu'il s'en préſenta à lui deux autres petites ; il parcourut un terrein humide couvert d'étangs & de lacs d'eau douce, couvert d'oies, de ſarcelles, de canards & de bécaſſines ; il n'y vit point de bois : tout cela convient à merveille aux Malouines. Les Sébaldes au contraire ſont quatre petites îles pierreuſes, où Guillaume Dampierre en 1683, chercha vainement à faire de l'eau, & où il ne put trouver un bon mouillage.

Détails hiſtoriques ſur les Malouines.

Améric Veſpuce en fait la découverte.

Des Navigateurs François & Anglois en ont, depuis lui, connoiſſance.

Quoi qu'il en foit, les îles Malouines jufqu'à nos jours n'étoient que très-imparfaitement connues. La plûpart des relations nous les dépeignent comme un pays couvert de bois. Richard Hawkins, qui en avoit approché la côte feptentrionale, à laquelle il donna le nom de *Virginie d'Hawkins*, & qui l'a affez bien décrite, affuroit qu'elle étoit peuplée, & prétendoit y avoir vu des feux. Au commencement du fiecle, le *Saint-Louis*, navire de Saint-Malo, mouilla à la côte du Sud-Eft dans une mauvaife baie, à l'abri de quelques petites îles qu'on appella *îles d'Anican*, du nom de l'Armateur; mais il n'y féjourna que pour faire de l'eau, & continua fa route fans s'embarraffer de les reconnoître.

Les François s'y établiffent.

Cependant leur pofition heureufe pour fervir de relâche aux vaiffeaux qui vont dans la mer du Sud, & d'échelle pour la découverte des terres auftrales, avoit frappé les Navigateurs de toutes les Nations. Au commencement de l'année 1763, la Cour de France réfolut de former un établiffement dans ces îles. Je propofai au miniftere de le commencer à mes frais, & fecondé par MM. de Nerville & d'Arboulin, l'un mon coufin germain & l'autre mon oncle, je fis fur le champ conftruire & armer, à Saint-Malo, par les foins de M. Duclos Guyot, aujourd'hui mon fecond, *l'Aigle* de vingt canons, & *le Sphinx* de douze, que je munis de tout ce qui étoit propre pour une pareille expédition. J'embarquai plufieurs familles Acadiennes, efpece d'hommes laborieufe, intelligente, & qui doit être chere à la France par l'inviolable attachement que lui ont prouvé ces honnêtes & infortunés citoyens.

Le 15 Septembre 1763, je fis voile de Saint-Malo :

M.

M. de Nerville s'étoit embarqué avec moi sur *l'Aigle*. Premier établissement dans ces îles. Après deux relâches, l'une à l'île Sainte-Catherine sur la côte du Bréfil, l'autre à Montevideo, où nous prîmes beaucoup de chevaux & de bêtes à corne, nous attérîmes sur les îles Sébaldes, le 31 Janvier 1764. Je donnai dans un grand enfoncement que forme la côte des Malouines entre sa pointe du Nord-Ouest & les Sébaldes; mais n'y ayant pas apperçu de bon mouillage, je rangeai la côte du Nord, & étant parvenu à l'extrémité orientale des îles, j'entrai le 3 Février dans une grande baie qui me parut commode pour y former un premier établissement.

La même illusion qui avoit fait croire à Hawkins, à Détails sur la maniere dont il se fait. Wood Roger & aux autres, que ces îles étoient couvertes de bois, agit aussi sur mes compagnons de voyage. Nous vîmes avec surprise en débarquant, que ce que nous avions pris pour du bois en cinglant le long de la côte, n'étoit autre chose que des touffes de jonc fort élevées & fort rapprochées les unes des autres. Leur pied, en se desséchant, reçoit la couleur d'herbe morte jusqu'à une toise environ de hauteur; & de-là sort une touffe de joncs d'un beau verd qui couronne ce pied; de sorte que dans l'éloignement, les tiges réunies présentent l'aspect d'un bois de médiocre hauteur. Ces joncs ne croissent qu'au bord de la mer & sur les petites îles; les montagnes de la grande terre sont, dans quelques endroits, couvertes entièrement de bruyeres, qu'on prend aisément de loin pour du taillis.

Les diverses courses que j'ordonnai aussitôt, & que j'entrepris moi-même dans l'île, ne nous procurèrent la découverte d'aucune espece de bois, ni d'aucune trace que cette terre eût été jamais fréquentée par quelque na-

G

vire. Je trouvai feulement, & en abondance, une éxcellente tourbe qui pouvoit fuppléer au bois, tant pour le chauffage que pour la forge ; & je parcourus des plaines immenfes, coupées par-tout de petites rivieres d'une eau parfaite. La nature d'ailleurs n'offroit pour la fubfiftance des hommes que la pêche & plufieurs fortes de gibiers de terre & d'eau. A la vérité ce gibier étoit en grande quantité, & facile à prendre. Ce fut un fpectacle fingulier de voir, à notre arrivée, tous les animaux, jufqu'alors feuls habitans de l'île, s'approcher de nous fans crainte & ne témoigner d'autres mouvemens que ceux que la curiofité infpire à la vûe d'un objet inconnu. Les oifeaux fe laiffoient prendre à la main, quelques-uns venoient d'eux-mêmes fe pofer fur les gens qui étoient arrêtés ; tant il eft vrai que l'homme ne porte point empreint un caractere de férocité qui faffe reconnoître en lui, par le feul inftinct, aux animaux foibles, l'être qui fe nourrit de leur fang. Cette confiance ne leur a pas duré long-tems : ils eurent bientôt appris à fe méfier de leur plus cruel ennemi.

Premiere année.

Le 17 Mars, je déterminai l'emplacement de la nouvelle colonie. Elle ne fut d'abord compofée que de vingt-fept perfonnes, parmi lefquelles il y avoit cinq femmes & trois enfans. Nous travaillâmes fur le champ à leur bâtir des cafes couvertes de jonc, à conftruire un magafin & un petit fort, au milieu duquel fut élevé un obélifque. L'effigie du Roi décoroit une de fes faces, & l'on enterra fous fes fondemens quelques monnoies avec une médaille, où d'un côté étoit gravée la date de l'entreprife ; fur l'autre on voyoit la figure du Roi, avec ces mots pour exergue : *Tibi ferviat ultima Thule.*

Telle étoit l'inscription gravée sur cette médaille.

ÉTABLISSEMENT
DES ISLES MALOUINES,
SITUÉES AU 51 DEG. 30 MIN.
DE LAT. AUST. ET 60 DEG. 50. MIN.
DE LONG. OCCID. MÉRID. DE PARIS,
PAR LA FRÉGATE L'A I G L E, CAPITAINE
P. DUCLOS GUYOT, CAPITAINE DE BRULOT,
ET LA CORVETTE LE SPHINX, CAPIT. F. CHÉNARD
DE LA GIRAUDAIS, LIEUT. DE FRÉGATE, ARMÉES PAR
LOUIS-ANTOINE DE BOUGAINVILLE, COLONEL D'INFAN-
TERIE, CAPITAINE DE VAISSEAU, CHEF DE L'EXPÉDITION, G.
DE NERVILLE, CAPITAINE D'INFANTERIE, ET P. D'ARBOU-
LIN, ADMINISTRATEUR GÉNÉRAL DES POSTES DE
FRANCE : CONSTRUCTION D'UN FORT ET D'UN
OBÉLISQUE DÉCORÉ D'UN MÉDAILLON DE SA
MAJESTÉ LOUIS XV, SUR LES PLANS D'A.
L'HUILLIER, INGÉN. GÉOGR. DES CAMPS
ET ARMÉES, SERVANT DANS L'EXPÉ-
DITION; SOUS LE MINISTÈRE
D'É. DE CHOISEUL, DUC
DE STAINVILLE, EN
FÉVRIER 1764.

Avec ces mots pour exergue: *CONAMUR TENUES GRANDIA.*

Cependant pour encourager les colons, & augmenter leur confiance en des secours prochains que je leur promis, M. de Nerville consentit à rester à leur tête, & à partager les hazards de ce foible établissement aux extrémités de l'Univers, le seul qu'il y eût alors à une latitude aussi élevée dans la partie australe de notre globe. Le 5 Avril 1764, je pris solemnellement possession des îles au nom du Roi, & le 8 je mis à la voile pour France.

Le 5 Janvier 1765, je revis mes colons, & je les revis Deuxieme
année. sains & contens. Après avoir débarqué les secours que je leur apportois, j'allai dans le détroit de Magellan chercher un chargement de bois de charpente, des palissades, de jeunes plants d'abres; & j'ouvris une navigation deve-

G ij

nue néceffaire au maintien de la colonie. Ce fut alors que
je rencontrai les vaiffeaux du Commodore Byron qui,
après être venu reconnoître les îles Malouines pour la premiere fois, traverfoit le détroit pour entrer dans la mer du
Sud. A mon départ des Malouines, le 27 Avril fuivant, la
colonie fe trouvoit compofée de quatre-vingts perfonnes,
en y comprenant l'Etat Major.

En 1765, nous renvoyâmes *l'Aigle* aux îles Malouines,
& le Roi y joignit *l'Etoile*, une de fes flûtes. Ces deux bâtimens après avoir débarqué les vivres & les nouveaux habitans, allerent enfemble faire du bois pour la colonie dans
le détroit de Magellan. L'établiffement commençoit dès-
lors à prendre une forme. Le commandant & l'Ordonna-
teur logeoient dans des maifons commodes & bâties en
pierres; le refte des habitans occupoit des maifons dont
les murs étoient faits de gazons. Il y avoit trois magafins,
tant pour les effets publics, que pour ceux des particuliers.
Les bois du détroit avoient fervi à faire la charpente de
ces divers bâtimens, & à conftruire deux goëlettes propres à reconnoître les côtes. *L'Aigle* retourna en France
de ce dernier voyage, avec un chargement d'huile & de
peaux de loups marins tannées dans le pays. L'on avoit
auffi fait divers effais de culture, fans défefpérer du fuccès, la plus grande partie des graines apportées d'Europe
s'étant facilement naturalifée; la multiplication des beftiaux étoit certaine, & le nombre des habitans montoit
alors environ à cent cinquante.

Les Anglois
viennent s'y
établir dans
une autre par-
tie.

Cependant, comme nous venons de le dire, le Commodore Byron étoit venu au mois de Janvier 1765 reconnoître les îles Malouines. Il y avoit abordé à l'Oueft de
notre établiffement, dans un port nommé déjà par nous

Port de la Croifade, & il avoit pris poffeffion de ces îles pour la couronne d'Angleterre, fans y laiffer aucun habitant. Ce ne fut qu'en 1766, que les Anglois envoyerent une colonie s'établir au port de la Croifade, qu'ils avoient nommé *Port d'Egmont ;* & le Capitaine Macbride, commandant la frégate *le Jafon*, vint à notre établiffement au commencement de Décembre de la même année. Il prétendit que ces terres appartenoient au Roi de la Grande-Bretagne, menaça de forcer la defcente, fi l'on s'obftinoit à la lui refufer, fit une vifite au Commandant, & remit à la voile le même jour.

Tel étoit l'état des îles Malouines, lorfque nous les remîmes aux Efpagnols, dont le droit primitif fe trouvoit ainfi étayé encore par celui que nous donnoit inconteftablement la premiere habitation. Les détails fur les productions de ces îles, & les animaux qu'on y trouve, font la matiere du chapitre fuivant, & le fruit des obfervations qu'un féjour de trois années a fourni à M. de Nerville. J'ai cru qu'il étoit d'autant plus à-propos d'entrer dans ces détails, que M. de Commerçon n'a point été aux îles Malouines, & que l'hiftoire naturelle en eft à certains égards affez importante (*).

(*) L'Ouvrage que nous publions aujourd'hui, étoit fait avant que le Journal de Don Pernetry fur les îles Malouines parût. Sans cela nous nons ferions difpenfés des détails fuivans.

CHAPITRE IV.

Détails sur l'histoire naturelle des Iles Malouines.

Il n'y a point de pays nouvellement habité qui n'offre des objets intéressans aux yeux même les moins exercés dans l'étude de l'Histoire naturelle ; & quand leurs remarques ne serviroient pas d'autorité, elles peuvent toujours satisfaire en partie la curiosité de ceux qui cherchent à approfondir le systême de la nature.

Aspect qu'elles présentent.

La premiere fois que nous mîmes pied à terre sur ces îles, rien de séduisant ne s'offrit à nos regards ; & à l'exception de la beauté du port dans lequel nous étions entrés ; nous ne savions trop ce qui pouvoit nous retenir sur cette terre ingrate en apparence. Un horison terminé par des montagnes pelées ; des terreins entrecoupés par la mer, & dont elle sembloit se disputer l'empire ; des campagnes inanimées faute d'habitans ; point de bois capables de rassurer ceux qui se destinoient à être les premiers colons ; un vaste silence, quelquefois interrompu par les cris des monstres marins ; par-tout une triste uniformité ; que d'objets décourageans & qui paroissoient annoncer que la nature se refuseroit aux efforts de l'espece humaine dans des lieux si sauvages ! Cependant le tems & l'expérience nous apprirent que le travail & la constance n'y seroient pas sans fruits. Des baies immenses à l'abri des vents par ces mêmes montagnes qui répandent de leur sein les cascades & les ruisseaux ; des prairies couvertes de gras pâturages, faits pour alimenter des troupeaux nombreux, des lacs & des étangs pour les abreuver ; point de conteſtations pour la propriété du lieu ; point d'animaux à craindre par leur férocité, leur venin ou leur importunité ; une quantité innombrable d'amphibies des plus utiles, d'oiſeaux & de poiſſons du meilleur goût ; une matiere combuſtible pour ſuppléer au défaut du bois ; des plantes reconnues ſpécifiques aux maladies des navigateurs ; un climat ſalubre & une température continuelle, bien plus propre à former des hommes robuſtes & ſains, que ces contrées enchantereſſes où l'abondance même devient un poiſon, & la chaleur une obligation de ne rien faire ; telles furent les reſſources que la nature nous préſenta. Elles effacerent bientôt les traits qu'un premier aſpect avoit imprimés, & juſtifierent la tentative.

On pourroit ajouter que les Anglois, dans leur Relation *du Port Egmont*, n'ont pas balancé à dire « que le » pays adjacent offre tout ce qui eſt néceſſaire pour un » bon établiſſement. Leur goût pour l'Hiſtoire naturelle » les engagera ſans doute à faire & à publier des recher- » ches qui rectifieront celles-ci »

Les îles Malouines ſe trouvent entre cinquante-un & cinquante-deux degrés & demi de latitude méridionale, ſoixante-un & demi & ſoixante-cinq & demi de longitude occidentale du méridien de Paris ; elles ſont éloignées de la côte *de l'Amérique* ou *des Patagons*, & de l'entrée du détroit de Magellan, d'environ quatre-vingts à quatre-vingt-dix lieues.

La carte que nous donnons de ces îles n'a pas ſans doute la préciſion géographique ; elle eût été l'ouvrage d'un grand nombre d'années. Cet apperçu peut cepen-dant indiquer à-peu-près l'étendue de ces îles de l'Eſt à l'Oueſt & du Nord au Sud, le giſſement des côtes par-

Poſition géo-graphique des îles Maloui-nes.

courues par nos vaiſſeaux , la poſition & l'enfoncement des grandes baies, enfin la direction des principales montagnes.

Des Ports. Les ports que nous avons reconnus, réuniſſent l'étendue & l'abri ; un fond tenace & des îles heureuſement ſituées pour oppoſer des obſtacles à la fureur des vagues, contribuent à les rendre ſûrs & aiſés à défendre ; ils ont de petites baies pour retirer les moindres embarcations. Les ruiſſeaux ſe rendent à la côte , de maniere que la proviſion d'eau douce peut ſe faire avec la plus grande expédition.

Des Marées. Les marées aſſujetties à tous les mouvemens d'une mer environnante , ne ſe ſont jamais élevées dans des tems fixes , & qu'il ait été poſſible de calculer. On a ſeulement remarqué qu'elles avoient trois viciſſitudes déterminées avant l'inſtant de leur plein ; les marins appelloient ces viciſſitudes *varvodes*. La mer alors en moins d'un quart d'heure monte & baiſſe trois fois comme par ſecouſſes, ſur-tout dans les tems des ſolſtices , des équinoxes & des pleines lunes.

Des Vents. Les vents ſont généralement variables , mais regnant beaucoup plus de la partie du Nord au Sud par l'Oueſt, que de la partie oppoſée. En hiver lorſqu'ils ſoufflent du Nord à l'Oueſt , ils ſont brumeux & pluvieux ; de l'Oueſt au Sud , chargés de frimats , de neige & de grele ; du Sud au Nord par l'Eſt, moins chargés de brumes , mais violens, quoiqu'ils ne le ſoient pas autant que ceux qui regnent en été & ſe fixent du Sud-Oueſt au Nord-Oueſt par l'Oueſt. Ces derniers, qui nettoient l'horiſon & ſechent le terrein, ne commencent à ſouffler que lorſque le ſoleil ſe montre à l'horiſon , ils ſuivent dans leur accroiſſement l'élévation

de

de l'aftre, font au point de leur plus grande force, lorfqu'il paffe au méridien, & déclinent avec lui quand il va
fe cacher derriere les montagnes. Indépendamment de la
loi que le mouvement du foleil leur impofe, ils font encore affervis au montant des marées, qui augmente leur
force & quelquefois change leur direction. Prefque toutes
les nuits de l'année, celles d'été fur-tout, font calmes &
étoilées ; les neiges que les vents du Sud-Oueft amenent
en hiver ne font pas confidérables, elles reftent environ
deux mois fur le fommet des plus hautes montagnes, &
un jour ou deux tout au plus fur la furface des terreins.
Les ruiffeaux ne gelent point ; les lacs & les étangs glacés
n'ont jamais pu porter les hommes plus de vingt-quatre
heures. Les gelées blanches du printems & de l'automne ne
brûlent point les plantes & fe convertiffent en rofée au
lever du foleil. En été il tonne rarement ; nous n'éprouvions en général ni grands froids ni grandes chaleurs, &
les nuances nous ont paru prefque infenfibles entre les faifons. Sous un tel climat, où les révolutions fur les tempé-
ramens font comme impoffibles, il eft naturel que tous les
individus foient vigoureux & fains ; & c'eft ce qu'on a
éprouvé pendant un féjour de trois années.

Le peu de matiere minérale trouvée aux îles Maloui- Des Eaux.
nes, répond de la falubrité des eaux ; elles font par-tout
commodément placées, aucunes plantes d'un caractere
dangereux n'infectent les lieux où elles coulent, c'eft ordinairement fur du gravier ou fur du fable, & quelquefois
fur des lits de tourbe, qui leur laiffent à la vérité une
petite couleur jaunâtre, mais fans en diminuer la qualité
ni la légereté.

Il y a par-tout dans les plaines plus de profondeur qu'il Du Sol.

H

n'en faut pour fouffrir la charrue ; le fol eft tellement en-
trelacé de racines d'herbes jufqu'à près d'un pied, qu'il
étoit indifpenfable avant que de cultiver, d'enlever cette
couche & de la divifer pour la défsécher & la brûler. On
fait que ce procédé eft merveilleux pour améliorer les terres, & nous l'employâmes. Au - deffous de la premiere
couche on trouve une terre noire qui n'a jamais moins de
huit à dix pouces d'épaiffeur, & qui le plus fouvent en a
beaucoup plus ; on rencontre enfuite la terre jaune ou
terre franche à des profondeurs indéterminées. Elle eft
foutenue par des lits d'ardoife & de pierres, parmi lefquelles on n'en a jamais trouvé de calcaires, épreuve faite
avec l'eau forte. Il paroît même que le pays eft dépourvû
de cette nature de pierre ; des voyages entrepris jufqu'au
fommet des montagnes à deffein d'en chercher, n'en ont
fait voir que d'une nature de quartz & de grès non friable,
produifant des étincelles & même une lumiere phofphó-
rique, accompagnée d'une odeur fulphureufe. Au refte il
ne manque point de pierres à bâtir ; la plûpart des côtes
en font formées. On y diftingue des couches horizonta-
les d'une pierre très-dure & d'un grain fin, ainfi que d'autres couches plus ou moins inclinées qui font celles
des ardoifes & d'une efpece de pierre contenant des
particules de talc. On y voit auffi des pierres qui fe divifent par feuillets, fur lefquels on remarquoit des emprein-
tes de coquilles foffiles d'une efpéce inconnue dans ces
mers ; on en faifoit des meules pour les outils. La pierre
qu'on tira des excavations étoit jaunâtre & n'avoit pas encore acquis fon degré de maturité ; on l'auroit taillée avec
un couteau, mais elle durciffoit à l'air. On trouve facilement la glaife, les fables & les terres propres à fabriquer
la poterie & les briques.

La tourbe qui fe rencontre ordinairement au-deſſus de la glaiſe, s'étend bien avant dans le terrein. On ne pouvoit faire une lieue de quelque point que l'on partît, ſans en appercevoir des couches conſidérables toujours aifées à diftinguer par des ruptures qui en offrent quelques faces. Elle ſe forme tous les jours du débris des racines & des herbes dans les lieux qui retiennent les eaux, lieux qu'annoncent des joncs fort pointus. Cette tourbe priſe dans une baie voiſine de notre habitation, où elle préfente aux vents une ſurface de plus de douze pieds de hauteur, y acquéroit un degré fuffifant de deffication. C'étoit celle dont on ſe ſervoit, ſon odeur n'étoit point malfaiſante, ſon feu n'étoit pas trifte, & ſes charbons avoient une action fupérieure à celle du charbon de terre, puiſqu'en foufflant deſſus on pouvoit allumer une lumiere auffi aiſément qu'avec de la braiſe; elle fuffifoit pour tous les ouvrages de la forge, à l'exception des foudures des groffes pieces.

Tourbe & ſes qualités.

Tous les bords de la mer & des îles de l'intérieur font couverts d'une eſpece d'herbe que l'on nomma improprement *glayeuls*; c'eſt plûtôt une ſorte de gramen. Elle eſt du plus beau verd & a plus de ſix pieds de hauteur. C'eſt la retraite des lions & des loups marins; elle nous ſervoit d'abri comme à eux dans nos voyages. En un inſtant on étoit logé. Leurs tiges inclinées & réunies formoient un toit, & leur paille ſeche un affez bon lit. Ce fut auffi avec cette plante que nous couvrîmes nos maiſons; le pied en eſt fucré, nourriffant & préféré à toute autre pâture par les beſtiaux.

Des Plantes.

Les bruyeres, les arbuftes & le gommier font après cette grande herbe les ſeuls objets qu'on diftingue dans

H ij

les campagnes. Tout le reste est surmonté par des herbes
menues plus vertes & plus fournies dans les endroits
abreuvés. Les arbustes furent d'une grande ressource pour
le chauffage, on les réserva ensuite pour les fours ainsi
que la bruyere; les fruits rouges de celle-ci nous attiroient beaucoup de gibier dans la saison.

Gommier ré-
sineux.

Le gommier, plante nouvelle & inconnue en Europe,
mérite une description plus étendue. Elle est d'un verd de
pomme & n'a en rien la figure d'une plante; on la prendroit plûtôt pour une loupe ou excroissance de terre de
cette couleur; elle ne laisse voir ni pied ni branches ni
feuilles. Sa surface de forme convexe présente un tissu si
serré, qu'on n'y peut rien introduire sans déchirement.
Notre premier mouvement étoit de nous asseoir ou de
monter dessus; sa hauteur n'est gueres de plus d'un pied &
demi. Elle nous portoit aussi surement qu'une pierre sans
en être foulée; sa largeur s'étend d'une maniere dispro-
portionnée à sa forme, il y en a qui ont plus de six pieds
de diametre sans en être plus hautes. Leur circonférence
n'est réguliere que dans les petites plantes qui représentent assez la moitié d'une sphere; mais lorsqu'elles se sont
accrues, elles sont terminées par des bosses & des creux
sans aucune régularité. C'est en plusieurs endroits de leur
surface que l'on voit en gouttes de la grosseur d'un pois,
une matiere tenace & jaunâtre qui fut d'abord appellée
gomme; mais comme elle ne peut se dissoudre que dans
les spiritueux, elle fut décidée résine. Son odeur est forte,
assez aromatique, & approche de celle de la térében-
thine. Pour connoître l'intérieur de cette plante, nous la
coupâmes exactement sur le terrein & la renversâmes.
Nous vîmes en la brisant qu'elle part d'un pied d'où sé-

levent une infinité de jets concentriques, composés de
feuilles en étoiles enchâssées les unes sur les autres &
comme enfilées par un axe commun. Ces jets sont blancs
jusqu'à peu de distance de la surface, où l'air les colore en
verd ; en les brisant il en sort un suc abondant & laiteux,
plus visqueux que celui des thytimales ; le pied est une
source abondante de ce suc, ainsi que les racines qui s'é-
tendent horizontalement, & vont provigner à quelque
distance ; de sorte qu'une plante n'est jamais seule. Elle
paroît se plaire sur le penchant des collines, & toutes les
expositions lui sont indifférentes. Ce ne fut que la troisieme
année qu'on chercha à connoître sa fleur & sa graine,
l'une & l'autre fort petites, parce qu'on étoit rebuté de
n'avoir pas pu en transporter en Europe. Enfin on a apporté quelques graines pour tâcher de s'approprier cette
singuliere & nouvelle plante qui pourroit même être utile
en médecine, plusieurs matelots s'étant servis de sa résine
avec succès pour se guérir de légeres blessures. Une chose
digne de remarque, c'est que cette plante ainsi retour-
née, perd sa résine à l'air seul, & par le lavage des pluies.
Comment accorder cela avec sa dissolution dans les seuls
spiritueux ? En cet état elle étoit d'une légereté surprenante & brûloit comme de la paille.

Après cette plante extraordinaire on en rencontroit une
d'une utilité éprouvée ; elle forme un petit arbrisseau, & Plante à bier-
quelquefois rampe sous les herbes & le long des côtes. re.
Nous la goûtâmes par fantaisie, & nous lui trouvâmes un
goût de sapinette ; ce qui nous donna l'idée d'essayer d'en
faire de la bierre. Nous avions apporté une certaine quantité de mélasse & de grains ; les procédés que nous employâmes réussirent au-delà de nos souhaits, & l'habitant

une fois inftruit, ne manquoit jamais de cette boiffon que
la plante rendoit anti-fcorbutique ; on l'employa très-fpé-
cifiquement dans des bains que l'on faifoit prendre aux
malades qui venoient de la mer. Sa feuille eft petite &
dentelée , d'un verd clair. Lorfqu'on la brife entre les
doigts, elle fe réduit en une efpece de farine un peu gluti-
neufe & d'une odeur aromatique.

Une efpece de céleri ou perfil fauvage , très-abon-
dante , une quantité d'ofeille, de creffon de terre & de
cétéracs à feuilles ondées, fourniffoient avec cette plante
tout ce qu'on pouvoit defirer contre le fcorbut.

Fruits.   Deux petits fruits, dont l'un, inconnu, reffemble affez à
une mûre, l'autre , de la groffeur d'un pois & nommé
lucet, à caufe de fa conformité avec celui que l'on trouve
dans l'Amérique feptentrionale , étoient les feuls que l'automne nous fournît. Ceux des bruyeres n'étoient man-
geables que pour les enfans qui mangent les plus mauvais
fruits, & pour le gibier. La plante de celui, que nous nommâmes mûre , eft rampante : fa feuille reffemble à celle
du charme , elle prolonge fes branches & fe reproduit
comme les fraifiers. Le lucet eft auffi rampant, il porte
fes fruits le long de fes branches garnies de petites feuilles
parfaitement liffes, rondes & de couleur de myrthe ; ces
fruits font blancs & colorés de rouge du côté expofé au
foleil ; ils ont le goût aromatique & l'odeur de fleur d'o-
range , ainfi que les feuilles dont l'infufion prife avec du
lait a paru très-agréable. Cette plante fe cache fous les
herbes & fe plaît dans les lieux humides ; on en trouve
une quantité prodigieufe aux environs des lacs.

Fleurs.   Parmi plufieurs autres plantes qu'aucun befoin ne nous
engagea à examiner, il y avoit beaucoup de fleurs, mais

toutes inodores, à l'exception d'une feule qui eft blanche & de l'odeur de la tubéreufe. Nous trouvâmes auffi une véritable violette d'un jaune de jonquille. Ce que l'on peut remarquer, c'eft qu'on n'a jamais rencontré ancune plante bulbeufe ou à oignon. Une autre fingularité, ce fut que dans la partie méridionale de l'île habitée, au-delà d'une chaîne de montagnes qui la coupe de l'Eft à l'Oueft, on vit qu'il n'y a, pour ainfi dire, point de gommier réfineux, & qu'à leur place on rencontroit en grande quantité une plante d'une même forme & d'un verd tout différent, n'ayant pas la même folidité, ne produifant aucune réfine, & couverte dans fa faifon de belles fleurs jaunes. Cette plante, facile à ouvrir, eft compofée comme l'autre, de jets qui partent tous d'un même pied & vont fe terminer à fa furface. En repaffant les montagnes, on trouva un peu au-deffous de leur fommet une grande efpece de fcolopandre ou de cétérac. Ses feuilles ne font point ondées, mais faites comme des lames d'épée. Il fe détache de la plante deux maîtreffes tiges qui portent leur graine en-deffous comme les capillaires. On vit auffi fur les pierres une grande quantité de plantes friables qui femblent tenir de la pierre & du végétal; on penfa que ce pouvoient être des lichens, mais l'on remit à un autre tems à éprouver fi elles feroient de quelque utilité pour la teinture.

Quant aux plantes marines, elles étoient plutôt un objet incommode qu'utile. La mer eft prefque toute couverte de goemon dans le port, fur-tout près des côtes dont les canots avoient de la peine à approcher; il ne rend d'autre fervice que de rompre la lame lorfque la mer eft groffe. On comptoit en tirer un grand parti pour fu-

Plantes marines.

mer les terres. Les marées nous apportoient plusieurs especes de coralines très-variées & des plus belles couleurs; elles ont mérité une place dans les cabinets des
curieux, ainsi que les éponges & les coquilles. Les éponges affectent toutes la figure des plantes, elles sont rami-
fiées en tant de manieres, qu'on a peine à croire qu'elles
soient l'ouvrage d'insectes marins. D'ailleurs leur tissu est
si serré & leurs fibres si délicates, qu'on ne conçoit gueres
comment ces animaux peuvent s'y loger.

Des Coquil-
les.

Les côtes des Malouines ont fourni aux cabinets plusieurs coquilles nouvelles. La plus précieuse est la poulette
ou poulte. On reconnoît trois especes de ces bivalves,
parmi lesquelles celle qui est striée, n'avoit jamais été vue,
à ce qu'on dit, que dans l'état de fossiles; ce qui peut servir
de preuve à cette assertion que les coquilles fossiles trouvées à des niveaux beaucoup au-dessus de la mer, ne sont
point des jeux de la nature & du hazard, mais qu'elles
ont été la demeure d'êtres vivans dans le tems que les
terres étoient encore couvertes par les eaux. Avec cette
coquille très-commune on trouvoit les lépas estimés par
leurs belles couleurs, les buccins feuilletés & armés, les
cames, les grandes moules unies & striées, & de la plus
belle nacre, &c.

Des Ani-
maux.

On ne voit qu'une seule espece de quadrupede sur ces
îles; elle tient du loup & du renard. Les oiseaux sont innombrables. Ils habitent indifféremment la terre & les
eaux. Les lions & les loups marins sont les seuls amphibies. Toutes les côtes abondent en poissons, la plûpart
peu connus. Les baleines occupent la haute mer; quelques-unes s'échouent quelquefois dans le fond des baies,
où l'on voit leurs débris. D'autres ossemens énormes,
placés

placés bien avant dans les terres, & que la fureur des flots n'a jamais été capable de porter si loin, prouvent ou que la mer a baissé, ou que les terres se sont élevées.

Le loup-renard, ainsi nommé, parce qu'il se creuse un terrier & que sa queue est plus longue & plus fournie de poil que celle du loup, habite dans les dunes sur le bord de la mer. Il suit le gibier & se fait des routes avec intelligence, toujours par le plus court chemin d'une baie à l'autre; à notre première descente à terre, nous ne doutâmes point que ce ne fussent des sentiers d'habitans. Il y a apparence que cet animal jeûne une partie de l'année, tant il est maigre & rare. Il est de la taille d'un chien ordinaire dont il a aussi l'aboyement, mais foible. Comment a-t-il été transporté sur les îles?

Les oiseaux & les poissons ne manquent pas d'ennemis qui troublent leur tranquillité. Ces ennemis des oiseaux sont le loup, qui détruit beaucoup d'œufs & de petits; les aigles, les éperviers, les émouchets & les chouettes. Les poissons sont encore plus maltraités; sans parler des baleines qui, comme on sait, ne se nourrissant que de frétin, en détruisent prodigieusement, ils ont à craindre les amphibies & cette quantité d'oiseaux pêcheurs, dont les uns se tiennent constamment en sentinelle sur les roches, & les autres planent sans cesse au-dessus des eaux.

Pour être en état de bien décrire les animaux qui suivent, il eût fallu beaucoup de tems & les yeux du Naturaliste le plus habile. Voici les remarques les plus essentielles, étendues seulement par rapport aux animaux qui étoient de quelque utilité.

Parmi les oiseaux à pieds palmés, le cigne tient le premier rang. Il ne diffère de ceux d'Europe que par son

Des Oiseaux à pieds palmés.

I

col d'un noir velouté, qui fait une admirable oppofition avec la blancheur du refte de fon corps ; fes pattes font couleur de chair. Cette efpece de cigne fe trouve auffi dans la riviere de la Plata & au détroit de Magellan.

Quatre efpéces d'oies fauvages formoient une de nos plus grandes richeffes. La premiere ne fait que pâturer, on lui donna improprement le nom d'*outarde*. Ses jambes élevées lui font néceffaires pour fe tirer des grandes herbes, & fon long col pour obferver le danger ; fa démarche eft légere, ainfi que fon vol ; elle n'a point le cri défagréable de fon efpece. Le plumage du mâle eft blanc, avec des mélanges de noir & de cendré fur le dos & les aîles. La femelle eft fauve, & fes aîles font parées de couleurs changeantes ; elle pond ordinairement fix œufs. Leur chair faine, nourriffante & de bon goût, devint notre principale nourriture ; il étoit rare qu'on en manquât : indépendamment de celles qui naiffent fur l'île, les vents d'Eft en automne en amenent des voliers, fans doute de quelque terre inhabitée : car les chaffeurs reconnoiffoient aifément ces nouvelles venues au peu de crainte que leur infpiroit la vue des hommes. Les trois autres efpeces d'oies n'étoient pas fi recherchées, elles fe nourriffent de poiffon & en contractent un goût huileux. Leur forme eft moins élégante que celle de la premiere efpece. Il y en a même une qui ne s'élève qu'avec peine au - deffus des eaux ; celle-ci eft criarde. Les couleurs de leur plumage ne fortent gueres du blanc, du noir, du fauve & du cendré. Toutes ces efpeces, ainfi que les cignes, ont fous leurs plumes un duvet blanc ou gris très-fourni.

Deux efpeces de canards & deux de farcelles embelliffent les étangs & les ruiffeaux. Les premiers different

peu de ceux de nos climats, on en tua quelques-uns de tout
noirs & d'autres tout blancs. Quant aux sarcelles, l'une
à bec bleu, est de la taille des canards; l'autre est beaucoup plus petite. On en vit qui avoient les plumes du
ventre teintes d'incarnat. Ces especes sont de la plus grande abondance & du meilleur goût.

On voyoit deux especes de plongeons de la petite
taille. L'une a le dos de couleur cendrée & le ventre
blanc; les plumes du ventre sont si soyeuses, si brillantes
& d'un tissu si serré, que nous les primes pour le grespe
dont on fait des manchons précieux : cette espece est rare.
L'autre, plus commune, est toute brune, ayant le ventre
un peu plus clair que le dos. Les yeux de ces animaux
sont semblables à des rubis. Leur vivacité surprenante augmente encore par l'opposition du cercle de plumes blanches qui les entoure & qui leur a fait donner le nom de
plongeons à lunettes. Ils sont deux petits, sans doute trop
délicats pour souffrir la fraîcheur de l'eau lorsqu'ils n'ont
encore que le duvet; car alors la mere les voiture sur son
dos. Ces deux especes n'ont point les pieds palmés à la
façon des autres oiseaux d'eau; leurs doigts séparés sont
garnis de chaque côté d'une membrane très-forte : en cet
état chaque doigt ressemble à une feuille arrondie du côté
de l'ongle, d'autant plus qu'il part du doigt des lignes qui
vont se terminer à la circonférence des membranes, &
que le tout est d'un verd de feuille sans avoir beaucoup
plus d'épaisseur.

Deux especes d'oiseaux que l'on nomma becascies, on
ne sait pas pourquoi, ne different que par la taille & quelquefois parce qu'il s'en trouve à ventre brun parmi tous
les autres qui l'ont ordinairement blanc. Le reste du plu-

I ij

mage eft d'un noir tirant fur le bleu, très-foncé ; leur forme
& les plumes du ventre , auffi ferrées. & auffi foyeufes
que celles du plongeon blanc, les rapprochent de cette
efpece ; ce que l'on n'oferoit cependant pas affurer. Ils
ont le bec affez long & pointu , & les pieds palmés fans
féparation, avec un caractere remarquable, le premier
doigt étant le plus long des trois , & la membrane qui les
joint fe terminant à rien au troifieme. Leurs pieds font
couleur de chair. Ces animaux font de grands deftructeurs
de poiffons. Ils fe placent fur les rochers , ils s'y raffemblent par nombreufes familles & y font leur ponte. Comme leur chair eft très-mangeable, on en fit des *tueries* de
deux ou trois cents, & la grande quantité de leurs œufs
offrit encore une reffource dans le befoin. Ils fe défioient
fi peu des chaffeurs , qu'il fuffifoit d'aller à eux avec des
bâtons. Ils ont pour ennemi un oifeau de proie à pieds palmés , ayant plus de fept pieds d'envergure, le bec long &
fort, caractérifé par deux tuyaux de même matiere que
le bec , lefquels font percés dans toute leur longueur. Cet
animal eft celui que les Efpagnols appellent *quebranta-
hueffos.*

Une quantité de moyes de couleurs très-variées & très-
agréables , de caniats & d'équerrets, prefque tous gris &
vivant par familles , viennent planer fur les eaux & fondent fur le poiffon avec une viteffe extraordinaire. Ils nous
fervoient à reconnoître les tems propres à la pêche de la
fardine ; il fuffifoit de les tenir un moment fufpendus ; &
ils rendoient encore dans fa forme ce poiffon qu'ils ne
venoient que d'engloutir. Le refte de l'année ils fe nourriffent de gradeau & autres menuailles. Ils pondent autour des étangs fur des plantes vertes affez femblables

aux nénuphars, une grande quantité d'œufs très-bons &
très-sains.

On diſtingua trois eſpeces de pengouins ; la premiere,
remarquable par ſa taille & la beauté de ſon plumage, ne
vit point par famille comme la ſeconde, qui eſt la même
que celle décrite dans le Voyage du Lord Anſon. Ce pen-
gouin de la premiere claſſe aime la ſolitude & les endroits
écartés. Son bec plus long & plus délié que celui des pengouins de la ſeconde eſpece, les plumes de ſon dos d'un
bleu plus clair, ſon ventre d'une blancheur éblouiſſante,
une palatine jonquille qui part de la tête & va terminer
les nuances du blanc & du bleu pour ſe réunir enſuite ſur
l'eſtomac, ſon col très-long quand il chante , ſon allure
aſſez légere, lui donnent un air de nobleſſe & de magnificence ſinguliere. On eſpéra de pouvoir en tranſporter un
en Europe. Il s'apprivoiſa facilement juſqu'à ſuivre & connoître celui qui étoit chargé de le nourrir, mangeant indifféremment le pain, la viande & le poiſſon : mais on
s'apperçut que cette nourriture ne lui ſuffiſoit pas & qu'il
abſorboit ſa graiſſe ; auſſi-tôt qu'il fut maigri à un certain
point, il mourut. La troiſieme eſpece habite par famille
comme la ſeconde ſur de hauts rochers dont elle partage
le terrein avec les becs-ſcies ; ils y pondent auſſi. Les ca-
raƈteres qui les diſtinguent des deux autres, ſont leur pe-
titeſſe, leur couleur fauve, un toupet de plumes de couleur d'or, plus courtes que celles des aigrettes, & qu'ils
relevent lorſqu'ils ſont irrités, & enfin d'autres petites plumes de même couleur qui leur ſervent de ſourcils ; on les
nomma *pengoüins ſauteurs* : en effet ils ne ſe tranſportent
que par ſauts & par bonds. Cette eſpece a dans toute ſa
contenance plus de vivacité que les deux autres.

Trois efpeces d'alcyons, qui fe montrent rarement, ne nous annonçoient pas les tempêtes comme ceux qu'on voit à la mer. Ce font cependant les mêmes animaux, au dire des marins; la plus petite efpece en a tous les caracteres. Si c'eft un véritable alcyon, on peut être affuré qu'il fait fon nid à terre, d'où l'on nous en a rapporté des petits n'ayant que le duvet, & parfaitement reffemblans à pere & mere. La feconde efpece ne differe que par la groffeur; elle eft un peu moindre qu'un pigeon. Ces deux efpeces font noires avec quelques plumes blanches fous le ventre. Quant à la troifieme qu'on nomma d'abord *pigeon blanc*, ayant tout le plumage de cette couleur & le bec rouge, on peut conjecturer que c'eft un véritable alcyon blanc à caufe de fa conformité avec les deux autres.

Oifeaux à pieds non palmés.

Trois efpeces d'aigles, dont les plus forts ont le plumage d'un blanc fale, & les autres font noirs à pattes jaunes & blanches, font la guerre aux beccaffines & aux petits oifeaux; ils n'ont ni la taille ni les ferres affez fortes pour en attaquer d'autres. Une quantité d'éperviers & d'émouchets & quelques chouettes, font encore les perfécuteurs du petit gibier. Les variétés de leurs plumages font riches & préfentent toutes fortes de couleurs.

Les beccaffines font les mêmes que celles d'Europe. Elles ne font point le crochet en prenant leur vol & font faciles à tirer. Dans le tems de leurs amours elles s'élevent à perte de vue : & après avoir chanté & reconnu leur nid, qu'elles font fans précaution au milieu des champs & dans des endroits prefque dégarnis d'herbes; elles s'y précipitent du plus haut des airs, alors elles font maigres: la faifon de les manger excellentes, eft l'automne.

En été on voyoit beaucoup de corlieux qui ne différent en rien des nôtres.

On rencontre toute l'année au bord de la mer un oiseau assez semblable au corlieu. On le nomma *pie de mer*, à cause de son plumage noir & blanc, ses autres caracteres distinctifs sont d'avoir le bec d'un rouge de corail & les pattes blanches. Il ne quitte gueres les rochers qui découvrent à basse mer, & se nourrit de petites chevrettes. Il a un sifflement aisé à imiter ; ce qui fut par la suite utile à nos chasseurs & pernicieux pour lui.

Les aigrettes sont assez communes ; nous les prîmes pour des hérons & nous ne connûmes pas d'abord le mérite de leurs plumes. Ces animaux commencent leur pêche au déclin du jour ; ils aboient de tems à autre, de maniere à faire croire que ce sont de ces loups-renards dont nous avons parlé ci-devant.

Deux especes d'étourneaux ou grives nous étoient amenées par l'automne ; une troisieme ne nous quittoit pas : on la nomma *oiseau rouge* ; son ventre est tout couvert de plumes du plus beau couleur de feu, sur-tout en hiver ; on en pourroit faire de riches collections pour des garnitures. Des deux autres especes passageres, l'une est fauve & a le ventre marqueté de plumes noires ; l'autre est de la couleur des grives que nous connoissons. Nous n'entrerons pas dans le détail d'une infinité d'autres petits oiseaux assez semblables à ceux qu'on voit en France dans les Provinces maritimes.

Les lions & les loups marins sont déja connus ; ces animaux occupent tous les bords de la mer & se logent, comme on l'a dit, dans ces grandes herbes nommées *glayeuls*. Leur troupe innombrable se transporte à plus

Des Amphibies.

d'une lieue fur le terrein pour y jouir de l'herbe fraîche &
du foleil. Il paroît que le lion décrit dans le Voyage du
Lord Anfon, devroit être, à caufe de fa trompe, regardé
plûtôt comme une efpece d'éléphant marin, d'autant plus
qu'il n'a pas de crinière, qu'il eft de la plus grande taille,
ayant jufqu'à vingt deux pieds de longueur; & qu'il y a
une autre efpece beaucoup plus petite, fans trompe &
caractérifée par une crinière de plus longs poils que ceux
du refte du corps, qu'on pourroit regarder comme le vrai
lion. Le loup marin ordinaire n'a ni crinière ni trompe;
ainfi ce font trois efpeces bien aifées à diftinguer. Le poil
de tous ces animaux ne recouvre point un duvet, tel qu'on
le trouve fur ceux qu'on pêche dans l'Amérique feptentrionale & dans la riviere de la Plata. Leurs huiles & leurs
peaux avoient déja formé une branche de commerce.

Des Poiffons.   Nous n'avons pas pu reconnoître une grande quantité
d'efpeces de poiffons. Nous nommâmes celui que nous
pêchions le plus communément *muge* ou *mulet*, auquel il
reffemble affez. Il s'en trouve de trois pieds de longueur,
qu'on féchoit. Le gradeau eft auffi très-commun; il y en a
de plus d'un pied de long. La fardine ne monte qu'au
commencement de l'hiver. Les mulets pourfuivis par les
loups marins, fe creufent des trous dans les terres va-
feufes qui bordent les ruiffeaux où ils fe réfugient, & nous
les prenions avec facilité, en enlevant la couche de terre
tourbeufe qui couvre leurs retraites. Indépendamment de
ces efpeces, on en prenoit à la ligne une infinité d'autres,
mais fort petits, parmi lefquels il s'en trouvoit un qu'on
nomma *Brochet tranfparent*. Il a la tête de ce poiffon, le
corps fans écailles, & abfolument diaphane. On trouve
auffi quelques congres fur les roches; & le marfouin blanc

ou

ou taupe se montre dans les baies pendant la belle saison. Si on avoit eu du tems & des hommes à employer pour la pêche au large, on auroit trouvé beaucoup d'autres poissons, & indubitablement des soles, dont on a rencontré quelques-unes échouées sur les sables. On n'a pris qu'une seule espece de poisson d'eau douce, sans écailles, d'une couleur verte, & de la taille d'une truite ordinaire. On a fait, il est vrai, peu de recherches dans cette partie ; le tems manquoit, & les autres poissons étoient en abondance.

Des Crustacées.

Quant aux crustacées, on n'en a distingué que trois especes fort petites, l'écrevisse rouge, même avant que d'être cuite, c'est plutôt une salicoque ; le crabe à pattes bleues qui ressemble assez au tourelourou, & une espece de chevrette très-petite. On ne ramassoit que pour les curieux ces trois sortes de crustacées, ainsi que les moules & autres coquillages qui n'ont pas le goût aussi fin que ceux de France.

Le pays paroît être absolument privé d'huitres.

Enfin pour présenter un objet de comparaison avec une île cultivée en Europe, on peut citer ce que dit Puffendorf en parlant de l'Irlande, située à la même latitude dans l'hémisphere boréal, que les îles Malouines dans l'autre hémisphere. Sçavoir, « que cette île est agréable » par la bonté & la sérénité de son air, la chaleur & le » froid n'y sont jamais excessifs. Le pays bien coupé de » lacs & de rivieres, offre de grandes plaines couvertes » de pâturages excellens, point de bêtes venimeuses, les » lacs & les rivieres poissonneuses, &c ». Voyez l'Histoire universelle.

K

CHAPITRE V.

Navigation des îles Malouines à Rio-Janéiro ; jonction de la Boudeuse avec l'Etoile ; hostilités des Portugais contre les Espagnols. Etat des revenus que le Roi de Portugal tire de Rio-Janéiro.

1767.
Juin.
Départ des Malouines pour Rio-Janéiro.

CEPENDANT j'attendois vainement *l'Etoile* aux îles Malouines : les mois de Mars & d'Avril s'étoient écoulés sans que cette flûte y fut venue. Je ne pouvois entreprendre de traverser l'Océan pacifique avec ma seule frégate, son peu de creux la rendant incapable de porter pour plus de six mois de vivres à son équipage. J'attendis encore la flûte pendant tout Mai. Voyant alors qu'il ne me restoit plus de vivres que pour deux mois, j'appareillai des îles Malouines le 2 Juin, pour me rendre à Rio-Janéiro ; j'y avois indiqué à M. de la Giraudais, Commandant de *l'Etoile*, un point de réunion, dans le cas où des circonstances forcées l'empêcheroient de venir me trouver aux îles Malouines.

Entrée à Rio-Janéiro.

Nous eûmes dans cette traversée un tems favorable ; le 20 Juin après-midi, nous vîmes les hauts mornes de la côte du Brésil, & le 21, nous reconnûmes l'entrée de Rio-Janéiro. Il y avoit le long de la côte plusieurs bateaux pêcheurs. Je fis mettre pavillon Portugais ferlé, & tirer un coup de canon : sur ce signal, l'un des bateaux vint à bord, & j'y pris un pilote, pour nous entrer dans la rade. Il nous fit ranger la côte à une demi-lieue des îles dont elle est bordée. Par-tout il y a beaucoup de fonds ; la côte est élevée, montueuse & couverte de bois ; elle est coupée en

mondrains détachés & taillés à pic qui en rendent l'aspect
très-varié. A cinq heures & demie du soir, nous étions
en-dedans du fort Sainte-Croix, lequel nous héla, & en
même tems il vint à bord un Officier Portugais nous demander les raisons de notre entrée. J'envoyai avec lui le
Chevalier de Bournand pour en informer le Comte d'A-
cunha, Viceroi du Brésil, & traiter du salut. A sept heures & demi nous mouillâmes dans la rade par huit brasses
d'eau, fond de vase noire.

Le Chevalier de Bournand revint bientôt après, & me
dit qu'au sujet du salut, le Comte d'Acunha lui avoit ré-
pondu que lorsque quelqu'un, en rencontrant un autre dans
la rue, lui ôtoit son chapeau, il ne s'informoit pas auparavant si cette politesse seroit rendue ou non ; que si nous sa-
luions la place, il verroit ce qu'il auroit à faire. Comme
cette réponse n'en étoit pas une, je ne saluai point. J'appris en même tems, par un canot que m'envoya M. de la
Giraudais, qu'il étoit dans ce port, que son départ de Rochefort, lequel devoit être à la fin de Décembre, avoit
été retardé jusqu'au commencement de Février ; qu'après
trois mois de navigation, une voie d'eau & le mauvais état
de sa mâture l'avoient contraint de relâcher à Montevideo,
où il avoit reçu, par les frégates Espagnoles, revenant des
Malouines, les instructions sur ma marche ; & qu'aussitôt
il avoit mis à la voile pour Rio-Janéiro, où il étoit mouillé
depuis six jours. Cette jonction me donnoit le moyen de
continuer ma mission ; quoique *l'Etoile*, en m'apportant
pour treize mois de vivres en salaisons & boissons, eût à
peine pour cinquante jours de pain & de légumes à me remettre. Le défaut de ces denrées indispensables, me forçoit de retourner en chercher dans la rivière de la Plata,

*Discussion
pour le salut.*

*Jonction avec
l'Etoile.*

K ij

attendu que nous ne trouvâmes à Rio-Janeiro, ni biscuit, ni bled, ni farine.

Il y avoit alors dans ce port deux bâtimens qui nous intéressoient, l'un François, l'autre Espagnol. Le premier, nommé *l'Etoile du matin*, étoit un bateau du Roi destiné pour l'Inde, auquel sa petitesse ne permettoit pas d'entreprendre en hiver le passage du cap de Bonne-Espérance, & qui venoit attendre ici le retour de la belle saison de ces parages. L'Espagnol étoit un vaisseau de guerre, *le Diligent*, de soixante & quatorze, commandé par Don Francisco de Médina. Sorti de la rivière de la Plata, avec un chargement de cuirs & de piastres, une voie d'eau considérable fort au-dessous de sa flottaison l'avoit forcé de relâcher ici, pour s'y remettre en état de continuer sa traversée en Europe; depuis huit mois qu'il y étoit entré, les refus des secours nécessaires & les difficultés de toute espèce que le Viceroi lui faisoit essuyer, l'empêchoient d'achever son radoub: aussi Don Francisco m'envoya-t-il, le soir même de mon arrivée, demander mes charpentiers & calefats, & le lendemain je fis passer à son bord tous ceux des deux navires.

Le 22, nous allâmes en corps faire une visite au Viceroi; il nous la rendit à bord le 25, & lorsqu'il en sortit, je le fis saluer de dix-neuf coups de canon, que la terre rendit. Dans cette visite, il nous offrit tous les secours qui étoient en son pouvoir; il m'accorda même la permission que je lui demandai, d'acheter une corvette qui m'eût été de la plus grande utilité dans le cours de l'expédition: & il ajouta que s'il y en avoit au Roi de Portugal, il me l'offriroit. Il m'assura aussi qu'il avoit ordonné les plus exactes perquisitions pour connoître ceux qui, sous les fenêtres même de son palais, avoient assassiné l'Aumônier de *l'Etoile* peu de jours avant notre arrivée, & qu'il en feroit la plus sévere justice. Il la promit, mais le droit des gens élevoit ici une voix impuissante.

Cependant les attentions du Viceroi pour nous, continuerent plusieurs jours: il nous annonça même de petits soupers qu'il se proposoit de nous donner au bord de l'eau, sous des berceaux de jasmins & d'orangers, & il nous fit préparer une loge à l'Opéra. Nous pûmes dans une salle assez belle, y voir les chefs d'œuvre de Métastasio représentés par une troupe de mulâtres, & entendre ces morceaux divins des grands Maîtres d'Italie, exécutés par un orquestre que dirigeoit alors un Prêtre bossu en habit ecclésiastique.

La faveur dont nous jouissions étoit un grand sujet d'étonnement pour les Espagnols, & même pour les gens du pays, qui nous avertissoient que les procédés de leur Gouverneur ne seroient pas long-tems les mêmes. En effet, soit que les secours que nous donnions aux Espagnols, & notre liaison avec eux lui déplussent, soit qu'il lui fût impossible de soutenir davantage des manieres opposées entièrement à son humeur, il fut bientôt avec nous ce qu'il étoit pour tous les autres.

Le 28 Juin, nous apprîmes que les Portugais avoient surpris & attaqué les Espagnols à *Rio-grande*, qu'ils les avoient chassés d'un poste qu'ils occupoient sur la rive gauche de cette riviere, & qu'un vaisseau Espagnol, en relâche à l'île Sainte-Catherine, venoit d'y être arrêté. On armoit ici en grande diligence *le Saint-Sébastien*, de soixante-quatre canons, construit dans ce port, & une frégate, de quarante canons, *la nuestra Segnora da gracia*. Celle-ci

Hostilités des Portugais contre les Espagnols.

étoit deftinée, difoit-on, à efcorter un convoi de troupes & de munitions à Rio-grande & à la colonie du Saint-Sacrement. Ces hoftilités & ces préparatifs nous donnoient lieu d'appréhender que le Viceroi ne voulût arrêter *le Diligent*, lequel étoit en carêne fur l'île de *las Cobras*, & nous accélérâmes fon armement le plus qu'il nous fût poffible. Effectivement il fut en état le dernier jour de Juin de commencer à embarquer les cuirs de fa cargaifon; mais lorfqu'il voulut, le 6 Juillet, embarquer fes canons qu'il avoit, pendant fon radoub, dépofé fur l'île aux Couleuvres, le Viceroi défendit de les lui livrer, & déclara qu'il arrêtoit le vaiffeau, jufqu'à ce qu'il eût reçu des ordres de fa Cour au fujet des hoftilités commifes à Rio-grande. Don Medina fit à ce fujet toutes les démarches convenables, ce fut en vain; le Comte d'Acunha ne voulut pas même recevoir la lettre que le Commandant Efpagnol lui envoya par un Officier de fon bord.

Nous partageâmes la difgrace de nos alliés. Lorfque, d'après la parole réitérée du Viceroi, j'eus conclu le marché pour l'achat d'un fenault, fon Excellence fit défendre au vendeur de me le livrer. Il fut pareillement défendu de nous laiffer prendre dans le chantier royal des bois qui nous étoient néceffaires & pour lefquels nous avions arrêté un marché: il me refufa enfuite la permiffion de me loger avec mon Etat major, pendant le tems qu'on feroit à la frégate quelques réparations effentielles, dans une maifon voifine de la ville que m'offrit le propriétaire, & que le Commodore Byron avoit occupée, lors de fa relâche dans ce port en 1765. Je voulus lui faire à ce fujet & fur le refus du fenault & des bois, quelques repréfentations. Il ne m'en donna pas le tems; &, aux pre-

(marginalia:)
1767.
Juillet.

Mauvais procédés du Viceroi à notre égard.

miers mots que je lui dis, il se leva avec fureur, m'or-
donna de sortir ; & piqué sans doute de ce que, malgré sa
colere, je restois assis de même que deux Officiers qui
m'accompagnoient, il appella sa garde ; mais sa garde,
plus sage que lui, ne vint pas & nous nous retirâmes
sans que personne parût s'être ébranlé. A peine fûmes-
nous sortis, qu'on doubla la garde de son palais, on renforça les patrouilles & l'ordre fut donné d'arrêter tous les
François qu'on trouveroit dans les rues après le coucher
du soleil. Il envoya dire aussi au Capitaine du vaisseau
François de quatre canons d'aller se mouiller sous le fort
de Villagahon, & le lendemain je l'y fis remorquer par
mes canots.

Je ne songeai dès-lors qu'à me disposer au départ, *Ils nous dé-*
d'autant plus que les gens du pays que nous fréquentions, *terminent à*
avoient tout à craindre du Viceroi. Deux Officiers Portu- *partir de Rio-*
gais furent la victime de leur honnêteté pour nous ; l'un *Janéiro.*
fut mis au cachot dans la citadelle ; l'autre envoyé en
exil à *Santa*, petit bourg entre Sainte-Catherine & Rio-
grande. Je me hâtai de faire notre eau, de prendre à bord
de l'Etoile les provisions dont je ne pouvois me passer,
& d'embarquer des rafraîchissemens. J'avois été forcé
d'augmenter la largeur de mes hunes, & le Commandant
Espagnol me fournit le bois nécessaire pour cette opération, & qu'on nous avoit refusé aux chantiers. Je m'é-
tois aussi muni de quelques planches dont nous ne pouvions nous passer, & qu'on nous vendit en contrebande.

Enfin le 12, tout étant prêt, j'envoyai un Officier prévenir le Viceroi que j'appareillerois au premier vent favorable. Je conseillai aussi à M. d'Etcheveri, commandant
l'Etoile du matin, de ne s'arrêter à Rio-Janéiro que le

moins qu'il pourroit, & d'employer plûtôt le tems qui reftoit jufqu'à la faifon favorable pour le paffage du cap
de Bonne-Efpérance , à bien reconnoître les îles de Tri-
ftan d'Acunha, où il trouveroit de l'eau, du bois, du
poiffon en abondance, & je lui donnai quelques mémoires
que j'avois fur ces îles. J'ai fû depuis qu'il avoit fuivi ce
confeil.

Nous avions joui pendant notre féjour à Rio-Janéiro
du printems des Poëtes, & fes habitans nous avoient témoigné de la façon la plus honnête le déplaifir que leur
caufoient les mauvais procédés de leur Viceroi à nôtre
égard. Auffi regrettions-nous de ne pouvoir refter plus
long-tems avec eux. Tant d'autres Voyageurs ont décrit
le Bréfil & fa capitale, que je n'en dirois rien qui ne fût
une répétition faftidieufe. Rio-Janéiro, conquis une fois
par les armes de la France, lui eft bien connu. Je me con-
tenterai d'entrer ici dans quelques détails fur les richeffes
dont cette ville eft le débouché, & fur les revenus que le
Roi de Portugal en tire. Je dirai auparavant que M. de
Commerçon, favant Naturalifte, embarqué fur l'Etoile
pour fuivre l'expédition, m'a affuré que ce pays étoit le
plus riche en plantes qu'il eût jamais rencontré, & qu'il y
avoit trouvé des tréfors pour la Botanique.

Détails fur les richeffes de Rio-Janéi-ro.

Rio-Janéiro eft l'entrepôt & le débouché principal des
richeffes du Bréfil. Les mines appellées *générales*, font les
plus voifines de la ville dont elles font diftantes environ
de foixante & quinze lieues. Elles rendent au Roi tous
les ans, pour fon droit de quint, au-moins cent douze
arobes d'or; l'année 1762 elles en rapporterent cent dix-
neuf. Sous la Capitainie des mines générales on comprend
celles de *Rio des morts*, de *Sabara* & de *Sero-frio*. Cette
derniere,

derniere, outre l'or qu'on en retire, produit encore tous les diamans qui proviennent du Bréfil. Ils fe trouvent dans le fond d'une riviere qu'on a foin de détourner, pour féparer enfuite, d'avec les cailloux qu'elle roule dans fon lit, les diamans, les topazes, les chryfolites & autres pierres de qualités inférieures.

Toutes ces pierres, excepté les diamans, ne font pas de contrebande; elles appartiennent aux entrepreneurs, lefquels font obligés de donner un compte exact des diamans trouvés & de les remettre entre les mains de l'Intendant prépofé par le Roi à cet effet. Cet Intendant les dépofe auffi-tôt dans une caffette cerclée de fer & fermée avec trois ferrures. Il a une des clefs, le Viceroi une autre & le Provador de l'Hazienda Réale la troifieme. Cette caffette eft renfermée dans une feconde, où font pofés les cachets des trois perfonnes mentionnées ci deffus, & qui contient les trois clefs de la premiere. Le Viceroi n'a pas le pouvoir de vifiter ce qu'elle renferme. Il configne feulement le tout à un troifieme coffre-fort qu'il envoye à Lisbonne, après avoir appofé fon cachet fur la ferrure. L'ouverture s'en fait en la préfence du Roi, qui choifit les diamans qu'il veut & en paye le prix aux entrepreneurs fur le pied d'un tarif réglé par leur traité.

Les entrepreneurs payent à Sa Majefté Très-Fidele la valeur d'une piaftre, monnoie d'Efpagne, par jour de chaque efclave employé à la recherche des diamans; le nombre de ces efclaves peut monter à huit cents. De toutes les contrebandes, celle des diamans eft la plus févérement punie. Si le contrebandier eft pauvre, il lui en coûte la vie; s'il a des biens capables de fatisfaire à ce qu'exige la loi, outre la confifcation des diamans, il eft condam-

Réglemens pour l'exploitation des Mines.

Mines de Diamans.

L

né à payer deux fois leur valeur, à un an de prifon &
exilé pour fa vie à la côte d'Afrique. Malgré cette févérité, il ne laiffe pas de fe faire une grande contrebande
de diamans, même des plus beaux, tant leur peu de vo-
lume donne l'efpérance & la facilité de les cacher.

Mines d'or. Tout l'or qu'on retire des mines ne fçauroit être tranfporté à Rio-Janéiro, fans avoir été remis auparavant dans
les *maifons de fondation* établies dans chaque diftrict, où
fe perçoit le droit de la couronne. Ce qui revient aux particuliers leur eft remis en barres avec leur poids, leur nu-
méro & les armes du Roi. Tout cet or a été touché par
une perfonne prépofée à cet effet, & fur chaque barre
eft imprimé le titre de l'or, afin qu'enfuite, dans la fabrique des monnoies, on faffe avec facilité l'opération néceffaire pour les mettre à leur valeur proportionnelle.

Ces barres appartenantes aux particuliers font enregi-
ftrées dans le comptoir de *la Praybuha*, à trente lieues
de Rio-Janéiro. Dans ce pofte font un Capitaine, un
Lieutenant & cinquante hommes : c'eft-là qu'on paye le
droit de quint & de plus un droit de péage d'un réal &
démi par tête d'hommes & de bêtes à cornes ou de fomme. La moitié du produit de ce droit appartient au Roi
& l'autre moitié fe partage entre le détachement proportionnellement au grade. Comme il eft impoffible de revenir des mines fans paffer par ce regiftre, on y eft arrêté & fouillé avec la dernière rigueur.

Les particuliers font enfuite obligés de porter tout l'or
en barre qui leur revient, à la monnoie de Rio-Janéiro,
où on leur en donne la valeur en efpèces monnoyées :
ce font ordinairement des demi-doublons qui valent huit
piaftres d'Efpagne. Sur chacun de ces demi-doublons le

Roi gagne une piaftre par l'alliage & le droit de monnoie.
L'hôtel des monnoies de Rio-Janéiro eft un des plus beaux
qui exiftent ; il eft muni de toutes les commodités néceffaires pour y travailler avec la plus grande célérité. Comme l'or defcend des mines dans le même tems où les
flottes arrivent de Portugal, il faut accélérer le travail
de la monnoie, & elle s'y frappe avec une promptitude
furprenante.

L'arrivée de ces flottes rend le commerce de Rio-Janéiro très-floriffant, principalement la flotte de Lisbonne.
Celle de Porto eft chargée feulement de vins, eaux-de-vie,
vinaigres, denrées de bouche & de quelques toiles groffieres fabriquées dans cette ville ou aux environs. Auffi-tôt
après l'arrivée des flottes, toutes les marchandifes qu'elles
apportent font conduites à la douane, où elles payent au
Roi dix pour cent. Obfervez qu'aujourd'hui, la communication de la colonie du S. Sacrement avec Buenos-Aires
étant févérement interceptée, ces droits doivent éprouver
une diminution confidérable. Prefque toutes les plus pré-
cieufes marchandifes étoient envoyées de Rio-Janéiro à
la colonie, d'où elles paffoient en contrebande par Buenos-Aires au Chili & au Pérou ; & ce commerce fraudu-
leux valoit tous les ans aux Portugais plus d'un million &
demi de piaftres. En un mot les mines du Bréfil ne produifent point d'argent ; tout celui que les Portugais pof-
fedent, provient de cette contrebande. La traite des Negres leur étoit encore un objet immenfe. On ne fçauroit
évaluer à combien monte la perte que leur occafionne
la fuppreffion prefque entiere de cette branche de contrebande. Elle occupoit feule au-moins trente embarcations pour le cabotage de la côte du Bréfil à la Plata.

Outre le dix pour cent d'ancien droit qui se paye à la douane royale, il y a un autre droit de deux & demi pour cent, imposé sous le titre de don gratuit depuis le desastre arrivé à Lisbonne en 1755. Il se paye immédiatement à la sortie de la douane, au lieu qu'on y accorde pour le dixieme un délai de six mois, en donnant caution valable.

Les mines de *S. Paolo* & *Parnagua* rendent au Roi quatre arobes de quint année commune. Les mines les plus éloignées, comme celles de *Pracaton*, de *Quiaba*, dépendent de la Capitainie de Matagrosso. Le quint des mines ci-dessus ne se perçoit pas à Rio-Janéiro, mais bien celui des mines de *Goyas*. Cette Capitainie a aussi des mines de diamans qu'il est défendu de fouiller.

Toute la dépense que le Roi de Portugal fait à Rio-Janéiro, tant pour le payement des troupes & des Officiers civils, que pour les frais des mines, l'entretien des bâtimens publics, la carène des vaisseaux, monte environ à six cent mille piastres. Je ne parle point de ce que peut lui coûter la construction des vaisseaux de ligne & frégates qu'on y a maintenant établie.

RÉCAPITULATION & montant des divers objets du Revenu Royal, année commune.

	piastres.
Cent cinquante arobes d'or que rapportent, année commune, tous les quints réduits, valent en monnoie d'Espagne, ...	1,125000
Le droit des diamans, ...	240000
Le droit de monnoie, ...	400000
Dix pour cent de la douane, ...	350000
Deux & demi pour cent de don gratuit, ...	87000
	2,202000

piaſtres.

Ci-contre, ...	2,202000

Droit de péage, vente des emplois, offices, & généralement tout ce qui provient des mines , ... 225000

Droits fur les Noirs , ... 110000

Droit fur l'huile de poiſſon , le ſel , le ſavon & le
dixieme fur les denrés du pays , ... 130000

T O T A L , ... 2,667000

Sur quoi défalquant la dépenſe ci-deſſus mentionnée ,
on verra que le revenu que le Roi de Portugal tire de
Rio-Janéiro, monte à plus de dix millions de notre monnoie.

CHAPITRE VI.

Départ de Rio-Janéiro ; second voyage à Montevideo ; avaries qu'y reçoit l'Etoile.

LE 14 Juillet nous appareillâmes de Rio-Janéiro & fûmes contraints, le vent nous manquant, de remouiller dans la rade. Nous sortîmes le 15 ; & , deux jours après , l'avantage de marche que la frégate avoit sur l'Etoile, me mit dans le cas de dégréer les mâts de perroquet, nos mâts majeurs exigeant beaucoup de ménagement. Les vents furent variables , grand frais & la mer très-grosse ; la nuit du 19 au 20, nous perdîmes notre grand hunier, emporté sur ses cargues. Le 25 il y eut une éclipse de so-

leil visible pour nous. J'avois pris à mon bord M. Verron, jeune observateur venu de France sur l'Etoile, pour s'occuper dans le voyage des méthodes propres à calculer en mer la longitude. Suivant le point estimé du vaisseau, le moment de l'immersion , calculé par cet Astronome, devoit être pour nous le 25 à quatre heures dix-neuf minutes du soir. A quatre heures six minutes, un nuage nous déroba la vue du soleil, & lorsque nous le revîmes à quatre heures trente-une minutes, il y en avoit alors environ un doigt & demi d'éclipsé. Les nuages qui passerent ensuite successivement sur le soleil, ne nous le laisserent appercevoir que pendant des intervalles très-courts ; de sorte que nous ne pûmes observer aucune des phases de l'éclipse , ni par conséquent en conclure notre longitude. Le soleil se couchoit pour nous avant le moment de la conjonction apparente , & nous estimâmes que celui de l'immersion avoit été à quatre heures vingt-trois minutes.

Le 26 nous commençâmes à trouver le fond, & le 28 au matin nous eûmes connoissance des Castilles. Cette partie de la côte est d'une hauteur médiocre & s'apperçoit de dix à douze lieues. Nous crûmes reconnoître l'entrée d'une baie qui est vraisemblablement le mouillage où les Espagnols ont un fort, mouillage qu'ils m'ont dit être fort mauvais. Le 29 nous entrâmes dans la riviere de la Plata & vîmes les Maldonades. Nous avançâmes peu cette journée & la suivante. Nous passâmes en calme presque toute la nuit du 30 au 31, sondant sans cesse. Les courans paroissoient nous entraîner dans le Nord-Ouest, où nous restoit à-peu-près l'île Lobos. A une heure & demie après minuit, la sonde ayant donné trente-trois brasses, je jugeai être très-près de cette île, & je fis le signal de mouiller. Nous appareillâmes à trois heures & demie & vîmes l'île de Lobos dans le Nord-Est, environ à deux lieues & demie. Le vent de Sud & de Sud-Est, foible d'abord, renforça dans la matinée & nous mouillâmes le 31 après midi dans la baie de Montevideo. L'Etoile nous avoit fait perdre beaucoup de chemin, parce qu'outre l'avantage de marche que nous conservions sur elle, cette flûte qui, au sortir de Rio-Janéiro, faisoit quatre pouces d'eau toutes les deux heures, après quelques jours de navigation en fit sept pouces dans le même intervalle de tems; ce qui ne lui permettoit pas de forcer de voiles.

A peine fûmes-nous mouillés, qu'un Officier venu à bord de la part du Gouverneur de Montevidéo pour nous complimenter sur notre arrivée, nous apprit qu'on avoit reçu des ordres d'Espagne pour arrêter tous les Jésuites & se saisir de leurs biens; que le même bâtiment porteur de ces dépêches, avoit amené quarante Peres de la com-

Entrée dans la riviere de la Plata.

Seconde relâche à Montevideo.

pagnie deſtinés aux miſſions ; que l'ordre avoit été exécuté déja dans les principales maiſons, ſans trouble ni réſi-
ſtance & qu'au contraire ces Religieux ſupportoient
leur diſgrace avec ſageſſe & réſignation. J'entrerai bientôt
dans le détail de cette grande affaire, de laquelle m'ont
pû mettre au fait un long ſéjour à Buenos-Aires & la
confiance dont m'y a honoré le Gouverneur général Don
Franciſco Bukarely.

Comme nous devions reſter dans la riviere de la Plata
juſqu'après la révolution de l'équinoxe, nous prîmes des
logemens à Montevideo, où nous établîmes auſſi nos ouvriers & un hôpital. Ces premiers ſoins remplis, je me
rendis à Buenos-Aires le 11 Août, pour y accélérer la
fourniture des vivres qui nous étoient néceſſaires & dont
fut chargé le Munitionnaire général du Roi d'Eſpagne,
aux mêmes prix que portoit ſon traité vis-à-vis Sa Majeſté
Catholique. Je voulois auſſi entretenir M. de Bukarely
ſur ce qui s'étoit paſſé à Rio-Janéiro, quoique je lui euſſe
déja envoyé par un exprès les dépêches de Dom Franciſco de Medina. Je le trouvai ſagement réſolu à ſe contenter de rendre compte en Europe des hoſtilités commi-
ſes par le Viceroi du Bréſil & à ne point uſer de repré-
ſailles. Il lui eût été facile de s'emparer en peu de jours de
la Colonie du Saint-Sacrement, d'autant plus que cette
place manquoit de tout & qu'elle n'avoit pas encore reçu
au mois de Novembre le convoi de vivres & de munitions qu'on lui préparoit, lorſque nous ſortîmes de Rio-
Janéiro.

J'éprouvai de la part du Gouverneur général les plus
grandes facilités pour la prompte expédition de nos be-
ſoins. A la fin d'Août deux goëlettes, chargées pour nous
de

de bifcuit & de farine, avoient fait voile pour Montevideo, où je m'étois auffi rendu pour y célébrer la fête de
S. Louis. J'avois laiffé à Buenos-Aires le Chevalier du
Bouchage, Enfeigne de vaiffeau, pour y faire embarquer le refte de nos vivres, & y être chargé des affaires
qui pourroient nous furvenir, jufqu'à notre départ que
j'efpérois devoir être à la fin de Septembre; je ne pré-
voyois pas qu'un accident nous retiendroit fix femaines
de plus. Pendant une tourmente de Sud-Oueft, le Saint-
Fernand, vaiffeau de regiftre, qui étoit mouillé près de
l'Etoile, chaffa fur fes ancres, vint de nuit aborder cette
flûte, & du premier choc lui rompit fon mât de beaupré au ras de l'étambré. Sa poulaine & fes écharpes ou
herpes furent enfuite emportées; heureux encore d'avoir
pu fe féparer, malgré le mauvais tems & l'obfcurité, fans
effuyer d'autres avaries.

Avarie que
reçoit l'*Etoile*.

Cet abordage augmenta confidérablement la voie d'eau
que l'Etoile avoit dès le commencement de la campagne. Il devenoit indifpenfable de décharger ce bâtiment,
peut-être même de le virer en quille pour découvrir & fermer cette voie d'eau qui paroiffoit être très-baffe & de l'a-
vant. Cette opération ne pouvoit fe faire à Montevideo,
où d'ailleurs on ne trouvoit point les bois néceffaires à la
réparation de fa mâture. J'écrivis donc au Chevalier du
Bouchage d'expofer au Marquis de Bukareli notre fituation, & d'obtenir fon agrément pour que l'Etoile remon-
tât la riviere & vint à la Encenada de Baragan; je lui
mandois auffi d'y faire paffer auffi-tôt les bois & autres
matériaux dont nous avions befoin. Le Gouverneur général confentit à ces demandes; & le 7 Septembre,
n'ayant pu trouver aucun pilote, je m'embarquai fur l'E-

1767.
Septembre.

M

toile avec les charpentiers & calefats de la Boudeuse pour partir le lendemain & suivre moi-même une navigation qu'on nous disoit être de la plus grande difficulté. Deux vaisseaux de registre, le Saint-Fernand & le Carmen, munis d'un pratique, appareilloient le même jour de Monte-vidéo pour la Encenada & j'avois compté les suivre ; mais le Saint-Fernand, à bord duquel étoit ce pilote nommé Philippe, appareilla la nuit du 7 au 8, dans la seule vue de nous dérober sa marche & laissant son ca-marade dans le même embarras. Nous partîmes toute-fois le 8 au matin précédés par nos canots, le Carmen étant resté pour attendre une goëlette qui dirigeât sa route. Le soir nous joignîmes le Saint-Fernand, nous le dépassâmes & le 10 après midi nous mouillâmes dans la rade de la Encenada, Philippe, aussi mauvais pilote que méchant homme, ayant toujours gouverné sur nous.

Je trouvai dans cette rade la Vénus, frégate de vingt-six canons, & quelques navires marchands destinés, comme elle, à faire voile incessamment pour l'Europe. J'y trouvai aussi la Smeralda & la Liebe, qui se disposoient à retourner avec des munitions de toute espece aux îles Ma-louines, d'où elles devoient passer dans la mer du Sud, pour y prendre les Jésuites du Chili & du Pérou. Il y avoit de plus le chambekin l'Andalous arrivé du Ferrol à la fin de Juillet en compagnie d'un autre chambekin nom-mé l'Aventurero ; mais celui-ci s'étoit perdu sur la tête du banc aux Anglois, & l'équipage avoit eu le tems de se sauver. L'Andalous se préparoit à aller porter des Mis-sionnaires & des présens aux habitans de la terre de Feu, le Roi Catholique voulant leur témoigner sa reconnois-sance des services qu'ils avoient rendus aux Espagnols

du navire *la Conception*, lequel en 1765 avoit péri sur
leurs côtes.

  Je descendis à Baragan, où le Chevalier du Bouchage
avoit déja fait transporter une partie des bois qui nous
étoient nécessaires. Il les avoit rassemblés avec peine &
à grands frais à Buenos-Aires dans l'arsenal du Roi &
quelques magasins particuliers, approvisionnés les uns &
les autres par les débris des vaisseaux qui font naufrage dans
la riviere. On ne trouvoit d'ailleurs à Baragan aucune espece de ressources, mais bien des difficultés de plusieurs
genres & tout ce qui peut forcer à n'opérer que lentement. La Encenada de Baragan n'est en effet qu'une espece de mauvaise baie formée par l'embouchure d'une
petite riviere qui peut avoir un quart de lieue de largeur,
mais il n'y a de l'eau qu'au milieu, dans un canal étroit &
qui se comble tous les jours, où peuvent entrer des vaisseaux qui ne tirent que douze pieds : dans tout le reste
il n'y a pas six pouces d'eau à marée basse ; or, comme
les marées sont fort irrégulieres dans la riviere de la Plata, qu'elles sont hautes ou basses quelquefois huit jours
de suite selon les vents qui regnent, le débarquement des
chaloupes y essuie les plus grandes difficultés. D'ailleurs
nuls magasins à terre, quelques maisons ou plutôt des
chaumieres construites avec des joncs, couvertes de cuir,
dispersées sans ordre sur un sol brut & habitées par des
hommes qui ont assez de peine à se procurer leur subsi-
stance. Les bâtimens qui tirent trop d'eau pour pouvoir
entrer dans cette anse mouillent à la pointe de Lara, à
une lieue & demie dans l'Ouest. Ils y sont exposés à tous
les vents ; mais la tenue étant fort bonne, ils y peuvent
hiverner, quoiqu'avec beaucoup d'incommodités.

L'Etoile s'y raccommode.

Je laiſſai à la pointe de Lara M. de la Giraudais chargé
des ſoins relatifs à ſon vaiſſeau, & je me rendis à Buenos-
Aires, d'où je lui expédiai une grande goëlette ſur laquelle il pouvoit abattre, lorſqu'il ſeroit entré à la Encenada. Il falloit pour cela qu'il déchargeât en partie les
effets qu'il avoit à bord, & M. de Bukarely permit de les
dépoſer à bord de la *Smeralda* & de la *Liebe.* Le 8 Octobre *l'Etoile* fut en état d'entrer dans le port, & l'on trouva que ſon radoub ſeroit moins long qu'on ne l'avoit ap-
préhendé. En effet, à peine avoit-elle commencé à s'allé-
ger, que ſa voie d'eau diminua ſenſiblement & elle ceſſa
d'en faire, lorſqu'elle ne tira plus que huit pieds de l'avant.
Après y avoir débité quelques planches de ſon doublage,
on vit que la couture des barbes du navire étoit abſolument ſans étoupe, pendant une longueur d'environ quatre
pieds & demi, depuis huit pieds & demi de tirant d'eau en
remontant. On découvrit auſſi deux trous de tarriere dont
les chevilles n'avoient pas été poſées. Toutes ces avaries
ayant été promptement réparées, de nouvelles herpes re-
miſes en place, le mât de beaupré fait & mâté, la flûte
récalfatée en entier; elle revint le 21 à la pointe de Lara,
où elle reprit ſon chargement à bord des frégates Eſpagnoles. Elle y embarqua auſſi ſucceſſivement le bois, les
farines, le biſcuit & les différentes proviſions que je lui envoyai dans cette rade.

Départ de
pluſieurs vaiſ-
ſeaux pour
l'Europe, ar-
rivée de quel-
ques autres.

Il en étoit parti pour Cadix, à la fin de Septembre, *la*
Venus & quatre autres bâtimens chargés de cuirs, & portant deux cents cinquante Jéſuites & les familles Françoiſes des Malouines, à l'exception de ſept, qui n'ayant pu y
trouver place, furent forcées d'attendre une autre occa-
ſion. Le Marquis de Bukarely les fit venir à Buenos-Aires,

où il pourvut à leur fubfiftance & à leur logement. On venoit d'apprendre dans le même moment l'arrivée du *Dia-
mant*, vaiffeau de regiftre, expédié pour Buenos-Aires, &
celle du *Saint-Michel*, autre vaiffeau de regiftre deftiné
pour Lima. La fituation de ce dernier bâtiment étoit trifte.
Après avoir, pendant quarante-cinq jours, lutté contre
les vents fur le cap de Horn, trente-neuf hommes de fon
équipage étant morts & le refte attaqué du fcorbut, un
coup de mer ayant emporté fon gouvernail, il avoit été
forcé de faire route pour cette riviere, où il étoit entré
dans le port des Maldonades, fept mois après être forti
de Cadix & n'ayant plus que trois matelots & quelques
Officiers en état d'agir. Nous envoyâmes à la requête des
Efpagnols, un Officier & un équipage pour amener ce
bâtiment à Montevideo. Il y étoit arrivé le 5 Octobre la
frégate Efpagnole *l'Aigle*, fortie du Ferrol au mois de
Mars. Elle avoit relâché à l'île Sainte-Catherine, & les
Portugais l'y avoient arrêtée dans le même tems où ils re-
tenoient *le Diligent* à Rio-Janéiro.

CHAPITRE VII.

Détails sur les Missions du Paraguai, & l'expulsion des Jésuites de cette province.

TANDIS que nous hâtions nos dispositions pour sortir de la riviere de la Plata, le Marquis de Bukarely faisoit les siennes pour passer sur *l'Uraguai*. Déja les Jésuites avoient été arrêtés dans toutes les autres provinces de son département, & ce Gouverneur général vouloit exécuter en personne dans les missions les ordres du Roi Catholique. Il dépendoit des premieres mesures qu'on y alloit prendre de faire agréer à ces peuples le changement qu'on leur préparoit, ou de les replonger dans l'état de barbarie. Mais avant que de détailler ce que j'ai vû sur la catastrophe de ce singulier Gouvernement, il faut dire un mot sur son origine, ses progrès & sa forme. Je le dirai *sine irâ & studio quorum causas procul habeo*.

C'est en 1580, que l'on voit les Jésuites admis pour la premiere fois dans ces fertiles régions, où ils ont depuis fondé, sous le regne de Philippe III, les missions fameuses auxquelles on donne en Europe le nom du Paraguai, & plus à propos en Amérique celui de l'Uraguai, riviere sur laquelle elles sont situées. Elles ont toujours été divisées en peuplades, foibles d'abord & en petit nombre, mais que des progrès successifs ont porté jusqu'à celui de trente-sept; sçavoir, vingt-neuf sur la rive droite de l'Uraguai, & huit sur la rive gauche, régies chacune par deux Jésuites en habit de l'Ordre. Deux motifs qu'il est permis aux Souverains d'allier, lorsque l'un ne nuit pas à l'autre, la Reli-

gion & l'intérêt, avoient fait défirer aux Monarques Efpagnols la converfion de ces Indiens ; en les rendant Catho-
liques on civilifoit des hommes fauvages, on fe rendoit maîtres d'une contrée vafte & abondante : c'étoit ouvrir à la
métropole une nouvelle fource de richéffes, & acquérir
des adorateurs au vrai Dieu. Les Jéfuites fe chargerent de
remplir ces vûes, mais ils repréfenterent que pour faciliter
le fuccès d'une fi pénible entreprife, il falloit qu'ils fuffent
indépendans des Gouverneurs de la province, & que
même aucun Efpagnol ne pénétrât dans le pays.

Le motif qui fondoit cette demande, étoit la crainte que
les vices des Européens ne diminuaffent la ferveur des
Néophites, ne les éloignaffent même du Chriftianifme, &
que la hauteur Efpagnole ne leur rendît odieux un joug
trop appéfanti. La Cour d'Efpagne approuvant ces raifons,
régla que les Miffionnaires feroient fouftraits à l'autorité
des Gouverneurs, & que le tréfor leur donneroit chaque
année foixante mille piaftres pour les frais des défriche-
mens, fous la condition qu'à mefure que les peuplades
feroient formées & les terres mifes en valeur, les Indiens
payeroient annuellement au Roi une piaftre par homme
depuis l'âge de dix-huit ans jufqu'à celui de foixante. On
exigea auffi que les Miffionnaires appriffent aux Indiens la
langue Efpagnole ; mais cette claufe ne paroît pas avoir été
exécutée.

Conditions
ftipulées en-
tre la Cour
d'Efpagne &
les Jéfuites.

Les Jéfuites entrerent dans la carriere avec le courage
des Martyrs & une patience vraiment angélique. Il falloit
l'un & l'autre pour attirer, retenir, plier à l'obéiffance &
au travail des hommes féroces, inconftans, attachés autant à leur pareffe qu'à leur indépendance. Les obftacles furent infinis, les difficultés renaiffoient à chaque pas ;

Zéle & fuccès
des Miffion-
naires.

le zèle triompha de tout, & la douceur des Millionnaires amena enfin à leurs pieds ces farouches habitans des bois. En effet, ils les réunirent dans des habitations, leur donnèrent des loix, introduisirent chez eux les arts utiles & agréables ; enfin d'une Nation barbare, sans mœurs & sans religion, ils en firent un peuple doux, policé, exact obfervateur des cérémonies chrétiennes. Ces Indiens, charmés par l'éloquence perfuafive de leurs apôtres, obéiffoient volontiers à des hommes qu'ils voyoient fe facrifier à leur bonheur ; de telle façon que quand ils vouloient fe former une idée du Roi d'Efpagne, ils fe le repréfentoient fous l'habit de S. Ignace.

Révolte des Indiens contre les Efpagnols.

Cependant il y eut contre fon autorité un inftant de révolte dans l'année 1757. Le Roi Catholique venoit d'échanger avec le Portugal les peuplades des millions fituées fur la rive gauche de l'Uraguai contre la colonie du Saint-Sacrement. L'envie d'anéantir la contrebande énorme, dont nous avons parlé plufieurs fois, avoit engagé la Cour de Madrid à cet échange. L'Uraguai devenoit ainfi la limite des poffeffions refpectives des deux Couronnes ; on faifoit paffer fur fa rive droite les Indiens des peuplades cédées, & on les dédommageoit en argent du travail de

Caufe de leur mécontentement.

leur déplacement. Mais ces hommes accoutumés à leurs foyers, ne purent fouffrir d'être obligés de quitter des terres en pleine valeur, pour en aller défricher de nouvelles. Ils prirent donc les armes : depuis long-tems on leur avoit permis d'en avoir pour fe défendre contre les incurfions des Pauliftes, brigands iffus du Bréfil, & qui s'étoient formés en république vers la fin du feizieme fiecle. La révolte éclata fans qu'aucun Jéfuite parût jamais à la tête des Indiens. On dit même qu'ils furent retenus par force dans

les

les villages, pour y exercer les fonctions du sacerdoce.

Le Gouverneur général de la province de la Plata, Don Joseph Andonaighi, marcha contre les rebelles, suivi de Don Joachim de Viana, Gouverneur de Montévideo. Il les défit dans une bataille où il périt plus de deux mille Indiens. Il s'achemina ensuite à la conquête du pays; & Don Joachim voyant la terreur qu'une premiere défaite y avoit répandue, se chargea avec six cents hommes de le réduire en entier. En effet il attaqua la premiere peuplade, s'en empara sans résistance, & celle-là prise, toutes les autres se soumirent.

Ils prennent les armes & sont battus.

Sur ces entrefaites la Cour d'Espagne rappella Don Joseph Andonaighi & Don Pedro Cevallos arriva à Buenos-Aires pour le remplacer. En même tems Viana reçut ordre d'abandonner les missions & de ramener ses troupes. Il ne fut plus question de l'échange projetté entre les deux Couronnes, & les Portugais, qui avoient marché contre les Indiens avec les Espagnols, revinrent avec eux. C'est dans le tems de cette expédition que s'est répandu en Europe le bruit de l'élection du Roi Nicolas, Indien dont en effet les rebelles firent un fantôme de royauté.

Troubles appaisés.

Don Joachim de Viana m'a dit que quand il eut reçu l'ordre de quitter les missions, une grande partie des Indiens, mécontens de la vie qu'ils menoient, vouloit le suivre. Il s'y opposa, mais il ne put empêcher que sept familles ne l'accompagnassent, & il les établit aux Maldonades, où elles donnent aujourd'hui l'exemple de l'industrie & du travail. Je fus surpris de ce qu'il me dit au sujet de ce mécontentement des Indiens. Comment l'accorder avec tout ce que j'avois lu sur la maniere dont ils étoient gouver-

Les Indiens paroissent dégoûtés de l'administration des Jésuites.

N

nés ? J'aurois cité les loix des missions comme le modele d'une administration faite pour donner aux humains le bonheur & la sagesse.

Gouvernement des Missions montré en perspective.

En effet, quand on se représente de loin & en général ce Gouvernement magique fondé par les seules armes spirituelles, & qui n'étoit lié que par les chaînes de la persuasion, quelle institution plus honorable à l'humanité ! C'est une société qui habite une terre fertile sous un climat fortuné, dont tous les membres sont laborieux & où personne ne travaille pour soi ; les fruits de la culture commune sont rapportés fidélement dans des magasins publics, d'où l'on distribue à chacun ce qui lui est nécessaire pour sa nourriture, son habillement & l'entretien de son ménage ; l'homme dans la vigueur de l'âge, nourrit par son travail l'enfant qui vient de naître ; & lorsque le tems a usé ses forces, il reçoit de ses concitoyens les mêmes services dont il leur a fait l'avance ; les maisons particulieres sont commodes, les édifices publics sont beaux ; le culte est uniforme & scrupuleusement suivi ; ce peuple heureux ne connoît ni rangs ni conditions, il est également à l'abri des richesses & de l'indigence. Telles ont dû paroître & telles me paroissoient les missions dans le lointain & l'illusion de la perspective. Mais en matiere de Gouvernement, un intervalle immense sépare la théorie de l'administration. J'en fus convaincu par les détails suivans que m'ont faits unanimement cent témoins oculaires.

Détails intérieurs de l'administration.

L'étendue du terrein que renferment les missions, peut être de deux cents lieues du Nord au Sud, de cent-cinquante de l'Est à l'Ouest, & la population y est d'environ trois cents mille ames ; des forêts immenses y offrent des bois de toute espece ; de vastes pâturages y contiennent

au moins deux millions de têtes de bestiaux; de belles rivieres vivifient l'intérieur de cette contrée, & y appellent
par-tout la circulation & le commerce. Voilà le local,
comment y vivoit-on? Le pays étoit, comme nous l'avons
dit, divisé en paroisses, & chaque paroisse régie par deux
Jésuites, l'un Curé, l'autre son Vicaire. La dépense totale
pour l'entretien des peuplades entraînoit peu de frais, les
Indiens étant nourris, habillés, logés du travail de leurs
mains, la plus forte dépense alloit à l'entretien des Eglises
construites & ornées avec magnificence. Le reste du produit de la terre & tous les bestiaux appartenoient aux Jésuites, qui de leur côté faisoient venir d'Europe les outils
des différens métiers, des vitres, des couteaux, des ai-
guilles à coudre, des images, des chapelets, de la poudre
& des fusils. Leur revenu annuel consistoit en coton,
suifs, cuirs, miel & sur-tout en *maté*, plante mieux connue sous le nom d'herbe du Paraguai, dont la compagnie
faisoit seule le commerce, & dont la consommation est
immense dans toutes les Indes Espagnoles où elle tient
lieu de thé.

Les Indiens avoient pour leurs Curés une soumission
tellement servile, que non-seulement ils se laissoient punir
du fouet à la maniere du college, hommes & femmes,
pour les fautes publiques, mais qu'ils venoient eux-mêmes
solliciter le châtiment des fautes mentales. Dans chaque paroisse les Peres élisoient tous les ans des corrégidors
& des capitulaires chargés des détails de l'administration.
La cérémonie de leur élection se faisoit avec pompe le
premier jour de l'an dans le parvis de l'Eglise, & se pu-
blioit au son des cloches & des instrumens de toute espece. Les élus venoient aux pieds du Pere Curé recevoir

N ij

les marques de leur dignité qui ne les exemptoit pas d'ê-
tre fouettés comme les autres. Leur plus grande diftinction étoit de porter des habits, tandis qu'une chemife de
toile de coton compofoit feule le vêtement du refte des
Indiens de l'un & l'autre fexe. La fête de la paroiffe &
celle du Curé fe célébroient auffi par des réjouiffances
publiques, même par des comédies; elles reffembloient
fans doute à nos anciennes pieces qu'on nommoit *myfteres.*

Le Curé habitoit une maifon vafte proche l'Eglife; elle
avoit attenant deux corps de logis, dans l'un defquels
étoient les écoles pour la mufique, la peinture, la fculpture,
l'architecture & les atteliers des différens métiers; l'Italie
leur fourniffoit les maîtres pour les arts, & les Indiens ap-
prennent, dit-on, avec facilité; l'autre corps de logis contenoit un grand nombre de jeunes filles occupées à divers
ouvrages fous la garde & l'infpection de vieilles femmes:
il fe nommoit *le guaiiguafu* ou le féminaire. L'apparte-
ment du Curé communiquoit intérieurement avec ces
deux corps de logis.

Ce Curé fe levoit à cinq heures du matin, prenoit une
heure pour l'oraifon mentale, difoit fa meffe à fix heures
& demie, on lui baifoit la main à fept heures, & l'on faifoit alors la diftribution publique d'une once de maté par
famille. Après fa meffe, le Curé déjeûnoit, difoit fon bré-
viaire, travailloit avec les Corrégidors dont les quatre
premiers étoient fes Miniftres, vifitoit le féminaire, les
écoles & les ateliers; s'il fortoit, c'étoit à cheval & avec
un grand cortege; il dînoit à onze heures feul avec fon
Vicaire, reftoit en converfation jufqu'à midi, & faifoit la
fiefte jufqu'à deux heures; il étoit renfermé dans fon in-

térieur jufqu'au rofaire, après lequel il y avoit converfation jufqu'à fept heures du foir; alors le Curé foupoit; à
huit heures il étoit cenfé couché.

Le peuple cependant étoit depuis huit heures du matin
diftribué aux divers travaux foit de la terre, foit des atteliers; & les Corrigédors veilloient au févere emploi du
tems; les femmes filoient du coton; on leur en diftribuoit
tous les lundis une certaine quantité qu'il falloit rapporter filé à la fin de la femaine; à cinq heures & demie du
foir on fe raffembloit pour réciter le rofaire & baifer encore la main du Curé; enfuite fe faifoit la diftribution
d'une once de maté & de quatre livres de bœuf pour
chaque ménage qu'on fuppofoit être compofé de huit
perfonnes; on donnoit auffi du maïs. Le dimanche on ne
travailloit point, l'office divin prenoit plus de tems; ils
pouvoient enfuite fe livrer à quelques jeux auffi triftes que
le refte de leur vie.

On voit par ce détail exaĉt que les Indiens n'avoient
en quelque forte aucune propriété & qu'ils étoient affu-
jettis à une uniformité de travail & de repos cruellement
ennuyeufe. Cet ennui, qu'avec raifon on dit mortel, fuffit
pour expliquer ce qu'on nous a dit, qu'ils quittoient la vie
fans la regretter & mouroient fans avoir vécu. Quand une
fois ils tomboient malades, il étoit rare qu'ils guériffent;
& lorfqu'on leur demandoit alors fi de mourir les affli-
geoit, ils répondoient que non, & le répondoient comme
des gens qui le penfent. On ceffera maintenant d'être
furpris de ce que, quand les Efpagnols pénétrerent dans
les miffions, ce grand peuple, adminiftré comme un couvent, témoigna le plus grand defir de forcer la clôture.
Au refte les Jéfuites nous repréfentoient ces Indiens com-

Conféquen-
ces qu'on en
tire.

-me une efpece d'hommes qui ne pouvoit jamais atteindre qu'à l'intelligence des enfans ; la vie qu'ils menoient empêchoit ces grands enfans d'avoir la gaieté des petits.

Expulfion des Jéfuites de la province de la Plata.

La Compagnie s'occupoit du foin d'étendre les miffions, lorfque le contrecoup d'événemens paffés en Europe, vint renverfer dans le nouveau monde l'ouvrage de tant d'années & de patience. La Cour d'Efpagne ayant pris la réfolution de chaffer les Jéfuites, voulut que cette opération fe fît en même tems dans toute l'étendue de fes vaftes domaines. Cevallos fut rappellé de Buenos-Aires, & Don Francifco Bukarely nommé pour le remplacer. Il partit inftruit de la befogne à laquelle on le deftinoit, & prévenu d'en différer l'exécution jufqu'à de nouveaux ordres qu'il ne tarderoit pas à recevoir. Le Confeffeur du Roi, le Comte d'Aranda & quelques Miniftres étoient les feuls auxquels fut confié le fecret de cette affaire. Bukarely fit fon entrée à Buenos-Aires au commencement de 1767.

Mefures prifes à ce fujet par la Cour d'Efpagne.

Mefures prifes par le Gouverneur général de la Province.

Lorfque Don Pedro Cevallos fut arrivé en Efpagne, on expédia au Marquis de Bukarely un paquebot chargé des ordres tant pour cette province que pour le Chili, où ce Général devoit les faire paffer par terre. Ce bâtiment arriva dans la riviere de la Plata au mois de Juin 1767, & le Gouverneur dépêcha fur-le-champ deux Officiers, l'un au Viceroi du Pérou, l'autre au Préfident de l'Audience du Chili, avec les paquets de la Cour qui les concernoient. Il fongea enfuite à répartir fes ordres dans les différens lieux de fa province où il y avoit des Jéfuites, tels que Cordoüe, Mendoze, Corientes, Santa-Fé, Salta, Montevideo & le Paraguai. Comme il craignit que, parmi les Commandans de ces divers endroits, quelques-uns n'a-

giffent pas avec la promptitude, le fecret & l'exactitude
que la Cour défiroit, il leur enjoignit, en leur adreffant
fes ordres, de ne les ouvrir que le *** jour qu'il fixoit
pour l'exécution, & de ne le faire qu'en préfence de
quelques perfonnes qu'il nommoit ; gens qui occupoient
dans les mêmes lieux les premiers emplois eccléfiaftiques
& civils. Cordoue fur-tout l'intéreffoit. C'étoit dans ces
provinces la principale maifon des Jéfuites & la réfidence
habituelle du Provincial. C'eft-là qu'ils formoient & qu'ils
inftruifoient dans la langue & les ufages du pays les fujets
deftinés aux miffions & à devenir chefs des peuplades ;
on y devoit trouver leurs papiers les plus importans. M.
de Bukarely fe réfolut à y envoyer un Officier de confiance qu'il nomma Lieutenant de Roi de cette place,
& que, fous ce pretexte, il fit accompagner d'un détachement de troupes.

Il reftoit à pourvoir à l'exécution des ordres du Roi dans
les miffions, & c'étoit le point critique. Faire arrêter les
Jéfuites au milieu des peuplades, on ne favoit pas fi les
Indiens voudroient le fouffrir, & il eût fallu foutenir cette
exécution violente par un corps de troupes affez nombreux pour parer à tout événement. D'ailleurs n'étoit-il
pas indifpenfable, avant que de fonger à en retirer les Jéfuites, d'avoir une autre forme de Gouvernement prête à
fubftituer au leur, & d'y prévenir ainfi les défordres de
l'anarchie ? Le Gouverneur fe détermina à temporifer, &
fe contenta pour le moment d'écrire dans les miffions, qu'on
lui envoyât fur le champ le Corrégidor & un Cacique de
chaque peuplade, pour leur communiquer des lettres du
Roi. Il expédia cet ordre avec la plus grande célérité,
afin que les Indiens fuffent en chemin & hors des réduc-

tions, avant que la nouvelle de l'expulſion de la Société pût y parvenir. Par ce moyen il rempliſſoit deux vûes, l'une de ſe procurer des ôtages qui l'aſſureroient de la fidélité des peuplades, lorſqu'il en retireroit les Jéſuites; l'autre, de gagner l'affeſtion des principaux Indiens par les bons traitemens qu'on leur prodigueroit à Buenos-Aires; & d'avoir le tems de les inſtruire du nouvel état dans lequel ils entreroient lorſque n'étant plus tenus par la liſiere, ils jouiroient des mêmes privileges & de la même propriété que les autres ſujets du Roi.

Le ſecret eſt au moment d'être divulgué par un accident imprévu.

Tout avoit été concerté avec le plus profond ſecret, & quoiqu'on eût été ſurpris de voir arriver un bâtiment d'Eſpagne ſans autres lettres que celles adreſſées au Général, on étoit fort éloigné d'en ſoupçonner la cauſe. Le moment de l'exécution générale étoit combiné pour le jour où tous les courriers auroient eu le tems de ſe rendre à leur deſtination; & le Gouverneur attendoit cet inſtant avec impatience, lorſque l'arrivée des deux chambekins du Roi, l'*Andalous* & l'*Aventurero*, venant de Cadix, faillit à rompre toutes ſes meſures. Il avoit ordonné au Gouverneur de Montevideo, au cas qu'il arrivât quelques bâtimens d'Europe, de ne pas les laiſſer communiquer avec qui que ce fût, avant que de l'en avoir informé; mais l'un de ces deux chambekins s'étant perdu, comme nous l'avons dit, en entrant dans la riviere, il falloit bien en ſauver l'équipage, & lui donner les ſecours que ſa ſituation exigeoit.

Les deux chambekins étoient ſortis d'Eſpagne depuis que les Jéſuites y avoient été arrêtés : ainſi l'on ne pouvoit empêcher que cette nouvelle ne ſe répandît. Un officier de ces bâtimens fut ſur le champ envoyé au Marquis de Bukarely,

Bukarely, & arriva à Buenos-Aires le 9 Juillet à dix heures du soir. Le Gouverneur ne balança pas : il expédia à
l'inftant à tous les Commandans des Places un ordre d'ouvrir leurs paquets, & d'en exécuter le contenu avec la
plus grande célérité. A deux heures après-minuit, tous les
courriers étoient partis, & les deux maifons des Jéfuites à
Buenos-Aires invefties, au grand étonnement de ces Peres
qui croyoient rêver, lorfqu'on vint les tirer du fommeil
pour les conftituer prifonniers, & fe faifir de leurs papiers.
Le lendemain, on publia dans la ville un ban qui décer-
noit peine de mort contre ceux qui entretiendroient commerce avec les Jéfuites, & on y arrêta cinq Négocians qui
vouloient, dit on, leur faire paffer des avis à Cordoue.

Les ordres du Roi s'exécuterent avec la même facilité
dans toutes les villes. Par-tout les Jéfuites furent furpris
fans avoir eu le moindre indice, & on mit la main fur leurs
papiers. On les fit auffitôt partir de leurs différentes maifons, efcortés par des détachemens de troupes qui avoient
ordre de tirer fur ceux qui chercheroient à s'échapper.
Mais l'on n'eut pas befoin d'en venir à cette extrémité. Ils
témoignerent la plus parfaite réfignation, s'humiliant fous
la main qui les frappoit, & reconnoiffant, difoient-ils, que
leurs péchés avoient mérité le châtiment dont Dieu les pu-
niffoit. Les Jéfuites de Cordoue, au nombre de plus de
cent, arriverent à la fin d'Août à la Encenada, où fe rendirent peu-après ceux de Corrientes, de Buenos-Aires &
de Montevideo. Ils furent auffitôt embarqués, & ce premier convoi appareilla, comme nous l'avons déjà dit, à
la fin de Septembre. Les autres pendant ce tems, étoient
en chemin pour venir à Buenos-Aires attendre un nouvel
embarquement.

O

Arrivée des Caciques & Corrégidors des Missions à Buenos - Aires.

On y vit arriver le 13 Septembre tous les Corrégidors & un Cacique de chaque peuplade, avec quelques Indiens de leur suite. Ils étoient sortis des missions avant qu'on s'y doutât de l'objet qui les faisoit mander. La nouvelle qu'ils en apprirent en chemin leur fit impression, mais ne les empêcha pas de continuer leur route. La seule instruction, dont les Curés eussent muni au départ leurs chers néophytes, avoit été de ne rien croire de tout ce que leur débiteroit le Gouverneur Général. « Préparez-vous, mes » enfans, leur avoient-ils dit, à entendre beaucoup de » mensonges ». A leur arrivée, on les amena en droiture au Gouvernement, où je fus présent à leur réception. Ils y entrerent à cheval, au nombre de cent vingt, & s'y formerent en croissant sur deux lignes : un Espagnol instruit dans la langue *des Guaranis* leur servoit d'interprete. Le

Ils paroissent devant le Gouverneur général.

Gouverneur parut à un balcon ; il leur fit dire qu'ils étoient les bien venus, qu'ils allassent se reposer, & qu'il les informeroit du jour auquel il auroit résolu de leur signifier les intentions du Roi. Il ajoûta sommairement qu'il venoit les tirer d'esclavage, & les mettre en possession de leurs biens, dont jusqu'à présent ils n'avoient pas joui. Ils répondirent par un cri général, en élevant la main droite vers le ciel, & souhaitant mille prospérités au Roi & au Gouverneur. Ils ne paroissoient pas mécontens, mais il étoit aisé de démêler sur leur visage plus de surprise que de joie. Au sortir du Gouvernement, on les conduisit à une maison des Jésuites où ils furent logés, nourris & entretenus aux dépens du Roi. Le Gouverneur, en les faisant venir, avoit mandé nommément le fameux Cacique Nicolas, mais on écrivit que son grand âge & ses infirmités ne lui permettoient pas de se déplacer.

A mon départ de Buenos-Aires, les Indiens n'avoient pas encore été appellés à l'audience du Général. Il vouloit leur laisser le tems d'apprendre un peu la langue & de connoître la façon de vivre des Espagnols. J'ai plusieurs fois été les voir. Ils m'ont paru d'un naturel indolent, je leur trouvois cet air stupide d'animaux pris au piége. L'on m'en fit remarquer que l'on disoit fort instruits ; mais comme ils ne parloient que la langue Guaranis, je ne fus pas dans le cas d'apprétier le degré de leurs connoissances ; seulement j'entendis jouer du violon un Cacique que l'on nous assuroit être grand musicien ; il joua une sonate, & je crus entendre les sons obligés d'une serinette. Au reste peu de tems après leur arrivée à Buenos-Aires, la nouvelle de l'expulsion des Jésuites étant parvenue dans les missions, le Marquis de Bukarely reçut une lettre du Provincial qui s'y trouvoit pour lors, dans laquelle il l'assuroit de sa soumission & de celle de toutes les peuplades aux ordres du Roi.

Ces missions des *Guaranis* & des *Tapes* sur l'Uraguai n'étoient pas les seules que les Jésuites eussent fondées dans l'Amérique méridionale. Plus au Nord ils avoient rassemblé & soumis aux mêmes loix les *Mojos*, les *Chiquitos* & les *Avipones*. Ils formoient aussi de nouvelles réductions dans le Sud du Chili du côté de l'île *du Chiloé*, & depuis quelques années ils s'étoient ouvert une route pour passer de cette province au Pérou, en traversant le pays des Chiquitos, route plus courte que celle que l'on suivoit jusqu'à présent. Au reste dans les pays où ils pénétroient, ils faisoient appliquer sur des poteaux la devise de la compagnie, & sur la carte de leurs réductions faite

Etendue des missions.

O ij

par eux, elles font énoncées fous cette dénomination, *oppida chriftianorum*.

L'on s'étoit attendu, en faififfant les biens des Jéfuites dans cette province, de trouver dans leurs maifons des fommes d'argent très-confidérables; on en a néanmoins trouvé fort peu. Leurs magafins étoient à la vérité garnis de marchandifes de tout genre, tant de ce pays que de l'Europe. Il y en avoit même de beaucoup d'efpeces qui ne fe confomment point dans ces provinces. Le nombre de leurs efclaves étoit confidérable, on en comptoit trois mille cinq cents dans la feule maifon de Cordoue.

Ma plume fe refufe au détail de tout ce que le public de Buenos-Aires prétendoit avoir été trouvé dans les papiers faifis aux Jéfuites; les haines font encore trop récentes, pour qu'on puiffe difcerner les fauffes imputations des véritables. J'aime mieux rendre juftice à la plus grande partie des membres de cette Société qui ne participoient point au fecret de fes vues temporelles. S'il y avoit dans ce corps quelques intrigans, le grand nombre, religieux de bonne foi, ne voyoient dans l'inftitut que la piété de fon fondateur, & fervoient en efprit & en vérité le Dieu auquel ils s'étoient confacrés. Au refte j'ai dû depuis mon retour en France que le Marquis de Bukarely étoit parti de Buenos-Aires pour les miffions le 14 Mai 1768, & qu'il n'y avoit rencontré aucuns obftacles, aucune réfiftance à l'exécution des ordres du Roi Catholique. On aura une idée de la maniere dont s'eft terminé cet événement intéreffant, en lifant les deux pieces fuivantes qui contiennent le détail de la premiere fcene. C'eft ce qui s'eft paffé dans la réduction *Yapegu* fituée fur l'Uraguai & qui fe

O

trouvoit la première fur le chemin du Général Efpagnol ; toutes les autres ont fuivi l'exemple donné par celle-là.

TRADUCTION d'une lettre d'un Capitaine de grenadiers du Regiment de Mayorque, commandant un des détachemens de l'expédition aux miffions du Paraguai.

D'Yapegu le 19 Juillet 1768.

« Hier nous arrivâmes ici très-heureufement ; la réce- Détails fur
l'entrée du
Gouverneur
général dans
les miffions.
» ption que l'on a faite à notre Général, a été des plus ma-
» gnifiques & telle qu'on n'auroit pû l'attendre de la part
» d'un peuple auffi fimple & auffi peu accoutumé à de fem-
» blables fêtes. Il y a ici un College très-riche en ornemens
» d'Eglife, qui font en grand nombre ; on y voit auffi beau-
» coup d'argenterie. La peuplade eft un peu moins grande
» que Montevideo, mais bien mieux alignée & fort peu-
» plée. Les maifons y font tellement uniformes, qu'à en voir
» une, on les a vu toutes, comme à voir un homme & une
» femme, on a vu tous les habitans, attendu qu'il n'y a pas
» la moindre différence dans la façon dont ils font vêtus. Il y
» a beaucoup de muficiens ; mais tous médiocres.

» Dès l'inftant où nous arrivâmes dans les environs de
» cette miffion, fon Excellence donna l'ordre d'aller fe faifir
» du Pere Provincial de la Compagnie de Jéfus, & de fix
» autres de ces Peres, & de les mettre auffi-tôt en lieu de
» fûreté. Ils doivent s'embarquer un de ces jours fur le fleuve
» Uraguai. Nous croyons cependant qu'ils refteront au
» Salto, où on les gardera jufqu'à ce que tous leurs con-
» freres aient fubi le même fort. Nous croyons auffi refter à
» Yapegu cinq ou fix jours, & fuivre notre chemin jufqu'à
» fon entrée publique.

» la derniere des miſſions. Nous ſommes très-contens de
» notre Général qui nous fait procurer tous les rafraîchiſ-
» ſemens poſſibles. Hier nous eûmes opera, il y en aura
» encore aujourd'hui une repréſentation. Les bonnes gens
» font tout ce qu'ils peuvent & tout ce qu'ils ſavent.

   » Nous vîmes auſſi hier le fameux Nicolas, celui qu'on
» avoit tant d'intérêt à tenir renfermé. Il étoit dans un état
» déplorable & preſque nud. C'eſt un homme de ſoixante
» & dix ans qui paroît de bon ſens. Son Excellence lui
» parla long-tems, & parut fort ſatisfaite de ſa converſa-
» tion.

   » Voilà tout ce que je puis vous apprendre de nouveau ».

RELATION publiée à Buenos-Aires de l'entrée de S. E. Don
   Franciſco Bukarely y Urſua dans la miſſion Yapegu, l'une
   de celles des Jéſuites chez les peuples Guaranis dans le Pa-
   guai, lorſqu'elle y arriva le 18 Juillet 1768.

« A huit heures du matin Son Excellence ſortit de la cha-
» pelle Saint Martin, ſituée à une lieue d'Yapegu. Elle étoit
» accompagnée de ſa garde de grenadiers & de dragons,
» & avoit détaché deux heures auparavant les compagnies
» de grenadiers de Mayorque pour diſpoſer & ſoutenir le
» paſſage du ruiſſeau Guavirade qu'on eſt obligé de traver-
» ſer en balſes & en canots. Ce ruiſſeau eſt à une demi-
» lieue environ de la peuplade.

   » Auſſi-tôt que Son Excellence eut traverſé, elle trouva
» les Caciques & Corrégidors des miſſions qui l'attendoient
» avec l'Alferès d'Yapegu qui portoit l'étendard royal. Son
» Excellence ayant reçu tous les honneurs & complimens
» uſités en pareilles occaſions, monta à cheval pour faire
» ſon entrée publique.

» Les dragons commencerent la marche ; ils étoient fui-
» vis de deux Aides-de-camp qui précédoient Son Excel-
» lence, après laquelle venoient les deux compagnies de
» grenadiers de Mayorque, suivies du cortege des Caciques
» & Corrégidors, & d'un grand nombre de cavaliers de
» ces cantons.

» On se rendit à la grande place en face de l'Eglise. Son
» Excellence ayant mis pied à terre, Dom Francisco Mar-
» tinez, Vicaire général de l'expédition, se présenta sur les
» degrés du portail pour la recevoir. Il l'accompagna jus-
» qu'au presbytere & entonna le *Te Deum*, qui fut chanté
» & exécuté par une musique toute composée de Guaranis.
» Pendant cette cérémonie l'artillerie fit une triple déchar-
» ge. Son Excellence se rendit ensuite au logement qu'elle
» s'étoit destiné dans le college des Peres, autour duquel la
» troupe vint camper jusqu'à ce que par son ordre elle allât
» prendre ses quartiers dans le *Guatiguasa* ou *la Casa de las*
» *recogida*, la maison des Recluses ».

Reprenons le récit de notre voyage dont le spectacle
de la révolution arrivée dans les missions n'a pas été une
des circonstances les moins intéressantes.

CHAPITRE VIII.

Départ de Montevideo ; navigation jusqu'au cap des Vierges ; entrée dans le détroit ; entrevûe avec les Patagons ; navigation jusqu'à l'île Sainte-Elisabeth.

Nimborum in patriam, loca fœta furentibus auftris.

Virg. Æneid. Lib. I.

L'Etoile def-
cend de Bara-
gan à Monte-
video.

LE radoub & le chargement de l'Etoile nous avoient coûté tout le mois d'Octobre & des frais confidérables; ce ne fut qu'à la fin de ce mois que nous pûmes folder avec le munitionnaire général & les autres fourniffeurs Efpagnols. Je pris le parti de les payer de l'argent qui m'avoit été rembourfé pour la ceffion des îles Malouines , plutôt que de tirer des lettres de change fur le Tréfor royal. J'ai continué de même pour toutes les dépenfes de nos différentes relâches en pays étranger. Les achats s'y font faits par ce moyen à meilleur compte & avec plus d'expédition.

Difficulté de
cette naviga-
tion.
1767.
Novembre.

Le 31 Octobre au point du jour , je rejoignis à quelques lieues de la Encenada l'Etoile qui en avoit appareillé la veille pour Montevideo. Nous y mouillâmes le 3 Novembre à fept heures du foir. Ce qui fait la difficulté de cette navigation de Montevideo à la Encenada , c'eft qu'il faut chenaler entre le banc Ortiz & un autre petit banc qui en eft au Sud , qu'aucun d'eux n'eft balifé & que rarement peut-on voir la terre du Sud , laquelle eft très-baffe. A la vérité le hazard a placé prefque à l'accore occidental du banc Ortiz une efpece de balife. Ce font les deux mâts d'un navire Portugais qui s'y eft perdu & qui fort heureufement eft refté droit. Au refte on trouve dans le canal

quatre

quatre, quatre & demi jufqu'à cinq braffes d'eau, & le fond eft de vaze noire; il eft de fable rouge fur les accores du banc Ortiz. En allant de Montevideo à la Encenada, auffi-tôt qu'on a amené la balife à l'Eft-quart-Sud-Eft du compas, & que la fonde donne cinq braffes, on a paffé les bancs. Nous avons obfervé dans le chenal 15 deg. 30 min. de variation Nord-Eft.

Cette traverfée nous coûta trois hommes qui furent noyés; la chaloupe s'étant engagée fous le navire qui vi-roit de bord, coula bas: tous nos efforts ne purent fau-ver que deux hommes & la chaloupe dont le cablot n'a-voit pas rompu. J'eus auffi le chagrin de voir que, mal-gré fon radoub, l'Etoile faifoit encore de l'eau; ce qui donnoit lieu de craindre que le défaut ne fût général dans tout le calefatage de fa flottaifon: le navire avoit été franc d'eau jufqu'à ce qu'il eût été calé à treize pieds.

Perte de trois matelots.

Nous employâmes quelques jours à embarquer à bord de la Boudeufe tous les vivres qu'elle pouvoit contenir, à recalfater fes hauts, opération que l'abfence de fes calfats néceffaires à l'Etoile, n'avoit pas permis de faire plutôt; à raccommoder la chaloupe de l'Etoile; à faire couper l'herbe pour nos beftiaux & à déblayer tout ce que nous avions à terre. La journée du 10 fe paffa à guinder nos mâts de hune, virer les baffes vergues & tenir nos agrets; nous pouvions appareiller le même jour fi nous n'euffions pas été échoués. Le 11, la mer ayant monté, les bâtimens afflouerent, & nous allâmes mouiller à la tête de la rade où l'on eft toujours à flot. Les deux jours fuivans, le gros tems ne nous permit pas de faire voile, mais ce délai ne fut pas en pure perte. Il arriva de Buenos-Aires une goë-

Difpofitions pour fortir de la riviere de la Plata.

P

lette chargée de farine, & nous y en prîmes soixante quin-
taux, qu'on trouva moyen de loger encore dans les navires. Nous y avions, toute compensation faite, des vivres
pour dix mois : il est vrai que la plus grande partie des
boissons étoit en eau-de-vie. Les équipages jouissoient de
la meilleure santé ; le long séjour qu'ils venoient de faire
dans la riviere de la Plata, pendant lequel un tiers des matelots couchoit alternativement à terre, & la viande fraîche dont ils y furent toujours nourris, les avoient préparés
aux fatigues & aux miseres de toute espece, dont la lon-

Etat des équi-
pages en par-
tant de Mon-
tevideo. gue carriere alloit s'ouvrir. Je fus obligé de laisser à Montevideo le maître Pilote, le maître Charpentier, le maître
Armurier & un Officier Marinier de ma frégate, auxquels
l'âge & des infirmités incurables ne permettoient pas d'entreprendre le voyage. Il y déserta aussi, malgré tous nos
soins, douze soldats ou matelots des deux navires. J'avois
pris à la vérité aux îles Malouines quelques-uns des matelots qui y étoient engagés pour la pêche, ainsi qu'un Ingénieur, un Officier de navire marchand & un Chirurgien ;
ensorte que les vaisseaux avoient autant de monde qu'à
notre départ d'Europe, & il y avoit déjà un an que nous
étions sortis de la riviere de Nantes.

Départ de
Montevideo. Le 14 Novembre, à quatre heures & demie du matin,
les vents étant au Nord, joli frais, nous appareillâmes de
Montevideo. A huit heures & demie, nous étions Nord
& Sud de l'île de Flores, & à midi à douze lieues dans l'Est
& l'Est-quart-Sud-Est de Montevideo, & c'est de-là
que je pris mon point de départ par 34 deg. 54 min.
40 sec. de latitude australe, & 58 deg. 57 min. 30 sec.
Sa position de longitude occidentale du méridien de Paris. J'y ai

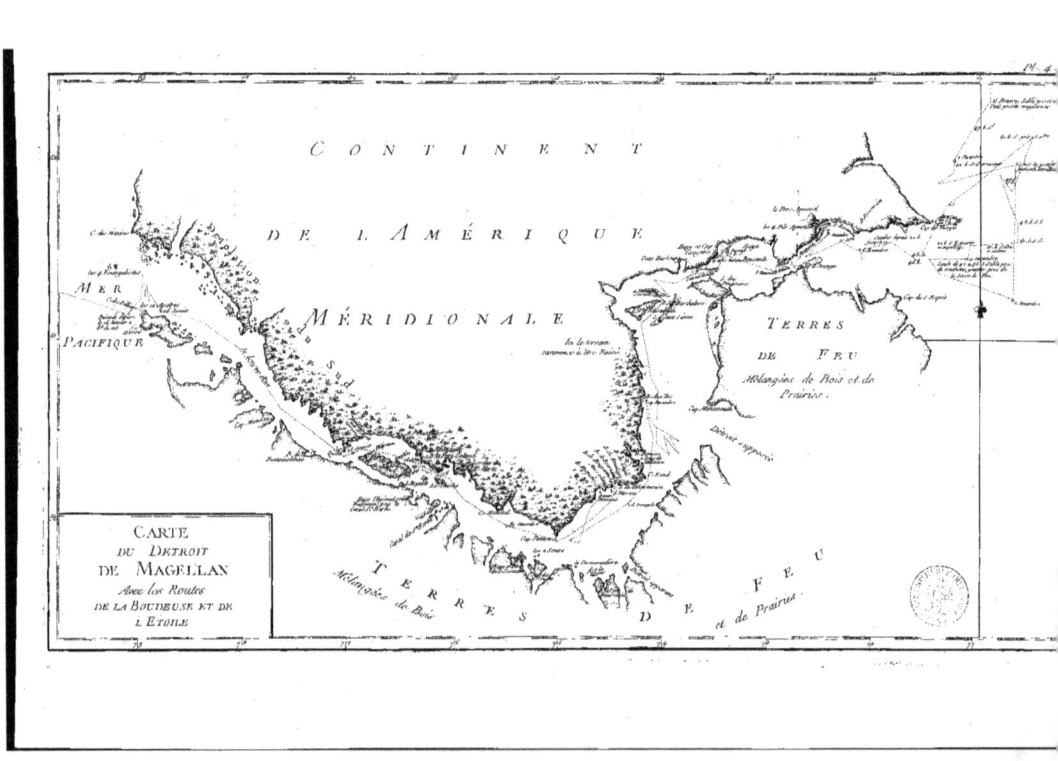

Pl. 4

CONTINENT

DE L'AMÉRIQUE

MÉRIDIONALE

MER

PACIFIQUE

TERRES

DE FEU

Mélangées de Bois et de
Prairies.

TERRES DE FEU

Mélangées de Bois
et de Prairies.

CARTE
DU DÉTROIT
DE MAGELLAN
Avec les Routes
DE LA BOUDEUSE ET DE
L'ÉTOILE

fuppofé la pofition de Montevideo, telle que M. Verron l'a déterminée par fes obfervations, lefquelles en
fixent la longitude 40 min. 30 fec. plus à l'Oueft que
ne la place la Carte de M. Bellin. J'avois auffi profité
du féjour à terre, pour vérifier mon octant fur des di-
ftances d'étoiles connues ; cet inftrument s'étoit trouvé
donner les hauteurs des aftres trop petites de 2 min. &
j'ai toujours eu égard depuis à cette correction. Je pré-
viens ici que dans tout le cours de ce Journal, je donne
le giffement des côtes telles que les montre le compas ;
quand je les donnerai corrigées de la variation, j'aurai foin
d'en avertir.

déterminée aftronomi-
quement.

Le jour de notre départ, nous vîmes la terre jufqu'au
coucher du foleil ; la fonde avoit toujours augmenté, paffant d'un fonds de vaze à un de fable : à fix heures & demie du foir elle donna 35 braffes, fond de fable gris ; &
l'Etoile, à laquelle je fis le fignal de fonder le 15 après-
midi, trouva 60 braffes même fond : nous avions obfervé à midi 36 deg. 1 min. de latitude. Depuis le 16 jufqu'au 21, nous eûmes les vents contraires, une mer très-
groffe, & nous tinmes les bordées le moins défavanta-
geufes fous les quatre voiles majeures, tous les ris pris
dans les huniers ; l'Etoile avoit dépaffé fes mâts de perroquet, & nous étions partis fans avoir les nôtres en
place. Le 22, nous recûmes un coup de vent, accompagné d'orages & de grains qui durerent toute la nuit ; la mer
étoit affreufe, & l'Etoile fit fignal d'incommodité ; nous
l'attendîmes fous la mizaine & la grand-voile, le point de
deffous cargué : cette flûte nous paroiffoit avoir fa vergue
de petit hunier rompue. Le vent & la mer étant tombés
le lendemain au matin, nous fimes de la voile ; & le 24,

Sondes & na-
vigation juf-
qu'au détroit
de Magellan.

je fis paffer *l'Etoile* à la portée de la voix pour fçavoir ce
qu'elle avoit fouffert dans le dernier coup de vent. M. de
la Giraudais me dit qu'outre fa vergue de petit hunier,
quatre de fes chaînes de haubans avoient auffi été rom-
pues ; il ajouta qu'à l'exception de deux bœufs, il avoit
perdu tous les beftiaux embarqués à Montevideo : ce malheur nous avoit été commun avec lui, mais ce n'étoit pas
une confolation ; Qui fçavoit quand nous ferions à portée
de réparer cette perte ?

Pendant le refte du mois, les vents furent variables du
Sud-Oueft au Nord-Oueft ; les courans nous porterent
dans le Sud avec affez de rapidité, jufques par les 45
deg. de latitude, qu'ils nous devinrent infenfibles. Plufieurs jours de fuite nous fondâmes fans trouver de fond ;
ce ne fut que le 27 au foir, qu'étant environ par 47 deg.
de latitude, & nous eftimant à trente-cinq lieues de la
côte des Patagons, nous trouvâmes 70 braffes, fond de
vaze & de fable fin, gris & noir. Depuis ce jour, nous
confervâmes ce fond jufqu'à la vûe de terre, par 67,
60, 55, 50, 47, & enfin 40 braffes d'eau que nous
donna la fonde, lorfque nous vîmes pour la première
fois *le cap des Vierges*. Le fond étoit quelquefois va-
zard, mais toujours de fable fin, tantôt gris, tantôt
jaune, quelquefois accompagné de petits graviers rouges
& noirs.

Vigie non
marquée fur
les Cartes.　Je ne voulus point trop accofter la terre jufqu'à ce
que je n'euffe atteint les 49 deg. de latitude, à caufe
d'une vigie que j'avois reconnue en 1765 par 48 deg. 30
min. de latitude auftrale à fix ou fept lieues de la côte.
Je l'apperçus le matin dans le même moment que la
terre, & ayant en hauteur à midi par un très-beau tems,

j'en ai pu déterminer la latitude avec précifion. Nous
rangeâmes à un quart de lieue cette bâture, que celui
qui en eut la première connoiſſance avoit d'abord priſe
pour un ſouffleur.

Le 1er & le 2 Décembre, les vents furent favorables
de la partie du Nord au Nord-Nord-Eſt, très-frais, la mer
groſſe & le tems brumeux; nous forcions de voiles pendant le jour, & nous paſſions la nuit ſous la mizaine & les
huniers aux bas ris. Nous vîmes pendant tout ce tems des
damiers, des quebrantaneſſos, &, ce qui eſt de mauvais
augure dans toutes les mers du globe, des alcyons qui diſ-
paroiſſent quand la mer eſt belle & le ciel ſerein. Nous
vîmes auſſi des loups marins, des pingouins, & une grande
quantité de baleines. Quelques-uns de ces monſtrueux animaux paroiſſoient avoir l'écaille couverte de ces vermicu-
laires blancs qui s'attachent à la carêne des vieux vaiſſeaux
qu'on laiſſe pourrir dans les ports. Le 30 Novembre, deux
oiſeaux blancs ſemblables à de gros pigeons étoient venus
ſe poſer ſur nos vergues. J'avois déjà vu un volier de ces
animaux traverſer la baie des Malouines.

Nous reconnûmes le cap des Vierges le 2 Décembre
après-midi, & nous le relevâmes au Sud, environ à ſept
lieues de diſtance. J'avois obſervé à midi, 52 deg. de latitude auſtrale, & j'étois alors

Vûe du cap
des Vierges.

       par 52 deg. 3 min. 30 ſec. de latitude,
      & 71 deg. 12 min. 20 ſec. de longitude
à l'Oueſt de Paris. Cette poſition du vaiſſeau, jointe
au relevement, place le cap des Vierges

Sa poſition.

       par 52 deg. 23 min. de latitude,
      & 71 deg. 25 min. 20 ſec. de longitude

occidentale de Paris. Comme le cap des Vierges est un point intéressant dans la Géographie, je dois rendre compte des raisons qui me font croire que la position que je lui donne, est à peu de chose près, exacte.

Discussion
sur la position
donnée au
cap des Vier-
ges.
Le 27 Novembre après-midi, le Chevalier du Bouchage avoit observé huit distances de la lune au soleil dont le résultat moyen avoit donné la longitude occidentale du vaisseau de 65 deg. 30 sec. pour 1 heure 43 min. 26 sec. tems vrai. M. Verron de son côté avoit observé cinq distances, dont le résultat donna pour notre longitude, au même instant, 64 deg. 57 min. Le tems étoit beau & très-favorable aux observations. Le 29 suivant, à 3 heures 57 min. 35 sec. tems vrai, M. Verron par cinq observations de distance de la lune au soleil, détermina la longitude occidentale du vaisseau de 67 deg. 49 min. 30 sec.

Maintenant, en suivant pour fixer le point du vaisseau, lors de la vûe du cap des Vierges, la longitude déterminée le 27 Novembre par le terme moyen entre les résultats du Chevalier du Bouchage & de M. Verron, on aura la longitude du cap des Vierges de 71 deg. 29 min. 42 sec. à l'Ouest de Paris. Les observations du 29 après-midi rapportées de même au point du vaisseau, quand nous relevâmes le cap, donneroient un résultat plus Ouest de 38 min. 47 sec. Mais il me semble qu'on doit plutôt suivre celles du 27, quoique plus éloignées de deux jours, parce que faites en plus grand nombre par deux observateurs qui ne communiquoient point ensemble, & ne différant dans leurs résultats que de 3 minutes 30 sec. elles portent un caractère de probabilité auquel il est difficile de se refuser. Au reste si l'on veut prendre un terme moyen entre les observations de ces deux jours, on trouvera la longitude du cap des Vierges de 71 deg. 49 min. 5 sec. ce qui ne diffère que de quatre lieues de la premiere détermination, laquelle est la même, à une lieue près, que celle qui m'a été donnée par l'estime de mes routes, & que je suis par cette raison.

Cette longitude du cap des Vierges est plus occidentale de 42 min. 20 sec. de deg. que celle par où le place M. Bellin, & ce n'est que la même différence donnée par lui à la position de Montevideo, différence dont nous avons rendu compte au commencement de ce Chapitre. La Carte de Mylord Anson assigne pour la longitude du cap des Vierges 72 deg. à l'Ouest de Londres, & conséquemment près de 75 deg. à l'Ouest de Paris; erreur bien plus considérable, qu'il commet aussi pour l'embouchure de la riviere de la Plata & généralement pour toute la côte des Patagons.

Les observations que nous venons de rapporter ont été faites avec l'octant Anglois. Cette maniere de déterminer les longitudes à la mer par le moyen des distances de la lune au soleil ou aux étoiles zodiacales, est connue depuis plusieurs années. MM. de la Caille & Daprés en ont fait particuliérement usage à la mer, en se servant aussi de l'octant de M. Hadley. Mais comme le degré de justesse qu'on obtient par cette méthode, dépend beaucoup de la précision de l'instrument avec lequel on observe, il s'ensuivoit que l'héliometre de M. Bouguer, rendu capable de mesurer de grands angles, seroit très-propre à perfectionner ces observations de distances. M. l'Abbé de la Caille y

Digression sur les instrumens propres à observer en mer la longitude.

avoit vraifemblablement fongé, puifqu'il en a fait conftruire un qui mefure des arcs de 6 à 7 degrés; & fi dans
fes ouvrages il ne parle point de cet inftrument, comme
propre à obferver à la mer, c'eft qu'il prévoyoit beaucoup
de difficulté à s'en fervir fur un vaiffeau.

M. Verron apporta avec lui à bord un inftrument nommé *mégametre*, qu'il avoit déjà employé dans d'autres voyages faits avec M. de Charnieres, & dont il s'eft fervi dans
celui-ci. Cet inftrument nous a paru ne différer de l'héliometre de M. Bouguer, qu'en ce que la vis qui fait mouvoir les objectifs étant plus longue, elle leur procure un
plus grand écartement, & rend par-là cet inftrument capable de mefurer des angles de 10 deg. limité du mégametre que M. Verron avoit à bord. Il feroit à fouhaiter qu'en allongeant la vis, on eût pu augmenter encore
fon extenfion, refferrée, comme on le voit, dans des bor-
nes trop étroites pour la fréquence & même l'exactitude
des obfervations; mais les loix de la dioptrique limitent
l'écartement des objectifs. Il faudroit auffi remédier à
la difficulté preffentie par M. l'Abbé de la Caille, celle
qu'apporte l'élément fur lequel il s'agit d'obferver. En
général, il me femble que le quartier de réflexion de
M. Hadley feroit préférable, s'il comportoit la même
précifion.

Difficultés ef-
fuyées avant
que d'entrer
dans le dé-
troit.

Depuis le 2 après-midi, que nous eûmes la connoiffance
du cap des Vierges & bientôt après celle de la terre de Feu,
le vent de bout & le gros tems nous contrarierent plufieurs
jours de fuite. Nous louvoyâmes d'abord jufqu'au 3 à fix
heures du foir, que les vents ayant adonné permirent de
porter fur l'entrée du détroit de Magellan. Ce ne fut pas

pour

pour long-tems : à fept heures & demie le vent calma tout-
à-fait, & les côtes s'embrumerent ; il refraîchit à dix heures & nous paffâmes la nuit à louvoyer. Le 4, à trois heures du matin, nous courûmes vers la terre avec un bon
frais de Nord : mais, le tems chargé de brume & de pluie
nous en dérobant bientôt la vûe, il fallut reprendre *la bordée du large.* A cinq heures du matin, dans un éclairci,
nous apperçûmes le cap des Vierges & nous *arrivâmes*
pour donner dans le détroit ; prefque auffitôt les vents fauterent au Sud-Ouest, d'où ils ne tarderent pas à fouffler
avec furie, la brume s'épaiffit, & nous fûmes forcés de mettre à la cape fur les deux bords entre les terres de Feu &
le continent.

Notre mizaine ayant été déchirée le 4 après-midi, & la
fonde prefque au même moment ne nous ayant donné que
vingt braffes, la crainte de la bâture qui s'étend dans le Sud-
Sud-Eft du cap des Vierges, me fit prendre le parti d'arriver à fec de voiles, d'autant plus que cette manœuvre
nous facilitoit l'opération d'enverguer une autre mizaine.
Au refte cette fonde qui me fit arriver, n'étoit point à craindre : c'étoit celle du canal, je l'ai appris depuis en y fondant avec une parfaite vûe de la terre. J'ajouterai, pour
l'utilité de ceux qui louvoyeroient ici d'un tems obfcur,
que le fond de gravier annonce qu'on eft plus près de la
terre de Feu que du continent ; près de celui-ci on trouve
du fable fin & quelquefois vazeux.

A cinq heures du foir, nous remîmes à la cape fous la
grand-voile d'étai & le focq d'artimon ; à fept heures &
demie du foir, le vent calma, le tems s'éclaircit, & nous
fîmes de la voile ; mais les bordées furent toutes défavan-
tageufes, & nous écarterent de la côte. En effet, quoi,

Remarque
fur la qualité
du fond à l'en-
trée du dé-
troit.

Q

que la journée du 5 fût belle & le vent favorable, ce ne
fut qu'à deux heures après-midi que nous vîmes la terre
depuis le Sud-quart-Sud-Ouest jusqu'à Sud-Ouest-quart-
Ouest environ à dix lieues. A quatre heures nous reconnûmes le cap des Vierges, & nous fîmes route pour le ranger à la distance d'une lieue & demie à deux lieues. Il n'est
pas prudent de le serrer davantage à cause d'un banc qui
s'étend au large du cap à-peu-près à cette distance ; je crois
même que nous avons passé sur la queue de ce banc ; car ,
comme nous sondions fréquemment, entre deux sondes ,
l'une de vingt-cinq , l'autre de dix-sept brasses , *l'Etoile*
qui étoit dans nos eaux , nous signala huit brasses, le moment suivant elle augmenta de fond.

Remarques
nautiques sur
l'entrée du dé-
troit.

Le cap des Vierges est une terre unie d'une hauteur médiocre ; il est coupé à pic à son extrémité ; la vue qu'en
donne Milord Anson est de la plus grande vérité. A neuf
heures & demie du soir nous avions amené à l'Ouest la
pointe septentrionale de l'entrée du détroit , sur laquelle
est une chaîne de rochers qui s'étend à une lieue au large.
Nous courûmes, les basses voiles carguées, sous le petit
hunier , tous les ris dedans, jusqu'à onze heures du soir
que le cap des Vierges nous restoit au Nord. Il ventoit
grand frais & le tems couvert menaçoit d'orage , ce qui
me détermina à passer la nuit sur les bords.

Le 6 au point du jour je fis larguer les ris des huniers
& courir à Ouest-Nord-Ouest. Nous ne vîmes la terre
qu'à quatre heures & demie , & il nous parut que les marées nous avoient entraînés dans le Sud-Sud-Ouest. A cinq
heures & demie , étant environ à deux lieues du continent, nous reconnûmes le *cap de Possession* dans l'Ouest-
quart-Nord-Ouest & Ouest-Nord-Ouest. Ce cap est bien

reconnoiffable. C'eft la premiere terre avancée depuis la
pointe Nord de l'entrée du détroit; il eft plus Sud que le
refte de la côte qui forme enfuite entre ce cap & le premier goulet un grand enfoncement nommé *la baie de Poffeffion*; nous avions auffi la vue des terres de Feu. Les
vents reprirent bientôt leur tour ordinaire du Oueft au
Nord-Oueft, & nous courûmes les bordées les plus avan-
tageufes pour entrer dans le détroit, tâchant de nous rallier à la côte des Patagons & profitant du fecours de la
marée qui pour lors portoit à l'Oueft.

A midi nous obfervâmes la hauteur du foleil, & le relevement pris au même moment, me donna pour le cap
des Vierges la même latitude à une minute près, que celle
que j'avois conclue de mon obfervation du 3 de ce mois.
Nous profitâmes auffi de cette obfervation pour affurer la
latitude du cap de Poffeffion & celle du cap du S. Efprit à
la terre de Feu.

Nous continuâmes à louvoyer fous les quatre voiles majeures toute la journée du 6 & la nuit fuivante qui fut
très claire, fondant fouvent & ne nous éloignant jamais
de plus de trois lieues de la côte du continent. Nous ga-
gnions peu à ce trifte exercice, les marées nous retirant
ce qu'elles nous donnoient, & le 7 à midi nous étions encore fous le cap de Poffeffion. Le cap d'Orange nous reftoit dans le Sud-Oueft environ à fix lieues. Ce cap remarquable par un mondrain affez élevé & coupé du côté
de la mer, forme au Sud l'entrée du premier goulet (1).

Defcription du cap d'O-range.

(1) Depuis le cap des Vierges jufqu'à l'entrée du premier goulet, on
peut eftimer de quatorze à quinze
lieues: & le détroit y eft par-tout large
de cinq à fept lieues. La côte du Nord,
jufqu'au cap de Poffeffion, eft unie,
peu élevée & fort faine. Depuis ce
cap, il faut fe méfier de la bâture qui
regne dans une partie de la baie du
même nom, Lorfque les mondrains,

Q ij

Sa bâture.

Sa pointe eft dangereufe par une bâture qui s'étend dans le Nord-Eft du cap, au-moins à trois lieues au large ; j'ai vu fort diftinctement la mer brifer deffus. A une heure après midi le vent avoit paffé au Nord-Nord-Oueft , & nous en profitâmes pour faire bonne route. A deux heures & demie nous étions parvenus à l'entrée du goulet ; un autre obftacle nous y attendoit : jamais avec un bon frais de vent & toutes voiles dehors , nous ne pûmes refouler la marée. A quatre heures elle filoit près de deux lieues le long de notre bord, & nous culions. En vain perfiftâmes-nous à vouloir lutter. Le vent fut moins conftant que nous, & il fallut rétrograder. Il étoit à craindre de fe trouver en calme dans le goulet expofés aux courans des marées qui pouvoient nous jetter fur les bâtures des caps qui en font l'entrée à l'Eft & à l'Oueft.

Mouillage dans la baie de Poffeffion.

Nous gouvernions au Nord-quart-Nord-Eft pour venir chercher un mouillage dans le fond de la baie de Poffeffion , lorfque l'Etoile qui étoit plus à terre que nous , ayant paffé tout d'un coup de vingt braffes de fond à cinq, nous arrivâmes vent arriere le cap à l'Eft, pour nous écarter d'une bâture qui paroiffoit régner au fond & dans tout le circuit de la baie. Pendant quelque tems nous ne trouvâmes qu'un fond de rocher & de cailloux ; & ce ne fut qu'à-fept heures du foir, qu'étant fur vingt braffes fond de fable vazeux & de graviers noirs & blancs, nous mouillâmes environ à deux lieues de terre. La baie de Poffeffion eft ouverte à tous les vents & n'offre que de très-mauvais mouillages. Dans le fond de cette baie s'élevent cinq mondrains dont un eft affez confidérable , les quatre

que j'ai nommés *les quatre fils Aimond*, n'en offrent que deux en forme de porte, on eft par le travers de cette bâture.

autres sont petits & aigus. Nous les avons nommés *le père & les quatre fils Aymond*; ils servent de remarque essentielle dans cette partie du détroit. Pendant la nuit on sonda aux divers changemens de marée, sans trouver de différence sensible dans le brasseiage. A huit heures & demie du soir elle reversa sur l'Ouest, & sur l'Est à trois heures du matin.

Le 8 au matin nous appareillâmes sous les quatre voiles majeures, ayant deux ris dans chaque hunier; la marée nous étoit contraire; mais nous la refoulions avec un bon frais de Nord-Ouest (1). A huit heures les vents nous refuserent & il fallut louvoyer; essuyant de tems à autre de violentes raffales. A dix heures la marée ayant commencé à porter à l'Ouest avec assez de force, nous mîmes en panne sous les huniers à l'entrée du premier goulet, nous laissant dériver au courant qui nous emportoit dans le vent & virant de bord, lorsque nous nous trouvions trop près de l'une ou de l'autre côte. Nous passâmes ainsi en deux heures le premier goulet (2), malgré le vent qui étoit directement debout & très-violent.

Ce matin les Patagons, qui toute la nuit avoient entretenu des feux au fond de la baie de Possession, éleverent un pavillon blanc sur une hauteur, & nous y répondîmes en virant celui des vaisseaux. Ces Patagons étoient sans

en marge: 8 Passage du premier goulet.

en marge: Vûe des Patagons.

(1) Lorsqu'on veut donner dans le premier goulet, il convient de ranger environ à une lieue *le cap Possession*, puis gouverner sur le Sud-quart-Sud-Ouest, prenant garde de ne point trop tomber Sud à cause de la bâture qui s'allonge Nord-Nord-Est, & Sud-Sud-Ouest du *cap d'Orange* plus de trois lieues.

(2) Le premier goulet gît Nord-Est & Sud-Sud-Ouest; il n'a pas plus de trois lieues de longueur. Sa largeur varie d'une lieue à une lieue & demie. J'ai prévenu sur la bâture du cap d'Orange. En sortant du premier goulet, il y en a deux autres moins étendues sur chacune de ces pointes. Elles s'allongent l'une & l'autre au Sud-Ouest. Il y a grand fond dans le goulet.

doute ceux que l'Etoile vit au mois de Juin 1766 dans la baie Boucault, auxquels on laissa ce pavillon en signe d'alliance. Le soin qu'ils ont pris de le conserver, annonce des hommes doux, fideles à leur parole ou du-moins reconnoissans des présens qu'on leur a faits.

Nous apperçûmes aussi fort distinctement, lorsque nous fûmes dans le goulet, une vingtaine d'hommes sur la terre de Feu. Ils étoient couverts de peaux & couroient à toutes jambes le long de la côte suivant notre route. Ils paroissoient même de tems en tems nous faire des signes avec la main, comme s'ils eussent desiré que nous allassions à eux. Selon le rapport des Espagnols, la nation qui habite cette partie des terres de Feu, n'a rien des mœurs cruelles de la plupart des Sauvages. Ils accueillirent avec beaucoup d'humanité l'équipage du vaisseau *la Conception* qui se perdit sur leur côte en 1765. Ils lui aiderent même à sauver une partie des marchandises de la cargaison, & à élever des hangards pour les mettre à l'abri. Les Espagnols y construisirent des débris de leurs navires une barque dans laquelle ils se sont rendus à Buenos-Aires. C'est à ces Indiens que le chambekin l'Andalous se disposoit à amener des Missionnaires, lorsque nous sommes sortis de la riviere de la Plata. Au reste des pains de cire provenans de la cargaison de ce navire, ont été portés par les courans jusque sur la côte des Malouines, où on les trouva en 1766.

On a vû qu'à midi nous étions sortis du premier goulet : pour lors nous fîmes de la voile. Le vent s'étoit rangé au Sud, & la marée continuoit à nous élever dans l'Ouest. A trois heures l'un & l'autre nous manquerent, & nous mouillâmes dans la baie Boucault sur dix-huit brasses fond de vaze,

[marginal note:] Américains de la terre de Feu.

[marginal note:] Mouillage dans la baie Boucault.

Dès que nous fûmes mouillés, je fis mettre à la mer un de mes canots & un de l'Etoile. Nous nous y embarquâmes au nombre de dix Officiers armés chacun de nos fufils, & nous allâmes defcendre au fond de la baie, avec la précaution de faire tenir nos canots à flot & les équipages dedans. A peine avions-nous mis pied à terre, que nous vîmes venir à nous fix Américains à cheval & au grand galop. Ils defcendirent de cheval à cinquante pas, & fur-le-champ accoururent au-devant de nous en criant *chaoua*. En nous joignant ils tendoient les mains & les appuyoient contre les nôtres. Ils nous ferroient enfuite entre leurs bras, répétant à tue-tête *chaoua*, *chaoua* que nous répétions comme eux. Ces bonnes gens parurent très-joyeux de notre arrivée. Deux des leurs, qui trembloient en venant à nous, ne furent pas long-tems fans fe raffurer. Après beaucoup de careffes réciproques, nous fîmes apporter de nos canots des galettes & un peu de pain frais que nous leur diftribuâmes & qu'ils mangerent avec avidité. A chaque inftant leur nombre augmentoit; bientôt il s'en ramaffa une trentaine parmi lefquels il y avoit quelques jeunes gens & un enfant de huit à dix ans. Tous vinrent à nous avec confiance & nous firent les mêmes careffes que les premiers. Ils ne paroiffoient point étonnés de nous voir, & en imitant avec la voix le bruit de nos fufils, il nous faifoient entendre que ces armes leur étoient connues. Ils paroiffoient attentifs à faire ce qui pouvoit nous plaire. M. de Commerçon & quelques-uns de nos Meffieurs s'occupoient à ramaffer des plantes; plufieurs Patagons fe mirent auffi à en chercher, & ils apportoient les efpeces qu'ils nous voyoient prendre. L'un d'eux appercevant le Chevalier du Bouchage dans cette occupa-

tion, lui vint montrer un œil auquel il avoit un mal fort
apparent, & lui demander par signe de lui indiquer une
plante qui le pût guérir. Ils ont donc une idée & un usage
de cette Médecine qui connoît les simples & les applique
à la guérison des hommes. C'étoit celle de Macaon, le
Médecin des Dieux ; & l'on trouveroit plusieurs Macaons
chez les Sauvages du Canada.

Nous échangeâmes quelques bagatelles précieuses à
leurs yeux contre des peaux de guanaques & de vigognes.
Ils nous demanderent par signes du tabac à fumer, & le
rouge sembloit les charmer : aussi-tôt qu'ils appercevoient
sur nous quelque chose de cette couleur, ils venoient y
passer la main dessus & témoignoient en avoir grande envie. Au reste à chaque chose qu'on leur donnoit, à chaque caresse qu'on leur faisoit, le *chaoua* recommençoit,
c'étoient des cris à étourdir. On s'avisa de leur faire boire
de l'eau-de-vie, en ne leur en laissant prendre qu'une gor-
gée à chacun. Dès qu'ils l'avoient avalée, ils se frappoient
avec la main sur la gorge & poussoient en soufflant un son
tremblant & inarticulé qu'ils terminoient par un roulement
avec les levres. Tous firent la même cérémonie qui nous
donna un spectacle assez bizarre.

Cependant le jour s'avançoit & il étoit tems de songer
à retourner à bord. Dès qu'ils virent que nous nous y dis-
posions, ils en parurent fâchés ; ils nous faisoient signe
d'attendre & qu'il alloit encore venir des leurs. Nous leur
fîmes entendre que nous reviendrions le lendemain, &
que nous leur apporterions ce qu'ils desiroient : il nous sem-
bla qu'ils eussent mieux aimé que nous couchassions à
terre. Lorsqu'ils virent que nous partions, ils nous accom-
pagnerent au bord de la mer ; un Patagon chantoit pendant

dant cette marche. Quelques-uns se mirent dans l'eau jufqu'aux genoux pour nous fuivre plus long-tems. Arrivés à
nos canots, il falloit avoir l'œil à tout. Ils faififfoient tout
ce qui leur tomboit fous la main. Un d'eux s'étoit emparé
d'une faucille ; on s'en apperçut, & il la rendit fans réfiftance. Avant que de nous éloigner, nous vîmes encore
groffir leur troupe par d'autres qui arrivoient inceffam-
ment à toute bride. Nous ne manquâmes pas en nous
féparant d'entonner un *chaoua* dont toute la côte re-
tentit.

    Ces Américains font les mêmes que ceux vus par l'E-
toile en 1766. Un de nos matelots qui étoit alors fur cette
flûte, en a reconnu un qu'il avoit vu dans le premier
voyage. Ces hommes font d'une belle taille ; parmi ceux
que nous avons vus, aucun n'étoit au-deffous de cinq
pieds cinq à fix pouces, ni au-deffus de cinq pieds neuf à
dix pouces ; les gens de l'Etoile en avoient vu dans le précédent voyage plufieurs de fix pieds. Ce qu'ils ont de gi-
gantefque, c'eft leur énorme carrure, la groffeur de leur
tête & l'épaiffeur de leurs membres. Ils font robuftes &
bien nourris, leurs nerfs font tendus, leur chair eft ferme
& foutenue ; c'eft l'homme qui, livré à la nature & à un
aliment plein de fucs, a pris tout l'accroiffement dont il
eft fufceptible ; leur figure n'eft ni dure ni defagréable,
plufieurs l'ont jolie ; leur vifage eft rond & un peu plat ;
leurs yeux font vifs ; leurs dents extrêmement blanches,
n'auroient pour Paris que le défaut d'être larges ; ils portent de longs cheveux noirs attachés fur le fommet de
la tête. J'en ai vu qui avoient fous le nez des mouftaches
plus longues que fournies. Leur couleur eft bronzée com-

Defcription
de ces Amé-
ricains.

R

me l'eſt ſans exception celle de tous les Américains, tant
de ceux qui habitent la Zone Torride, que de ceux qui y
naiſſent dans les Zones tempérées & glaciales. Quelques-
uns avoient les joues peintes en rouge ; il nous a paru que
leur langue étoit douce, & rien n'annonce en eux un caractere féroce. Nous n'avons point vu leurs femmes, peut-
être alloient-elles venir ; car ils vouloient toujours que nous
attendiſſions ; & ils avoient fait partir un des leurs du côté
d'un grand feu, auprès duquel paroiſſoit être leur camp à
une lieue de l'endroit où nous étions, nous montrant qu'il
en alloit arriver quelqu'un.

L'habillement de ces Patagons eſt le même à-peu-près
que celui des Indiens de la riviere de la Plata ; c'eſt un ſim-
ple bragué de cuir qui leur couvre les parties naturelles, &
un grand manteau de peaux de guanaques ou de ſouril-
los, attaché autour du corps avec une ceinture ; il deſ-
cend juſqu'aux talons & ils laiſſent communément retomber en arriere la partie faite pour couvrir les épaules ; de
ſorte que, malgré la rigueur du climat, ils ſont preſque
toujours nuds de la ceinture en haut. L'habitude les a ſans
doute rendus inſenſibles au froid ; car quoique nous fuſſions ici en été, le thermometre de Réaumur n'y avoit
encore monté qu'un ſeul jour à dix degrés au-deſſus de la
congélation. Ils ont des eſpeces de bottines de cuir de cheval ouvertes par derriere, & deux ou trois avoient autour
du jarret un cercle de cuivre d'environ deux pouces de largeur. Quelques uns de nos Meſſieurs ont auſſi remarqué
que deux des plus jeunes avoient de ces grains de raſſade
dont on fait des colliers.

Les ſeules armes que nous leur ayons vues, ſont deux

cailloux ronds, attachés aux deux bouts d'un boyau cordonné, semblables à ceux dont on se sert dans toute cette
partie de l'Amérique, & que nous avons décrit plus haut.
Ils avoient aussi de petits couteaux de fer, dont la lame étoit
épaisse d'un pouce & demi à deux pouces. Ces couteaux
de fabrique Angloise leur avoient vraisemblablement été
donnés par M. Byron. Leurs chevaux, petits & fort maigres, étoient sellés & bridés à la maniere des habitans de la
riviere de la Plata. Un Patagon avoit à sa selle des cloux
dorés, des étriers de bois recouverts d'une lame de cuivre, une bride en cuir tressé, enfin tout un harnois Espagnol. Leur nourriture principale paroît être la moëlle &
la chair de guanaques & de vigognes. Plusieurs en avoient
des quartiers attachés sur leurs chevaux, & nous leur en
avons vu manger des morceaux cruds. Ils avoient aussi
avec eux des chiens petits & vilains, lesquels, ainsi que
leurs chevaux, boivent de l'eau de mer, l'eau douce
étant fort rare sur cette côte & même sur le terrein.

Aucun d'eux ne paroissoit avoir de supériorité sur les
autres; ils ne témoignoient même aucune espece de dé-
férence pour deux ou trois vieillards qui étoient dans cette
bande. Il est très-remarquable, que plusieurs nous ont dit
les mots Espagnols suivans, *magnana*, *muchacho*, *bueno chico*, *capitan*. Je crois que cette nation mene la même vie
que les Tartares. Errans dans les plaines immenses de l'A-
mérique méridionale, sans cesse à cheval hommes, femmes
& enfans, suivant le gibier ou les bestiaux dont ces plaines sont couvertes, se vêtissant & se cabanant avec des
peaux, ils ont encore vraisemblablement avec les Tartares
cette ressemblance, qu'ils vont piller les caravanes des

voyageurs. Je terminerai cet article en difant que nous avons depuis trouvé dans la mer Pacifique une nation d'une taille plus élevée que ne l'eft celle des Patagons.

Qualité du fol de cette partie de l'Amérique.

Le terrein où nous débarquâmes eft fort fec, & à cela près il reffemble beaucoup à celui des îles Malouïnes. Les Botaniftes y ont retrouvé prefque toutes les mêmes plantes. Le bord de la mer étoit environné des mêmes goemons & couvert des mêmes coquilles. Il n'y a point de bois, mais feulement quelques brouffailles. Lorfque nous avions mouillé dans la baie Boucault, la marée alloit commencer à nous être contraire, & pendant le tems que

Remarques fur les marées dans cette partie.

nous paffâmes à terre, nous remarquâmes qu'elle y montoit, donc le flot portoit à l'Eft. C'eft une remarque que nous eûmes plufieurs fois occafion de faire avec certitude dans ce voyage, & qui m'avoit déja frappé dans le premier que j'y fis. A neuf heures & demie du foir, l'Ebe reverfa dans l'Oueft. Nous fondâmes à mer étale, & nous trouvâmes 21 braffes d'eau, nous n'en avions eu que 18 en mouillant.

Second mouillage dans la baie Boucault.

Le 9 à quatre heures & demie du matin, les vents étant au Nord-Oueft, nous appareillâmes toutes voiles dehors contre la marée, gouvernant au Sud-Oueft-quart-Oueft; nous ne pûmes faire qu'une lieue, les vents ayant paffé au Sud-Oueft grand frais, nous laiffâmes retomber l'ancre par 19 braffes, fable, vaze & coquilles pourries. Le mauvais tems continua toute cette journée & la fuivante. Le peu de chemin que nous avions fait nous avoit écartés de la côte, & dans ces deux jours il n'y eut pas un inftant où l'on eût pu mettre un bateau dehors. Les Patagons en étoient fans doute auffi fâchés que nous. On voyoit la troupe rassemblée à l'endroit où nous avions débarqué, & nous crûmes distinguer avec les longues vues qu'ils y avoient élevé quelques hutes. Cependant je crois que le quartier général étoit plus éloigné; car il alloit & venoit continuellement des gens à cheval. Nous regrettâmes fort de ne pouvoir pas leur porter ce que nous leur avions promis; on les contentoit à bien peu de frais.

Les variations de la marée ne nous donnerent ici qu'une brasse d'eau de différence. Le 10 par une observation de distance de la lune à Régulus, M. Verron déduisit notre longitude occidentale à ce mouillage de 73 deg. 26 min. 15 sec. & celle de l'entrée orientale du second goulet de 73 deg. 34 min. 30 sec. Le thermometre de Réaumur baissa de 9 à 8 & à 7 deg.

Le 11 à minuit & demi, le vent ayant passé au Nord-Est, & le courant portant à l'Ouest depuis une heure, je signalai d'appareillage. Nous fîmes de vains efforts pour lever notre ancre, ayant même établi sur le cable nos poullies de franc funin. A deux heures du matin le cable rompit entre la bitte & l'écubier, & nous perdîmes ainsi notre ancre. Nous appareillâmes sous toutes voiles & ne tardâmes pas à avoir la marée ennemie, contre laquelle un foible vent de Nord-Ouest suffisoit à peine pour nous soutenir quoique le courant ne soit pas à beaucoup près aussi fort dans le second goulet que dans le premier. A midi l'ebe vint à notre secours & nous passâmes le second goulet (1), les vents ayant varié jusqu'à trois heures après midi qu'ils

Observation de longitude.
Perte d'une ancre.
Passage du second goulet.

(1) De la sortie du premier goulet à l'entrée du second, il peut y avoir six à sept lieues, & la largeur du détroit y est aussi d'environ sept lieues. Le second goulet gît Nord-Est-quart-d'Est & Sud-Ouest-quart-d'Ouest. Il a environ une lieue & demie de largeur, & trois à quatre de longueur.

soufflerent grand frais du Sud-Sud-Oueſt au Sud-Sud-Eſt
avec de la pluie & des grains violens (1). En deux bords
nous parvinmes au mouillage dans le Nord de l'île Sainte-

Mouillage
près de l'île
Sainte - Eliſa-
beth.

Elizabeth, où nous ancrâmes à deux milles de terre par
7 braſſes, fond de ſable gris, gravier & coquillage pourri.
L'Etoile, qui mouilla un quart de lieue plus dans le Sud-
Eſt de nous, y avoit 17 braſſes d'eau.

Le vent contraire, accompagné de grains violens, de
pluie & de grele, nous força de paſſer ici le 11 & le 12.
Ce dernier jour après-midi nous mîmes un canot dehors
pour aller ſur l'île Sainte-Elizabeth (2). Nous débarquâmes dans la partie du Nord-Eſt de l'île. Ses côtes ſont
élevées & à pic, excepté à la pointe du Sud-Oueſt &

Porte d'une
ancre.

Deſcription
de cette île.

à celle du Sud-Eſt où les terres s'abaiſſent. On peut cependant aborder par-tout, attendu que ſous les terres
coupées il regne une petite plage. Le terrein de l'île eſt
fort ſec; nous n'y trouvâmes d'autre eau que celle d'un
petit étang dans la partie du Sud-Oueſt, & elle y étoit ſau-
mache. Nous vîmes auſſi pluſieurs marais aſſéchés, où
la terre eſt en quelques endroits couverte d'une légere
croûte de ſel. Nous rencontrâmes des outardes, mais en
petit nombre & ſi farouches, que l'on ne put jamais les
approcher aſſez pour les tirer; elles étoient cependant ſur
leurs œufs. Il paroît que les Sauvages viennent dans cette

Pas de deux
côté du goulet.

(1) En paſſant le ſecond goulet, il
convient de hanter la côte des Patagons, parce qu'au ſortir du goulet les
marées portent ſur le Sud; & qu'il faut
s'y méfier d'une tête baſſe qui naît au-
deſſous de la pointe de l'île Saint-Georges, encore que cette pointe apparente
ſoit élevée & coupée à pic, la terre
baſſe s'avance dans l'Oueſt-Nord-
Oueſt.

(2) L'île Sainte-Eliſabeth gît Nord-
Nord-Eſt & Sud-Sud-Oueſt, avec la
pointe occidentale du ſecond goulet à
la terre des Patagons. Les îles Saint-
Barthelemi & aux Lions giſſent auſſi
Nord-Nord-Eſt & Sud-Sud-Oueſt, entre elles, & avec la pointe occidentale du ſecond goulet à l'île Saint-
Georges.

île. Nous y avons trouvé un chien mort, des traces de feu
& les débris de plusieurs repas de coquillages. Il n'y a
point de bois, & l'on n'y peut faire du feu qu'avec une
espece de petite bruyere. Déja même nous en avions ra-
massé, craignant d'être obligés de passer la nuit sur cette
île où le mauvais tems nous retint jusqu'à neuf heures du
soir ; nous n'y eussions pas été mieux couchés que nourris.

CHAPITRE IX.

Navigation depuis l'île Sainte-Elifabeth jufqu'à la fortie du détroit de Magellan ; détails nautiques fur cette navigation.

Difficultés du paffage le long de l'île Sainte-Elifabeth.

NOUS allions entrer dans la partie boifée du détroit de Magellan, & les premiers pas difficiles étoient franchis. Ce ne fut que le 13 après-midi que le vent étant venu au Nord-Oueft, nous appareillâmes malgré fa violence & fîmes route dans le canal qui fépare l'île Sainte-Elizabeth des îles Saint-Barthelemi & aux Lions (1). Il falloit foutenir de la voile, quoiqu'il nous vînt prefque continuellement de cruelles raffales par-deffus les hautes terres de Sainte-Elizabeth que nous étions contraints de ranger pour éviter les bâtures qui fe prolongent autour des deux autres îles (2). La marée en canal portoit au Sud & nous parut très-forte. Nous vînmes attaquer la terre du continent au-deffous du *cap Noir;* c'eft où la côte commence à être couverte de bois, & le coup d'œil en eft ici affez agréable. Elle court vers le Sud & les marées n'y font plus auffi fenfibles.

(1) Les îles *Saint-Barthelemi* & *aux Lions* font liées enfemble par une bâture. Il y a auffi deux bâtures l'une au Sud-Sud-Oueft de l'île aux Lions, l'autre au Nord-Nord-Eft de Saint-Barthelemi à une ou deux lieues; enforte que ces trois bâtures & les deux îles forment une chaîne, entre laquelle à l'Eft-Sud-Eft & l'île Sainte-Elifabeth à Oueft-Nord-Oueft, eft le canal pour avancer dans le détroit. Ce canal court Nord-Nord-Eft & Sud-Sud-Oueft.

Je ne crois pas qu'il y ait paffage dans le Sud des îles Saint-Barthelemi & aux Lions, non plus qu'entre l'île Sainte-Elifabeth & la grand-terre.

(2) De la fortie du fecond goulet à la pointe Nord-Eft de l'île Sainte-Elifabeth, il y a près de quatre lieues. L'île Sainte-Elifabeth s'étend Sud-Sud-Oueft & Nord-Nord-Eft dans une longueur d'environ trois lieues & demie. Il convient de la ranger en paffant ce canal.

De la pointe Sud-Oueft de l'île Sainte-Elifabeth au *cap Noir*, il n'y a pas plus d'une lieue.

Nous

Nous eûmes du vent très-frais & par raffales jufqu'à fix heures du foir ; il calma enfuite & devint maniable. Nous prolongeâmes la côte environ à une lieue de diftance, par un tems clair & ferein ; nous flattant de doubler pendant la nuit *le cap Rond*, & d'avoir alors, en cas de mauvais tems, *le port Famine* fous le vent à nous. Vains projets. A minuit & demi les vents fauterent tout d'un coup au Sud-Oueft, la côte s'embruma, les grains violens & continuels amenerent avec eux la pluie & la grele ; enfin le tems devint auffi mauvais qu'il paroiffoit beau l'inftant d'auparavant. Telle eft la nature de ce climat ; les variations dans le tems s'y fuccedent avec une telle promptitude, qu'il eft impoffible de prévoir leurs rapides & dangereufes révolutions. Notre grande voile ayant été déchirée fur fes cargues, nous fûmes obligés de louvoyer fous la mizaine, la grande voile d'étai & les huniers aux bas ris, pour tâcher de doubler *la pointe Sainte-Anne* & nous mettre à l'abri dans la baie Famine. C'étoit une lieue à gagner dans le vent, & jamais nous ne pûmes en venir à bout. Comme les bordées étoient courtes, que nous étions obligés de virer vent arriere, & qu'un fort courant nous entraînoit dans un grand enfoncement de la terre de Feu, nous perdîmes trois lieues en neuf heures de cette allure funefte, & il fallut fe réfoudre à aller chercher le long de la côte un mouillage qui fût fous le vent. Nous la rangeâmes la fonde à la main ; & vers onze heures du matin nous mouillâmes à un mille de terre par huit braffes & demie de fable vazeux, dans une baie que je nommai *la baie Duclos* (1), du nom

Defcription
de cette baie.

Mauvais
tems, nuit fâ-
cheufe.

Mouillage
dans la baie
Duclos.

(1) Depuis le *cap Noir* la côte court fur le Sud-Sud-Eft jufqu'à la pointe feptentrionale de la baie Duclos, qui peut en être à fept lieues. Vis-à-vis de la baie Duclos il y a dans les terres de Feu un enfoncement immenfe, que je foupçonne être un canal qui débouche plus Eft que le *cap de Horn*. Le cap *Monmouth* en fait la pointe feptentrionale.

S

de M. Duclos-Guyot, Capitaine de brûlot, mon second dans ce voyage, & dont les lumieres & l'expérience m'ont été du plus grand secours.

Description de cette baie.

Cette baie ouverte à l'Est, a très-peu d'enfoncement. Sa pointe du Nord avance un peu plus au large que celle du Sud, & de l'une à l'autre il peut y avoir une lieue de distance. Il y a bon fond dans toute la baie, on trouve six & huit brasses d'eau jusqu'à un cable de terre. C'est un excellent mouillage, puisque les vents d'Ouest, qui sont ici les vents régnans & qui soufflent avec impétuosité, viennent par-dessus la côte, laquelle y est fort élevée. Deux petites rivieres se déchargent dans la baie; l'eau est saumache à leur embouchure, mais à cinq cents pas au-dessus elle est très-bonne. Une espece de prairie regne le long du débarquement, lequel est de table; les bois s'é-levent ensuite en amphithéâtre, mais le pays est presque dénué d'animaux. Nous y avons parcouru une grande étendue de terrein, sans voir d'autre gibier que deux ou trois beccassines, quelques sarcelles, canards & outardes en fort petite quantité: nous y avons aussi apperçu quelques perruches, celles-là ne craignent pas le froid.

Nous trouvâmes à l'embouchure de la riviere la plus méridionale sept cabanes faites avec des branches d'arbres entrelassées & de la forme d'un four; elles paroissoient récemment construites & étoient remplies de coquilles calcinées, de moules & de lepas. Nous remontâmes cette riviere assez loin, & nous vîmes quelques traces d'hommes. Pendant le tems que nous passâmes à terre, la mer monta d'un pied, & le courant alors venoit de la mer orientale: observation contraire à celles faites depuis le cap des Vierges, puisque nous avions vu jusque-là les eaux

Mouillage dans la baie Duclos.

Nouvelle ob-servation sur les marées.

augmenter, lorsque le courant sortoit du détroit. Mais il
me semble, d'après diverses observations, que lorsqu'on a
passé les goulets, les marées cessent d'être réglées dans
toute la partie du détroit qui court Nord & Sud. La quantité de canaux dont y est coupée la terre de Feu, paroît
devoir produire dans le mouvement des eaux une grande
irrégularité. Pendant les deux jours que nous passâmes
dans ce mouillage, le thermometre varia de 8 à 5 deg.
Le 15 à midi nous y observâmes 53 deg. 20 min. de
latitude, & ce jour-là nous occupâmes nos gens à faire
du bois, le calme ne nous ayant pas permis d'appareiller.

A l'entrée de la nuit les nuages parurent prendre leur
cours vers l'occident & nous annoncer un vent favorable.
Nous virâmes à pic, & effectivement le 16 à quatre heures du matin, la brise étant venue d'où nous l'avions es-
pérée, nous appareillâmes. Le ciel à la vérité étoit couvert & suivant l'ordinaire de ces parages, le vent d'Est
& de Nord-Est étoit accompagné de brume & de pluie.
Nous passâmes *la pointe Sainte-Anne* (1) & *le cap Rond*
(2). La première est unie, d'une médiocre hauteur &
couvre une baie profonde où l'ancrage est sûr & commode. C'est celle à qui le malheureux sort de la colonie
de *Philippeville* établie par le présomptueux Sarmiento, a
fait donner le nom de *port Famine*. Le cap rond est une
terre élevée & remarquable par la forme que désigne son
nom. Les côtes dans tout cet espace sont boisées & escar-

*Observations
nautiques.*

---

(1) De la baie *Duclos* à la pointe
Sainte-Anne, il y a environ cinq lieues,
le gisement étant le Sud-Est-quart-Sud;
il y a à peu près la même distance
entre la pointe Sainte-Anne, & le cap
Rond lesquels sont respectivement

(2) Depuis le second goulet jusqu'au
cap Rond, la largeur du détroit varie
depuis sept jusqu'à cinq lieues. Il se ré-
trécit au cap Rond où il n'en a guères
plus de trois.

Nord-Nord-Est & Sud-Sud-Ouest.

pées, celles de la terre de Feu paroissent hachées par plusieurs détrons. Leur aspect est horrible; les montagnes y
sont couvertes d'une neige bleue aussi ancienne que le
monde. Entre le cap rond & *le cap Forward*, il y a quatre
baies, dans lesquelles on peut mouiller.

Deux de ces baies sont séparées par un cap dont la sin-
gularité fixa notre attention & mérite une description particuliere. Ce cap élevé de plus de cent cinquante pieds
au-dessus du niveau de la mer, est tout entier composé de
couches horisontales de coquilles pétrifiées. J'ai sondé en
canot au pied de ce monument qui atteste les grands changemens arrivés à notre globe, & je n'y ai pas trouvé de
fond avec une ligne de cent brasses.

Le vent nous conduisit jusqu'à une lieue & demie du cap
Forward, alors le calme survint & dura deux heures. J'en
profitai pour aller dans le petit canot visiter les environs
du cap Forward, y prendre des sondes & des relevemens.
Ce cap est la pointe la plus méridionale de l'Amérique & de
tous les continens connus. D'après de bonnes observations,
nous avons conclu sa latitude australe de 54 deg. 5 min.
45 sec. Il présente une surface à deux têtes d'environ trois
quarts de lieue, dont la tête orientale est plus élevée que
celle de l'Ouest. La mer est presque sans fond sous le cap,
toutefois entre les deux têtes, dans une espece de petite
baie embellie par un ruisseau assez considérable, on pourroit
mouiller par 15 brasses, fond de sable & de gravier, mais
ce mouillage, dangereux par le vent de Sud, ne doit servir que dans un cas forcé. Tout le cap est un rocher vif
& taillé à pic; sa cime élevée est couverte de neige. Il y
croît cependant quelques arbres dont les racines s'étendent dans les crevasses & s'y nourrissent d'une éternelle

Marginalia:

Description générale.

Description d'un cap singulier.

Observations nautiques.

Description du cap For-
ward.

Nouvelles observations sur ces rochers.

humidité. Nous avons abordé au-deſſous du cap à une petite pointe de roches, ſur laquelle nous eûmes peine à trouver place pour quatre perſonnes. Sur ce point qui termine
ou commence un vaſte continent, nous arborâmes le pavillon de notre bateau, & ces autres ſauvages retentirent
pour la premiere fois, de pluſieurs cris de *vive le Roi!*
Nous relevâmes de-là le *cap Holland* à Oueſt 4 deg. Nord;
ainſi la côte commençoit à reprendre du Nord.

Nous revînmes à bord à ſix heures du ſoir, & peu de
tems après, les vents ayant paſſé au Sud-Oueſt, je vins
chercher le mouillage de la baie nommée par M. de Gennes *baie Françoiſe.* A huit heures & demie du ſoir nous y
jettâmes l'ancre ſur 10 braſſes, fond de ſable & de gravier; ayant les deux pointes de la baie, l'une au Nord-
Eſt - quart Eſt 5 deg. Nord; l'autre au Sud 5 deg. Oueſt,
& l'îlot du milieu au Nord-Eſt. Comme nous avions beſoin de nous munir d'eau & de bois pour la traverſée de
la mer Pacifique, & que le reſte du détroit m'étoit inconnu, n'étant venu dans mon premier voyage que juſqu'auprès de la baie Françoiſe, je me déterminai à y faire nos
proviſions, d'autant plus que M. de Gennes la repréſente
comme très-ſûre & fort commode pour ce travail; ainſi
dès le ſoir même nous mîmes tous nos bateaux à la mer.

Pendant la nuit les vents firent le tour du compas,
ſoufflant par raffales très-violentes; la mer groſſit & bri-
ſoit autour de nous ſur un banc qui paroiſſoit régner dans
tout le fond de la baie. Les tours fréquens que les variations du vent faiſoient faire au vaiſſeau ſur ſon ancre, nous
donnoient lieu de craindre que le cable ne ſurſaulât, &
nous paſſâmes la nuit dans une appréhenſion continuelle.

Mouillage
dans la baie
Françoiſe.

Avis ſur ce
mouillage.

L'Etoile mouillée plus en-dehors que nous fut moins mol-
lestée. A deux heures & demie du matin j'envoyai le petit canot sonder l'entrée de la riviere à laquelle M. de
Gennes a donné son nom. La mer étoit basse, & il ne
passa qu'après avoir échoué sur un banc qui est à l'embouchure; il reconnut que nos chaloupes ne pourroient approcher de la riviere qu'à mer toute haute; en sorte qu'elles
feroient à peine un voyage par jour. Cette difficulté de
l'aiguade, jointe à ce que le mouillage ne me paroissoit
pas sûr, me détermina à conduire les vaisseaux dans une
petite baie à une lieue dans l'Est de celle-ci. J'y avois coupé sans peine en 1765 un chargement de bois pour les
Malouines, & l'équipage du vaisseau lui avoit donné mon
nom. Je voulus auparavant aller m'assurer si les équipages
des deux navires y pourroient commodément faire leur
eau. Je trouvai qu'outre le ruisseau qui tombe au fond de
la baie même, lequel seroit consacré aux besoins journa-
liers & à laver, les deux baies voisines avoient chacune
un ruisseau propre à fournir aisément l'eau dont nous
avions besoin, sans qu'il y eût un demi-mille à faire pour
l'aller chercher.

En conséquence le 17 à deux heures après-midi,
nous appareillâmes sous le petit hunier & le perroquet de
fougue, nous passâmes au large de l'ilot de la baie Françoise, nous donnâmes ensuite dans une passe fort étroite
& dans laquelle il y a grand fond entre la pointe du Nord
de cette baie & une île élevée longue d'un demi-quart de
lieue. Cette passe conduit à l'entrée de la baie Bougainville qui est encore couverte par deux autres ilots dont le
plus considérable a mérité le nom d'ilot de l'Observa-

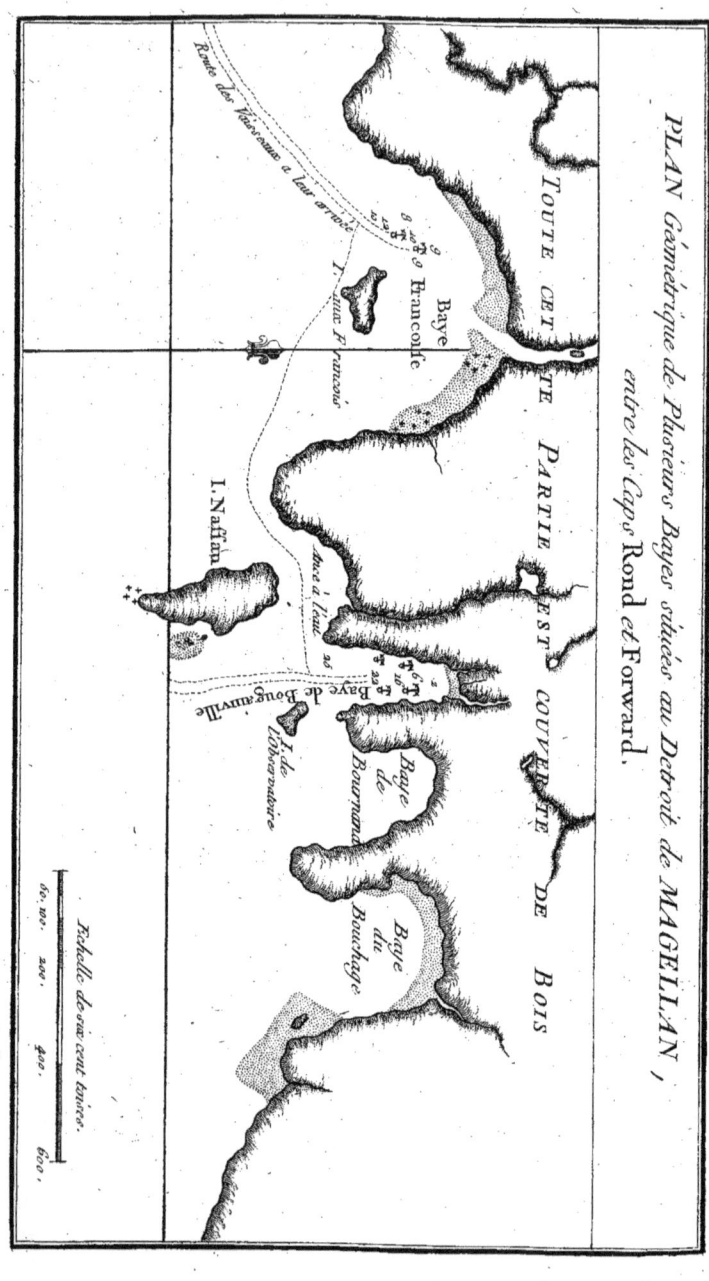

PLAN Géométrique de Plusieurs Bayes situées au Detroit de MAGELLAN, entre les Caps Rond et Forward.

Pl. 6.

toire (1). La baie est longue de deux cents toises & large
de cinquante, de hautes montagnes l'environnent & la défendent de tous les vents; aussi la mer y est-elle toujours
comme l'eau d'un bassin.

Nous mouillâmes à trois heures à l'entrée de la baie
par vingt-huit brasses d'eau & nous envoyâmes aussi-tôt à
terre des amarres pour nous haler dans le fond. L'Etoile,
qui avoit mouillé son ancre de dehors par un trop grand
fond, chassa sur l'îlot de l'Observatoire, & avant qu'elle
eût pu roidir les amarres portées à terre pour la soutenir,
sa poupe vint à quelques pieds de l'îlot, ayant encore au-
dessous d'elle 30 brasses d'eau. La côte du Nord Est
de cet îlot n'est pas aussi escarpée. Nous employâmes le
reste du jour à nous amarrer, la proue au large ayant une
ancre devant mouillée par 25 brasses de sable vazeux, une
ancre à jet derriere presque à terre, deux grelins à des
arbres sur la côte de bas-bord, & deux sur l'Etoile, laquelle étoit amarrée comme nous. On trouva auprès du
ruisseau deux cabanes de branchages, lesquelles paroissoient abandonnées depuis long-tems. J'y en avois fait
construire une d'écorce en 1765, dans laquelle j'avois
laissé quelques présens pour les Sauvages que le hazard
y conduiroit, & j'avois attaché au-dessus un pavillon
blanc : on trouva la cabane détruite, le pavillon & les
présens enlevés.

Le 8 au matin j'établis un camp à terre pour la garde
des travailleurs & des divers effets qu'il y falloit descendre ; l'on débarqua aussi toutes les pieces à l'eau pour les
rebattre & les soufrer ; on disposa des mares pour les la-

*Mouillage
dans la baie
Bougainville.*

*Relâche dans
cette baie
pour y faire
de l'eau & du
bois.*

(1) Du cap Rond à l'îlot de l'Obser-   Dans cet espace il y a trois bons mouil-
vatoire, il peut y avoir quatre lieues,   lages.
& la côte court sur l'Ouest-Sud-Ouest.

vandiers, & on échoua notre chaloupe qui avoit besoin d'un radoub. Nous passâmes le reste du mois de Décembre dans cette baie où nous fîmes fort commodément notre bois & même des planches. Tout y facilitoit cet ouvrage; les chemins se trouvoient pratiqués dans la forêt, & il y avoit plus d'arbres abattus qu'il ne nous en falloit, reste du travail de l'équipage de l'Aigle en 1765. Nous y avons aussi donné demi-bande & monté dix-huit canons. L'Etoile eut même le bonheur d'étancher sa voie d'eau, laquelle depuis le départ de Montevideo étoit tout aussi considérable qu'avant sa demi-carène à la Encenada. En élevant tout-à-fait son devant & levant quelques planches de son doublage, on trouva que l'eau entroit par l'écart de son étrave qui est de deux pieces. L'on y remédia, & ce fut pour toute la campagne un grand soulagement à l'équipage de cette flûte qu'écrasoit l'exercice journalier de la pompe.

Observations astronomiques & météorologiques,

M. Verron avoit dès les premiers jours établi ses instrumens sur l'îlot de l'Observatoire; mais il y passa vainement la plus grande partie de ses nuits. Le ciel de cette contrée, ingrat pour l'Astronomie, lui a refusé toute observation de longitude; il n'a pu que déterminer par trois observations faites au quart de cercle la latitude australe de l'îlot de 53ᵈ 50′ 25″. Il y a aussi déterminé l'établissement de l'entrée de la baie de 00ʰ 59′. La mer n'y a jamais marné plus de dix pieds. Pendant notre séjour ici, le thermometre a communément été entre 8 & 9ᵈ, il a baissé jusqu'à 5ᵈ, & le plus haut qu'il ait monté, a été à 12ᵈ & demi. Le soleil alors paroissoit sans nuages, & ses rayons peu connus ici faisoient fondre une partie de la neige sur les montagnes du continent. M. de Commerçon accompagné

compagné de M. le Prince de Naſſau, profitoit de ces journées pour herborifer. Il falloit vaincre des obſtacles de tous les genres, mais ce terrein âpre avoit à ſes yeux le mérite de la nouveauté, & le détroit de Magellan a enrichi ſes cahiers d'un grand nombre de plantes inconnues & intéreſſantes. La chaſſe & la pêche n'étoient pas auſſi heureuſes; jamais elles n'ont rien produit, & le ſeul quadrupede que nous ayons vu ici a été un renard preſque ſemblable à ceux d'Europe, qui fut tué au milieu des travailleurs.

Deſcription de cette partie du détroit.

Nous fîmes auſſi pluſieurs tentatives pour reconnoître les côtes voiſines du continent & de la terre de Feu; la premiere fut infructueuſe. J'étois parti le 22 à trois heures du matin avec MM. de Bournand & du Bouchage dans l'intention d'aller juſqu'au cap Holland & de viſiter les mouillages qui pourroient ſe trouver dans cette étendue. A notre départ il faiſoit calme & le plus beau tems du monde. Une heure après il ſe leva une petite briſe du Nord-Oueſt, & ſur-le-champ le vent ſauta au Sud-Oueſt, grand frais. Nous luttâmes contre, pendant trois heures, nageant à l'abri de la côte, & nous gagnâmes avec peine l'embouchure d'une petite riviere qui ſe décharge dans une anſe de ſable protégée par la tête orientale du cap Forward. Nous y relâchâmes, comptant que le mauvais tems ne ſeroit pas de longue durée. L'eſpérance que nous en eûmes ne ſervit qu'à nous faire percer de pluie & tranſir de froid. Nous avions conſtruit dans le bois une cabane de branches d'arbres pour y paſſer la nuit moins à découvert. Ce ſont les palais des naturels de ce pays; mais il nous manquoit leur habitude d'y loger. Le froid & l'humidité nous chaſſerent de notre gîte, & nous fûmes contraints de nous

T

refugier auprès d'un grand feu que nous nous appliquâ-
mes à entretenir, tâchant de nous défendre de la pluie
avec la voile du petit canot. La nuit fut affreuse, le vent
& la pluie redoublerent & ne nous laisserent d'autre parti
à prendre que de rebrousser chemin au point du jour.
Nous arrivâmes à la frégate à huit heures du matin, trop
heureux d'avoir gagné cet asyle; car bientôt le tems devint si mauvais, qu'il eût été impossible de nous mettre
en route pour revenir. Il y eut pendant deux jours une
tempête décidée, & la neige recouvrit toutes les montagnes. Cependant nous étions dans le cœur de l'été, &
le soleil étoit près de dix-huit heures sur l'horison.

Reconnois-
sance faite de
plusieurs
ports aux ter-
res de Feu.

Quelques jours après j'entrepris avec plus de succès
une nouvelle course pour visiter une partie des terres de
Feu & pour y chercher un port vis-à-vis le cap Forward;
je me proposois de repasser ensuite au cap Holland & de
reconnoître la côte depuis ce cap jusqu'à la baie Françoise; ce que nous n'avions pu faire dans la première tentative. Je fis armer d'espingoles & de fusils la chaloupe de
la Boudeuse & le grand canot de l'Etoile; & le 27 à quatre
heures du matin je partis du bord avec Mrs de Bournand,
d'Oraison & le Prince de Nassau. Nous mîmes à la voile à
la pointe occidentale de la baie Françoise pour traverser
aux terres de Feu, où nous terrîmes sur les dix heures à
l'embouchure d'une petite riviere, dans une anse de sable
mauvaise même pour les bateaux. Toutefois dans un tems
critique ils auroient la ressource d'entrer à mer haute dans
la riviere où ils trouveroient un abri. Nous dinâmes sur
ses bords dans un assez joli bosquet qui couvroit de son
ombre plusieurs cabanes sauvages. De cette station nous
relevâmes la pointe du Ouest de la baie Françoise au

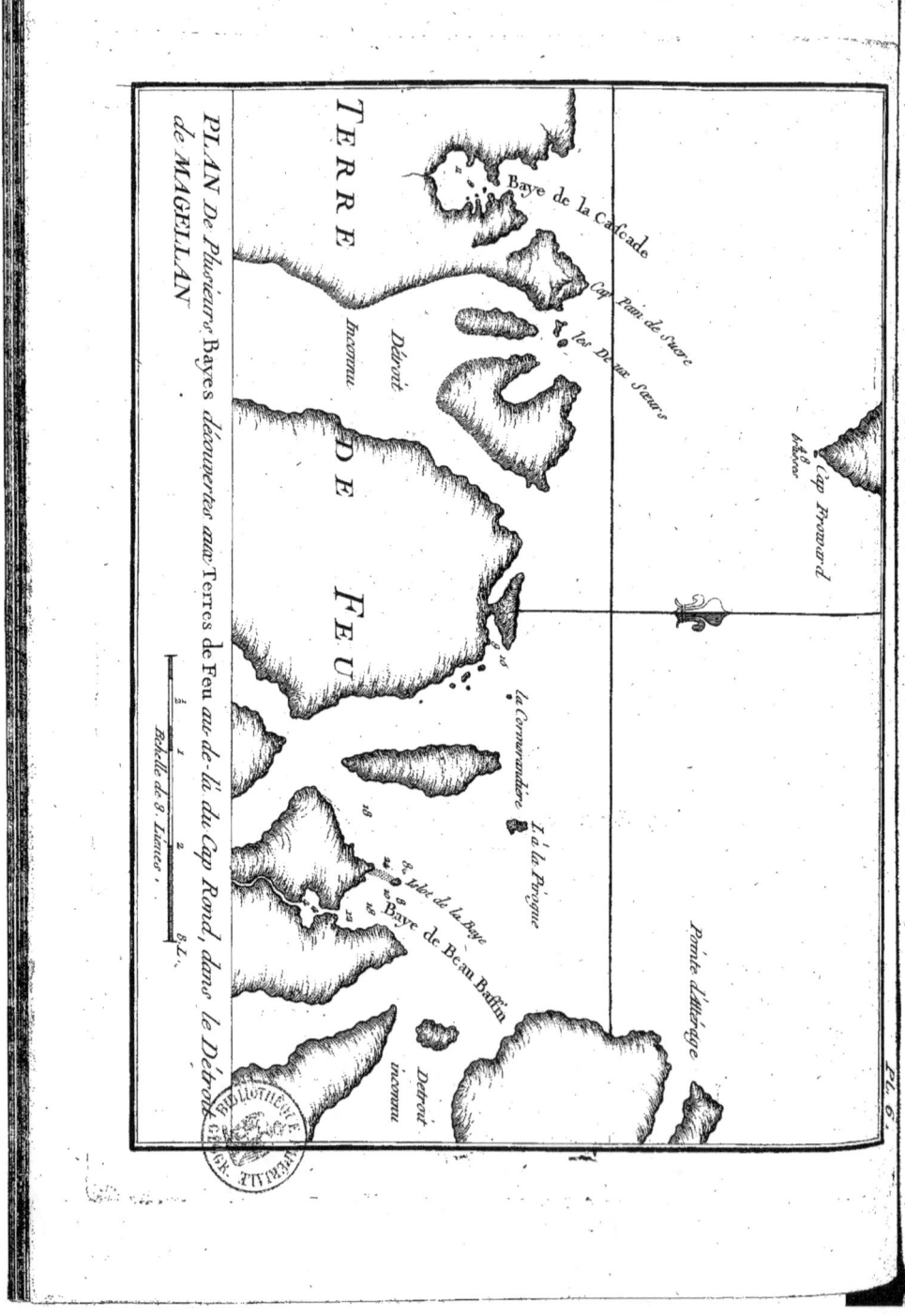

PL. 6.

PLAN De Plusieurs Bayes découvertes aux Terres de Feu au-de-là du Cap Rond, dans le Détroit de MAGELLAN

TERRE DE FEU

Détroit inconnu

Baye de la Cascade

Cap Pain de Sucre

Ios. De six Sœurs

Cap Froward b/hiver

la Commandeure

L'à la Pirogue

Islet de la Baye

Baye de Beau Baffin

Détroit inconnu

Pointe d'Albergue

Echelle de 3. Lieues.

Nord-Ouest-quart-Ouest ;^d Ouest, & on s'en estima à cinq lieues de distance.

Après midi nous reprîmes notre route en longeant à la rame la terre de Feu; il ventoit peu de la partie du Ouest, mais la mer étoit très-houleuse. Nous traversâmes un grand enfoncement dont nous n'appercevions pas la fin. Son ouverture d'environ deux lieues est coupée dans son milieu par une île fort élevée. La grande quantité de baleines que nous vîmes dans cette partie & le gros houl, nous firent penser que ce pourroit bien être un détroit, lequel doit conduire à la mer assez proche du cap de Horn. Etant presque passés de l'autre bord, nous vîmes plusieurs feux paroître & s'éteindre; ensuite ils resterent allumés, & nous distingâmes des Sauvages sur la pointe basse d'une baie où j'étois déterminé de m'arrêter. Nous allâmes aussi-tôt à leurs feux, & je reconnus la même horde de Sauvages que j'avois déja vue à mon premier voyage dans le détroit. Nous les avions alors nommés *Pécherais*, parce que ce fut le premier mot qu'ils prononcerent en nous abordant, & que sans cesse ils nous le répétoient, comme les Patagons répetent le mot *chaoua*. La même cause nous a fait leur laisser cette fois le même nom. J'aurai dans la suite occasion de décrire ces habitans de la partie boisée du détroit. Le jour prêt à finir ne nous permit pas cette fois de rester long-tems avec eux. Ils étoient au nombre d'environ quarante, hommes, femmes & enfans, & ils avoient dix ou douze canots dans une anse voisine. Nous les quittâmes pour traverser la baie & entrer dans un enfoncement que la nuit déja faite nous empêcha de visiter. Nous la passâmes sur le bord d'une riviere assez considérable, où nous fîmes grand feu & où

Rencontre de Sauvages.

T ij

les voiles de nos bateaux, qui étoient grandes, nous ser-
virent de tentes ; d'ailleurs, au froid près, le tems étoit
fort beau.

Baie & port
de Beaubaffin.

Sa descrip-
tion.

Le lendemain au matin nous vîmes que cet enfoncement étoit un vrai port, & nous en prîmes les fondes,
ainsi que celles de la baie. Le mouillage est très-bon dans
la baie depuis quarante brasses jusqu'à douze, fond de sable, petit gravier & coquillage. On y est à l'abri de tous
les vents dangereux. Sa pointe orientale est reconnoissable
par un très-gros morne que nous avons nommé *le dôme* ;
dans l'Ouest est un îlot entre lequel & la côte il n'y a
point passage de navire. On entre de la baie dans le port
par un goulet fort étroit, & on y trouve 10, 8, 6,
5 & 4 brasses fond de vaze ; dans le goulet le fond
est de roches par 4, 5 & 6 brasses ; il convient d'y
tenir le milieu, hantant même plus le côté de l'Est où
il y a plus d'eau. La beauté de ce mouillage nous a engagés à le nommer *baie & port de Beaubaffin*. Lorsqu'on
n'aura qu'à attendre un vent favorable, il suffit de mouiller dans la baie. Si on veut faire du bois & de l'eau,
caréner même, on ne peut desirer un endroit plus propre
à ces opérations que le port de Beaubaffin.

Je laissai ici le Chevalier de Bournand qui commandoit
la chaloupe pour prendre dans le plus grand détail toutes
les connoissances relatives à cet endroit important, avec
ordre de retourner ensuite aux vaisseaux. Pour moi je
m'embarquai dans le canot de l'Etoile avec M. Landais,
l'un des Officiers de cette flûte qui le commandoit, &
je continuai mes recherches. Nous fîmes route à l'Ouest
& visitâmes d'abord une île que nous tournâmes, & tout
autour de laquelle on peut mouiller par 25, 21 & 18

brasses, fond de sable & petit gravier. Sur cette île il y avoit des Sauvages occupés à la pêche. En suivant la côte nous gagnâmes, avant le coucher du soleil, une baie qui offre un excellent mouillage pour trois ou quatre navires. Je l'ai nommée *baie de la Cormorandiere*, à cause d'une roche apparente, qui en est dans l'Est-Sud-Est environ à un mille. A l'entrée de la baie on trouve 15 brasses d'eau, 8 & 9 dans le mouillage; nous y passâmes la nuit.

Baie de la Cormorandiere.

Le 29 à la pointe du jour nous sortîmes de la baie de la Cormorandiere, & nous naviguâmes à l'Ouest, aidés d'une marée très-forte. Nous passâmes entre deux îles d'une grandeur inégale que je nommai *des deux Sœurs*. Elles gisent Nord-Nord-Est & Sud-Sud-Ouest avec le milieu du cap Forward, dont elles sont distantes d'environ trois lieues. Un peu plus loin nous nommâmes *l'aiguiere* une montagne de cette forme, très-aisée à reconnoître, laquelle gît Nord-Nord-Est & Sud-Sud-Ouest avec la pointe la plus méridionale du même cap; & à cinq lieues environ de la Cormorandiere, nous découvrimes une belle baie avec un port superbe dans le Nord, une chûte d'eau remarquable qui tombe dans l'intérieur du port, m'engagea à les nommer *baie & port de la Cascade*. Le milieu de cette baie gît Nord-Est & Sud-Ouest avec le cap Forward. La sûreté & la commodité de l'ancrage, la facilité de faire l'eau & le bois, n'y laissent rien à désirer.

Baie & port de la Cascade.

La cascade est formée par les eaux d'une petite riviere qui serpente dans la coupée de plusieurs montagnes fort élevées, & sa chûte peut avoir cinquante à soixante toises. J'ai monté au-dessus; le terrein y est entremêlé de bosquets & de petites plaines, d'une mousse courte & spongieuse; j'y ai cherché & n'y ai point trouvé des traces du

Description du pays.

paſſage d'aucun homme, les Sauvages de cette partie ne quittent guères les bords de la mer qui fourniſſent à leur ſubſiſtance. Au reſte toute la portion de la terre de Feu, compriſe depuis l'île Sainte-Elizabeth, ne me paroît être qu'un amas informe de groſſes îles inégales, élevées, montueuſes & dont les ſommets ſont couverts d'une neige éternelle. Je ne doute pas qu'il n'y ait entre elles un grand nombre de débouquemens à la mer. Les arbres & les plantes ſont les mêmes ici qu'à la côte des Patagons; & aux arbres près, le terrein y reſſemble aſſez à celui des îles Malouines.

Utilité des trois ports dé-crits précé-demment.

Je joins ici la Carte particuliere que j'ai faite de cette intéreſſante partie de la côte des terres de Feu. Juſqu'à préſent on n'y connoiſſoit aucun mouillage, & les navires évitoient de l'approcher. La découverte des trois ports que je viens d'y décrire, facilitera la navigation de cette partie du détroit de Magellan. Le cap Forward en a tou-jours été un des points les plus redoutés des Navigateurs. Il n'eſt que trop ordinaire qu'un vent contraire & impétueux empêche de le doubler; il en a forcé pluſieurs de rétro-grader juſqu'à la baie Famine. On peut aujourd'hui met-tre à profit même les vents régnans. Il ne s'agit que de hanter la terre de Feu, & d'y gagner un des trois mouil-lages ci-deſſus; ce que l'on pourra preſque toujours faire en louvoyant dans un canal où il n'y a jamais de mer pour des vaiſſeaux. De-là toutes les bordées ſeront avantageu-ſes; & pour peu que l'on s'aide des marées qui récommen-cent ici à être ſenſibles, il ne ſera plus difficile de gagner le port Galant.

Baie & port de la Caſcade.

Deſcription du port.

Nous paſſâmes dans le port de la Caſcade une nuit fort déſagréable. Il faiſoit grand froid, & la pluie tomba ſans

interruption. Elle dura presque toute la journée du 30. A
cinq heures du matin, nous sortîmes du port, & nous traversâmes à la voile avec un grand vent & une mer très-
grosse pour notre foible embarcation. Nous ralliâmes le
continent à-peu-près à égale distance du cap Holland &
du cap Forward. Il n'étoit pas question de longer à y reconnoître la côte, trop heureux de la prolonger en faisant
vent arriere, & portant une attention continuelle aux raffales violentes qui nous forçoient d'avoir toujours la drisse &
l'écoute à la main. Il s'en fallut même très-peu qu'en traversant la baie Françoise, un faux coup de barre ne nous
mît le canot sur la tête. Enfin j'arrivai à la frégate environ
à dix heures du matin. Pendant mon absence, M. Duclos

Mouillage dans la baie Fortbleu.

Guyot avoit déblayé ce que nous avions à terre, & tout
disposé pour l'appareillage ; aussi nous commençâmes à
desamarer dans l'après-midi.

Départ de la baie Bougain-ville.

Le 1 Décembre à quatre heures du matin, nous ache-
vâmes de nous desamarer, & à six heures nous sortîmes
de la baie en nous faisant remorquer par nos bâtimens à
rame. Il faisoit calme ; à sept heures il se leva une brise du
Nord-Est, qui se renforça dans la journée, & fut assez
claire jusqu'à midi, le tems alors devint brumeux avec de la
pluie. A onze heures & demie étant à mi-canal, nous découvrîmes & relevâmes la *Cascade* au Sud-Est, le *Pain de
sucre* à l'Est-Sud-Est, & Sud, le cap *Forward* (1) à l'Est-
quart-Nord-Est, le cap *Holland* (2), à Ouest-Nord-Ouest

(1) Depuis l'îlot de l'Observatoire jusqu'au cap Forward, il y a environ six lieues, & la côte court à-peu-près sur le Ouest-Sud-Ouest. Le détroit y a entre trois & quatre lieues de largeur.

(2) Dans l'espace d'environ cinq lieues qui sépare le cap Forward du cap Holland, il y a deux autres caps & trois anses peu profondes. Je n'y connois aucun mouillage. La largeur du détroit y varie de trois à quatre lieues.

Mouillage
dans la baie
Fortefcû.

A l'Oueft. De midi à six heures du foir, nous doublâmes le cap Holland. Il ventoit peu, & la brife ayant molli fur le foir, le tems d'ailleurs étant fort fombre, je pris le parti d'aller mouiller dans la rade du port Galant, où nous ancrâmes à dix heures par 16 braffes d'eau, fond de gros gravier, fable & petit corail, ayant le cap Galant (1) au Sud-Oueft 3 d'Oueft. Nous eûmes bientôt lieu de nous féliciter d'être logés; pendant la nuit, il y eut une pluie continuelle & grand vent de Sud-Oueft.

1768.
Janvier.

Nous commençâmes l'année 1768 dans cette baie nommée baie *Fortefcû*, au fond de laquelle eft le port Galant (2). Le plan de la baie & du port eft fort exact dans M. de Gennes. Nous n'avons que trop eu le loifir de le vérifier, y ayant été enchaînés plus de trois femaines, avec des tems dont le plus mauvais hiver de Paris ne donne pas l'idée. Il eft jufte de faire un peu partager aux Lecteurs le défagrément de ces journées funeftes, en ébauchant le détail de notre féjour ici.

Détails des
contrariétés
que nous y
effuyons.

Départ de la
baie Boucaut,
ville.

Mon premier foin fut d'envoyer vifiter la côte jufqu'à la baie Elifabeth, & les îles dont le détroit de Magellan eft ici parfemé; nous appercevions du mouillage deux de ces îles, nommées par Narborough *Charles* & *Mont-*

---

(1) Le cap Holland & le cap Galant gifent entre eux Eft 2 deg. Sud & Oueft 2 deg. Nord, & la diftance eft d'environ huit lieues. Entre ces deux caps il y en a un autre moins avancé qui eft le cap Coventry. On y place auffi plufieurs baies dont nous n'avons reconnu que la baie *Verte*, ou baie *Defcardes*, qu'on a vifitée par terre. Elle eft grande & profonde, mais il y paroit plufieurs hauts fonds.

(2) La baie de Fortefcû peut avoir deux milles de largeur d'une pointe à

l'autre, & un peu moins de profondeur, jufqu'à une prefqu'île qui, partant de la fonte de l'Oueft de la baie, s'étend dans l'Eft-Sud-Eft, & couvre un port bien à l'abri de tous les vents. C'eft le port *Galant*, lequel a un mille de profondeur dans l'Oueft-Nord-Oueft. Sa largeur eft de quatre à cinq cents pas. On trouve une riviere dans le fond du port, & deux autres à la côte du Nord-Eft. Dans le milieu du port il y a 4 à 5 braffes d'eau, fond de vafe & coquillages.

mouth.

mouth; Il a donné à celles qui sont plus éloignées le nom
d'*îles Royales*, & à la plus occidentale de toutes celui
d'*île Rupert*. Les vents d'Ouest ne nous permettant pas
d'appareiller, nous affourchâmes le 2 avec une ancre à jet.
La pluie n'empêcha pas d'aller se promener à terre, où
l'on rencontra les traces du passage & de la relâche de
vaisseaux Anglois : sçavoir du bois nouvellement scié &
coupé, des écorces du laurier épicé assez récemment enlevées, une étiquette en bois, telle que dans les arsenaux
de marine on en met sur les pieces de filain & de toile, &
sur laquelle on lisoit fort distinctement *Chatham March.*
1766, on trouva aussi sur plusieurs arbres des lettres initiales & des noms avec la date de 1767.

Traces trou-
vées du passa-
ge des An-
glois.

M. Verron, qui avoit fait porter ses instrumens sur la
presqu'île qui forme le port, y observa à midi avec un
quart de cercle, 53ᵈ 40ʹ 41ʺ de latitude australe. Cette
observation jointe au relevement du cap Holland, pris
d'ici, & au relevement du même cap Holland, fait le 16
Décembre sur la pointe du cap Forward, détermine à
douze lieues la distance du port Galant au cap Forward. Il
y observa aussi par l'azimuth la déclinaison de l'aiguille de
22ᵈ 30ʹ 32ʺ Nord-Est, & son inclinaison du côté du pôle
élevé de 11ᵈ 11ʹ. Voilà les seules observations qu'il ait pû
faire ici pendant près d'un mois, les nuits étant aussi affreu-
ses que les jours. Il y avoit le 3 une belle occasion de déterminer la longitude de cette baie par le moyen d'une
éclipse de lune qui commençoit ici à 10 heures 30ʹ du soir ;
mais la pluie, qui avoit été continuelle toute la journée,
dura encore toute la nuit.

Observations
astronomi-
ques & nauti-
ques.

Le 4 & le 5 suivans furent cruels ; de la pluie, de la
neige, un froid très-vif, le vent en tourmente, c'étoit un

V

tems pareil que décrivoit le Pſalmiſte en diſant : *nix, glandol, glacies, ſpiritus procellarum.* J'avois envoyé le 3 un canot pour tâcher de découvrir un mouillage à la terre de Feu, & on y en avoit trouvé un fort bon dans le Sud-Oueſt des îles Charles & Montmouth ; j'avois auſſi fait reconnoître quelle étoit dans le canal la direction des marées. Je voulois avec leur ſecours, & ayant la reſſource de mouillages connus, tant au Nord qu'au Sud, appareiller même avec vent contraire : mais il ne fut jamais aſſez maniable pour me le permettre. Au reſte, pendant tout le tems de notre ſéjour ici nous y remarquâmes conſtamment que le cours des marées dans cette partie du détroit, eſt le même que dans la partie des goulets, c'eſt-à-dire, que le flot porte à l'Eſt & l'Ebe à l'Oueſt.

Rencontre & deſcription des *Pécherais.*

Le 6 après-midi, il y avoit eu quelques inſtans de relache, le vent même parut venir du Sud-Eſt, & déja nous avions deſaffourché ; mais au moment d'appareiller, le vent revint à Oueſt-Nord-Oueſt avec des raffales qui nous forcerent de réaffourcher auſſitôt. Ce jour-là nous eûmes à bord la viſite de quelques Sauvages. Quatre pirogues avoient paru le matin à la pointe du cap Galant, & après s'y être tenus quelques tems arrêtées, trois s'avancerent dans le fond de la baie, tandis qu'une voguoit vers la frégate. Après avoir héſité pendant une demi-heure, enfin elle aborda avec des cris redoublés de *Pécherais.* Il y avoit dedans un homme, une femme & deux enfans. La femme demeura à la garde de la pirogue, l'homme monta ſeul à bord avec aſſez de confiance, & d'un air fort gai. Deux autres pirogues ſuivirent l'exemple de la première, & les hommes entrerent dans la frégate avec les enfans. Bientôt ils y furent fort à leur aiſe. On les fit chanter, danſer, en

tendre des inſtrumens, & ſur-tout manger, ce dont ils ſ'ac-
quitterent avec grand appétit. Tout leur étoit bon, pain,
viande ſalée, ſuif, ils dévoroient ce qu'on leur préſentoit.
Nous eûmes même aſſez de peine à nous débaraſſer de ces
hôtes dégoûtans & incommodes, & nous ne pûmes les déterminer à rentrer dans leurs pirogues qu'en y faiſant porter à leurs yeux des morceaux de viande ſalée. Ils ne témoignerent aucune ſurpriſe ni à la vûe des navires, ni à
celle des objets divers qu'on y offrit à leurs regards ; c'eſt
ſans doute que pour être ſurpris de l'ouvrage des arts, il
en faut avoir quelques idées élémentaires. Ces hommes
bruts traitoient les chefs-d'œuvre de l'induſtrie humaine
comme ils traitent les loix de la nature & ſes phénomè-
nes. Pendant pluſieurs jours que cette bande paſſa dans le
port Galant, nous la revîmes ſouvent à bord & à terre.

Ces Sauvages ſont petits, vilains, maigres, & d'une
puanteur inſupportable. Ils ſont preſque nuds, n'ayant
pour vêtement que de mauvaiſes peaux de loups marins
trop petites pour les envelopper, peaux qui ſervent également & de toits à leurs cabanes & de voiles à leurs pirogues. Ils ont auſſi quelques peaux de guanaques, mais en
fort petite quantité. Leurs femmes ſont hideuſes & les
hommes ſemblent avoir pour elles peu d'égards. Ce ſont
elles qui voguent dans les pirogues, & qui prennent ſoin
de les entretenir, au point d'aller à la nage, malgré le
froid, vuider l'eau qui peut y entrer dans les goëmons qui
ſervent de port à ces pirogues aſſez loin du rivage ; à terre,
elles ramaſſent le bois & les coquillages, ſans que les hommes prennent aucune part au travail. Les femmes même
qui ont des enfans à la mammelle, ne ſont pas exemptes
de ces corvées. Elles portent ſur le dos les enfans pliés
dans la peau qui leur ſert de vêtement.   V ij

Leurs pirogues font d'écorces mal liées avec des joncs
& de la mouffe dans les coutures. Il y a au milieu un
petit foyer de fable où ils entretiennent toujours un peu de
feu. Leurs armes font des arcs faits, ainfi que les fleches,
avec le bois d'une épinévinette à feuille de houx, qui eft
commune dans le détroit; la corde eft de boyau & les
fleches font armées de pointes de pierre, taillées avec affez
d'art; mais ces armes font plutôt contre le gibier que contre des ennemis: elles font auffi foibles que les bras deftinés à s'en fervir. Nous leur avons vu de plus des os de
poiffon longs d'un pied, aiguifés par le bout & dentelés
fur un des côtés. Eft-ce un poignard? je crois plutôt que
c'eft un inftrument de pêche. Ils l'adaptent à une longue
perche, & s'en fervent en maniere de harpon. Ces Sauvages habitent pêle-mêle, hommes, femmes & enfans,
dans les cabanes au milieu defquelles eft allumé le feu.
Ils fe nourriffent principalement de coquillages; cependant ils ont des chiens & des lacs faits de barbe de ba-
leine. J'ai obfervé qu'ils avoient tous les dents gâtées; &
je crois qu'on en doit attribuer la caufe à ce qu'ils mangent
les coquillages brûlans, quoique à moitié cruds.

Au refte, ils paroiffent affez bonnes gens, mais ils font
fi foibles, qu'on eft tenté de ne pas leur en fçavoir gré.
Nous avons cru remarquer qu'ils font fuperftitieux &
croient à des génies malfaifans, auffi chez eux les mêmes
hommes qui en conjurent l'influence font en même-tems
médecins & prêtres. De tous les Sauvages que j'ai vus
dans ma vie, les Pecherais font le plus dénués de tout: ils
font exactement dans ce qu'on peut appeler l'état de nature; & en vérité fi l'on devoit plaindre le fort d'un homme
libre & maître de lui-même, fans devoirs & fans affaires,

content de ce qu'il a parce qu'il ne connoît pas mieux. Je
plaindrois ces hommes qui, avec la privation de ce qui rend
la vie commode, ont encore à souffrir la dureté du plus affreux climat de l'Univers. Ces Pêcherais forment aussi la
société d'hommes la moins nombreuse que j'aye rencontré
dans toutes les parties du monde ; cependant, comme on
en verra la preuve un peu plus bas, on trouve parmi eux
des charlatans. C'est que dès qu'il y a ensemble plus d'une
famille, & j'entends par famille, père, mere & enfans,
les intérêts deviennent compliqués, les individus veulent
dominer ou par la force ou par l'imposture. Le nom de
famille se change alors en celui de société, & fût-elle établie au milieu des bois, ne fût-elle composée que de cou-
sins germains, un esprit attentif y découvrira le germe de
tous les vices auxquels les hommes rassemblés en nations
ont, en se policiant, donné des noms, vices qui font naître, mouvoir & tomber les plus grands empires. Il s'ensuit
du même principe que dans les sociétés, dites policées,
naissent des vertus dont les hommes voisins encore de
l'état de nature, ne sont pas susceptibles.

Accident fu-
neste qui ar-
rive à l'un
d'eux.

Le 7 & le 8 furent si mauvais qu'il n'y eut pas moyen
de sortir du bord ; nous chassâmes même dans la nuit &
fûmes obligés de mouiller une ancre du bossoir. Il y eut
dans des instans jusqu'à quatre pouces de neige sur notre
pont, & le jour naissant nous montra que toutes les terres
en étoient couvertes, excepté le plat pays dont l'humidité
empêche la neige de s'y conserver. Le thermometre fut à
5, 4, 3 baissa même jusqu'à deux degrés au-dessus de la
congellation. Le tems fut moins mauvais le 9 après-midi.
Les Pêcherais s'étoient mis en chemin pour venir à bord.
Ils avoient même fait une grande toilette, c'est-à-dire,

qu'ils n'étoient point tout le corps de taches rouges & blanches : mais voyant nos canots partir du bord, & voguer vers leurs cabanes, ils les suivirent, une seule pirogue fut à bord de l'*Etoile*. Elle y resta peu de tems & vint rejoindre aussitôt les autres avec lesquels nos Messieurs étoient en grande amitié. Les femmes cependant étoient toutes retirées dans une même cabane, & les Sauvages paroissoient mécontens, lorsqu'on y vouloit entrer. Ils invitoient au contraire à venir dans les autres, où ils offrirent à ces Messieurs des moules qu'ils suçoient avant que de les présenter. On leur fit de petits présens qui furent acceptés de bon cœur. Ils chanterent, danserent, & témoignerent plus de gaieté que l'on n'auroit cru en trouver chez des hommes sauvages, dont l'extérieur est ordinairement sérieux.

Accident funeste qui arrive à l'un d'eux.

Leur joie ne fut pas de longue durée. Un de leurs enfans, âgé d'environ douze ans, le seul de toute la bande dont la figure fût intéressante à nos yeux, fut saisi tout d'un coup d'un crachement de sang accompagné de violentes convulsions. Le malheureux avoit été à bord de l'*Etoile* où on lui avoit donné des morceaux de verre & de glace, ne prévoyant pas le funeste effet qui devoit suivre de présent. Ces Sauvages ont d'habitude de s'enfoncer dans la gorge & dans les narines de petits morceaux de talc. Peut-être la superstition attache-t-elle chez eux quelque vertu à cette espece de talisman, peut-être le regardent-ils comme un préservatif à quelque incommodité à laquelle ils sont sujets. L'enfant avoit vraisemblablement fait le même usage du verre. Il avoit les levres, les gencives & le palais coupés en plusieurs endroits, & rendoit le sang presque continuellement.

Cet accident répandit la consternation & la méfiance.
Ils nous soupçonnèrent sans doute de quelque maléfice,
car la première action du jongleur qui s'empara aussi-tôt
de l'enfant, fut de le dépouiller précipitamment d'une ca-
saque de toile qu'on lui avoit donnée. Il voulut la rendre
aux François; & sur le refus qu'on fit de la reprendre, il
la jetta à leurs pieds. Il est vrai qu'un autre Sauvage, qui
sans doute aimoit plus les vêtemens qu'il ne craignoit les
enchantemens, la ramassa aussi-tôt.

Le jongleur étendit d'abord l'enfant sur le dos dans une
des cabanes, & s'étant mis à genoux entre ses jambes,
il se courboit sur lui, & avec la tête & les deux mains, il
lui pressoit le ventre de toute sa force, enfant continuellement sans qu'on pût distinguer rien d'articulé dans ses
cris. De tems en tems il se levoit, & paroissant tenir le
mal dans ses mains jointes, il les ouvroit tout d'un coup
en l'air en soufflant comme s'il eût voulu chasser quelque
mauvais esprit. Pendant cette cérémonie, une vieille
femme en pleurs hurloit dans l'oreille du malade à le
rendre sourd. Ce malheureux cependant paroissoit souffrir
autant du remède que de son mal. Le jongleur lui donna
quelque trêve pour aller prendre sa parure de cérémonie,
ensuite les cheveux poudrés & la tête ornée de deux ailes
blanches assez semblables au bonnet de Mercure, il recommença ses fonctions avec plus de confiance & tout aussi
peu de succès. L'enfant alors paroissant plus mal, notre
Aumônier lui administra furtivement le baptême.

Les Officiers étoient revenus à bord & m'avoient ra-
conté ce qui se passoit à terre. Je m'y transportai aussi-tôt
avec M. de la Porte, notre Chirurgien major, qui m'apporter un peu de lait & de la tisanne émolliente. Lorsque

nous arrivâmes, le malade étoit hors de la cabane; le jongleur, auquel il s'en étoit joint un autre paré des mêmes
ornemens, avoit recommencé son opération sur le ventre,
les cuisses, & le dos de l'enfant. C'étoit pitié de les
voir martyriser cette infortunée créature qui souffroit sans
se plaindre. Son corps étoit déja tout meurtri & les Médecins continuoient encore ce barbare remede avec force
conjurations. La douleur du pere & de la mere, leurs larmes, l'intérêt vif de toute la bande, intérêt manifesté par
des signes non équivoques, la patience de l'enfant nous
donnerent le spectacle le plus attendrissant. Les Sauvages
s'apperçurent sans doute que nous partagions leur peine,
du moins leur méfiance sembla-t-elle diminuée. Ils nous
laisserent approcher du malade, & le Major examina sa
bouche ensanglantée que son pere & un autre Pêcherais
suçoient alternativement. On eut beaucoup de peine à
leur persuader de faire usage du lait, il fallut en goûter plusieurs fois &, malgré l'invincible opposition des jongleurs,
le pere enfin se détermina à en faire boire à son fils, il ac-
cepta même le don de la caffetiere pleine de tisanne émolliente. Les jongleurs témoignoient de la jalousie contre
notre Chirurgien qu'ils parurent cependant à la fin reconnoître pour un habile jongleur. Ils ouvrirent même pour
lui un sac de cuir qu'ils portent toujours pendu à leur côté
& qui contient leur bonnet de plume, de la poudre blanche, du talc & les autres instrumens de leur art; mais à
peine y eut-il jetté les yeux, qu'ils le refermerent aussi-
tôt. Nous remarquâmes aussi que, tandis qu'un des jongleurs travailloit à conjurer le mal du patient, l'autre ne
sembloit occupé qu'à prévenir par ses enchantemens l'effet du mauvais sort qu'ils nous soupçonnoient d'avoir jetté
sur eux.

Nous

Nous retournâmes à bord à l'entrée de la nuit, l'enfant souffroit moins ; toutefois un vomissement presque continuel qui le tourmentoit, nous fit appréhender qu'il ne fût passé du verre dans son estomac. Nous eûmes ensuite lieu de croire que nos conjectures n'avoient été que trop justes. Vers les deux heures après minuit on entendit du bord des hurlemens répétés ; & dès le point du jour, quoiqu'il fît un tems affreux, les Sauvages appareillerent. Ils fuyoient sans doute un lieu souillé par la mort & des étrangers funestes qu'ils croyoient n'être venus que pour les détruire. Jamais ils ne purent doubler la pointe occidentale de la baie ; dans un instant plus calme ils remirent à la voile, un grain violent les jetta au large & dispersa leurs foibles embarcations. Combien ils étoient empressés à s'éloigner de nous ! Ils abandonnèrent sur le rivage une de leurs pirogues qui avoit besoin d'être réparée, *Satis est gentem effugisse nefandam.* Ils ont emporté de nous l'idée d'êtres malfaisans ; mais qui ne leur pardonneroit le ressentiment dans cette conjoncture ? Quelle perte en effet pour une société aussi peu nombreuse qu'un adolescent échappé à tous les hazards de l'enfance !

Le vent d'Est souffla avec furie & presque sans interruption jusqu'au 13 que le jour fut assez doux ; nous eûmes même dans l'après-midi quelque espérance d'appareiller. La nuit du 13 au 14 fut calme. A deux heures & demie du matin nous avions desaffourché & viré à pic ; il fallut réaffourcher à six heures, & la journée fut cruelle. Le 15 il fit soleil presque tout le jour, mais le vent fut trop fort pour que nous pussions sortir.

Le 16 au matin il faisoit presque calme ; la fraîcheur vint ensuite du Nord, & nous appareillâmes avec la ma-

Continuation du mauvais tems.

Danger que court la frégate.

X

rée favorable ; elle baiſſoit alors & portoit dans l'Oueſt.
Les vents ne tardèrent pas à revenir à Oueſt & Oueſt-
Sud-Oueſt, & nous ne pûmes jamais avec la bonne marée
gagner l'*île Rupert*. La frégate marchoit très-mal, dérivoit
outre meſure, & l'Etoile avoit ſur nous un avantage incroyable. Nous reſtâmes tout le jour ſur les bords entre
l'île Rupert & une pointe du continent qu'on nomme *la
pointe du Paſſage*, pour attendre le juſſant avec lequel j'eſ-
pérois gagner ou le mouillage de *la baie Dauphine* à *l'île de
Louis le Grand*, ou celui de *la baie Elizabeth* (1). Mais
comme nous perdions à louvoyer, j'envoyai un canot
ſonder dans le Sud-Eſt de l'île Rupert, avec intention d'y
aller mouiller juſqu'au retour de la marée favorable. Le
canot ſignala un mouillage & y reſta ſur ſon grapin ; mais
nous en étions déja tombés beaucoup ſous le vent. Nous courûmes un bord à terre pour tâcher de le gagner en virant ;
la frégate refuſa deux fois de prendre vent devant, il fallut virer vent arrière ; mais au moment où, à l'aide de la
manœuvre & de nos bateaux, elle commença à arriver, la
force de la marée la fit revenir au vent : un courant violent
nous avoit déja entraînés à une demi-encablure de terre,
je fis mouiller ſur 8 braſſes de fond : l'ancre tombée ſur
des roches chaſſa, ſans que la proximité où nous étions de

(1) Depuis le cap Galant juſqu'à la
baie Eliſabeth, la côte court à-peu-près
ſur le Oueſt-Nord-Oueſt, & la diſtance
de l'un à l'autre peut être de quatre
lieues. Dans cet intervalle il n'y a point
de mouillage à la côte du continent. Le
fond y eſt trop conſidérable, même
tout à terre. La baie Eliſabeth eſt ouverte au Sud-Oueſt, elle a trois quarts
de lieue entre ſes pointes, & à-peu-près
autant de profondeur. La côte du fond
de la baie eſt ſablonneuſe ; ainſi que celle

du Sud-Eſt. Dans ſa partie ſeptentrionale règne une bâture qu'elle prolonge
aſſez au large. Le bon mouillage dans
cette baie eſt par 9 braſſes, fond de ſable, gravier & corail ; & par les marques ſuivantes, la pointe Eſt de la baie
au Sud-Sud-Eſt 5 deg. Eſt ; ſa pointe
Oueſt à Oueſt-quart-Nord-Oueſt ; la
pointe Eſt de *l'île de Louis-le-Grand*, au
Sud-Sud-Oueſt 5 d. Sud ; la bâture au
Nord-Oueſt-quart-Nord.

la terre, permit de filer du cable; déja nous n'avions plus que 3 brasses & demie d'eau sous la poupe, & nous n'étions qu'à trois longueurs de navire de la côte, lorsqu'il en vint une petite brise; nous fîmes aussi-tôt servir nos voiles, & la frégate s'abattit; tous nos bateaux & ceux de l'Etoile venus à notre secours, étoient devant elle à la remorquer; nous filions le cable sur lequel on avoit mis une bouée, & il y en avoit près de la moitié dehors, lorsqu'il se trouva engagé dans l'entrepont & fit faire tête à la frégate qui courut alors le plus grand danger. On coupa le cable, & la promptitude de la manœuvre sauva le bâtiment. La brise ensuite se renforça, & après avoir encore couru deux bords inutilement, je pris le parti de retourner dans la baie du port Galant, où nous mouillâmes à huit heures du soir par 20 brasses d'eau fond de vaze. Nos bateaux que j'avois laissés pour lever notre ancre, revinrent à l'entrée de la nuit avec l'ancre & le cable. Nous n'avions donc eu cette apparence de beau tems que pour être livrés à des alarmes cruelles.

La journée qui suivit fut plus orageuse encore que toutes les précédentes. Le vent élevoit dans le canal des tourbillons d'eau à la hauteur des montagnes, nous en voyons quelquefois plusieurs en même tems courir dans des directions opposées. Le tems parut s'adoucir vers les dix heures, mais à midi un coup de tonnere, le seul que nous ayons entendu dans le détroit, fut comme le signal auquel le vent recommença avec plus de furie encore que le matin; nous chassâmes & fûmes contraints de mouiller notre grande ancre & d'amener basses vergues & mâts de hune. Cependant les arbustes & les plantes étoient en

Ouragan violent.

fleurs, & les arbres offroient une verdure affez brillante ;
mais qui ne fuffifoit pas pour diffiper la trifteffe qu'avoit
répandue fur nous le coup d'œil continué de cette région
funefte. Le caractere le plus gai feroit flétri dans ce climat affreux que fuient également les animaux de tous
les élémens , & où languit une poignée d'hommes que
notre commerce venoit de rendre encore plus infortunés.

Affertion dif-
cutée fur le
canal de la
Sainte-Barbe.
Il y eut le 18 & le 19 des intervalles dans le mauvais
tems ; nous relevâmes notre grande ancre, virâmes nos
baffes vergues & mâts de hune, & j'envoyai le canot de
l'Etoile que fa bonté rendoit capable de fortir prefque de
tout tems, pour reconnoître l'entrée du *canal de la Sainte-
Barbe*. Suivant l'extrait que donne M. Frezier du Journal
de M. Marcant qui l'a découvert & y a paffé, ce canal devoit être dans le Sud-Oueft & Sud-Oueft-quart-Sud de la
baie Elizabeth. Le canot fut de retour le 20, & M. Landais, qui le commandoit, me rapporta qu'ayant fuivi la
route & les remarques indiquées par l'extrait du Journal
de M. Marcant, il n'avoit point trouvé de débouquement,
mais feulement un canal étroit terminé par des ban-
quifes de glace & la terre ; canal d'autant plus dangereux
à fuivre, qu'il n'y a dans la route aucun bon mouillage &
qu'il eft traverfé prefque dans fon milieu par un banc couvert de moules. Il fit enfuite le tour de l'île de *Louis le
Grand* par le Sud & rentra dans le canal de Magellan,
fans en avoir trouvé aucun autre. Il avoit vu feulement
à la terre de Feu une affez belle baie, la même fans doute
que celle à laquelle Beauchefne donne le nom de *la Na-
tivité*. Au refte, en faifant le Sud-Oueft & Sud-Oueft-
quart-Sud à la fortie de la baie Elizabeth, comme M. Fre-

zier marque que le fit Marcant, on couperoit en deux l'île
de Louis le Grand.

Ce rapport me fit penser que le vrai canal de la Sainte-
Barbe étoit vis-à-vis la baie même où nous étions. Du
haut des montagnes qui entourent le port Galant, nous
avions souvent découvert dans le Sud des îles *Charles* &
Montmouth un vaste canal semé d'îlots qu'aucune terre ne
bornoit au Sud; mais comme en même tems on appercevoit une autre ouverture dans le Sud de l'île de Louis
le Grand, on la prenoit pour le canal de la Sainte-Barbe,
ce qui étoit plus conforme au récit de Marcant. Dès qu'on
fut assuré que cette ouverture n'étoit qu'une baie profonde,
nous ne doutâmes plus que le canal de la Sainte-Barbe ne
fût vis-à-vis le port Galant dans le Sud des îles Charles &
Montmouth. En effet, en relisant le passage de M. Frezier,
& le combinant sur la carte qu'il donne du détroit, nous vimes que M. Frezier, d'après la rapport de Marcant, place
la baie Elizabeth de laquelle appareilla ce dernier pour entrer
dans son canal, à dix ou douze lieues du cap Forward.
Marcant aura donc pris pour la baie Elizabeth *la baie Des-*
cordes qui est effectivement à onze lieues du cap Forward,
puisqu'elle est à une lieue dans l'Est du port Galant; appareillant de cette baie & faisant le Sud-Ouest & Sud-
Ouest-quart-Sud, il a rangé la pointe orientale des îles
Charles & Montmouth, dont il a pris la masse pour l'île de
Louis le Grand, erreur dans laquelle tombera facilement
tout navigateur qui ne sera pas pourvu de bons mémoires,
& il a débouqué par le canal semé d'îles dont nous avons
eu la perspective du haut des montagnes.

La connoissance parfaite du canal de la Sainte-Barbe
seroit d'autant plus intéressante, qu'elle abrégeroit considé-

Utilité à reti-
rer de la con-
noissance du
canal Sainte-
Barbe.

rablement le paſſage du détroit de Magellan. Il n'eſt pas fort long de parvenir juſqu'au port Galant; le point le plus épineux, avant que d'y arriver, eſt de doubler le cap Forward; ce que la découverte de trois ports à la terre de Feu rend à-préſent aſſez facile: une fois rendus au port Galant, ſi les vents défendent le canal ordinaire, pour peu qu'ils prennent du Nord, on auroit le débouquement ouvert vis-à-vis de ce port; vingt-quatre heures alors ſuffiſent pour entrer dans la mer du Sud. J'avois intention d'envoyer deux canots dans ce canal, que je crois fermement être celui de la Sainte-Barbe, leſquels auroient rapporté la ſolution complette du problême. Le gros tems ne me l'a pas permis.

Le 21, le 22 & le 23 les raffales, la neige & la pluie furent preſque continuels. Dans la nuit du 21 au 22 il y avoit eu un intervalle de calme; il ſembla que le vent ne nous donnoit ce moment de repos que pour raſſembler toute la furie & fondre ſur nous avec plus d'impétuoſité. Un ouragan affreux vint tout d'un coup de la partie du Sud-Sud-Oueſt, & ſouffla de maniere à étonner les plus anciens marins. Les deux navires chaſſerent; il fallut mouiller la grande ancre, amener baſſes vergues & mâts de hune, notre artimon fut emporté ſur ſes cargues. Cet ouragan ne fut heureuſement pas long. Le 24 le tems s'adoucit, il fit même beau ſoleil & calme, & nous nous remîmes en état d'appareiller. Depuis notre rentrée au port Galant nous y avions pris quelques tonneaux de leſt & changé notre arrimage pour tâcher de retrouver la marche de la frégate; nous réuſſîmes à lui en rendre une partie. Au reſte toutes les fois qu'il faudra naviguer au milieu des courans, on éprouvera toujours beaucoup de difficultés à manœu-

Coup de vent de la plus grande force.

vrec des bâtimens auſſi longs que le ſont nos frégates.

Le 25, à une heure après minuit nous déſaffourchâmes & virâmes à pic, à trois heures nous appareillâmes en nous faiſant remorquer par nos bâtimens à rames, la fraîcheur venoit du Nord, à cinq heures & demie la briſe ſe décida de l'Eſt, & nous mîmes tout dehors perroquets & bonnetes, voilure dont il eſt bien rare de pouvoir ſe ſervir ici. Nous paſſâmes à mi-canal, ſuivant les ſinuoſités de cette partie du détroit que Narborough nomme avec raiſon *le bras tortueux*. Entre *les îles Royales* & le continent le détroit peut avoir deux lieues; il n'y a pas plus d'une lieue de canal entre *l'île Rupert* & *la pointe du paſſage*, enſuite une lieue & demie entre l'île de Louis le Grand & la baie Elizabeth, ſur la pointe orientale de laquelle il y a une bâture couverte de goëmons qui avance un quart de lieue au large.

Depuis la baie Elizabeth la côte court ſur le Oueſt-Nord-Oueſt pendant environ deux lieues juſqu'à la riviere que Narborough appelle *Batchelor* & Beaucheſne *du Maſſacre*, à l'embouchure de laquelle il y a un mouillage. Cette riviere eſt facile à reconnoître, elle ſort d'une vallée profonde, à l'Oueſt elle a une montagne fort élevée, ſa pointe occidentale eſt baſſe & couverte de bois, & la côte y eſt ſablonneuſe. De la riviere du Maſſacre à l'entrée du *faux détroit* ou *canal Saint-Jérôma*, j'eſtime trois lieues de diſtance, & le giſſement eſt le Nord-Oueſt-quart-Oueſt. L'entrée de ce canal paroît avoir une demi-lieue de largeur, & dans le fond on voit les terres revenir vers le Nord. Quand on eſt par le travers de la riviere du Maſſacre, l'on n'apperçoit que ce faux détroit, & il eſt facile de le prendre pour le véritable, ce qui même nous arriva,

parce que la côte alors revient fur l'Ouest-quart-Sud-
Ouest & l'Ouest-Sud-Ouest jufqu'au *cap Quade*, qui s'a-
vançant beaucoup paroît croifé avec la pointe occidentale
de l'île Louis le Grand, & ne laiffe point appercevoir de
débouché. Au refte une route fûre pour ne pas manquer
le véritable canal, eft de fuivre toujours la côte de l'île de
Louis le Grand qu'on peut ranger de près fans aucun danger. La diftance du canal S. Jérôme au cap Quade eft d'environ quatre lieues, & ce cap gît Eft-quart-Nord-Eft-2^d-
Eft & Oueft-quart-Sud-Oueft-2^d-Oueft avec la pointe occidentale de l'île de Louis le Grand.

Cette île peut avoir quatre lieues de longueur. Sa côte
feptentrionale court fur l'Oueft-Nord-Oueft jufqu'à *la baie*
Dauphine, dont la profondeur eft d'environ deux milles
fur une demi-lieue d'ouverture; elle court enfuite fur
l'Oueft jufqu'à fon extrémité occidentale nommée *cap S.*
Louis. Comme, après avoir reconnu notre erreur au fujet
du faux détroit, nous rangeâmes l'île de Louis le Grand à
un mille d'éloignement, nous reconnûmes fort diftinctement *le port Phelippeaux* qui nous parut une anfe fort commode & bien à l'abri. A midi le cap Quad nous reftoit à
l'Oueft-quart-Sud-Oueft-2^d-Sud deux lieues, & le cap
Saint-Louis à l'Eft-quart-Nord-Eft environ deux lieues &
demie. Le beau tems continua le refte du jour, & nous
cinglâmes toutes voiles hautes.

Depuis le cap Quad le détroit s'avance dans l'Oueft-
Nord-Oueft & Nord-Oueft-quart-Oueft fans détour fenfible, ce qui lui a fait donner le nom de *longue rue*. La figure
du cap Quad eft remarquable. Il eft compofé de rochers
efcarpés, dont ceux qui forment fa tête chenue, ne ref-
femblent pas mal à d'antiques ruines. Jufqu'à lui les côtes
font

font par-tout boifées & la verdure des arbres adoucit l'afpeĉt des cimes gelées des montagnes. Le cap Quad doublé, le pays change de nature. Le détroit n'eft plus bordé
des deux côtés que par des rochers arides fur lefquels il
n'y a pas apparence de terre. Leur fommet élevé eft toujours couvert de neige, & les vallées profondes fon remplies par d'immenfes amas de glaces dont la couleur attefte
l'antiquité. Narborough, frappé de cet horrible afpeĉt,
nomma cette partie *la Défolation du Sud*, auffi ne fauroit-
on rien imaginer de plus affreux.

Lorfqu'on eft par le travers du cap Quad, la côte des
terres de Feu paroît terminée par un cap avancé qui eft le
cap *Mundai*, lequel j'eftime être à quinze lieues du cap
Quad. A la côte du continent on apperçoit trois caps auxquels nous avons impofé des noms. Le premier que fa figure
nous fit nommer *cap Fendu*, eft à cinq lieues environ du cap
Quad, entre deux belles baies où l'ancrage eft très fûr, fi
le fond y eft auffi bon que l'abri. Les deux autres caps
ont reçu les noms de nos vaiffeaux; le *cap de l'Etoile* à trois
lieues dans l'Oueft du cap Fendu, & le *cap de la Boudeufe*
dans le même giffement & la même diftance avec celui
de l'Etoile. Toutes ces terres font hautes & efcarpées,
l'une & l'autre côte paroît faine & garnie de bons mouillages, mais heureufement le vent favorable pour notre
route, ne nous a pas laiffé le tems de les fonder. Le détroit dans la longue rue, peut avoir deux lieues de largeur;
il fe rétrecit vis-à-vis le cap Mundai, où le canal n'a guères
plus de quatre milles.

A neuf heures du foir, nous étions environ à trois lieues
dans l'Eft-quart-Sud-Eft & l'Eft-Sud-Eft du cap Mundai.
Le vent foufflant toujours de l'Eft grand frais, & le tems

Y

étant beau, je résolus de continuer à faire route à petites
voiles pendant la nuit. Nous serrâmes les bonetes, &
fîmes les ris dans les huniers. Vers dix heures du soir, le
tems commença à s'embrumer, & le vent renforça tellement que nous fûmes contraints d'embarquer nos bateaux. Il plut beaucoup, & la nuit devint si noire à onze
heures, que nous perdîmes la terre de vûe. Une demi-
heure après, m'estimant par le travers du cap Mundai, je
fis signal de mettre en panne, stribord au vent, & nous
passâmes ainsi le reste de la nuit, éventant ou masquant,
suivant que nous nous estimions trop près de l'une ou de
l'autre côté. Cette nuit a été une des plus critiques de tout
le voyage.

A trois heures & demie l'aube matinale nous découvrit la terre, & je fis servir. Nous gouvernâmes à Ouest-
quart-Nord-Ouest jusqu'à huit heures, & de huit heures
à midi entre l'Ouest-quart-Nord-Ouest & l'Ouest-Nord-
Ouest. Le vent étoit toujours à l'Est petit frais très-bru-
meux; de tems en tems nous appercevions quelque partie
de la côte, plus souvent nous la perdions de vûe tout-à-
fait. Enfin à midi nous eûmes connoissance du *cap des Piliers* & *des Evangélistes.* On ne voyoit ces derniers que du
haut des mâts. A mesure que nous avancions du côté du
cap des Piliers, nous découvrions avec joie un horizon
immense qui n'étoit plus borné par les terres, & une grosse
lame du Ouest nous annonçoit le grand Océan. Le vent
ne resta pas à l'Est, il passa à Ouest-Sud-Ouest, & nous
courûmes au Nord-Ouest jusqu'à deux heures & demie
que nous relevâmes le *cap des Victoires* au Nord-Ouest, &
le cap des Piliers au Sud 3.e Ouest.

Sortie du dé-   Lorsqu'on a dépassé le cap Mundai, la côte septentrio-

nalé se courbe en arc, & le canal s'ouvre jusqu'à quatre,
cinq & six lieues de largeur. Je compte environ seize
lieues du cap Mundai au cap des Piliers qui termine la
côte méridionale du détroit. La direction du canal entre
ces deux caps est le Ouest-quart-Nord-Ouest. La côte du
Sud y est haute & escarpée, celle du Nord est bordée
d'îles & de rochers qui en rendent l'approche dangereuse :
il est plus prudent de ranger la partie méridionale. Je ne
sçaurois rien dire de plus sur ces dernieres terres ; à peine
les avons-nous vues dans quelques courts intervalles pendant lesquels la brume nous permettoit d'en appercevoir
des portions. La dernière terre dont on ait la vûe à la côte
du Nord est le *cap des Victoires*, lequel paroît être de médiocre hauteur, ainsi que le *cap Désiré* qui est en dehors du
détroit à la terre de Feu, environ à deux lieues dans le Sud-
Ouest du cap des Piliers. La côte entre ces deux caps est
bordée, à près d'une lieue au large, de plusieurs îlots ou
brisans connus sous le nom des *douze Apôtres*.

Le cap des Piliers est une terre très-élevée, ou plutôt
une grosse masse de rochers, qui se termine par deux roches
coupées en forme de tours, inclinées sur le Nord-Ouest, &
qui font la pointe du cap. A six ou sept lieues dans le Nord-
Ouest de ce cap, on voit quatre îlots nommés *les Evangélistes*; trois sont ras : le quatrieme, qui a la figure d'un meu-
lon de foin, est assez éloigné des autres. Ils sont dans le Sud-
Sud-Ouest & à quatre ou cinq lieues du cap des Victoires.
Pour sortir du détroit, on peut en passer indifféremment
au Nord ou au Sud ; je conseillerois d'en passer au Sud, si
l'on vouloit y rentrer. Il convient aussi alors de ranger la
côte méridionale : celle du Nord est bordée d'îlots, & pa-

troit, & des-
cription de
cette partie.

Y ij

roit coupée par de grandes baies qui pourroient occasion-
ner des erreurs dangereuses.

Depuis deux heures après-midi les vents varierent du
Ouest-Sud-Ouest au Ouest-Nord-Ouest, grand frais ;
nous louvoyâmes jusqu'au coucher du soleil, toutes voiles
hautes, afin de doubler les douze Apôtres. Nous eûmes
assez long-tems la crainte de n'en pas venir à bout,
& d'être forcés à passer encore la nuit dans le détroit, ce
qui nous y eût pu retenir encore plus d'un jour. Mais vers
six heures du soir, les bordées adonnerent ; à sept heures
le cap des Piliers étoit doublé, à huit heures nous étions
entiérement dégagés des terres, & un bon vent de Nord
nous faisoit avancer à pleines voiles dans la mer occidentale. Nous fîmes alors un relevement d'où je pris mon
point de départ par . . . 52 d 50 ′ de latitude australe,
& . . . 79 d 9 ′ de long. occ. de Paris.

Point de départ du détroit de Magellan.

C'est ainsi qu'après avoir essuyé pendant vingt-six jours,
au port Galant, des tems constamment mauvais & contraires, trente-six heures d'un bon vent, tel que jamais
nous n'eussions osé l'espérer, ont suffi pour nous amener
dans la mer Pacifique ; exemple que je crois être unique,
d'une navigation sans mouillage depuis le port Galant jusqu'au débouquement.

Observations générales sur cette navigation.

J'estime la longueur entiere du détroit, depuis le cap
des Vierges jusqu'au cap des Piliers d'environ cent quatorze lieues. Nous avons employé cinquante-deux jours
à les faire. Je répéterai ici que depuis le cap des Vierges
jusqu'au cap Noir, nous avons observé constamment que
le flot porte dans l'Est, & le Jussant ou l'Ebe, dans l'Ouest,
& que les marées y sont très-fortes ; qu'elles ne sont pas à

beaucoup près aussi rapides depuis le cap Noir jusqu'au port Galant, & que leurs cours y est irrégulier ; qu'enfin, depuis le port Galant jusqu'au cap Quade, les courans sont violens, que nous ne les avons pas trouvés fort sensibles depuis ce cap jusqu'à celui des Piliers, mais que dans toute cette partie, depuis le port Galant, les eaux sont assujetties à la même loi qui les meut depuis le cap des Vierges : c'est-à-dire que le flot y court vers la mer de l'Est, & l'Ebe vers celle de l'Ouest. Je dois en même tems avertir que cette assertion sur la direction des marées dans le détroit de Magellan, est absolument contraire à ce que les autres Navigateurs disent y avoir observé à cet égard. Ce ne seroit cependant pas le cas d'avoir chacun son avis.

Au reste combien de fois n'avons-nous point regretté de ne pas avoir les Journaux de Narborough & de Beauchesne, tels qu'ils sont sortis de leurs mains, & d'être obligés de n'en consulter que des extraits défigurés : outre l'affectation des Auteurs de ces extraits à retrancher tout ce qui peut n'être qu'utile à la navigation, s'il leur échappe quelque détail qui y ait trait, l'ignorance des termes de l'art dont un marin est obligé de se servir, leur fait prendre, pour des mots vicieux, des expressions nécessaires & consacrées, qu'ils remplacent par des absurdités. Tout leur but est de faire un ouvrage agréable aux femmelettes des deux sexes, & leur travail aboutit à composer un livre ennuyeux à tout le monde, & qui n'est utile à personne.

Malgré les difficultés que nous avons essuyées dans le passage du détroit de Magellan, je conseillerai toujours de préférer cette route à celle du cap de Horn depuis le mois de Septembre jusqu'à la fin de Mars. Pendant les autres

Conclusion qu'on en tire.

mois de l'année, quand les nuits font de seize, dix-sept,
& dix-huit heures, je prendrois le parti de passer à mer
ouverte. Le vent de bout & la grosse mer ne font pas des
dangers, au lieu qu'il n'est pas fage de se mettre dans le
cas de naviguer à tâton entre des terres. On fera fans doute
retenu quelque tems dans le détroit, mais ce retard n'est
pas en pure perte. On y trouve en abondance de l'eau,
du bois & des coquillages, quelquefois auffi de très-bons
poiffons, & affurément je ne doute pas que le fcorbut ne
fît plus de dégât dans un équipage qui feroit parvenu à la
mer occidentale en doublant le cap de Horn que dans celui qui y fera entré par le détroit de Magellan : lorfque
nous en fortîmes, nous n'avions perfonne fur les cadres.

Fin de la premiere Partie.

VOYAGE
AUTOUR DU MONDE.

SECONDE PARTIE.

Contenant depuis l'entrée dans la mer occidentale,
jusqu'au retour en France.

Et nos jam *tertia* portat
Omnibus errantes terris & fluctibus æstas. *Virg. Liv. I.*

CHAPITRE PREMIER.

Navigation depuis le détroit de Magellan jusqu'à l'arrivée à
l'île Taïti ; découvertes qui la précédent.

DEPUIS notre entrée dans la mer occidentale après quelques jours de vents variables du Sud-Ouest au Nord-Ouest par l'Ouest, nous eûmes promptement les vents de Sud & de Sud-Sud Est. Je ne m'étois pas attendu à les trouver si-tôt ; les vents d'Ouest conduisent ordinairement jusque par les

Janvier.
1768.
Direction de
la route en
sortant du dé-
troit.

30ᵈ, & j'avois réſolu d'aller à l'île Juan Fernandès, pour tâcher d'y faire de bonnes obſervations aſtronomiques. Je voulois ainſi établir un point de départ aſſuré, pour traverſer cet Océan immenſe, dont l'étendue eſt marquée différemment par les différens Navigateurs. La rencontre accélérée des vents de Sud & de Sud-Eſt, me fit renoncer à cette relâche, laquelle eût allongé mon chemin.

Obſervation ſur le giſſe-ment des côtes du Chili.

Pendant les premiers jours je fis prendre du Oueſt à la route autant qu'il fut poſſible, tant pour m'élever dans le vent, que pour m'éloigner de la côte, dont le giſſement n'eſt point tracé ſur les Cartes d'une façon certaine. Toutefois, comme les vents furent toujours alors de la partie du Oueſt, nous euſſions rencontré la terre, ſi la Carte de Don Georges Juan & Don Antonio de Ulloa eût été juſte. Ces Officiers Eſpagnols ont corrigé les anciennes Cartes de l'Amérique ſeptentrionale; ils font courir la côte depuis le *cap Corſe* juſqu'au *Chiloé* Nord-Eſt & Sud-Oueſt, & cela d'après des conjectures que ſans doute ils ont cru fondées. Cette correction heureuſement en mérite une autre; elle étoit peu conſolante pour les Navigateurs qui, après avoir débouqué par le détroit, cherchent à revenir au Nord avec des vents conſtamment variables du Sud-Oueſt au Nord-Oueſt par le Oueſt. Le Chevalier Narborough, après être ſorti du détroit de Magellan en 1669, ſuivit la côte du Chili, furetant les anſes & les crevaſſes juſqu'à la riviere de *Baldivia* dans laquelle il entra; il dit en propres termes, que la route depuis le cap Deſiré juſqu'à Baldivia, eſt le Nord 5ᵈ Eſt. Voilà qui eſt plus ſûr que l'aſſertion conjecturale de Don Georges & de Don Antonio. Si d'ailleurs elle eût été véritable, la route que nous fûmes obligés de faire nous auroit, comme je l'ai dit, conduit ſur la terre.

Janvier. 1768. Direction de route en ſortant du détroit.

Lorſque

Lorfque nous fûmes dans la mer Pacifique, je convins avec le Commandant de l'Etoile, qu'afin de découvrir un plus grand efpace de mers, il s'éloigneroit de moi dans le Sud tous les matins à la diftance que le tems permettroit fans nous perdre de vûe, que le foir nous nous rallierions, & qu'alors il fe tiendroit dans nos eaux environ à une demi-lieue. Par ce moyen, fi la Boudeufe eût rencontré la nuit quelque danger fubit, l'Etoile étoit dans le cas de manœuvrer pour nous donner les fecours que les circonftances auroient comportés. Cet ordre de marche a été fuivi pendant tout le voyage.

Ordre de marche de la Boudeufe & de l'Etoile.

Le 30 Janvier, un matelot tomba à la mer; nos efforts lui furent inutiles, & jamais nous ne pûmes le fauver : il ventoit grand frais & la mer étoit très-groffe.

Perte d'un matelot tombé à la mer.

Je dirigeai ma route pour reconnoître la terre que David, Flibuftier Anglois, vit en 1686, fur le parallele de 27 à 28ᵈ Sud, & qu'en 1722 Roggewin Hollandois chercha vainement. J'en continuai la recherche jufqu'au 17 Février. J'avois paffé le 14 fur cette terre fuivant la carte de M. Bellin. Je ne voulus point pourfuivre la recherche de l'île de Pâques, fa latitude n'étant point marquée d'une façon pofitive. Plufieurs Géographes s'accordent à la placer par le parallele de 27 à 28ᵈ Sud ; M. Buache feul la met par le 31ᵉ. Toutefois dans la journée du 14, étant par 27ᵈ 7' de latitude obfervée & par 104ᵈ 12' de longitude occidentale eftimée, nous vîmes deux oifeaux affez femblables à des équerrets, efpece qui ne s'éloigne pas ordinairement à plus de foixante ou quatre-vingts lieues de terre ; nous vîmes auffi un paquet de ces herbes vertes qui s'attachent à la carène des navires, & ces rencontres me firent continuer la même route jufqu'au 17. Je penfe au refte d'après

Terre de David cherchée inutilement.

1768. Février. Incertitude fur la latitude de l'île de Pâques.

Z

le récit de David, que la terre qu'il dit avoir vue, n'eſt autre que les îles *Saint-Ambroiſe* & *Saint-Felix*, qui ſont à deux cents lieues de la côte du Chili.

Obſervations météorologiques.

Depuis le 23 Février juſqu'au 3 Mars, nous eûmes avec des calmes & de la pluie des vents d'Oueſt conſtamment variables du Sud-Oueſt au Nord-Oueſt ; chaque jour un peu avant ou après midi nous avions à eſſuyer des grains accompagnés de tonnere. D'où nous venoit cette étrange nuaiſon ſous le Tropique & dans çet Océan renommé, plus que toutes les autres mers, par l'uniformité & la fraîcheur des vents aliſés de l'Eſt au Sud-Eſt que l'on dit y régner toute l'année ? Nous ferons plus d'une fois dans le cas de faire la même queſtion.

Obſervations aſtronomiques, comparées avec l'eſtime de la route.

Dans le courant du mois de Février, M. Verron me communiqua quatre réſultats d'obſervations pour déterminer notre longitude. Les premieres rapportées au midi du 6, ne différoient avec mon eſtime que de 31′ dont j'étois à l'Oueſt de ſon obſervé ; les ſecondes réduites au midi du 11, différoient de ma longitude eſtimée de 37′ 45″ dont j'étois plus Eſt que lui ; par les troiſiemes obſervations réduites au 22 à midi j'étois plus Oueſt que lui de 42′ 30″ ; j'avois 1ᵈ 25′ de différence occidentale avec la longitude déterminée par les obſervations du 27. C'eſt alors que nous éprouvions une ſuite de calmes & de vents contraires. Le thermometre, juſqu'à ce que nous fuſſions ſous le parallele de 45ᵈ, varia de 5 à 8ᵈ au-deſſus de la congellation ; il monta enſuite ſucceſſivement ; & lorſque nous courûmes ſur les paralleles de 27 à 24, il varioit de 17 à 19ᵈ.

Il y eut ſur la frégate, dès que nous fûmes ſortis du détroit, des maux de gorge preſque épidémiques. Comme on les attribuoit aux eaux neigeuſes du détroit, je fis mettre tous les

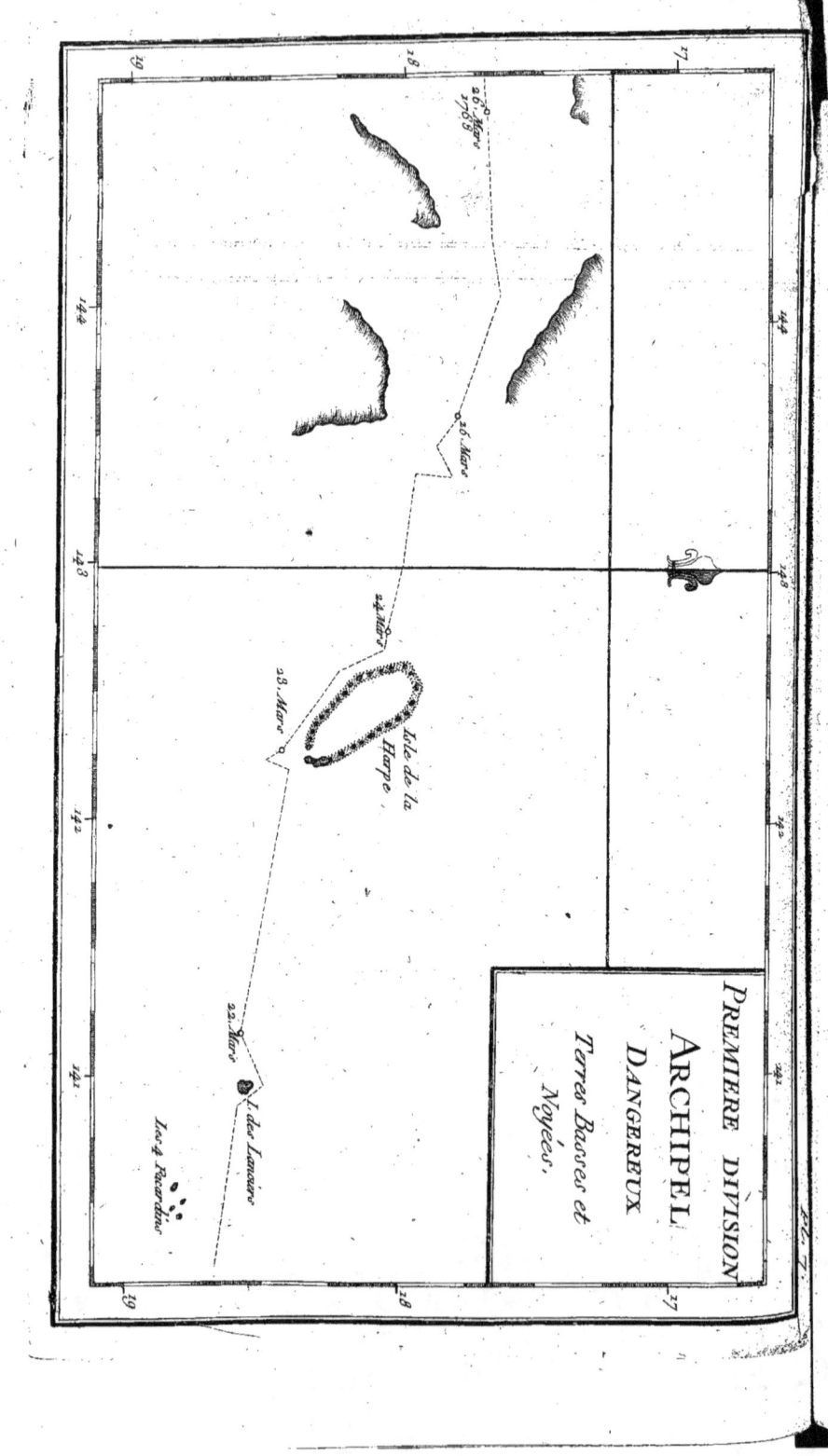

PREMIERE DIVISION

ARCHIPEL,

DANGEREUX

Terres Basses et
Noyées,

Isle de la
Harpe.

I. des Lanciers.

Les 4 Facardins.

Pl. 7.

jours dans le charnier une pinte de vinaigre & des boulets
rouges. Heureusement ces maux de gorge céderent aux
plus simples remedes & à la fin de Février aucun homme
n'étoit encore sur les cadres. Nous avions seulement quatre
matelots tachés du scorbut. On eut dans ce tems une pêche abondante de bonites & de grandes oreilles ; pendant
huit ou dix jours on en prit assez pour en donner un repas
aux deux équipages.

Nous courûmes pendant le mois de Mars le parallele
des premieres terres & îles qui sont marquées sur la carte
de M. Bellin sous le nom d'*îles de Quiros*. Le 21 nous prîmes un ton, dans l'estomac duquel on trouva, non encore
digérés, quelques petits poissons dont les especes ne s'é-
loignent jamais des côtes. C'étoit un indice du voisinage
de quelques terres. Effectivement le 22, à six heures du
matin, on eut en même tems connoissance & de quatre
îlots dans le Sud-Sud-Est-5ᵈ-Est & d'une petite île qui nous
restoit à quatre lieues dans l'Ouest. Je nommai les quatre
îlots *les quatre Facardins ;* & comme ils étoient trop au
vent, je fis courir sur la petite île qui étoit devant nous.
A mesure que nous l'approchâmes , nous découvrîmes
qu'elle est bordée d'une plage de sable très-unie, & que tout
l'intérieur étoit couvert de bois touffus, au dessus desquels
s'élevoient les tiges fécondes des cocotiers. La mer brisoit
assez au large au Nord & au Sud, & une grosse lame qui
battoit toute la côte de l'Est, nous défendoit l'accès de l'île
dans cette partie. Cependant la verdure charmoit nos yeux,
& les cocotiers nous offroient par-tout leurs fruits & leur
ombre sur un gazon émaillé de fleurs ; des milliers d'oiseaux voltigeoient autour du rivage & sembloient annoncer une côte poissonneuse ; on soupiroit après la descente.

Z ij

Rencontre
des premieres
îles.

1768.
Mars.

Observation
sur une de ces
îles.

Nous crûmes qu'elle feroit plus facile dans la partie occidentale, & nous fuivîmes la côte à la diftance d'environ deux milles. Par-tout nous vîmes la mer brifer avec la même force, fans une feule anfe, fans la moindre *crique* qui pût fervir d'abri & rompre la lame. Perdant ainfi toute efpérance de pouvoir y débarquer, à-moins d'un rifque évident de brifer les bateaux, nous remettions le cap en route, lorfqu'on cria qu'on voyoit deux ou trois hommes accourir au bord de la mer. Nous n'euffions jamais penfé qu'une île auffi petite pût être habitée, & ma premiere idée fut que fans doute quelques Européens y avoient fait naufrage. J'ordonnai auffi-tôt de mettre *en panne*, déterminé à tenter tout pour les fauver. Ces hommes étoient rentrés dans le bois; bientôt après ils en fortirent au nombre de quinze ou vingt & s'avancerent à grands pas; ils étoient nuds & portoient de fort longues piqués qu'ils vinrent agiter vis-à-vis les vaiffeaux avec des démonftrations de menaces; après cette parade ils fe retirerent fous les arbres où on diftingua des cabanes avec les longues vues. Ces hommes nous parurent fort grands & d'une couleur bronzée. Qui me dira comment ils ont été tranfportés jufqu'ici, quelle communication les lie à la chaîne des autres êtres, & ce qu'ils deviennent en fe multipliant fur une île qui n'a pas plus d'une lieue de diametre? Je l'ai nommée *l'île des Lanciers*. Etant à moins d'une lieue dans le Nord-Eft de cette île, je fis fignal à l'Etoile de fonder; elle fila 200 braffes de ligne fans trouver de fond.

Depuis ce jour nous diminuâmes de voiles dans la nuit, craignant de rencontrer tout d'un coup quelques-unes de ces terres baffes dont les approches font fi dangereufes. Nous fûmes obligés de *refter en travers* une partie de la nuit

Elle eft habitée malgré fa petiteffe.

du 22 au 23, le tems s'étant mis à l'orage avec grand
vent, de la pluie & du tonnere. Au point du jour nous
vimes une terre qui s'étendoit par rapport à nous depuis
le Nord-Eft-quart-Nord jufqu'au Nord-Nord-Oueft. Nous
courûmes deffus, & à huit heures nous étions environ à
trois lieues de fa pointe orientale. Alors quoiqu'il régnât
une efpece de brume, nous apperçûmes des brifans le long
de cette côte qui paroiffoit très-baffe & couverte d'arbres. Nous revirâmes donc au large, en attendant qu'un
ciel plus clair nous permît de nous rapprocher de la
terre avec moins de rifque; c'eft-ce que nous pûmes
faire vers les dix heures. Parvenus à une lieue de l'île,
nous la prolongeâmes cherchant à découvrir un endroit
propre au débarquement; nous n'avions pas de fond avec
une ligne de 120 braffes. Une barre, fur laquelle la mer
brifoit avec furie, bordoit toute la côte, & bien-tôt
nous reconnûmes que cette île n'étoit formée que par
deux langues de terre fort étroites qui fe rejoignent dans
la partie du Nord-Oueft, & qui laiffent une ouverture au Sud-Eft entre leur pointe. Le milieu de cette île
eft ainfi occupé par la mer dans toute fa longueur qui eft
de dix à douze lieues Sud-Eft & Nord-Oueft; enforte que
la terre préfente une efpece de fer à cheval très-allongé,
dont l'ouverture eft au Sud-Eft.

Les deux langues de terre ont fi peu de largeur, que
nous apperçevions la mer au-delà de celle du Nord. Elles
ne paroiffent être compofées que par des dunes de fable
entrecoupées de terreins bas dénués d'arbres & de verdure. Les dunes plus élevées font couvertes de cocotiers
& d'autres arbres plus petits & très-touffus. Nous apperçûmes après midi des pirogues qui naviguoient dans l'ef-

Suite d'îles
rencontrées.

Defcription
de la plus
grande de ces
îles.

pece de lac que cette île embraffe, les unes à la voile,
les autres avec des pagayes. Les Sauvages qui les condui-
foient étoient nuds. Le foir nous vîmes un affez grand nombre d'infulaires difperfés le long de la côte. Ils nous parurent avoir auffi à la main de ces longues lances dont nous
menaçoient les habitans de la premiere île ; nous n'avions
encore trouvé aucun lieu où nos canots puffent aborder.
Par-tout la mer écumoit avec une égale force. La nuit
fufpendit nos recherches ; nous la paffâmes à *louvoyer* fous
les huniers ; & n'ayant découvert le 24 au matin aucun
lieu d'abordage, nous pourfuivîmes notre route & renon-
çâmes à cette île inacceffible que je nommai à caufe de
fa forme, *l'île de la Harpe.* Au refte cette terre fi extraordinaire eft-elle naiffante, eft-elle en ruine ? Comment eft-
elle peuplée ? Ses habitans nous ont femblé grands &
bien proportionnés. J'admire leur courage, s'ils vivent
fans inquiétude fur ces bandes de fable qu'un ouragan
peut-d'un moment à l'autre enfevelir dans les eaux.

Premiere di-
vifion ; *archi-
pel dangereux.*
　　　Le même jour à cinq heures du foir on apperçut une
nouvelle terre à la diftance de fept à huit lieues ; l'incertitude de fa pofition, le tems inconftant par grains & orages, & l'obfcurité nous forcerent de paffer la nuit *fur les
bords.* Le 25 au matin nous accoftâmes la terre que nous
reconnûmes être encore une île très-baffe, laquelle s'é-
tendoit du Sud-Eft au Nord-Oueft, dans une étendue d'environ vingt-quatre milles. Jufqu'au 27 nous continuâmes
à naviguer au milieu d'îles baffes & en partie noyées,
dont nous examinâmes encore quatre, toutes de la même
nature, toutes inabordables, & qui ne méritoient pas que
nous perdiffions notre tems à les vifiter. J'ai nommé *l'archipel dangereux* cet amas d'îles dont nous avons vu onze

& qui font probablement en plus grand nombre. La navigation eft extrêmement périlleufe au milieu de ces terres baffes, hériffées de brifans & femées d'écueils, où il convient d'ufer, la nuit fur-tout, des plus grandes précautions.

Je me déterminai à faire reprendre du Sud à la route, afin de fortir de ces parages dangereux. Effectivement dès le 28 nous ceffâmes de voir des terres. Quiros a le premier découvert en 1606 la partie méridionale de cette chaîne d'îles qui s'étend fur l'Oueft-Nord-Oueft, & dans laquelle l'Amiral Roggevin s'eft trouvé engagé en 1722 vers le quinzieme parallele; il la nomma *le Labyrinthe*. Je ne fais au refte fur quel fondement s'appuient nos Géographes, lorfqu'ils tracent à la fuite de ces îles un commencement de côte vue, difent ils, par Quiros, & auquel ils donnent foixante-dix lieues de continuité. Tout ce qu'on peut inférer du journal de ce navigateur, c'eft que la premiere terre à laquelle il aborda après fon départ du Pérou, avoit plus de huit lieues d'étendue. Mais, loin de la repréfenter comme une côte confidérable, il dit que les Sauvages qui l'habitoient, lui firent entendre qu'il trouveroit de grandes terres fur fa route. S'il en exiftoit ici une confidérable, nous ne pouvions manquer de la rencontrer, puifque la plus petite latitude à laquelle nous foyons jufqu'à préfent parvenus, a été 17^d 40', latitude que Quiros obferva fur cette côte, dont il a plu aux Géographes de faire un grand pays.

Erreur dans les Cartes de cette partie de la mer Pacifique.

Je tombe d'accord que l'on conçoit difficilement un fi grand nombre d'îles baffes & de tertes prefque noyées, fans fuppofer un continent qui en foit voifin. Mais la Géographie eft une fcience de faits; on n'y peut rien donner dans son cabinet à l'esprit de syftême, sans risquer les plus grandes erreurs qui souvent ensuite ne se corrigent qu'aux dépens des navigateurs.

Observations aftronomiques comparées avec l'eftime de la route.

M. Verron dans le mois de Mars me donna trois observations de longitude. Les premieres faites avec l'octant de M. Haldey, rapportées au 3 à midi, ne différoient avec mon eftime que de 21′ 30″, dont j'étois plus Oueft que la longitude obfervée. Les fecondes faites avec le megametre & réduites au midi du 10, différoient confidérablement avec mon eftime, ma longitude eftimée étant plus occidentale de 3ᵈ 6′ que l'obfervée ; au contraire par le réfultat des troifiemes obfervations faites le 27 avec l'octant, mon eftime s'accordoit avec les obfervations à 39′ 15″ près , dont il me faifoit plus Eft que les obfervations. On remarquera que depuis la fortie du détroit de Magellan, j'ai toujours fuivi la longitude de mon point de départ, fans y faire aucune correction, ni me fervir des obfervations.

Observations météorologiques.

Le thermometre dans ce mois a été conftamment de 19 à 20ᵈ même entre les terres. A la fin du mois nous avons eu cinq jours de vent d'Oueft avec des grains & des orages qui fe fuccédoient prefque fans interruption. La pluie fut continuelle ; auffi le fcorbut fe déclara-t-il fur huit ou dix matelots. L'humidité eft un des principes les plus actifs de cette maladie. On leur donnoit tous les jours à

Ufage avantageux de la poudre de limonade & de l'eau de mer défalée.

chacun une pinte de limonade faite avec la poudre de *faciot* , & nous avons eu dans ce voyage les plus grandes obligations à cette poudre. J'avois auffi commencé le 3 Mars à me fervir de la cucurbite de M. Poiffonnier, & nous avons continué jufqu'à la *Nouvelle Bretagne* à employer l'eau ainfi défalée pour la foupe, la cuiffon de la viande & celle des légumes. Le fupplément d'eau qu'elle nous

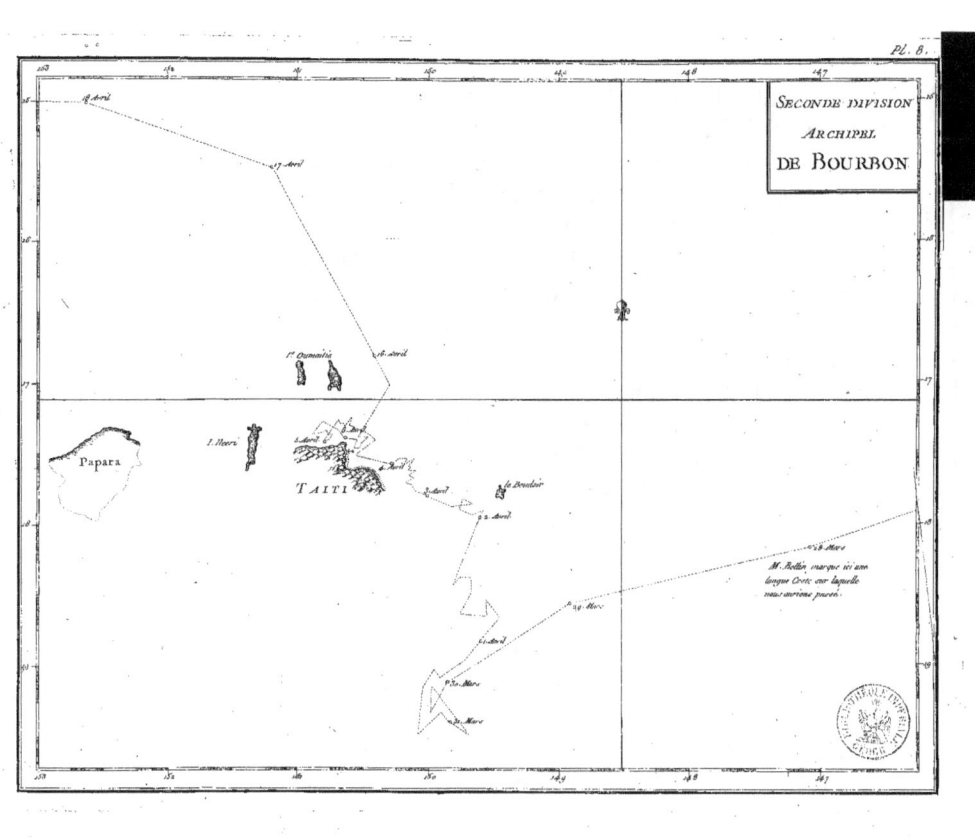

Pl. 8.

SECONDE DIVISION
ARCHIPEL
DE BOURBON

Papara

I. Meeri

Pt. Dumanis

TAITI

le Boudoir

M. Rollin marque ici une
longue Croix sur laquelle
nous aurions passé.

nous procuroit nous a été de la plus grande reſſource dans cette longue traverſée. On allumoit le feu à cinq heures du ſoir, & on l'éteignoit à cinq ou ſix heures du matin, & chaque nuit nous faiſions plus d'une barique d'eau. Au reſte pour ménager l'eau douce, nous avons toujours pétri le pain avec de l'eau ſalée.

Le 2 Avril à dix heures du matin nous apperçûmes dans le Nord-Nord-Eſt une montagne haute & fort eſcarpée qui nous parut iſolée; je la nommai le Boudoir ou le pic de la Boudeuſe. Nous courions au Nord pour la reconnoître, lorſque nous eûmes la vue d'une autre terre dans l'Oueſt-quart-Nord-Oueſt, dont la côte non moins élevée offroit à nos yeux une étendue indéterminée. Nous avions le plus urgent beſoin d'une relâche qui nous procurât du bois & des rafraîchiſſemens, & on ſe flattoit de les trouver ſur cette terre. Il fit preſque calme tout le jour. La briſe ſe leva le ſoir, & nous courûmes ſur la terre juſqu'à deux heures du matin que nous remîmes pendant trois heures le bord au large. Le ſoleil ſe leva enveloppé de nuages & de brume; & ce ne fut qu'à neuf heures du matin que nous revîmes la terre dont la pointe méridionale nous reſtoit à Oueſt-quart Nord-Oueſt; on n'appercevoit plus le pic de la Boudeuſe que du haut des mâts. Les vents ſouffloient du Nord au Nord-Nord-Eſt, & nous tînmes le plus près pour attérer au vent de l'île. En approchant nous apperçûmes au-delà de ſa pointe du Nord une autre terre éloignée plus ſeptentrionale encore, ſans que nous puſſions alors diſtinguer ſi elle tenoit à la premiere île, ou ſi elle en formoit une ſeconde.

Pendant la nuit du 3 au 4 nous louvoyâmes pour nous élever dans le Nord. Des feux que nous vîmes, avec joie,

Margin notes:

1758.
Avril.

Seconde diviſion de terres; archipel de Bourbon.

Vûe de Taiti.

Manœuvres pour y aborder.

A a

briller de toutes parts sur la côte, nous apprirent qu'elle étoit habitée. Le 4 au lever de l'aurore nous reconnûmes que les deux terres qui la veille nous avoient paru séparées, étoient unies ensemble par une terre plus basse qui se courboit en arc & formoit une baie ouverte au Nord-Est. Nous courions à pleines voiles vers la terre présentant au vent de cette baie, lorsque nous apperçûmes une pirogue qui venoit du large & voguoit vers la côte, se servant de sa voile & de ses pagayes. Elle nous passa de l'avant & se joignit à une infinité d'autres qui de toutes les parties de l'île accouroient au-devant de nous. L'une d'elles précédoit les autres; elle étoit conduite par douze hommes nuds qui nous préfenterent des branches de bananiers, & leurs démonstrations attestoient que c'étoit-là le rameau d'olivier. Nous leur répondîmes par tous les signes d'amitié dont nous pûmes nous aviser; alors ils accosterent le navire, & l'un d'eux, remarquable par son énorme chevelure hérissée en rayons, nous offrit avec son rameau de paix un petit cochon & un *régime* de bananes. Nous acceptâmes son présent qu'il attacha à une corde qu'on lui jetta; nous lui donnâmes des bonnets & des mouchoirs, & ces premiers présens furent le gage de notre alliance avec ce peuple.

Bientôt plus de cent pirogues de grandeurs différentes & toutes à balancier, environnèrent les deux vaisseaux. Elles étoient chargées de cocos, de bananes & d'autres fruits du pays. L'échange de ces fruits délicieux pour nous, contre toutes sortes de bagatelles, se fit avec bonne-foi, mais sans qu'aucun des insulaires voulût monter à bord. Il falloit entrer dans leurs pirogues ou montrer de loin les objets d'échange; lorsqu'on étoit d'accord, on leur en-

Premier trafic avec les Insulaires.

voyoit au bout d'une corde un panier ou un filet ; ils y mettoient leurs effets & nous les nôtres, donnant ou recevant indifféremment avant que d'avoir donné ou reçu, avec une bonne foi qui nous fit bien augurer de leur caractere. D'ailleurs nous ne vîmes aucune espéce d'armes dans leurs pirogues où il n'y avoit point de femmes à cette premiere entrevûe. Les pirogues resterent le long des navires jusqu'à ce que les approches de la nuit nous firent revirer au large ; toutes alors se retirerent.

Nous tâchâmes dans la nuit de nous élever au Nord, n'écartant jamais la terre de plus de trois lieues. Tout le rivage fut jusqu'à près de minuit, ainsi qu'il l'avoit été la nuit précédente, garni de petits feux à peu de distance les uns des autres : on eût dit que c'étoit une illumination faite à dessein ; & nous l'accompagnâmes de plusieurs fusées tirées des deux vaisseaux.

La journée du 5 se passa à louvoyer, afin de gagner au vent de l'île, & à faire sonder par les bateaux pour trouver un mouillage. L'aspect de cette côte élevée en amphithéatre nous offroit le plus riant spectacle. Quoique les montagnes y soient d'une grande hauteur, le rocher n'y montre nulle part son aride nudité : tout y est couvert de bois. A peine en crûmes-nous nos yeux, lorsque nous découvrîmes un pic chargé d'arbres jusqu'à sa cime isolée qui s'élevoit au niveau des montagnes dans l'intérieur de la partie méridionale de l'île. Il ne paroissoit pas avoir plus de trente toises de diametre, & il diminuoit de grosseur en montant; on l'eût pris de loin pour une pyramide d'une hauteur immense que la main d'un décorateur habile auroit parée de guirlandes de feuillages. Les terreins moins élevés sont entrecoupés de prairies & de bosquets, &

Description de la côte vûe du large.

A a ij

dans toute l'étendue de la côte il regne fur les bords de la mer, au pied du pays haut, une lifiere de terre baffe & unie, couverte de plantations. C'eft-là qu'au milieu des bananiers, des cocotiers & d'autres arbres chargés de fruits, nous appercevions les maifons des infulaires.

Comme nous prolongions la côte, nos yeux furent frappés de la vue d'une belle cafcade qui s'élançoit du haut des montagnes & précipitoit à la mer fes eaux écumantes. Un village étoit bâti au pied, & la côte y paroiffoit fans brifans. Nous defirions tous de pouvoir mouiller à portée de ce beau lieu; fans ceffe on fondoit des navires, & nos bateaux fondoient jufqu'à terre; on ne trouva dans cette partie qu'un platier de roches, & il fallut fe réfoudre à chercher ailleurs un mouillage.

Continuation du trafic avec les Infulaires. Les pirogues étoient revenues au navire dès le lever du foleil, & toute la journée on fit des échanges. Il s'ouvrit même de nouvelles branches de commerce; outre les fruits de l'efpece de ceux apportés la veille, & quelques autres rafraîchiffemens, tels que poules & pigeons, les infulaires apportèrent avec eux toutes fortes d'inftrumens pour la pêche, des herminettes de pierre, des étoffes fingulieres, des coquilles, &c. Ils demandoient en échange du fer & des pendans d'oreilles. Les trocs fe firent comme la veille avec loyauté; cette fois auffi il vint dans les pirogues quelques femmes jolies & prefque nues. A bord de l'Etoile il monta un infulaire qui y paffa la nuit, fans témoigner aucune inquiétude.

Nous l'employâmes encore à louvoyer, & le 6 au matin nous étions parvenus à l'extrémité feptentrionale de l'île. Une feconde s'offrit à nous; mais la vue de plufieurs brifans, qui paroiffoient défendre le paffage entre les deux îles, me détermina à revenir sur mes pas chercher un mouillage dans la premiere baie que nous avions vue le jour de notre atterrage. Nos canots qui sondoient en avant & en terre de nous, trouverent la côte du Nord de la baie bordée par-tout à un quart de lieue du rivage d'un récif qui découvre à basse mer. Cependant, à une lieue de la pointe du Nord, ils reconnurent dans le récif une coupure large de deux encablures au plus, dans laquelle il y avoit 30 à 35 brasses d'eau, & en-dedans une rade assez vaste où le fond varioit depuis 9 jusqu'à 30 brasses. Cette rade étoit bornée au Sud par un récif qui partant de terre, alloit se joindre à celui qui bordoit la côte. Nos canots avoient sondé par-tout sur un fond de sable, & ils avoient reconnu plusieurs petites rivieres commodes pour l'aiguade. Sur le récif du côté du Nord il y a trois îlots.

Ce rapport me décida à mouiller dans cette rade, & sur-le-champ nous fîmes route pour y entrer. Nous rangeâmes la pointe du récif de stribord en entrant &, dès que nous fûmes en-dedans, nous mouillâmes notre premiere ancre sur 34 brasses, fond de sable gris, coquillages & gravier, & nous étendîmes aussitôt une ancre à jet dans le Nord-Ouest pour y mouiller notre ancre d'affourche. L'Etoile passa au vent à nous & mouilla dans le Nord à une encablure. Dès que nous fûmes affourchés, nous amenâmes basses vergues & mâts de hune.

A mesure que nous avions approché la terre, les insulaires avoient environné les navires. L'affluence des pirogues fut si grande autour des vaisseaux, que nous eûmes beaucoup de peine à nous amarrer au milieu de la foule & du bruit. Tous venoient, en criant *tayo*, qui veut dire *ami*, & en nous donnant mille témoignages d'amitié;

Mouillage à Taïti.

Embarras pour amarrer les navires.

tous demandoient des clous & des pendans d'oreilles. Les
pirogues étoient remplies de femmes qui ne le cedent pas
pour l'agrément de la figure au plus grand nombre des
Européennes, & qui, pour la beauté du corps, pourroient
le disputer à toutes avec avantage. La plûpart de ces nym-
phes étoient nües, car les hommes & les vieilles qui les
accompagnoient, leur avoient ôté la pagne dont ordinairement elles s'enveloppent. Elles nous firent d'abord, de
leurs pirogues, des agaceries où, malgré leur naiveté, on
découvroit quelque embarras, soit que la nature ait par-
tout embelli le sexe d'une timidité ingénue, soit que, même
dans les pays où regne encore la franchise de l'âge d'or,
les femmes paroissent ne pas vouloir ce qu'elles desi-
rent le plus. Les hommes, plus simples ou plus libres,
s'énoncerent bientôt clairement. Ils nous pressoient de
choisir une femme, de la suivre à terre, & leurs gestes
non équivoques démontroient la maniere dont il falloit faire connoissance avec elle. Je le demande, comment retenir au travail, au milieu d'un spectacle pareil,
quatre cents François, jeunes, marins, & qui depuis six
mois n'avoient point vu de femmes? Malgré toutes les précautions que nous pûmes prendre, il entra à bord une
jeune fille qui vint sur le gaillard d'arriere se placer à une
des écoutilles qui sont au-dessus du cabestan; cette écou-
tille étoit ouverte pour donner de l'air à ceux qui viroient.
La jeune fille laissa tomber négligemment une pagne qui
la couvroit & parut aux yeux de tous, telle que Vénus se
fit voir au berger Phrygien. Elle en avoit la forme céleste.
Matelots & soldats s'empressoient pour parvenir à l'écou-
tille, & jamais cabestan ne fut viré avec une pareille activité.

Nos soins réuſſirent cependant à contenir ces hommes enſorcelés, le moins difficile n'avoit pas été de parvenir à ſe contenir ſoi-même. Un ſeul François, mon cuiſinier, qui malgré les défenſes avoit trouvé le moyen de s'échapper, nous revint bientôt plus mort que vif. A peine eut-il mis pied à terre, avec la belle qu'il avoit choiſie, qu'il ſe vit entouré par une foule d'Indiens qui le deshabillerent dans un inſtant, & le mirent nud de la tête aux pieds. Il ſe crut perdu mille fois, ne ſçachant où aboutiroient les exclamations de ce peuple, qui examinoit en tumulte toutes les parties de ſon corps. Après l'avoir bien conſidéré, ils lui rendirent ſes habits, remirent dans ſes poches tout ce qu'ils en avoient tiré, & firent approcher la fille en le preſſant de contenter les deſirs qui l'avoient amené à terre avec elle. Ce fut en vain. Il fallut que les Inſulaires ramenaſſent à bord le pauvre cuiſinier, qui me dit que j'aurois beau le reprimander, que je ne lui ferois jamais autant de peur qu'il venoit d'en avoir à terre.

CHAPITRE II.

Séjour dans l'île Taïti ; détail du bien & du mal qui nous y arrivent.

Descente à
terre.

ON a vu les obstacles qu'il avoit fallu vaincre pour parvenir à mouiller nos ancres ; lorsque nous fûmes amarrés, je descendis à terre avec plusieurs Officiers, afin de reconnoître l'*Aiguade*. Nous y fûmes reçus par une foule immense d'hommes & de femmes qui ne se lassoient point de nous considérer ; les plus hardis venoient nous toucher, ils écartoient même nos vêtemens, comme pour vérifier si nous étions absolument faits comme eux ; aucun ne portoit d'armes, pas même de bâtons. Ils ne savoient comment exprimer leur joie de nous recevoir. Le chef de ce canton nous conduisit dans sa maison & nous y introduisit. Il y avoit dedans cinq ou six femmes & un vieillard vénérable. Les femmes nous saluerent en portant la main sur la poitrine, & criant plusieurs fois *tayo*. Le vieillard étoit pere de notre hôte. Il n'avoit du grand âge que ce caractere respectable qu'impriment les ans sur une belle figure. Sa tête ornée de cheveux blancs & d'une longue barbe, tout son corps nerveux & rempli, ne montroient aucune ride, aucun signe de décrépitude. Cet homme vénérable parut s'appercevoir à peine de notre arrivée ; il se retira même sans répondre à nos caresses, sans témoigner ni frayeur, ni étonnement, ni curiosité ; fort éloigné de prendre part à l'espece d'extase que notre vûe causoit à tout ce peuple, son air rêveur & soucieux, sembloit annoncer qu'il craignoit que ces jours heureux, écoulés pour lui dans le sein du repos,

Visite au chef
du canton.

repos, ne fussent troublés par l'arrivée d'une nouvelle
race, en séchant seulement de lui ôter
tentes les recherches.

On nous laissa la liberté de considérer l'intérieur de la
maison. Elle n'avoit aucun meuble, aucun ornement qui
la distinguât des cases ordinaires, que sa grandeur. Elle pouvoit avoir quatre-vingts pieds de long sur vingt pieds de
large. Nous y remarquâmes un cylindre à bâter, long de
trois ou quatre pieds & garni de plumes noires, lequel
étoit suspendu au toit, & deux figures de bois que nous
prîmes pour des idoles. L'une, ce étoit le Dieu, étoit de
bout contre un des piliers : la Déesse étoit vis-à-vis inclinée
le long du mur, qu'elle surpassoit en hauteur, & attachée
aux roseaux qui le forment. Ces figures malfaites & sans
proportions avoient environ trois pieds de haut, mais elles
tenoient à un piédestal cylindrique, vuide dans l'intérieur, & sculpté à jour. Il étoit fait en forme de tour, &
pouvoit avoir six à sept pieds de hauteur, sur environ un
pied de diametre ; le tout étoit d'un bois noir fort dur.

Le chef nous proposa ensuite de nous asseoir sur l'herbe
au dehors de la maison, où il fit apporter des fruits, du
poisson grillé & de l'eau ; pendant le repas, il envoya chercher quelques pieces d'étoffes, & deux grands colliers
faits d'ozier & recouverts de plumes noires & de dents de
requins. Leur forme ne ressemble pas mal à celle de ces
fraises immenses qu'on portoit du tems de François I. Il
en passa un au col du Chevalier d'Oraison, l'autre au
mien, & distribua les étoffes. Nous étions prêts à retourner à bord, lorsque le Chevalier de Suzannet s'apperçut
qu'il lui manquoit un pistolet, qu'on avoit adroitement
volé dans sa poche. Nous le fîmes entendre au chef, qui,
sur le champ, voulut fouiller tous les gens qui nous envi-

(marginalia right:) Description de sa maison.

(marginalia right:) Réception qu'il nous fait.

(marginalia right:) Opposition de sa part des indigènes.

B b

ronnoient ; il en maltraita même quelques-uns. Nous arrê-
tâmes ses recherches, en tâchant feulement de lui faire
comprendre que l'auteur du vol pourroit être la victime de
fa friponnerie, & que fon larcin lui donneroit la mort.

Le chef & tout le peuple nous accompagnèrent jufqu'à
nos bateaux. Prêts à y arriver, nous fûmes arrêtés par un
infulaire d'une belle figure qui, couché fous un arbre, nous
offrit de partager le gazon qui lui fervoit de fiége. Nous
l'acceptâmes ; cet homme alors fe pencha vers nous, &
d'un air tendre, aux accords d'une flûte dans laquelle un
autre Indien foufloit avec le nez, il nous chanta lentement
une chanfon, fans doute anacréontique : fcène charmante,
& digne du pinceau de Boucher. Quatre infulaires vinrent
avec confiance fouper & coucher à bord. Nous leur fîmes
entendre flûte, baffe, violon, & nous leur donnâmes un
feu d'artifice compofé de fufées & de ferpenteaux. Ce fpectacle leur caufa une furprife mêlée d'effroi.

Le 7 au matin, le chef, dont le nom eft *Ereti*, vint à
bord. Il nous apporta un cochon, des poules & le piftolet
qui avoit été pris la veille chez lui. Cet acte de juftice nous
en donna bonne idée. Cependant nous fîmes dans la matinée toutes nos difpofitions pour defcendre à terre nos malades & nos pièces à l'eau, & les y laiffer en établiffant
une garde pour leur fûreté. Je defcendis l'après-midi avec
armes & bagages, & nous commençâmes à dreffer le
camp fur les bords d'une petite rivière, où nous devions
faire notre eau. Ereti vit la troupe fous les armes, & les
préparatifs du campement, fans paroître d'abord furpris ni
mécontent. Toutefois quelques heures après, il vint à moi
accompagné de fon père & des principaux du canton qui
lui avoient fait des repréfentations à cet égard, & me fit

entendre que notre séjour à terre leur déplaisoit ; que nous
étions les maîtres d'y venir le jour tant que nous voudrions,
mais qu'il falloit coucher la nuit à bord de nos vaisseaux.
J'insistai sur l'établissement du camp, lui faisant comprendre qu'il nous étoit nécessaire pour faire de l'eau, du bois,
& rendre plus faciles les échanges entre les deux nations.
Ils tinrent alors un second conseil à l'issu duquel Ereti
vint me demander si nous resterions ici toujours, ou si nous
comptions repartir, & dans quel tems. Je lui répondis que
nous mettrions à la voile dans dix-huit jours, en signe duquel nombre je lui donnai dix-huit petites pierres ; sur cela,
nouvelle conférence à laquelle on me fit appeller. Un
homme grave, & qui paroissoit avoir du poids dans le
conseil, vouloit réduire à neuf les jours de notre campement, j'insistai pour le nombre que j'avois demandé, &
enfin ils y consentirent.

De ce moment la joie se rétablit ; Ereti même nous
offrit un hangard immense tout près de la rivière, sous lequel étoient quelques pirogues qu'il en fit enlever sur le
champ. Nous dressâmes dans ce hangard les tentes pour
nos scorbutiques, au nombre de trente-quatre ; douze de
la Boudeuse & vingt-deux de *l'Etoile*, & quelques autres
nécessaires au service. La garde fut composée de trente
soldats, & je fis aussi descendre des fusils pour armer les
travailleurs & les malades. Je restai à terre la première
nuit, qu'Ereti voulut aussi passer dans nos tentes. Il fit apporter son souper qu'il joignit au nôtre, chassa la foule qui
entouroit le camp, & ne retint avec lui que cinq ou six de
ses amis. Après souper, il demanda des fusées, & elles lui
firent au moins autant de peur que de plaisir. Sur la fin de
la nuit, il envoya chercher une de ses femmes qu'il fit cou-

B b ij

Précautions
prises : con-
duite des Infu-
laires.

Ils y consen-
tent, & à quel-
les condi-
tions.

Camp établi
pour les ma-
lades & les
travailleurs.

cher dans la tente de M. de Naſſau. Elle étoit vieille &
laide.

La journée ſuivante ſe paſſa à perfectionner notre camp.
Le hangard étoit bien fait & parfaitement à couvert d'une
eſpece de natte. Nous n'y laiſſâmes qu'une iſſue à laquelle
nous mîmes une barriere & un corps-de-garde. Ereti, ſes
femmes & ſes amis avoient ſeuls la permiſſion d'entrer : la
foule ſe tenoit en dehors du hangard : un de nos gens,
une baguette à la main, ſuffiſoit pour la faire écarter. C'é-
toit-là que les inſulaires apportoient de toutes parts des
fruits, des poules, des cochons, du poiſſon & des pieces
de toile qu'ils échangeoient contre des cloux, des outils,
des perles fauſſes, des boutons & mille autres bagatelles
qui étoient des tréſors pour eux. Au reſte ils examinoient
attentivement ce qui pouvoit nous plaire : ils virent que
nous cueillons des plantes antiſcorbutiques & qu'on s'occupoit auſſi à chercher des coquilles. Les femmes & les
enfans ne tarderent pas à nous apporter à l'envi des paquets des mêmes plantes qu'ils nous avoient vu ramaſſer
& des paniers remplis de coquilles de toutes les eſpeces.
On payoit leurs peines à peu de frais.

Ce même jour je demandai au chef de m'indiquer du
bois que je puſſe couper. Le pays bas où nous étions n'eſt
couvert que d'arbres fruitiers & d'une eſpece de bois
plein de gomme & de peu de conſiſtance : le bois dur
vient ſur les montagnes. Ereti m'indiqua les arbres que
je pouvois couper, & m'indiqua même de quel côté il les
falloit faire tomber en les abattant. Au reſte les inſulaires
nous aidoient beaucoup dans nos travaux : nos ouvriers
abattoient les arbres & les mettoient en buches que les
gens du pays transportoient aux bateaux : ils aidoient de

Précautions
priſes : con-
duite des inſu-
laires.

Ils y conſen-
tent, & quel-
ques condi-
tions.

Camp établi
pour les ma-
lades, &c. Ies
Secours que
nous en ti-
rons.

même à faire l'eau, emplissant les pieces, & les conduisant aux chaloupes. On leur donnoit pour salaires des clous dont le nombre se proportionnoit au travail qu'ils avoient fait. La seule gêne qu'on eut, c'est qu'il falloit sans cesse avoir l'œil à tout ce qu'on apportoit à terre, à ses poches même; car il n'y a point en Europe de plus adroits filoux que les gens de ce pays.

Cependant il ne semble pas que le vol soit ordinaire entre eux. Rien ne ferme dans leurs maisons, tout y est à terre ou suspendu, sans serrure ni gardiens. Sans doute la curiosité pour des objets nouveaux excitoit en eux de violens desirs, & d'ailleurs il y a par-tout de la canaille. On avoit volé les deux premières nuits, malgré les sentinelles & les patrouilles, auxquelles on avoit même jetté quelques pierres. Les voleurs se cachoient dans un marais couvert d'herbes & de roseaux, qui s'étendoit derrière notre camp. On le nettoya en partie, & j'ordonnai à l'Officier de garde de faire tirer sur les voleurs qui viendroient dorénavant. Ereti lui-même me dit de le faire, mais il eut grand soin de montrer plusieurs fois où étoit sa maison, en recommandant bien de tirer du côté opposé. J'envoyois aussi tous les soirs trois de nos bateaux armés de pierriers & d'espingoles se mouiller devant le camp.

Au vol près, tout se passoit de la maniere la plus amiable. Chaque jour nos gens se promenoient dans le pays sans armes, seuls ou par petites bandes. On les invitoit à entrer dans les maisons, on leur y donnoit à manger; mais ce n'est pas à une collation légere que se borne ici la civilité des maîtres de maisons; ils leur offroient de jeunes filles; la case se remplissoit à l'instant d'une foule curieuse d'hommes & de femmes qui faisoient un cercle autour de

Précautions prises contre le vol.

Usages singuliers du pays.

l'hôte & de la jeune victime du devoir hospitalier ; la terre se jonchoit de feuillage & de fleurs, & des muficiens chantoient aux accords de la flûte une hymne de jouiffance. Vénus eft ici la déeffe de l'hofpitalité, fon culte n'y admet point de myfteres, & chaque jouiffance eft une fête pour la nation. Ils étoient furpris de l'embarras qu'on témoignoit ; nos mœurs ont profcrit cette publicité. Toutefois je ne garantirois pas qu'aucun n'ait vaincu fa répugnance & ne fe foit conformé aux ufages du pays.

Beauté de l'intérieur de l'île.

J'ai plufieurs fois été, moi fecond ou troifieme, me promener dans l'intérieur. Je me croyois tranfporté dans le jardin d'Eden ; nous parcourions une plaine de gazon, couverte de beaux arbres fruitiers & coupée de petites rivieres qui entretiennent une fraîcheur délicieufe, fans aucun des inconvéniens qu'entraîne l'humidité. Un peuple nombreux y jouit des tréfors que la nature verfe à pleines mains fur lui. Nous trouvions des troupes d'hommes & de femmes affifes à l'ombre des vergers, tous nous faluoient avec amitié ; ceux que nous rencontrions dans les chemins, fe rangeoient à côté pour nous laiffer paffer ; par-tout nous voyions régner l'hofpitalité, le repos, une joie douce & toutes les apparences du bonheur.

Préfens faits au chef de volailles & de graines d'Europe.

Je fis préfent au chef du canton où nous étions d'un couple de dindes & de canards mâles & femelles ; c'étoit le denier de la veuve. Je lui propofai auffi de faire un jardin à nôtre maniere & d'y femer différentes graines, propofition qui fut reçue avec joie. En peu de tems Ereti fit préparer & entourer de paliffades le terrein qu'avoient choifi nos jardiniers. Je le fis bêcher ; ils admiroient nos outils de jardinage. Ils ont bien auffi autour de leurs maifons des efpeces de potagers garnis de giraumons, de pa-

tates, d'ignames & d'autres racines. Nous leur avons femé
du bled, de l'orge, de l'avoine, du riz, du maïs, des oi-
gnons & des graines potageres de toute efpece. Nous
avons lieu de croire que ces plantations feront bien foi-
gnées; car ce peuple nous a paru aimer l'agriculture, &
je crois qu'on l'accoutumeroit facilement à tirer parti du
fol le plus fertile de l'univers.

Les premiers jours de notre arrivée, j'eus la vifite du chef
d'un canton voifin, qui vint à bord avec un préfent de
fruits, de cochons, de poules & d'étoffes. Ce Seigneur,
nommé *Toutaa*, eft d'une belle figure & d'une taille extraordinaire. Il étoit accompagné de quelques-uns de fes
parens, prefque tous hommes de fix pieds. Je leur fis préfent de clous, d'outils, de perles fauffes & d'étoffes de
foie. Il fallut lui rendre fa vifite chez lui; nous fûmes bien
accueillis, & l'honnête Toutaa m'offrit une de fes femmes
fort jeune & affez jolie. L'affemblée étoit nombreufe, &
les muficiens avoient déja entonné les chants de l'hime-
née. Telle eft la maniere de recevoir les vifites de cérémonie.

Le 10 il y eut un infulaire tué, & les gens du pays vinrent fe plaindre de ce meurtre. J'envoyai à la maifon où
avoit été porté le cadavre; on vit effectivement que
l'homme avoit été tué d'un coup de feu. Cependant on
ne laiffoit fortir aucun de nos gens, avec des armes à feu,
ni des vaiffeaux ni de l'enceinte du camp. Je fis fans fuccès les plus exactes perquifitions pour connoître l'auteur
de cet infame affaffinat. Les infulaires crurent fans doute
que leur compatriote avoit eu tort; car ils continuerent à
venir à notre quartier avec leur confiance accoutumée.
On me rapporta cependant qu'on avoit vu beaucoup de

Vifite du
chef d'un can-
ton voifin.

Meurtre d'un
infulaire.

gens emporter leurs effets à la montagne, & que même la maison d'Ereti étoit toute démeublée. Je lui fis de nouveaux présens, & ce bon chef continua à nous témoigner la plus sincere amitié.

Perte de nos ancres ; dangers que nous courons.

Cependant je pressois nos travaux de tous les genres ; car, encore que cette relâche fût excellente pour nos besoins, je savois que nous étions mal mouillés. En effet, quoique nos cables, pompoyés presque tous les jours, n'eussent pas encore paru rayés, nous avions découvert que le fond étoit semé de gros corail, & d'ailleurs, en cas d'un grand vent du large, nous n'avions pas de chasse. La nécessité avoit forcé de prendre ce mouillage sans nous laisser la liberté du choix, & bientôt nous eûmes la preuve que nos inquiétudes n'étoient que trop fondées.

Le 12 à cinq heures du matin, les vents étant venus au Sud, notre cable du Sud-Est & le grélin d'une ancre à jet, que nous avions par précaution allongée dans l'Est-Sud-Est, furent coupés sur le fond. Nous mouillâmes aussi-tôt notre grande ancre ; mais, avant qu'elle eût pris fond, la

Détails des manœuvres qui nous sauvent.

frégate vint à l'appel de l'ancre du Nord-Ouest, & nous tombâmes sur l'Etoile que nous abordâmes à bas-bord. Nous virâmes sur notre ancre, & l'Etoile fila rapidement, de maniere que nous fûmes séparés avant que d'avoir souffert aucune avarie. La flûte nous envoya alors le bout d'un grélin qu'elle avoit allongé dans l'Est, sur lequel nous virâmes pour nous écarter d'elle davantage. Nous relevâmes ensuite notre grande ancre & rembarquâmes le grélin & le cable coupés sur le fond. Celui-ci l'avoit été à 30 brasses de l'entalingure ; nous le changeâmes bout pour bout & l'entalinguâmes sur une ancre de rechange de deux mille sept cents que l'Etoile avoit dans sa cale & que

nous

nous envoyâmes chercher. Notre ancre du Sud-Est mouillée fans orin à cause du grand fond, étoit perdue, & nous
tâchâmes inutilement de fauver l'ancre à jet dont la bouée
avoit coulé, & qu'il fut impoffible de draguer. Nous guin-
dâmes auffi-tôt notre petit mât de hune & la vergue de
mizaine, afin de pouvoir appareiller dès que le vent le
permettroit.

L'après-midi il calma & paffa à l'Est. Nous allongeâmes
alors dans le Sud-Est une ancre à jet & l'ancre reçue de
l'Etoile, & j'envoyai un bateau fonder dans le Nord, afin
de favoir s'il n'y auroit pas un paffage; ce qui nous eût
mis à portée de fortir prefque de tout vent. Un malheur
n'arrive jamais feul: comme nous étions tous occupés d'un
travail auquel étoit attaché notre falut, on vint m'avertir
qu'il y avoit eu trois infulaires tués ou bleffés dans leurs
cafes à coups de bayonettes; que l'alarme étoit répandue
dans le pays, que les vieillards, les femmes & les enfans
fuyoient vers les montagnes emportant leurs bagages &
jufqu'aux cadavres des morts, & que peut-être allions-
nous avoir fur les bras une armée de ces hommes furieux.
Telle étoit donc notre pofition de craindre la guerre à
terre au même inftant où les deux navires étoient dans le
cas d'y être jettés. Je defcendis au camp, & en préfence
du chef je fis mettre aux fers quatre foldats foupçonnés
d'être les auteurs du forfait; ce procédé parut les contenter.

Je paffai une partie de la nuit à terre, où je renforçai
les gardes, dans la crainte que les infulaires ne vouluffent
venger leurs compatriotes. Nous occupions un pofte excellent entre deux rivieres diftantes l'une de l'autre d'un
quart de lieue au plus; le front du camp étoit couvert par

Continuation du danger que couroit les vaiffeaux.

Autre meur-tre de trois in-fulaires.

Précautions prifes contre les fuites qu'il pouvoit avoir.

Cc

un marais, le reste étoit la mer dont affurément nous étions les maîtres. Nous avions beau jeu pour défendre ce pofte contre toutes les forces de l'île réunies ; mais heureufement, à quelques alertes près occafionnées par des filoux, la nuit fut tranquille au camp.

Ce n'étoit pas de ce côté où mes inquiétudes étoient les plus vives. La crainte de perdre les vaiffeaux à la côte nous donnoit des alarmes infiniment plus cruelles. Dès dix heures du foir les vents avoient beaucoup fraîchi de la partie de l'Eft avec une groffe houle, de la pluie, des orages & toutes les apparences funeftes qui augmentent l'horreur de ces lugubres fituations. Vers deux heures du matin il paffa un grain qui chaffoit les vaiffeaux en côte ; je me rendis à bord ; le grain heureufement ne dura pas ; & dès qu'il fut paffé, le vent vint de terre. L'aurore nous amena de nouveaux malheurs ; notre cable du Nord-Oueft fut coupé, le grêlin, que nous avoit cédé l'Etoile & qui nous tenoit fur fon ancre à jet, eut le même fort peu d'inftans après ; la frégate alors venant à l'appel de l'ancre & du grêlin du Sud-Eft, ne fe trouvoit pas à une enclabure de la côte où la mer brifoit avec fureur. Plus le péril devenoit inftant, plus les reffources diminuoient ; les deux ancres, dont les cables venoient d'être coupés, étoient perdues pour nous, leurs bouées avoient difparu, foit qu'elles euffent coulé, foit que les Indiens les euffent enlevées dans la nuit. C'étoient déja quatre ancres de moins depuis vingt-quatre heures, & cependant il nous reftoit encore des pertes à effuyer.

A dix heures du matin le cable neuf, que nous avions entalingué fur l'ancre de deux mille fept cents de l'Etoile, laquelle nous tenoit dans le Sud-Eft, fut coupé, & la fré-

gate défendue par un seul grêlin, commença à chasser en
côte. Nous mouillâmes sous barbe notre grande ancre, la
seule qui nous restât en mouillage ; mais de quel secours
nous pouvoit-elle être ? Nous étions si près des brisans,
que nous aurions été dessus avant que d'avoir assez filé de
cable pour que l'ancre pût bien prendre fond. Nous attendions à chaque instant le triste dénouement de cette aventure, lorsqu'une brise de Sud-Ouest nous donna l'espérance
de pouvoir appareiller. Nos focqs furent bientôt hissés ; le
vaisseau commençoit à prendre de l'air & nous travaillions
à faire de la voile pour filer cable & grêlin & mettre dehors ; mais les vents revinrent presque aussitôt à l'Est. Cet
intervalle nous avoit toujours donné le tems de recevoir
à bord le bout du grêlin de la seconde ancre à jet de l'E-
toile qu'elle venoit d'allonger dans l'Est & qui nous sauva
pour le moment. Nous virâmes sur les deux grêlins &
nous nous relevâmes un peu de la côte. Nous envoyâmes
alors notre chaloupe à l'Étoile pour l'aider à s'amarrer so-
lidement ; ses ancres étoient heureusement mouillées sur
un fond moins perdu de corail que celui sur lequel étoient
tombées les nôtres. Lorsque cette opération fut faite, notre
chaloupe alla lever par son orin l'ancre de deux mille sept
cents ; nous entalingâmes dessus un autre cable & nous
l'allongeâmes dans le Nord-Est ; nous relevâmes ensuite
l'ancre à jet de l'Etoile que nous lui rendîmes. Dans ces
deux jours M. de la Giraudais, Commandant de cette
flûte, a eu la plus grande part au salut de la frégate par
les secours qu'il m'a donnés ; c'est avec plaisir que je paye
ce tribut de reconnoissance à cet Officier déja mon compagnon dans mes autres voyages, & dont le zèle égale les
talens.

Paix faite avec les Insulaires.

Cependant lorsque le jour étoit venu, aucun Indien ne s'étoit approché du camp, on n'avoit vu naviguer aucune pirogue, on avoit trouvé les maisons voisines abandonnées, tout le pays paroissoit un desert. Le Prince de Nassau, lequel avec quatre ou cinq hommes seulement s'étoit éloigné davantage, dans le dessein de rencontrer quelques insulaires & de les rassurer, en trouva un grand nombre avec Ereti environ à une lieue du camp. Dès que ce chef eut reconnu M. de Nassau, il vint à lui d'un air consterné. Les femmes éplorées se jetterent à ses genoux; elles lui baisoient les mains en pleurant & répétant plusieurs fois : *Tayo, maté, vous êtes nos amis & vous nous tuez.* A force de caresses & d'amitié il parvint à les ramener. Je vis du bord une foule de peuple accourir au quartier; des poules, des cocos, des régimes de bananes embellissoient la marche & promettoient la paix. Je descendis aussi-tôt avec un assortiment d'étoffes de soie & des outils de toute espéce; je les distribuai aux chefs, en leur témoignant ma douleur du desastre arrivé la veille & les assurant qu'il seroit puni. Les bons insulaires me comblerent de caresses, le peuple applaudit à la réunion, & en peu de tems la foule ordinaire & les filoux revinrent à notre quartier qui ne ressembloit pas mal à une foire. Ils apporterent ce jour & le suivant plus de rafraichissemens que jamais. Ils demanderent aussi qu'on tirât devant eux quelques coups de fusil, ce qui leur fit grand peur, tous les animaux tirés ayant été tués roides.

Appareillage de l'Etoile.

Le canot que j'avois envoyé pour reconnoître le côté du Nord, étoit revenu avec la bonne nouvelle qu'il y avoit trouvé un très-beau passage. Il étoit alors trop tard pour en profiter ce même jour; la nuit s'avançoit. Heu-

reusement elle fut tranquille à terre & à la mer. Le 14
au matin, les vents étant à l'Est, j'ordonnai à l'Etoile, qui
avoit son eau faite & tout son monde à bord, d'appareiller
& de sortir par la nouvelle passe du Nord. Nous ne pouvions
mettre à la voile par cette passe qu'après la flûte mouillée
au Nord de nous. A onze heures elle appareilla sur une
haussiere portée sur nous, je gardai sa chaloupe & ses
deux petites ancres; je pris aussi à bord, dès qu'elle fut
sous voiles, le bout du cable de son ancre du Sud-Est
mouillée en bon fond. Nous levâmes alors notre grande
ancre, allongeâmes les deux ancres à jet, & par ce moyen
nous restâmes sur deux grosses ancres & trois petites. A
deux heures après midi nous eûmes la satisfaction de découvrir l'Etoile en-dehors de tous les récifs. Notre situation dès ce moment devenoit moins terrible; nous venions au-moins de nous assurer le retour dans notre patrie,
en mettant un de nos navires à l'abri des accidens. Lorsque
M. de la Giraudais fut au large, il me renvoya son canot
avec M. Lavari Leroi qui avoit été chargé de reconnoître
la passe.

Nous travaillâmes tout le jour & une partie de la nuit à
finir notre eau, à déblayer l'hôpital & le camp. J'enfouis
près du hangard un acte de prise de possession inscrite sur
une planche de chêne avec une bouteille bien fermée &
luttée, contenant les noms des Officiers des deux navires.
J'ai suivi cette même méthode pour toutes les terres découvertes dans le cours de ce voyage. Il étoit deux heures
du matin avant que tout fût à bord; la nuit fut assez orageuse pour nous causer encore de l'inquiétude, malgré la
quantité d'ancres que nous avions à la mer.

Le 15 à six heures du matin, les vents étant de terre &

Inscription enfouie.

Appareillage de la Boudeuse ; nouveau danger qu'elle court.

le ciel à l'orage, nous levâmes notre ancre, filâmes le câble de celle de l'Étoile, coupâmes un des grelins & filâmes les deux autres appareillant sous la mizaine & les deux huniers pour sortir par la passe de l'Est. Nous laissâmes les deux chaloupes pour lever les ancres, & dès que nous fûmes dehors, j'envoyai les deux canots armés aux ordres du Chevalier de Suzannet, Enseigne de la marine, pour protéger le travail des chaloupes. Nous étions à un quart de lieue au large & nous commencions à nous féliciter d'être heureusement sortis d'un mouillage qui nous avoit causé de si vives inquiétudes, lorsque, le vent ayant cessé tout d'un coup, la marée & une grosse lame de l'Est commencèrent à nous entraîner sur les récifs sous le vent de la passe. Le pis-aller des naufrages qui nous avoient menacés jusqu'ici, avoit été de passer nos jours dans une île embellie de tous les dons de la nature, & de changer les douceurs de notre patrie contre une vie paisible & exempte de soins. Mais ici le naufrage se présentoit sous un aspect plus cruel, le vaisseau porté rapidement sur les récifs, n'y eût pas résisté deux minutes à la violence de la mer, & quelques uns des meilleurs nageurs eussent à peine sauvé leur vie. J'avois dès le premier instant du danger rappellé canots & chaloupes pour nous remorquer. Ils arrivèrent au moment où, n'étant pas à plus de cinquante toises du récif, notre situation paroissoit désespérée, d'autant qu'il n'y avoit pas à mouiller. Une brise de l'Ouest, qui s'éleva dans le même instant, nous rendit l'espérance ; en effet elle fraîchit peu-à-peu, & à neuf heures du matin nous étions absolument hors de danger.

Départ de Taïti ; perte

Je renvoyai sur-le-champ les bateaux à la recherche des ancres, & je restai à louvoyer pour les attendre. L'après-midi nous rejoignîmes l'Etoile. A cinq heures du soir notre chaloupe arriva ayant à bord la grosse ancre & le cable de l'Etoile qu'elle lui porta: notre canot, celui de l'Etoile & sa chaloupe revinrent peu de tems après ; celle-ci nous rapportoit notre ancre à jet & un grelin. Quant aux deux autres ancres à jet, l'approche de la nuit & la fatigue extrême des matelots ne permirent pas de les lever ce même jour. J'avois d'abord compté m'entretenir la nuit sur les bords & les envoyer chercher le lendemain ; mais à minuit il se leva un grand frais de l'Est-Nord-Est, qui me contraignit à embarquer les bateaux & à faire de la voile pour me tirer de dessus la côte. Ainsi un mouillage de neuf jours nous a coûté six ancres, perte que nous n'aurions pas essuyée, si nous eussions été munis de quelques chaînes de fer. C'est une précaution que ne doivent jamais oublier tous les navigateurs destinés à de pareils voyages. que nous y avons essuyées.

Maintenant que les navires sont en sureté, arrêtons-nous un instant pour recevoir les adieux des insulaires. Dès l'aube du jour lorsqu'ils s'apperçurent que nous mettions à la voile, Ereti avoit sauté seul dans la premiere pirogue qu'il avoit trouvée sur le rivage, & s'étoit rendu à bord. En y arrivant il nous embrassa tous, il nous tenoit quelques instans entre ses bras versant des larmes & paroissant très-affecté de notre départ. Peu de tems après, sa grande pirogue vint à bord chargée de rafraîchissemens de toute espece ; ses femmes étoient dedans & avec elles ce même insulaire qui le premier jour de notre atterrage étoit venu s'établir à bord de l'Etoile. Ereti fut le prendre par la main, & il me le présenta en me faisant entendre que cet homme dont le nom est *Aotourou*, vouloit nous suivre, & me priant d'y consentir. Il le présenta ensuite à Regret des insulaires à notre départ.

L'un d'eux s'embarque avec nous, à sa demande & à celle de sa nation.

tous les Officiers chacun en particulier ; difant que c'étoit
fon ami qu'il confioit à fes amis ; & il nous le recomman-
da avec les plus grandes marques d'intérêt. On fit encore
à Ereti des préfens de toute efpece ; après quoi il prit congé de nous & fut rejoindre fes femmes, lefquelles ne cef-
rent de pleurer tout le tems que la pirogue fut le long du
bord. Il y avoit auffi dedans une jeune & jolie fille que
l'infulaire qui venoit avec nous fut embraffer. Il lui donna trois perles qu'il avoit à fes oreilles, la baifa encore
une fois ; & malgré les larmes de cette jeune époufe ou
amante, il s'arracha de fes bras & remonta dans le vaiffeau. Nous quittâmes ainfi ce bon peuple, & je ne fus
pas moins furpris du chagrin que leur caufoit notre départ, que je l'avois été de leur confiance affectueufe à
notre arrivée.

CHAPITRE

CHAPITRE III.

Defcription de la nouvelle île, mœurs & caractere de fes habitans.

> Lucis habitamus opacis ,
> Riparumque toros & prata recentia rivis
> Incolimus. *Virgil. Liv. VI.*

L'ILE à laquelle on avoit d'abord donné le nom de *nouvelle Cythere*, reçoit de fes habitans celui de *Taiti*. Sa latitude à notre camp a été conclue de plufieurs hauteurs méridiennes du foleil obfervées à terre avec un quart de cercle. Sa pofition en longitude a été déterminée par onze obfervations de la lune, felon la méthode des angles horaires. M. Verron en avoit fait beaucoup d'autres à terre pendant quatre jours & quatre nuits pour déterminer cette même longitude ; mais le cahier, où elles étoient écrites, lui ayant été enlevé, il ne lui eft refté que les dernieres obfervations faites la veille de notre départ. Il croit leur réfultat moyen affez exact, quoique leurs extrêmes différent entre eux de 7 à 8^d. La perte de nos ancres & tous les accidens que j'ai détaillés ci-deffus, nous ont fait abandonner cette relâche beaucoup plûtôt que nous ne nous y étions attendus, & nous ont mis dans l'impoffibilité d'en vifiter les côtes. La partie du Sud nous eft abfolument inconnue ; celle que nous avons parcourue depuis la pointe du Sud-Eft jufqu'à celle du Nord-Oueft, me paroît avoir quinze à vingt lieues d'étendue , & le giffement de fes principales pointes eft entre le Nord-Oueft & l'Oueft-Nord-Oueft.

Pofition géographique de Taiti.

Entre la pointe du Sud-Eft & un autre gros cap qui s'avance dans le Nord, à fept ou huit lieues de celle-ci, on

Mouillage meilleur que celui où nous étions.

D d

voit une baie ouverte au Nord-Eſt, laquelle a trois ou
quatre lieues de profondeur. Ses côtes s'abaiſſent inſen-
ſiblement juſqu'au fond de la baie où elles ont peu d'é-
lévation & paroiſſent former le canton le plus beau de
l'île & le plus habité. Il ſemble qu'on trouveroit aiſément
pluſieurs bons mouillages dans cette baie. Le hazard nous
ſervit mal dans la rencontre du nôtre. En entrant ici par
la paſſe par laquelle eſt ſortie l'Etoile, M. de la Giraudais m'a aſſuré qu'entre les deux îles les plus ſeptentrio-
nales, il y avoit un mouillage fort ſûr pour trente vaiſſeaux au-moins depuis 23 juſqu'à 12 & 10 braſſes, fond
de ſable gris vazeux, qu'il y avoit une lieue d'évitage &
jamais de mer. Le reſte de la côte eſt élevé & elle ſemble
en général être toute bordée par un récif inégalement
couvert d'eau & qui forme en quelques endroits de petits
îlots ſur leſquels les inſulaires entretiennent des feux pendant la nuit pour la pêche & la ſûreté de leur navigation;
quelques coupures donnent de diſtance en diſtance l'entrée en-dedans du récif; mais il faut ſe méfier du fond. Le
plomb n'amene jamais que du ſable gris; ce ſable recouvre de groſſes maſſes d'un corail dur & tranchant, capable de couper un cable dans une nuit, ainſi que nous l'a
appris une funeſte expérience.

    Au-delà de la pointe ſeptentrionale de cette baie, la côte
ne forme aucune anſe, aucun cap remarquable. La pointe
la plus occidentale eſt terminée par une terre baſſe, dans
le Nord-Oueſt de laquelle, environ à une lieue de diſtance,
on voit une île peu élevée qui s'étend deux ou trois lieues
ſur le Nord-Oueſt.

Aſpect du pays.   La hauteur des montagnes, qui occupent tout l'intérieur
de Taïti, eſt ſurprenante, eu égard à l'étendue de l'île.

Loin d'en rendre l'aspect triste & sauvage, elles servent à
l'embellir en variant à chaque pas les points de vue & présentant de riches payfages couverts des plus riches productions de la nature, avec ce defordre dont l'art ne fut jamais imiter l'agrément. De-là fortent une infinité de petites rivieres qui fertilifent le pays & ne fervent pas moins
à la commodité des habitans qu'à l'ornement des campagnes. Tout le plat pays, depuis les bords de la mer jusqu'aux montagnes, eft confacré aux arbres fruitiers, fous
lefquels, comme je l'ai déja dit, font bâties les maifons
des Taïtiens, difperfées fans aucun ordre & fans former
jamais de village, on croit être dans les champs élifées.
Des fentiers publics, pratiqués avec intelligence & foigneufement entretenus, rendent par-tout les communica-
tions faciles.

Ses produc-
tions.

Les principales productions de l'île font le cocos, la ba-
nane, le fruit à pain, l'igname, le curaffol, le giraumon
& plufieurs autres racines & fruits particuliers au pays,
beaucoup de cannes à fucre qu'on ne cultive point, une
efpece d'indigo fauvage, une très-belle teinture rouge &
une jaune, j'ignore d'où on les tire. En général M. de
Commerçon y a trouvé la botanique des Indes. Aotouirou,
pendant qu'il a été avec nous, a reconnu & nommé plufieurs de nos fruits & de nos légumes, ainfi qu'un affez
grand nombre de plantes que les curieux cultivent dans les
ferres chaudes. Le bois propre à travailler croît dans les
montagnes, & les infulaires en font peu d'ufage. Ils ne
l'emploient que pour leurs grandes pirogues, qu'ils con-
ftruifent de bois de cedre. Nous leur avons auffi vu des
piques d'un bois noir, dur & pefant, qui reffemble au bois
de fer. Ils fe fervent pour bâtir les pirogues ordinaires de

l'arbre qui porte le fruit à pain. C'est un bois qui ne fend point, mais il est si mol & si plein de gomme, qu'il ne fait que se mâcher sous l'outil.

Au reste, quoique cette île soit remplie de très-hautes montagnes, la quantité d'arbres & de plantes dont elles sont par-tout couvertes, ne semble pas annoncer que leur sein renferme des mines. Il est du-moins certain que les insulaires ne connoissent point les métaux. Ils donnent à tous ceux que nous leur avons montrés, le même nom d'*aouri*, dont ils se servoient pour nous demander du fer. Mais cette connoissance du fer, d'où leur vient-elle? Je dirai bientôt ce que je pense à cet égard. Je ne connois

ici qu'un seul article de commerce riche, ce sont de très-belles perles. Les principaux en font porter aux oreilles à leurs femmes & à leurs enfans ; mais ils les ont tenu cachées pendant notre séjour chez eux. Ils font avec les écailles de ces huitres perlieres des especes de castagnettes qui sont un de leurs instrumens de danse.

Nous n'avons vu d'autres quadrupedes que des cochons, des chiens d'une espece petite, mais jolie, & des rats en grande quantité. Les habitans ont des poules domestiques absolument semblables aux nôtres. Nous avons aussi vu des tourterelles vertes charmantes, de gros pigeons d'un beau plumage bleu de roi & d'un très bon goût, & des peruches fort petites, mais fort singulieres par le mélange de bleu & de rouge qui colorie leurs plumes. Ils ne nourrissent leurs cochons & leurs volailles qu'avec des bananes. Entre ce qui en a été consommé dans le séjour à terre & ce qui a été embarqué dans les deux navires, on a toqué plus de huit cents têtes de volailles & près de cent cinquante cochons, encore, sans les travaux inquié-

tans des dernieres journées, en auroit on eu beaucoup davantage; car les habitans en apportoient de jour en jour
un plus grand nombre.

Observations
météorologi-
ques.

Nous n'avons pas éprouvé de grandes chaleurs dans
cette ile. Pendant notre séjour le thermometre de Réaumur n'a jamais monté à plus de 22^d, & il a été quelquefois à 18^d. Le soleil, il est vrai, étoit déjà à 8 ou 9^d de
l'autre côté de l'équateur. Mais un avantage inestimable

Bonté du cli-
mat; vigueur
des habitans.

de cette ile, c'est de n'y pas être infesté par cette légion
odieuse d'insectes qui font le supplice des pays situés entre
les tropiques; nous n'y avons vu non plus aucun animal
venimeux. D'ailleurs le climat est si sain, que malgré les
travaux forcés que nous y avons faits, quoique nos gens y
fussent continuellement dans l'eau & au grand soleil, qu'ils
couchassent sur le sol nud & à la belle étoile, personne n'y
est tombé malade. Les scorbutiques que nous y avions dé-
barqués & qui n'y ont pas eu une seule nuit tranquille, y
ont repris des forces & s'y sont rétablis en aussi peu de
tems, au point que quelques-uns ont été depuis parfaitement guéris à bord. Au reste la santé & la force des insulaires qui habitent des maisons ouvertes à tous les vents
& couvrent à peine de quelques feuillages la terre qui
leur sert de lit, l'heureuse vieillesse à laquelle ils parviennent sans aucune incommodité, la finesse de tous leurs
sens & la beauté singuliere de leurs dents qu'ils conser-
vent dans le plus grand âge, quelles meilleures preuves &
de la salubrité de l'air & de la bonté du régime que suivent
les habitans?

Quelle est
leur nourri-
ture.

Les végétaux & le poisson font leur principale nourriture,
ils mangent rarement de la viande, les enfans & les jeunes
filles n'en mangent jamais, & ce régime sans doute con-

tribue beaucoup à les tenir exempts de presque toutes nos maladies. J'en dirois autant de leurs boissons; ils n'en connoissent d'autre que l'eau: l'odeur seule du vin & de l'eau-de-vie leur donnoit de la répugnance; ils en témoignoient aussi pour le tabac, les épiceries & en général pour toutes les choses fortes.

Il y a dans l'île deux races d'hommes.

Le peuple de Taïti est composé de deux races d'hommes très-différentes, qui cependant ont la même langue, les mêmes mœurs & qui paroissent se mêler ensemble sans distinction. La première, & c'est la plus nombreuse, produit des hommes de la plus grande taille : il est ordinaire d'en voir de six pieds & plus. Je n'ai jamais rencontré d'hommes mieux faits ni mieux proportionnés; pour peindre Hercule & Mars, on ne trouveroit nulle part d'aussi beaux modèles. Rien ne distingue leurs traits de ceux des Européens; & s'ils étoient vêtus, s'ils vivoient moins à l'air & au grand soleil, ils seroient aussi blancs que nous. En général leurs cheveux sont noirs. La seconde race est d'une taille médiocre, a les cheveux crépus & durs, comme du crin; sa couleur & ses traits different peu de ceux des mulâtres. Le Taïtien, qui s'est embarqué avec nous, est de cette seconde race, quoique son pere soit chef d'un canton; mais il possede en intelligence ce qui lui manque du côté de la beauté.

Détails sur quelques-uns de leurs usages.

Les uns & les autres se laissent croître la partie inférieure de la barbe; mais ils ont tous les moustaches & le haut des joues rasés. Ils laissent aussi toute leur longueur aux ongles, excepté à celui du doigt du milieu de la main droite. Quelques-uns se coupent les cheveux très-courts, d'autres les laissent croître & les portent attachés sur le sommet de la tête. Tous ont l'habitude de se les oindre,

ainſi que la barbe, avec de l'huile de coco. Je n'ai rencontré qu'un ſeul homme, eſtropié & qui paroiſſoit l'avoir été
par une chûte. Notre Chirurgien major m'a aſſuré qu'il
avoit vu ſur pluſieurs les traces de la petite vérole; & j'a-
vois pris toutes les meſures poſſibles pour que nous ne leur
communicaſſions pas l'autre, ne pouvant ſuppoſer qu'ils
en fuſſent attaqués.

On voit ſouvent les Taïtiens nuds, ſans autre vêtement   Leurs vête-
mens.
qu'une ceinture qui leur couvre les parties naturelles. Cependant les principaux s'enveloppent ordinairement dans
une grande piece d'étoffe qu'ils laiſſent tomber juſqu'aux
genoux; c'eſt auſſi-là le ſeul habillement des femmes; &
elles ſavent l'arranger avec aſſez d'art pour rendre ce ſim-
ple ajuſtement ſuſceptible de coquetterie. Comme les Taï-
tiennes ne vont jamais au ſoleil ſans être couvertes, &
qu'un petit chapeau de cannes, garni de fleurs, défend
leur viſage de ſes rayons, elles ſont beaucoup plus blanches que les hommes. Elles ont les traits aſſez délicats,
mais ce qui les diſtingue, c'eſt la beauté de leurs corps dont
les contours n'ont point été défigurés par 1 5 ans de torture.

Au reſte, tandis qu'en Europe les femmes ſe peignent   Uſage de ſe
piquer la
peau.
en rouge les joues, celles de Taïti ſe peignent d'un bleu
foncé les reins & les feſſes; c'eſt une parure, & en même
tems une marque de diſtinction. Les hommes ſont ſoumis à la même mode. Je ne ſais comment ils s'impriment
ces traits ineffaçables; je penſe que c'eſt en piquant la
peau & y verſant le ſuc de certaines herbes, ainſi que je
l'ai vu pratiquer aux indigenes du Canada. Il eſt à remarquer que de tout tems on a trouvé cette peinture à la mode
chez les peuples voiſins encore de l'état de nature. Quand
Céſar fit ſa premiere deſcente en Angleterre, il y trouva

établi cet ufage de fe peindre ; *omnes vero Britanni fe vitro inficiunt, quod cæruleum efficit colorem.* Le favant & ingénieux Auteur des recherches philofophiques fur les Américains donne pour caufe à cet ufage général le befoin où on eft dans les pays incultes de fe garantir ainfi de la piquure des infectes cauftiques qui s'y multiplient au-delà de l'imagination. Cette caufe n'exifte point à Taïti, puifque, comme nous l'avons dit plus haut, on y eft exempt de ces infectes infupportables. L'ufage de fe peindre y eft donc une mode comme à Paris. Un autre ufage de Taïti, commun aux hommes & aux femmes, c'eft de fe percer les oreilles & d'y porter des perles ou des fleurs de toute efpece. La plus grande propreté embellit encore ce peuple aimable. Ils fe baignent fans ceffe & jamais ils ne mangent ni ne boivent fans fe laver avant & après.

Police intérieure.

  Le caractere de la nation nous a paru être doux & bienfaifant. Il ne femble pas qu'il y ait dans l'île aucune guerre civile, aucune haine particuliere, quoique le pays foit divifé en petits cantons qui ont chacun leur Seigneur indépendant. Il eft probable que les Taïtiens pratiquent entre eux une bonne foi dont ils ne doutent point. Qu'ils foient chez eux ou non, jour ou nuit, les maifons font ouvertes. Chacun cüeille les fruits fur le premier arbre qu'il rencontre, en prend dans la maifon où il entre. Il paroîtroit que pour les chofes abfolument néceffaires à la vie, il n'y a point de propriété & que tout eft à tous. Vis-à-vis de nous ils étoient filoux habiles, mais d'une timidité qui les faifoit fuir à la moindre menace. Au refte on a vu que les chefs n'approuvoient point ces vols, qu'ils nous preffoient au contraire de tuer ceux qui les commettoient. Ereti cependant n'ufoit point de cette févérité qu'il nous recommandoit.

mandoit. Lui dénoncions-nous quelque voleur, il le pour-
suivoit lui-même à toutes jambes; l'homme fuyoit, & s'il
étoit joint, ce qui arrivoit ordinairement, car Ereti étoit
infatigable à la course, quelques coups de baton & une
restitution forcée étoient le seul châtiment du coupable.
Je ne croyois pas même qu'ils connussent de punition plus
forte, attendu que quand ils voyoient mettre quelqu'un
de nos gens aux fers, ils en témoignoient une peine sensible; mais j'ai su depuis, à n'en pas douter, qu'ils ont l'u-
sage de pendre les voleurs à des arbres, ainsi qu'on le pratique dans nos armées.

Ils sont presque toujours en guerre avec les habitans des Ils sont en guerre avec les îles voisi-nes.
îles voisines. Nous avons vu les grandes pirogues qui leur
servent pour les descentes & même pour des combats de
mer. Ils ont pour armes l'arc, la fronde, & une espece de
pique d'un bois fort dur. La guerre se fait chez eux d'une
maniere cruelle. Suivant ce que nous a appris Aotourou,
ils tuent les hommes & les enfans mâles pris dans les combats; ils leur levent la peau du menton avec la barbe,
qu'ils portent comme un trophée de victoire; ils conser-
vent seulement les femmes & les filles, que les vainqueurs
ne dédaignent pas d'admettre dans leur lit; Aotourou lui-
même est le fils d'un chef Taitien & d'une captive de l'île
de *Oopoa*, île voisine, & souvent ennemie de Taiti. J'attribue à ce mélange la différence que nous avons remarquée dans l'espece des hommes. J'ignore au reste comment ils pansent leurs blessures; nos Chirurgiens en ont
admiré les cicatrices.

J'exposerai à la fin de ce chapitre ce que j'ai pu entre-
voir sur la forme de leur gouvernement, sur l'étendue du
pouvoir qu'ont leurs petits souverains, sur l'espece de dif-

tinction qui exifte entre les principaux & le peuple, fur le lien enfin qui réunit enfemble, & fous la même autorité, cette multitude d'hommes robuftes qui ont fi peu de be-

Ufage impor-
tant.

foins. Je remarquerai feulement ici que dans les circonf-tances délicates, le Seigneur du canton ne décide point fans l'avis d'un confeil. On a vu qu'il avoit fallu une délibé-ration des principaux de la nation, lorfqu'il s'étoit agi de l'établiffement de notre camp à terre. J'ajouterai que le chef paroît être obéi fans réplique par tout le monde, & que les notables ont auffi des gens qui les fervent, & fur lefquels ils ont de l'autorité.

Pratique au
fujet des
morts.

Il eft fort difficile de donner des éclairciffemens fur leur religion. Nous avons vu chez eux des ftatues de bois que nous avons prifes pour des idoles; mais quel culte leur ren-dent-ils ? La feule cérémonie religieufe dont nous ayons été témoins regarde les morts. Ils en confervent long-tems les cadavres étendus fur une efpece d'échafaud que couvre un hangard. L'infection qu'ils répandent n'empêche pas les femmes d'aller pleurer auprès du corps une partie du jour, & d'oindre d'huile de cocos les froides reliques de leur affection. Celles dont nous étions connus, nous ont laiffé quelquefois approcher de ce lieu confacré aux mâ-nes : *Emoé, il dort*, nous difoient elles. Lorfqu'il ne refte plus que les fquelettes, on les tranfporte dans la maifon, & j'ignore combien de tems on les y conferve. Je fçais feulement, parce que je l'ai vu, qu'alors un homme confi-déré dans la nation vient y exercer fon miniftere facré, & que dans ces lugubres cérémonies, il porte des ornemens affez recherchés.

Superftition
des infulaires.

Nous avons fait fur fa religion beaucoup de queftions à Aotourou; & nous avons cru comprendre qu'en général fes compatriotes font fort fuperftitieux, que les Prêtres ont chez eux la plus redoutable autorité, qu'indépendamment d'un être fupérieur, nommé *Eri-t-Era*, *le Roi du Soleil* ou *de la Lumiere*, être qu'ils ne repréfentent par aucune image matérielle, ils admettent plufieurs divinités, les unes bienfaifantes, les autres malfaifantes ; que le nom de ces divinités ou génies eft *Eatoua*, qu'ils attachent à chaque action importante de la vie un bon & un mauvais génie, lefquels y préfident & décident du fuccès ou du malheur. Ce que nous avons compris avec certitude, c'eft que, quand la lune préfente un certain afpect qu'ils nomment *Malama Tamaï*, *Lune en état de guerre*, afpect qui ne nous a pas montré de caractere diftinctif qui puiffe nous fervir à le définir, ils facrifient des victimes humaines. De tous leurs ufages, un de ceux qui me furprend le plus, c'eft l'habitude qu'ils ont de faluer ceux qui éternuent, en leur difant, *Evaroua-t-eatoua*, *que le bon eatoua te reveille*, ou bien *que le mauvais eatoua ne t'endorme pas*. Voilà des traces d'une origine commune avec les nations de l'ancien continent. Au refte, c'eft fur-tout en traitant de la religion des peuples, que le fcepticifme eft raifonnable, puifqu'il n'y a point de matiere dans laquelle il foit plus facile de prendre la lueur pour l'évidence.

La poligamie paroît générale chez eux, du-moins parmi les principaux. Comme leur feule paffion eft l'amour, le grand hombre des femmes eft le feul luxe des riches. Les enfans partagent également les foins du pere & de la mere. Ce n'eft pas l'ufage à Taiti que les hommes, uniquement occupés de la pêche & de la guerre, laiffent au fexe le plus foible, les travaux pénibles du ménage & de la culture. Ici une douce oifiveté eft le partage des femmes, &

Pluralité des femmes.

E e ij

le foin de plaire leur plus férieufe occupation. Je ne fçaurois affurer fi le mariage eft un engagement civil ou confacré par la religion, s'il eft indiffoluble ou fujet au divorce.
Quoi qu'il en foit, les femmes doivent à leurs maris une
foumiffion entiere : elles laveroient dans leur fang une in-
fidélité commife fans l'aveu de l'époux. Son confentement,
il eft vrai, n'eft pas difficile à obtenir, & la jaloufie eft ici
un fentiment fi étranger, que le mari eft ordinairement le
premier à preffer fa femme de fe livrer. Une fille n'éprouve
à cet égard aucune gêne ; tout l'invite à fuivre le penchant
de fon cœur ou la loi de fes fens, & les applaudiffemens
publics honorent fa défaite. Il ne femble pas que le grand
nombre d'amans paffagers qu'elle peut avoir eu, l'empêche de trouver enfuite un mari. Pourquoi donc réfifteroit-
elle à l'influence du climat, à la féduction de l'exemple?
L'air qu'on refpire, les chants, la danfe prefque toujours
accompagnée de poftures lafcives, tout rappelle à chaque
inftant les douceurs de l'amour, tout crie de s'y livrer. Ils
danfent au fon d'une efpece de tambour, & lorfqu'ils chan-
tent, ils accompagnent la voix avec une flûte très-douce à
trois ou à quatre trous, dans laquelle, comme nous l'avons
déjà dit, ils foufflent avec le nez. Ils ont auffi une efpece
de lutte qui eft en même tems exercice & jeu.

Caractere
des infulaires.

Cette habitude de vivre continuellement dans le plaifir, donne aux Taitiens un penchant marqué pour cette
douce plaifanterie fille du repos & de la joie. Ils en contractent auffi dans le caractere une légereté dont nous
étions tous les jours étonnés. Tout les frappe, rien ne les
occupe ; au milieu des objets nouveaux que nous leur pré-
fentions, nous n'avons jamais réuffi à fixer deux minutes
de fuite l'attention d'aucun d'eux. Il femble que la moin-

u
ne
ne
nt,
ci
le
ve
nt
ns
id
&
es?
rs
ne
lls
n
à
ns
ce
à
li-
te
ri-
us
es
é-
és
n-

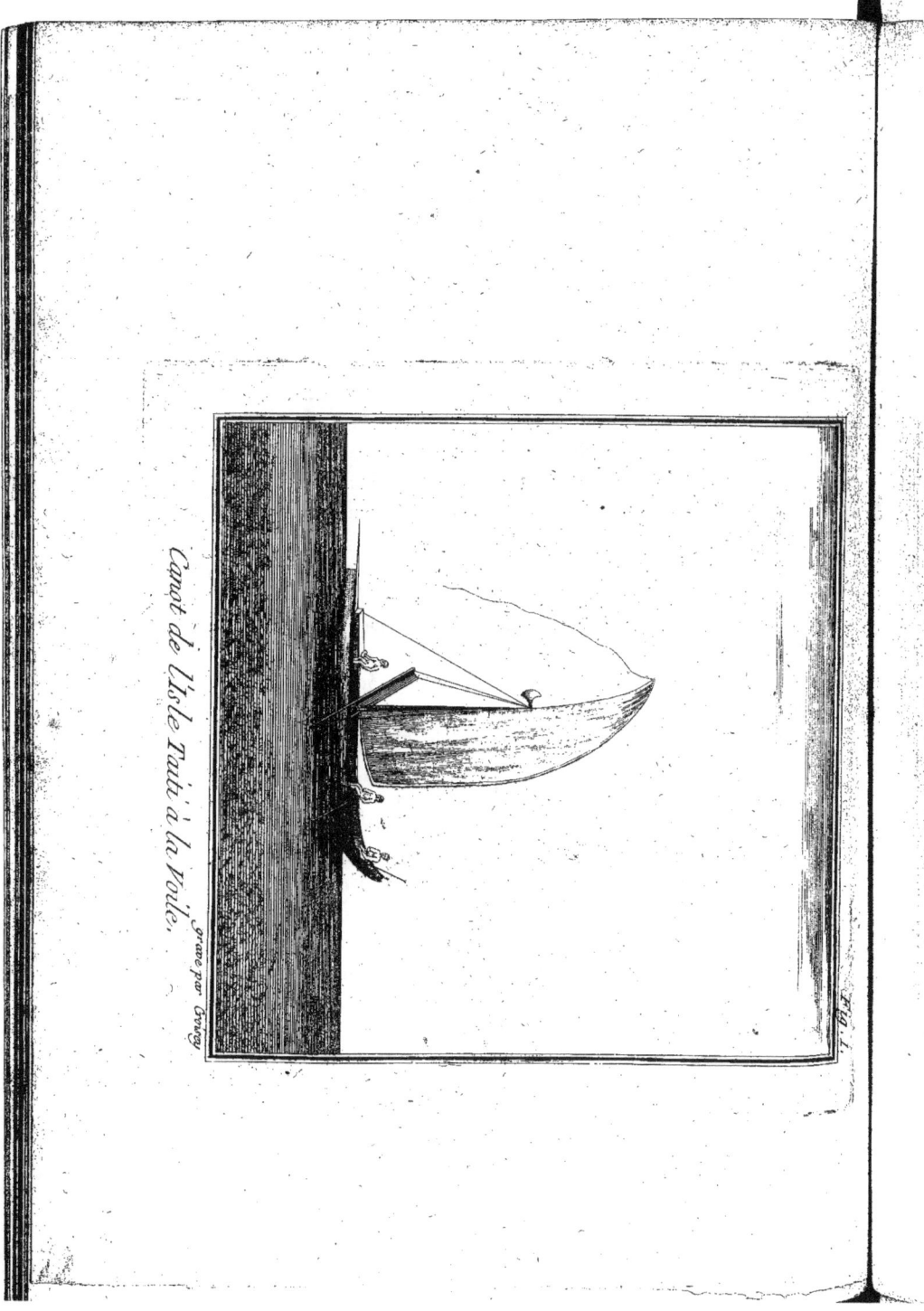

Canot de L'Isle Taiti à la Voile.

gravé par Croisey

Pl. I.

dre réflexion leur soit un travail insupportable, & qu'ils fuient encore plus les fatigues de l'esprit que celle du corps.

Je ne les accuserai cependant pas de manquer d'intelligence. Leur adresse & leur industrie, dans le peu d'ouvrages nécessaires dont ne sçauroient les dispenser l'abondance du pays & la beauté du climat, démentiroient ce témoignage. On est étonné de l'art avec lequel sont faits les instrumens pour la pêche ; leurs hameçons sont de nacre aussi délicatement travaillée que s'ils avoient le secours de nos outils ; leurs filets sont absolument semblables aux nôtres, & tissus avec du fil de pite. Nous avons admiré la charpente de leurs vastes maisons, & la disposition des feuilles de latanier qui en font la couverture.

Ils ont deux especes de pirogues ; les unes petites & peu travaillées, sont faites d'un seul tronc d'arbre creusé ; les autres beaucoup plus grandes, sont travaillées avec art. Un arbre creusé fait, comme aux premieres, le fond de la pirogue depuis l'avant jusqu'aux deux tiers environ de sa longueur ; un second forme la partie de l'arriere qui est courbe & fort relevée : de sorte que l'extrémité de la pouppe se trouve à cinq ou six pieds au-dessus de l'eau ; ces deux pieces sont assemblées bout-à-bout en arc de cercle, & comme, pour assurer cet écart ils n'ont pas le secours des clous, ils percent en plusieurs endroits l'extrémité des deux pieces, & ils y passent des tresses de fil de cocos, dont ils font de fortes lieures. Les côtés de la pirogue sont relevés par deux bordages d'environ un pied de largeur, cousus sur le fond & l'un avec l'autre par des lieures semblables aux précédentes. Ils remplissent les coutures de fil de cocos, sans mettre aucun enduit sur ce calefatage. Une planche qui

Détails sur quelques-uns de leurs ouvrages.

Construction de leurs bateaux.

couvre l'avant de la pirogue, & qui a cinq ou six pieds de saillie, l'empêche de se plonger entiérement dans l'eau, lorsque la mer est grosse. Pour rendre ces légeres barques moins sujettes à chavirer, ils mettent un balancier sur un des côtés. Ce n'est autre chose qu'une piece de bois assez longue, portée sur deux traverses de quatre à cinq pieds de long, dont l'autre bout est amarré sur la pirogue. Lorsqu'elle est à la voile, une planche s'étend en dehors de l'autre côté du balancier. Son usage est pour y amarrer un cordage qui soutient le mât, & de rendre la pirogue moins volage, en plaçant au bout de la planche un homme ou un poids.

Leur industrie paroît davantage dans le moyen dont ils usent pour rendre ces bâtimens propres à les transporter aux îles voisines, avec lesquelles ils communiquent, sans avoir dans cette navigation d'autres guides que les étoiles. Ils lient ensemble deux grandes pirogues côté à côté, à quatre pieds environ de distance, par le moyen de quelques traverses fortement amarrées sur les deux bords. Par-dessus l'arriere de ces deux bâtimens ainsi joints, ils posent un pavillon d'une charpente très-légere, couvert par un toit de roseaux. Cette chambre les met à l'abri de la pluie & du soleil, & leur fournit en même tems un lieu propre à tenir leurs provisions seches. Ces doubles-pirogues sont capables de contenir un grand nombre de personnes, & ne risquent jamais de chavirer. Ce sont celles dont nous avons toujours vû les chefs se servir ; elles vont ainsi que les pirogues simples à la rame & à la voile : les voiles sont composées de nattes étendues sur un quarré de roseaux, dont un des angles est arrondi.

Les Taïtiens n'ont d'autre outil pour tous ces ouvrages,

qu'une herminette, dont le tranchant eſt fait avec une
pierre noire très-dure. Elle eſt abſolument de la même forme que celle de nos charpentiers, & ils s'en ſervent avec
beaucoup d'adreſſe. Ils emploient, pour percer les bois,
des morceaux de coquilles fort aigus.

La fabrique des étoffes ſingulieres, qui compoſent leurs   Leurs étoffes.
vêtemens, n'eſt pas le moindre de leurs arts. Elles ſont
tiſſues avec l'écorce d'un arbuſte que tous les habitans cultivent autour de leurs maiſons. Un morceau de bois dur,
équarri & rayé ſur ſes quatre faces par des traits de différentes groſſeurs, leur ſert à battre cette écorce ſur une
planche très-unie. Ils y jettent un peu d'eau en la battant,
& ils parviennent ainſi à former une étoffe très-égale &
très-fine, de la nature du papier, mais beaucoup plus ſouple, & moins ſujette à être déchirée. Ils lui donnent une
grande largeur. Ils en ont de pluſieurs ſortes, plus ou moins
épaiſſes, mais toutes fabriquées avec la même matiere;
j'ignore la méthode dont ils ſe ſervent pour les teindre.

Je terminerai ce chapitre en me juſtifiant, car on m'o-   Détail ſur le
blige à me ſervir de ce terme, en me juſtifiant, dis-je,   Taitien ame-
d'avoir profité de la bonne volonté d'Aotourou pour lui   né en France.
faire faire un voyage qu'aſſurément il ne croyoit pas devoir être auſſi long, & en rendant compte des connoiſſances qu'il m'a données ſur ſon pays pendant le ſéjour qu'il
a fait avec moi.

Le zele de cet inſulaire pour nous ſuivre n'a pas été   Raiſons pour
équivoque. Dès les premiers jours de notre arrivée à Taiti   leſquelles on
il nous l'a manifeſté de la maniere la plus expreſſive, &   l'a amené.
ſa nation parut applaudir à ſon projet. Forcés de parcourir une mer inconnue, & certains de ne devoir déſormais
qu'à l'humanité des peuples que nous allions découvrir,

les fecours & les rafraîchiffemens dont notre vie dépendoit, il nous étoit effentiel d'avoir avec nous un homme
d'une des iles les plus confidérables de cette mer. Ne de-
vions-nous pas préfumer qu'il parloit la même langue que
fes voifins, que fes mœurs étoient les mêmes, & que fon
crédit auprès d'eux feroit décifif en notre faveur, quand
il détailleroit & notre conduite avec fes compatriotes &
nos procédés à fon égard? D'ailleurs en fuppofant que
notre patrie voulût profiter de l'union d'un peuple puif-
fant fitué au milieu des plus belles contrées de l'Univers,
quel gage pour cimenter l'alliance que l'éternelle obligation dont nous allions enchaîner ce peuple en lui ren-
voyant fon concitoyen bien traité par nous & enrichi de
connoiffances utiles qu'il leur porteroit. Dieu veuille que
le befoin & le zele qui nous ont infpirés, ne foient pas funeftes au courageux Aotourou!

Son féjour à
Paris. Je n'ai épargné ni l'argent ni les foins pour lui rendre fon
féjour à Paris agréable & utile. Il y eft refté onze mois,
pendant lefquels il n'a témoigné aucun ennui. L'empreffe-
ment pour le voir a été vif, curiofité ftérile qui n'a fervi
prefque qu'à donner des idées fauffes à des hommes per-
fifleurs par état, qui ne font jamais fortis de la capitale, qui
n'approfondiffent rien, & qui, livrés à des erreurs de toute
efpece, ne voyent que d'après leurs préjugés & décident cependant avec févérité & fans appel. Comment, par exemple, me difoient quelques-uns, dans le pays de cet homme on ne parle ni François ni Anglois ni Efpagnol? Que
pouvois-je répondre? Ce n'étoit pas toutefois l'étonnement d'une queftion pareille qui me rendoit muet. J'y
étois accoutumé, puifque je favois qu'à mon arrivée plufieurs, de ceux même qui paffent pour inftruits, foute-
noient

noient que je n'avois pas fait le tour du monde, puisque
je n'avois pas été en Chine. D'autres, ariftarques tran-
chans, prenoient & répandoient une fort mince idée du
pauvre infulaire, fur ce qu'après un féjour de deux ans
avec des François, il parloit à peine quelques mots de la
langue. Ne voyons-nous pas tous les jours, difoient-ils,
des Italiens, des Anglois, des Allemands, auxquels un féjour d'un an à Paris fuffit pour apprendre le François? J'aurois pu répondre peut-être avec quelque fondement, qu'indépendamment de l'obftacle phyfique que l'organe de cet
infulaire apportoit à ce qu'il pût fe rendre notre langue
familière, obftacle qui fera détaillé plus bas, cet homme
avoit au moins 30 ans, que jamais fa mémoire n'avoit été
exercée par aucune étude, ni fon efprit affujetti à aucun
travail; qu'à la vérité un Italien, un Anglois, un Allemand
pouvoient en un an jargonner paffablement le François;
mais que ces étrangers avoient une grammaire pareille à la
nôtre, des idées morales, phyfiques, politiques, fociales,
les mêmes que les nôtres, & toutes exprimées par des
mots dans leur langue, comme elles le font dans la langue
Françoife; qu'ainfi ils n'avoient qu'une traduction à con-
fier à leur mémoire exercée dès d'enfance. Le Taïtien au
contraire n'ayant que le petit nombre d'idées relatives
d'une part à la fociété la plus fimple & la plus bornée,
de l'autre à des befoins réduits au plus petit nombre poffible, auroit eu à créer, pour ainfi dire, dans un efprit auffi
pareffeux que fon corps, un monde d'idées premieres,
avant que de pouvoir parvenir à leur adapter les mots de
notre langue qui les expriment. Voilà peut-être ce que
j'aurois pu répondre; mais ce détail demandoit quelques
minutes, & j'ai prefque toujours remarqué, qu'accablé de

*Son départ de
Paris.*

*Moyens pris
pour le ren-
voyer chez
lui.*

questions comme je l'étois, quand je me disposois à y satisfaire, les personnes qui m'en avoient honoré, étoient déja loin de moi. C'est qu'il est fort commun dans les capitales de trouver des gens qui questionnent non en curieux qui veulent s'instruire, mais en juges qui s'apprêtent à prononcer; alors qu'ils entendent la réponse ou ne l'entendent point, ils n'en prononcent pas moins.

Cependant, quoique Aotourou estropiât à peine quelques mots de notre langue, tous les jours il sortoit seul, il parcouroit la ville, & jamais il ne s'est égaré. Souvent il faisoit des emplettes, & presque jamais il n'a payé les choses au-delà de leur valeur. Le seul de nos spectacles qui lui plût, étoit l'opéra, car il aimoit passionnément la danse. Il connoissoit parfaitement les jours de ce spectacle, il y alloit seul, payoit à la porte comme tout le monde, & sa place favorite étoit dans les corridors. Parmi le grand nombre de personnes qui ont desiré le voir, il a toujours remarqué ceux qui lui ont fait du bien, & son cœur reconnoissant ne les oublioit pas. Il étoit particulierement attaché à Madame la Duchesse de Choiseul qui l'a comblé de bienfaits & surtout de marques d'intérêt & d'amitié, auxquelles il étoit infiniment plus sensible qu'aux présens. Aussi alloit-il de lui même voir cette généreuse bienfaitrice toutes les fois qu'il savoit qu'elle étoit à Paris.

Son départ de Paris.

Il en est parti au mois de Mars 1770, & il a été s'embarquer à la Rochelle sur le navire le Brisson qui a dû le transporter à l'Ile de France. Il a été confié pendant cette traversée aux soins d'un négociant qui s'est embarqué sur le même bâtiment dont il est armateur en partie. Le Ministère a ordonné au Gouverneur & à l'Intendant de l'Ile

Moyens pris pour le renvoyer chez lui.

de France, de renvoyer de-là Aotourou dans son île. J'ai
donné un Mémoire fort détaillé sur la route à faire pour
s'y rendre, & trente-six mille francs (c'est le tiers de mon
bien) pour armer le navire destiné à cette navigation.
Madame la Duchesse de Choiseul a porté l'humanité jufqu'à consacrer une somme d'argent pour transporter à Taiti
un grand nombre d'outils de nécessité premiere, des graines,
des bestiaux, & le Roi d'Espagne a daigné permettre que
ce bâtiment, s'il étoit nécessaire, relâchât aux Philippines. Puisse Aotourou revoir bientôt ses compatriotes! Je
vais détailler ce que j'ai cru comprendre sur les mœurs de
son pays dans mes conversations avec lui.

J'ai déja dit que les Taitiens reconnoissent un Etre su-
prême, qu'aucune image factice ne sçauroit représenter,
& des divinités subalternes *de deux milieux*, comme dit
Amyot, représentées par des figures de bois. Ils prient
au lever & au coucher du soleil, mais ils ont en détail un
grand nombre de pratiques superstitieuses pour conjurer
l'influence des mauvais génies. La comete, visible à Paris
en 1769, & qu'Aotourou a fort bien remarquée, m'a
donné lieu d'apprendre que les Taitiens connoissent ces
astres qui ne réparoissent, m'a-t-il dit, qu'après un grand
nombre de lunes. Ils nomment les cometes *evetou saue*, &
n'attachent à leur apparition aucune idée sinistre. Il n'en
est pas de même de ces especes de météores qu'ici le peuple croit être des Etoiles qui filent. Les Taitiens, qui les
nomment *epao*, les croyent un génie malfaisant *eatoua
toa*, ce qui prouve égaux entre eux, ou qu'on ne s'applique d'abord....

Au reste, les gens instruits de cette nation, sans être aî-
tronomes, comme l'ont prétendu nos gazettes, ont une
nomenclature des constellations les plus remarquables, ils

F f ij

Nouveaux
détails sur les
mœurs de
Taiti.

en connoissent le mouvement diurne, & ils s'en servent pour diriger leur route en pleine mer d'une île à l'autre. Dans cette navigation, quelquefois de plus de trois cents lieues, ils perdent toute vue de terre. Leur boussole est le cours du soleil pendant le jour, & la position des étoiles pendant les nuits, presque toujours belles entre les tropiques.

Iles voisines.

Aotourou m'a parlé de plusieurs îles, les unes confédérées de Taiti, les autres toujours en guerre avec elle. Les îles amies sont *Aimèo*, *Maoroua*, *Acar*, *Oumaitia* & *Tapoua-massou*. Les ennemies sont *Papara*, *Aiatea*, *Otaa*, *Toumaraa*, *Oopoa*. Ces îles sont aussi grandes que Taiti. L'île de *Pare*, fort abondante en perles, est tantôt son alliée, tantôt son ennemie. *Enoua-môtou* & *Toupaï* sont deux petites îles inhabitées, couvertes de fruits, de cochons, de volailles, abondantes en poissons & en tortues, mais le peuple croit qu'elles sont la demeure des Génies; c'est leur domaine, & malheur aux bateaux que le hazard ou la curiosité conduit à ces îles sacrées. Il en coûte la vie à presque tous ceux qui y abordent. Au reste ces îles gissent à différentes distances de Taiti. Le plus grand éloignement dont Aotourou m'ait parlé, est à quinze jours de marche. C'est sans doute à-peu-près à cette distance qu'il supposoit être notre patrie, lorsqu'il s'est déterminé à nous suivre, ou du moins de ces espèces de méteores.

Nouveaux détails sur les mœurs de Taiti.

Inégalité des conditions.

J'ai dit plus haut que les habitans de Taiti nous avoient paru vivre dans un bonheur digne d'envie. Nous les avions cru presque égaux entre eux, ou du-moins jouissant d'une liberté qui n'étoit soumise qu'aux loix établies pour le bonheur de tous. Je me trompois. La distinction des rangs est fort marquée à Taiti, & la disproportion cruelle. Les Rois

& les Grands ont droit de vie & de mort sur leurs esclaves
& valets; je serois même tenté de croire qu'ils ont aussi ce
droit barbare sur les gens du peuple qu'ils nomment *Tata-
einou, hommes vils;* toujours est-il sûr que c'est dans cette
classe infortunée qu'on prend les victimes pour les sacrifi-
ces humains. La viande & le poisson sont réservés à la
table des Grands; le peuple ne vit que de légumes & de
fruits. Jusqu'à la maniere de s'éclairer dans la nuit diffé-
rentie les états, & l'espece de bois qui brûle pour les gens
considérables, n'est pas la même que celle dont il est permis au peuple de se servir. Les Rois seuls peuvent plan-
ter devant leurs maisons l'arbre que nous nommons *le
saule pleureur* ou *l'arbre du grand Seigneur.* On sait qu'en
courbant les branches de cet arbre & les plantant en
terre, on donne à son ombre la direction & l'étendue
qu'on desire; à Taïti il est la salle à manger des Rois.
Les Seigneurs ont des livrées pour leurs valets; suivant
que la qualité des maîtres est plus ou moins élevée, les
valets portent plus ou moins haut la piece d'étoffe dont ils
se ceignent. Cette ceinture pend immédiatement sous les
bras aux valets des chefs; elle ne couvre que les reins
aux valets de la derniere classe des nobles. Les heures ordinaires des repas sont lorsque le soleil passe au méridien
& lorsqu'il est couché. Les hommes ne mangent point
avec les femmes, celles-ci seulement servent aux hommes
les mets que les valets ont apprêtés.

À Taïti on porte régulierement le deuil qui se nomme
eëva. Toute la nation porte le deuil de ses Rois. Le deuil
des peres est fort long. Les femmes portent celui des maris, sans que ceux-ci leur rendent la pareille. Les marques
de deuil sont de porter sur la tête une coeffure de plumes

Secours procurés dans les maladies.

Remarques. Usage de porter le deuil.

dont la couleur est consacrée à la mort, & de se couvrir
le visage d'un voile. Quand les gens en deuil sortent de
leurs maisons, ils sont précédés de plusieurs esclaves qui
battent des castagnettes d'une certaine maniere; leur son
lugubre avertit tout le monde de se ranger, soit qu'on res-
pecte la douleur des gens en deuil, soit qu'on craigne leur
approche comme sinistre & malencontreuse. Au reste il en
est à Taïti comme par-tout ailleurs; on y abuse des usages
les plus respectables. Aotourou m'a dit que cet attirail du
deuil étoit favorable aux rendez-vous, sans doute avec les
femmes dont les maris sont peu complaisans. Cette cla-
quette dont le son respecté écarte tout le monde, ce
voile qui cache le visage, assurent aux amans le secret &
l'impunité.

Secours réci-
proques dans
les maladies.

Dans les maladies un peu graves tous les proches parens se rassemblent chez le malade. Ils y mangent & y
couchent tant que le danger subsiste; chacun le soigne &
le veille à son tour. Ils ont aussi l'usage de saigner; mais
ce n'est ni au bras ni au pied. Un *Taoua*, c'est-à-dire, un
Médecin ou Prêtre inférieur, frappe avec un bois tranchant
sur le crâne du malade; il ouvre par ce moyen la veine
que nous nommons *sagittale*, & lorsqu'il en a coulé suffi-
samment de sang, il ceint la tête d'un bandeau qui assujet-
tit l'ouverture; le lendemain il lave la plaie avec de
l'eau.

Remarques
sur la langue.

Voilà ce que j'ai appris sur les usages de ce pays intéressant, tant sur les lieux mêmes que par mes conversations
avec Aotourou. On trouvera à la fin de cet Ouvrage le
vocabulaire des mots Taïtiens que j'ai pu rassembler. En
arrivant dans cette île nous remarquâmes que quelques-uns
des mots prononcés par les insulaires, se trouvoient dans le

vocabulaire inféré à la fuite du voyage de le Maire fous le titre de *Vocabulaire des îles des Cocos*. Ces îles en effet, felon l'eftime de le Maire & de Schouten, ne fçauroient être fort éloignées de Taiti, peut-être font-elles partie de celles que m'a nommées Aotourou. La langue de Taiti eft douce, harmonieufe & facile à prononcer. Les mots n'en font prefque compofés que de voyelles fans afpiration; on n'y rencontre point de fyllabes muettes, fourdes ou nafales, ni cette quantité de confonnes & d'articulations qui rendent certaines langues fi difficiles. Auffi notre Taitien ne pouvoit-il parvenir à prononcer le François. Les mêmes caufes qui font accufer nôtre langue d'être peu muficale, la rendoient inacceffible à fes organes. On eût plutôt réuffi à lui faire prononcer l'Efpagnol ou l'Italien. M. Pereire, célebre par fon talent d'enfeigner à parler & bien articuler aux fourds & muets de naiffance, a examiné attentivement & plufieurs fois Aotourou, & a reconnu qu'il ne pouvoit phyfiquement prononcer la plûpart de nos confonnes, ni aucune de nos voyelles nafales. M. Péreire a bien voulu me communiquer à ce fujet un mémoire qu'on trouvera inféré à la fuite du vocabulaire de Taiti.

Au refte la langue de cette île eft affez abondante; j'en juge par ce que, dans le cours du voyage, Aotourou a mis en ftrophes cadencées tout ce qui l'a frappé. C'eft une efpece de récitatif obligé qu'il improvifoit. Voilà fes annales, & il nous a paru que fa langue lui fourniffoit des expreffions pour peindre une multitude d'objets tous nouveaux pour lui. D'ailleurs nous lui avons entendu chaque jour prononcer des mots que nous ne connoiffions pas encore, & entre autres déclamer une longue priere, qu'il

appelle la prière des Rois, & de tous les mots qui la com-
posent, je n'en sçais pas dix.

J'ai appris d'Aotourou qu'environ huit mois avant notre
arrivée dans son île, un vaisseau Anglois y avoit abordé.
C'est celui que commandoit M. Wallas. Le même hazard
qui nous a fait découvrir cette île, y a conduit les Anglois,
pendant que nous étions à la rivière de la Plata. Ils y ont
séjourné un mois, &, à l'exception d'une attaque que leur
ont faite les insulaires qui se flattoient d'enlever le vaisseau,
tout s'est passé à l'amiable. Voilà, sans doute, d'où proviennent & la connoissance du fer, que nous avons trouvée aux
Taitiens, & le nom d'*aouri* qu'ils lui donnent, nom assez
semblable pour le son au mot Anglois *iron, fer*, qui se prononce *airon*. J'ignore maintenant si les Taitiens, avec la
connoissance du fer, doivent aussi aux Anglois celle des
maux vénériens que nous y avons trouvé naturalisés,
comme on le verra bientôt.

CHAPITRE

CHAPITRE IV.

Départ de Taiti ; découverte de nouvelles îles ; navigation jusqu'à la sortie des grandes Cyclades.

ON a vu combien la relâche à Taiti avoit été mélangée de bien & de mal ; l'inquiétude & le danger y avoient accompagné nos pas jusqu'aux derniers instans, mais ce pays étoit pour nous un ami que nous aimions avec ses défauts. Le 16 Avril, à huit heures du matin, nous étions environ à dix lieues dans le Nord-Est-quart-Nord de sa pointe septentrionale, & je pris de là mon point de départ. A dix heures nous apperçûmes une terre sous le vent, qui paroissoit former trois îles, on voyoit encore l'extrémité de Taiti. A midi, nous reconnûmes parfaitement que ce que nous avions pris pour trois îles n'en étoit qu'une seule, dont les sommets nous avoient paru isolés dans l'éloignement. Par-dessus cette nouvelle terre, nous crûmes en voir une plus éloignée. Cette île est d'une hauteur médiocre & couverte d'arbres ; on peut l'appercevoir en mer de huit ou dix lieues. Aotourou la nomme *Oumaitia*. Il nous a fait entendre d'une maniere non équivoque, qu'elle étoit habitée par une nation amie de la sienne, qu'il y avoit été plusieurs fois, qu'il y avoit une maîtresse, & que nous y trouverions le même accueil & les mêmes rafraîchissemens qu'à Taiti.

Nous perdîmes Oumaitia de vue dans la journée, & je dirigeai ma route de maniere à ne pas rencontrer *les îles Pernicieuses* que les désastres de l'Amiral Roggewin nous

1768. Avril.

Vûe d'Oumaitia.

Direction de la route.

G g

avertiſſoient de fuir. Deux jours après, nous eûmes une preuve inconteſtable que les habitans des îles de l'Océan Pacifique communiquent entre eux, même à des diſtances conſidérables. L'azur d'un ciel ſans nuages laiſſoit étinceler les étoiles; Aotourou, après les avoir attentivement conſidérées, nous fit remarquer l'étoile brillante qui eſt dans l'épaule d'Orion, diſant que c'étoit ſur elle que nous devions diriger notre courſe, & que dans deux jours nous trouverions une terre abondante qu'il connoiſſoit, & où il avoit des amis; nous crûmes même comprendre par ſes geſtes qu'il y avoit un enfant. Comme je ne faiſois pas déranger la route du vaiſſeau, il me répéta pluſieurs fois qu'on y trouvoit des cocos, des bananes, des poules, des cochons, & ſur-tout des femmes, que, par des geſtes très-expreſſifs, il nous dépeignoit fort complaiſantes. Outré de voir que ces raiſons ne me déterminoient pas, il courut ſaiſir la roue du gouvernail, dont il avoit déjà remarqué l'uſage, & malgré le timonier, il tâchoit de la changer, pour nous faire gouverner ſur l'étoile qu'il indiquoit. On eut aſſez de peine à le tranquilliſer, & ce refus lui donna beaucoup de chagrin. Le lendemain, dès la pointe du jour, il monta au haut des mâts & y paſſa la matinée, regardant toujours du côté de cette terre où il vouloit nous conduire, comme s'il eût eu l'eſpérance de l'appercevoir. Au reſte il nous avoit nommé la veille en ſa langue, ſans héſiter, la plupart des étoiles brillantes que nous lui montrions; nous avons eu depuis la certitude qu'il connoît parfaitement les phaſes de la lune & les divers prognoſtics qui avertiſſent ſouvent en mer des changemens qu'on doit avoir dans le tems. Une de leurs opinions, qu'il nous a

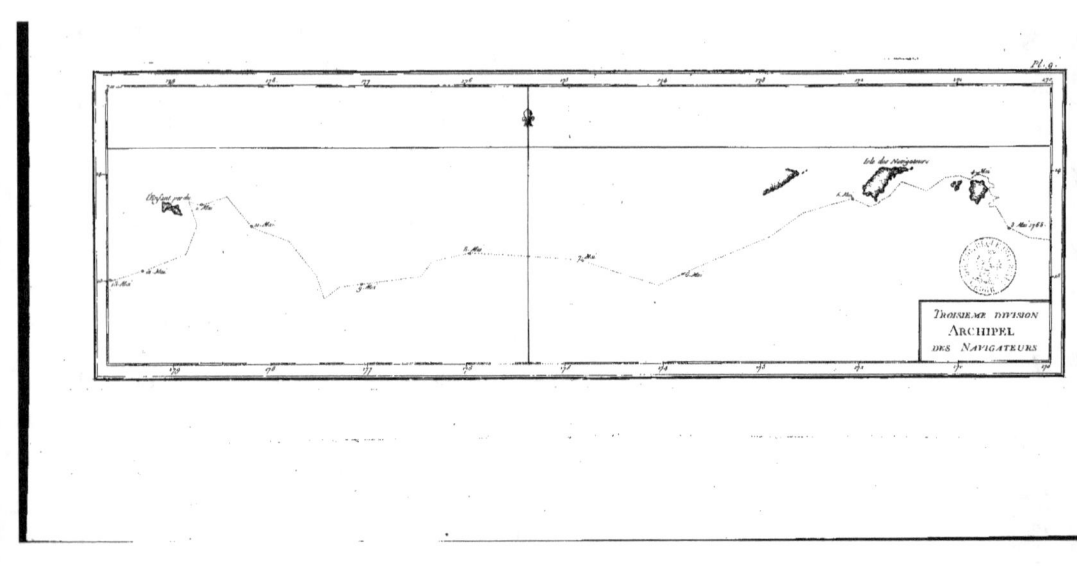

Pl. 9.

TROISIÈME DIVISION
ARCHIPEL
DES NAVIGATEURS

clairement énoncée , c'eſt qu'ils croient poſitivement que le ſoleil & la lune ſont habités. Quel Fontenelle leur a enſeigné la pluralité des mondes ?

Pendant le reſte du mois d'Avril , nous eûmes très-beau tems , mais peu de frais , & le vent d'Eſt prenoit plus du Nord que du Sud. La nuit du 26 au 27, notre Pratique de la côte de France mourut ſubitement d'une attaque d'apoplexie. Ces Pratiques ſe nomment *Pilotes-côtiers*, & tous les vaiſſeaux du Roi ont ainſi un Pilote-Pratique de la côte de France. Ils ſont différens de ceux qu'on nomme dans l'équipage *Pilotes*, *Aide-Pilotes* ou *Pilotins*. On a dans le monde une idée peu exacte de l'emploi qu'exercent ces Pilotes ſur nos vaiſſeaux. On croit que ce ſont eux qui en dirigent la route, & qu'ils ſervent ainſi comme de bâton à des aveugles. Je ne ſçai pas s'il eſt encore quelque nation chez laquelle on abandonne à ces hommes ſubalternes l'art du pilotage, cette partie eſſentielle de la navigation. Dans nos vaiſſeaux, la fonction des Pilotes eſt de veiller à ce que les Timoniers ſuivent exactement la route que le Capitaine ſeul ordonne , à marquer tous les changemens qu'y font faire ou la qualité des vents ou les ordres du Commandant, & à obſerver les ſignaux ; encore ne préſident-ils à ces détails que ſous la direction de l'Officier de quart. Aſſurément les Officiers de la Marine du Roi ſortent des écoles beaucoup plus profonds en géométrie, qu'il n'eſt néceſſaire pour connoître parfaitement toutes les loix du pilotage. La claſſe des Pilotes , proprement dits, eſt encore chargée du ſoin des compas de routes & d'obſervation, des lignes de lock & de ſonde , des fanaux , des pavillons, &c. & on voit que ces divers détails ne demandent que de l'exactitude. Auſſi mon premier pilote dans ce voyage étoit-il un jeune homme de vingt ans : le second étoit du même âge, & les Aide-Pilotes naviguoient pour la premiere fois.

Observations astronomiques.

Seconde division d'iles.

Mon estime comparée deux fois dans ce mois avec les observations astronomiques de M. Verron, differe la premiere fois, & c'étoit à Taiti, de 1 3′ 10″, dont j'étois plus Ouest; la seconde fois, qui est le 27 à midi, de 1 d. 13′ 37″ dont j'étois plus Est que l'observé. Au reste les différentes iles découvertes dans ce mois, forment la seconde division des iles de ce vaste Océan. Je l'ai nommée *l'archipel de Bourbon.*

Mai.

Le 3 Mai, presque à la pointe du jour, nous découvrîmes une nouvelle terre dans le Nord-Ouest à dix ou douze lieues de distance. Les vents étoient de la partie du Nord-Est, & je fis gouverner au vent de la pointe septentrionale de cette terre, laquelle est fort élevée, dans l'intention de la reconnoître. Les connoissances nautiques d'Aotourou ne s'étendoient pas jusque-là : car sa premiere idée, en voyant cette terre, fut qu'elle étoit notre patrie. Dans la journée nous essuyâmes quelques grains, suivis de calme, de pluie & de brises du Ouest, tels que dans cette mer on en éprouve aux approches des moindres terres. Avant le coucher du soleil, nous reconnûmes trois iles, dont une beaucoup plus considérable que les deux autres. Pendant la nuit, que la lune rendoit claire, nous conservâmes la vûe de terre; nous courûmes dessus au jour, & nous prolongeâmes la côte orientale de la grande-ile, depuis sa pointe du Sud jusqu'à celle du Nord; c'est son plus grand côté qui peut avoir trois lieues; l'ile en a deux de l'Est à l'Ouest. Ses côtes sont par-tout escarpées, & ce n'est, à proprement parler, qu'une montagne élevée, couverte d'arbres jusqu'au sommet, sans vallées ni plage. La mer brisoit fortement le

Vûe de nouvelles iles.

long de la rive. Nous y vîmes des feux, quelques cabannes couvertes de joncs & terminées en pointe, construites à l'ombre des cocotiers, & une trentaine d'hommes qui couroient sur le bord de la mer. Les deux petites iles sont à une lieue de la grande dans l'Ouest-Nord-Ouest du monde, situation qu'elles ont aussi entre elles. Un bras de mer peu large les sépare, & à la pointe du Ouest de la plus occidentale il y a un îlot. Elles n'ont pas plus d'une demi-lieue chacune, & leur côte est également haute & escarpée.

A midi je faisois route pour passer entre ces petites iles & la grande, lorsque la vue d'une pirogue qui venoit à nous me fit mettre en panne pour l'attendre. Elle s'approcha à une portée de pistolet du vaisseau sans vouloir l'accoster, malgré tous les signes d'amitié dont nous pouvions nous aviser vis-à-vis de cinq hommes qui la conduisoient. Ils étoient nuds à l'exception des parties naturelles, & nous montroient du cocos & des racines. Notre Taitien se mit nud comme eux & leur parla sa langue, mais ils ne l'entendirent pas; ce n'est plus ici la même nation. Lassé de voir que, malgré l'envie qu'ils témoignoient de diverses bagatelles qu'on leur montroit, ils n'osoient approcher, je fis mettre à la mer le petit canot. Aussitôt qu'ils l'apperçurent, ils forcerent de nage pour s'enfuir, & je ne voulus pas qu'on les pourſuivît. Peu après on vit venir plusieurs autres pirogues, quelques-unes à la voile. Elles témoignerent moins de méfiance que la premiere, & s'approcherent assez pour rendre les échanges praticables; mais aucun insulaire ne voulut monter à bord. Nous eûmes d'eux des ignames, des noix de cocos, une poule d'eau d'un superbe plumage & quelques morceaux d'une fort belle écaille. L'un d'eux avoit un coq qu'il ne voulut

Echanges
faits avec les
insulaires.

jamais troquer. Ils échangerent auffi des étoffes du même
tiffu, mais beaucoup moins belles que celles de Taiti &
teintes de vilaines couleurs rouges, brunes & noires,
des hameçons mal faits avec des arrêtes de poiffons, quelques nattes & des lances longues de fix pieds, d'un bois
durci au feu. Ils ne voulurent point de fer; ils préferoient
de petits morceaux d'étoffe rouge aux clous, aux couteaux & aux pendans d'oreille qui avoient eu un fuccès fi
décidé à Taiti. Je ne crois pas ces hommes auffi doux que
les Taïtiens : leur phyfionomie étoit plus fauvage, & il
falloit être toujours en garde contre les rufes qu'ils em-
ployoient pour tromper dans les échanges.

Ces infulaires nous ont paru de ftature médiocre, mais
agiles & difpos. Ils ont la poitrine & les cuiffes jufqu'au-
deffus du genou peintes d'un bleu foncé, leur couleur eft
bronzée; nous en avons remarqué un beaucoup plus blanc
que les autres. Ils fe coupent ou s'arrachent la barbe, un
feul la portoit un peu longue; tous en général avoient les
cheveux noirs & relevés fur la tête. Leurs pirogues font
faites avec affez d'art & munies d'un balancier; elles n'ont
point l'avant ni l'arriere relevés, mais pontées l'un & l'autre,
& fur le milieu de ces ponts il y a une rangée de chevilles
terminées en forme de gros clous, mais dont les têtes font
recouvertes de beaux limas d'une blancheur éclatante. La
voile de leurs pirogues eft compofée de plufieurs nattes &
triangulaire; deux de fes côtés font envergués fur des bâtons dont l'un fert à l'affujettir le long du mât, & l'autre,
établi fur la ralingue de dehors, fait l'effet d'une livarde.
Ces pirogues nous ont fuivi affez au large, lorfque nous
avons évenré nos voiles; il en eft même venu quelques-
unes des deux petites îles, & dans l'une il y avoit une

Obfervations
fur...

...

Batimens
faits avec peu
d'inftrumens.

Defcription
de ces infu-
laires.

Defcription
de leurs piro-
gues.

Fig. 2.

gravé par Godey

Canot des Isles des Navigateurs à la Voile.

femme vieille & laide. Aotourou a témoigné le plus grand
mépris pour ces infulaires.

Nous trouvâmes un peu de calme, lorfque nous fûmes
fous le vent de la groffe île, ce qui me fit renoncer à
paffer entre elle & les deux petites. Le canal eft d'une
lieue & demie, & il paroît qu'il y auroit quelque mouillage. A fix heures du foir on découvrit du haut des mâts
dans le Oueft-Sud-Oueft une nouvelle terre qui fe préfentoit fous l'afpeét de trois mondrains ifolés. Nous courûmes dans le Sud-Oueft; & à deux heures après minuit
nous revîmes cette terre dans l'Oueft-¼-Sud; les premieres
îles que nous apperceyions encore à la faveur d'un beau
clair de lune, nous reftoient alors au Nord-Eft.

Suite d'îles.

Le 5 au matin nous reconnûmes que cette nouvelle
terre étoit une belle île dont nous n'avions la veille apperçu que les fommets. Elle eft entrecoupée de montagnes
& de vaftes plaines couvertes de cocotiers & d'une infinité d'autres arbres. Nous prolongeâmes fa côte méridionale à une ou deux lieues de diftance, fans y voir aucune
apparence de mouillage, la mer s'y développoit avec fureur. Il y a même une bâture dans l'Oueft de fa pointe
occidentale, laquelle met environ deux lieues au large.
Plufieurs relevemens nous ont donné avec exaétitude le
giffement de cette côte. Un grand nombre de pirogues à
la voile, femblables à celles des dernieres îles, vinrent
autour des navires, mais fans vouloir s'approcher; une
feule accofta l'Etoile. Les Indiens fembloient nous inviter
par leurs fignes à aller à tetre; mais les brifans nous le
défendoient. Quoique nous fiffions alors fept & huit milles
par heure, ces pirogues à la voile tournoient autour de
nous avec la même aifance que fi nous euffions été à l'an-

cres. On en apperçut du haut des mâts plusieurs qui voguoient dans le Sud.

Dès six heures du matin nous avions eu la connoissance
d'une autre terre dans l'Ouest ; des nuages ensuite nous
en avoient dérobé la vue, elle se remontra vers dix
heures. Sa côte couroit sur le Sud-Ouest, & nous parut
avoir au-moins autant d'élévation & d'étendue que la
première avec laquelle elle gît à-peu-près Est & Ouest du
monde, à la distance d'environ douze lieues. Une brume
épaisse, qui s'éleva dans l'après-midi & dura toute la nuit
& le jour suivant, ne nous permit pas de la reconnoître.
Nous distinguâmes seulement à sa pointe du Nord-Est deux
petites îles de grandeur inégale.

Position de
ces îles qui
forment la
troisieme di-
vision.

La longitude de ces îles est à-peu-près la même par
laquelle s'estimoit être Abel Tasman, lorsqu'il découvrit
les îles d'*Amsterdam* & de *Rotterdam*, des *Pilstaars*, du
Prince Guillaume, & les bas-fonds de *Fleemskerk*. C'est
aussi celle qu'on assigne à peu de chose près, *aux îles de
Salomon*. D'ailleurs les pirogues que nous avons vu voguer au large & dans le Sud, semblent indiquer d'autres
îles dans cette partie. Ainsi ces terres paroissent former
une chaîne étendue sous le même méridien ; ce sera la
troisieme division que nous avons nommée *l'archipel des
Navigateurs*.

Le 11 au matin, après avoir gouverné à Ouest-quart-
Sud-Ouest depuis la vue des dernieres îles, on découvrit
la terre dans l'Ouest-Sud-Ouest à sept ou huit lieues de
distance. On crut d'abord que c'étoient deux îles séparées, & le calme nous en tint éloignés tout le jour. Le 12
on reconnut que ce n'étoit qu'une seule île, dont les deux
parties élevées étoient jointes par une terre basse qui paroissoit

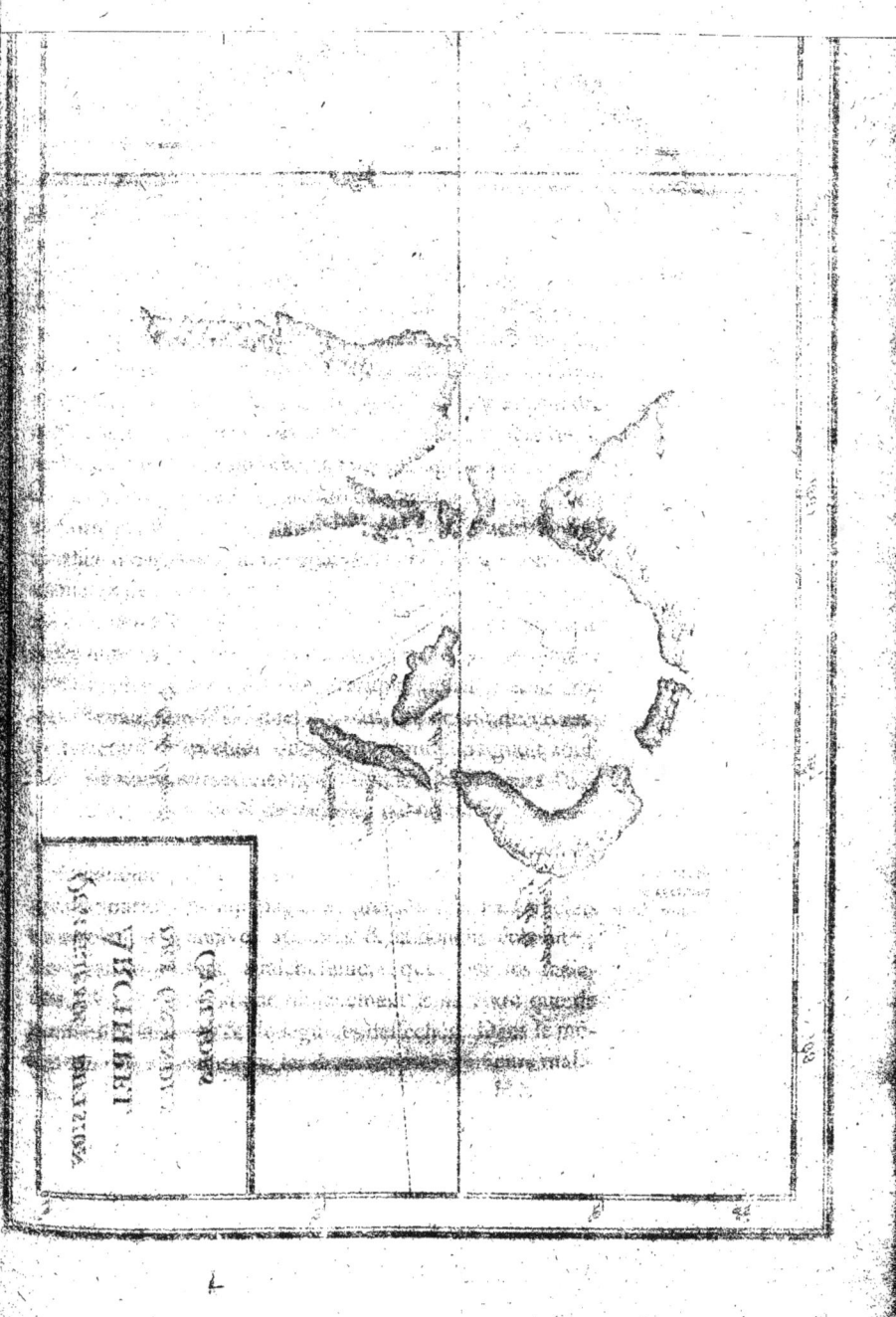

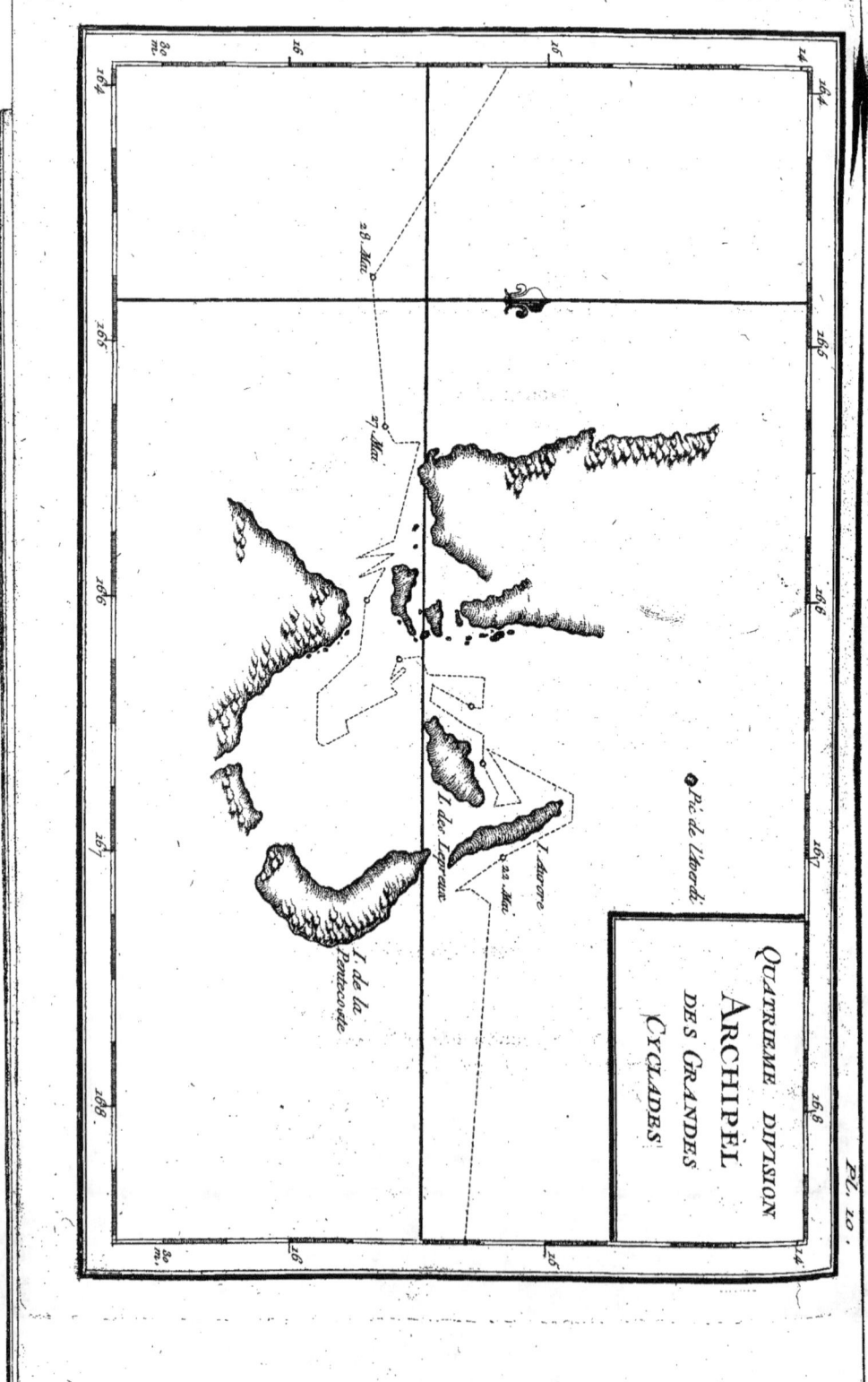

QUATRIEME DIVISION

ARCHIPEL

DES GRANDES

CYCLADES

Pic de l'Isbord

I. de la Pentecôte

I. des Lepreux

I. Aurore

22. Mai

27. Mai

28. Mai

Pl. 10.

toiſſoit ſe courber en arc & former une baie ouverte au Nord-Eſt. Les groſſes terres courent ſur le Nord-Nord-Oueſt. Le vent debout nous a empêchés d'approcher de plus de ſix à ſept lieues cette île que j'ai appellée *l'Enfant perdu.*

Les mauvais tems, qui avoient commencé dès le 6 de ce mois, continuerent preſque ſans interruption juſqu'au 20 ; & pendant tout ce tems nous fûmes perſécutés par les calmes, la pluie & les vents d'Oueſt. En général dans cet océan nommé *Pacifique,* l'approche des terres procure des orages, plus fréquens encore dans les décours de la lune. Les tems à grains avec de gros nuages fixes à l'horiſon, ſont un indice preſque ſûr de quelques îles & un avis de s'en méfier. On ne ſe figure pas avec quels ſoins & quelles inquiétudes on navigue dans ces mers inconnues, menacés de toutes parts de la rencontre inopinée de terres & d'écueils, inquiétudes plus vives encore dans les longues nuits de la Zone Torride. Il nous falloit cheminer à tâtons, changeant de route, lorſque l'horiſon étoit trop noir devant nous. La diſette d'eau, le défaut de vivres, la néceſſité de profiter du vent, quand il daignoit ſouffler, ne nous permettoient pas de ſuivre les lenteurs d'une navigation prudente & de paſſer en panne ou ſur les bords le tems des ténebres.

Cependant le ſcorbut commençoit à reparoître. Une grande partie des équipages & preſque tous les Officiers en avoient les gencives atteintes & la bouche échauffée. Il ne reſtoit plus de rafraîchiſſemens que pour les malades, & l'on s'accoutume difficilement à ne vivre que de mauvaiſes ſalaiſons & de légumes deſſéchés. Dans le même tems il ſe déclara ſur les deux navires pluſieurs mala-

Obſervations météorologiques.

Situation critique où nous nous trouvons.

H h

Pl. 10.

dies vénériennes prifes à Taïti. Elles portoient tous les
fymptômes connus en Europe. Je fis vifiter Aotourou,
il en étoit perdu; mais il paroît que dans fon pays on s'in-
quiete peu de ce mal : toutefois il confentit à fe laiffer
traiter. Colomb rapporta cette maladie d'Amérique, la
voilà dans une île au milieu du plus vafte Océan. Sont-ce
les Anglois qui l'y ont portée ? ou bien ce Médecin qui paroît qu'en enfermant une femme faine avec quatre hommes fains & vigoureux, le mal vénérien naîtroit de leur
commerce, doit-il gagner fon pari ?

Rencontre
de nouvelles
terres.

Le 22 à l'aube du jour, comme nous courions à Oueft,
on apperçut de l'avant à nous une longue & haute terre.
Lorfque le foleil fut levé, nous reconnûmes deux îles. La
plus méridionale nous reftoit depuis le Sud-quart-Sud-
Eft jufqu'au Sud-Oueft-quart-Sud ; elle paroiffoit courir
fur le Nord-Nord-Oueft corrigé & avoir environ douze
lieues de longueur fur ce giffement. Elle reçut le nom du
jour, *île de la Pentecôte*. La feconde nous reftoit depuis
le Sud-Oueft-¼-Sud jufqu'à l'Oueft-Nord-Oueft ; l'inftant
où elle s'eft montrée à nous, l'a fait appeller *l'île Aurore*.
Nous tînmes d'abord le plus près, bas-bord amure, pour
tâcher de paffer entre les deux îles. Les vents nous refuferent, & il fallut arriver pour paffer fous le vent de l'île
Aurore. En avançant dans le Nord le long de fa côte
orientale, on apperçut dans le Nord-quart-Nord-Oueft
une petite île élevée en pain de fucre, qui fut nommée *le
pic de l'Etoile*. Nous continuâmes à ranger l'île Aurore à
une lieue & demie de diftance. Elle gît Nord & Sud corrigés, depuis fa pointe méridionale jufqu'à la moitié environ de fa longueur qui eft de dix lieues ; enfuite elle dé-
cline vers le Nord-Nord-Oueft : elle a très-peu de largeur,

deux lieues au plus. Ses côtes font efcarpées & couvertes
de bois. A deux heures après midi nous apperçûmes par-
deffus cette île des cimes de hautes montagnes à dix lieues
environ au-delà. Elles appartenoient à une terre dont à
trois heures & demie nous vîmes au Sud-Sud-Oueft du
compas la pointe du Sud-Oueft par-deffus l'extrémité feptentrionale de l'île Aurore. Après avoir doublé cette derniere, nous faifions route au Sud-Sud-Oueft, lorfqu'au
coucher du foleil une nouvelle côte élevée & très-éten-
due s'offrit encore à nos regards. Elle fe prolongeoit depuis
l'Oueft-Sud-Oueft jufqu'au Nord-Oueft-quart-Nord, à la
diftance de quinze à feize lieues.

Nous courûmes plufieurs bords dans la nuit pour nous
élever dans le Sud-Eft, afin de reconnoître fi la terre que
nous avions au Sud-Sud-Oueft, tenoit à l'île de la Pentecôte, ou fi elle en formoit une troifieme. C'eft ce que nous
vérifiâmes le 23 à la pointe du jour. Nous découvrîmes la
féparation des trois îles. Celle de la Pentecôte & l'île Aurore font à-peu-près fous le même méridien, à deux lieues
de diftance l'une de l'autre. La troifieme eft dans le Sud-
Oueft de l'île Aurore, & leur moindre éloignement eft de
trois ou quatre lieues. Sa côte du Nord-Oueft a au-moins
douze lieues d'étendue, terre haute, efcarpée, par-tout
converte de bois. Nous l'avons côtoyée une partie de la
matinée du 23. Plufieurs pirogues fe montroient le long de
terre, fans qu'aucune cherchât à nous approcher. Il ne paroiffoit point de cafes, on voyoit feulement un grand nombre de fumées s'élever du milieu des bois, depuis les bords
de la mer jufqu'au fommet des montagnes: fort-près du
rivage nous fondâmes plufieurs fois fans trouver de fond
avec 50 braffes de ligne.

H h ij

Débarque-
ment à une
des îles.

Sur les 9 heures la vue d'une côte où l'abordage paroissoit commode, me détermina à envoyer à terre pour y faire du bois dont nous avions le plus grand besoin, prendre des connoissances du pays & tâcher d'en tirer des rafraîchissemens pour nos malades. Je fis partir trois bateaux armés sous les ordres du Chevalier de Kerué Enseigne de la Marine, & nous nous tînmes sur les bords prêts à leur envoyer du secours & à les soutenir de l'artillerie des vaisseaux s'il étoit nécessaire. Nous les vîmes prendre terre, sans que les insulaires parussent s'être opposés à leur débarquement. A une heure après midi je m'embarquai avec quelques autres personnes dans une iole pour aller les rejoindre. Nous trouvâmes nos gens occupés à couper du bois, & que ceux du pays les aidoient à le porter dans les bateaux. L'Officier qui commandoit la descente, me dit qu'à son arrivée une troupe nombreuse d'insulaires étoit

Méfiance des
insulaires.

venue le recevoir sur la plage l'arc & la fleche à la main, faisant signe qu'on n'abordât pas; mais que quand, malgré leurs menaces, il avoit ordonné de mettre à terre, ils s'étoient reculés à quelques pas; qu'à mesure que nos gens avançoient, les Sauvages se retiroient toujours dans l'attitude de faire partir leurs fleches sans vouloir se laisser approcher; qu'ayant alors fait arrêter la troupe, & le Prince de Nassau ayant demandé à s'avancer vers eux, ils avoient cessé de reculer, lorsqu'ils avoient vû un homme seul; des morceaux d'étoffes rouges qu'on leur distribua, achevèrent d'établir une espece de confiance. Le Chevalier de Kerué prit aussitôt poste à l'entrée du bois, mit ses travailleurs à abattre des arbres sous la protection de la troupe, & envoya un détachement chercher des fruits. Insensiblement les insulaires se rapprocherent plus amiable-

ment en apparence; on eut même deux quelques fruits:
ils ne vouloient, ni du fer ni des clous. Ils refuferent auffi
conftamment de troquer leurs arcs & leurs maffues, feulement ils céderent quelques fleches. Au reffe ils étoient toujours reftés en grand nombre autour de nos gens fans jamais
quitter leurs armes; ceux même qui n'avoient point d'arcs,
tenoient des pierres prêtes à lancer. Ils avoient fait entendre qu'ils étoient en guerre avec les habitans d'un canton
voifin du leur. Effectivement il s'en montra une troupe
armée qui venoit de la partie occidentale de l'île, s'a-
vançant en bon ordre, & ceux-ci paroiffoient difpofés
à les bien recevoir, mais il n'y avoit point eu d'attaque.

Nous trouvâmes les chofes en cet état à notre arrivée
à terre. Nous y reftâmes jufqu'à ce que nos bateaux fuffent chargés de fruits & de bois. Je fis auffi enterrer au
pied d'un arbre, l'acte de prife de poffeffion de ces îles
gravé fur une planche de chêne, & enfuite nous nous
rembarquâmes. Ce départ dérangea fans doute le projet
des infulaires qui n'avoient pas encore tout difpofé pour
nous attaquer. C'eft-là du moins ce que nous dûmes juger
en les voyant s'avancer fur le bord de la mer & nous
lancer une grêle de pierres & de fleches. Quelques coups
de fufil tirés en l'air ne fuffirent pas pour nous en débarraf-
fer; plufieurs même s'avançoient dans l'eau pour nous
ajufter de plus près; une décharge mieux nourrie rallen-
tit auffitôt leur attaque, ils s'enfuirent dans le bois avec
de grands cris. Un matelot fut légerement bleffé d'une
pierre.

Ces infulaires font de deux couleurs, noirs & mulâtres.
Leurs levres font épaiffes, leurs cheveux cotonnés, quel-

*Ils attaquent
les François.*

*Defcription
des infulaires.*

ques-uns même ont la mine jaune. Ils font petits, vilains, mal faits, & la plûpart rongés de lepre; circonstance qui nous a fait nommer leur île *l'Ile des Lépreux*. Il parut peu de femmes, & elles n'étoient pas moins dégoûtantes que les hommes. Ils font nuds, à peine fe couvrent-ils d'une nate les parties naturelles; les femmes ont auffi des écharpes pour porter leurs enfans fur le dos; nous avons vu quelques-uns des tiffus qui les compofent, fur lefquels étoient de fort jolis deffeins faits avec une belle teinture cramoifie. J'ai remarqué qu'aucun n'avoit de barbe; ils fe percent les narines pour y pendre quelques ornemens; ils portent auffi aux bras en forme de bracelets une dent de *babiroussa*, ou un grand anneau d'une matiere que je crois de l'ivoire; & au col des plaques d'écaille de tortue, qu'ils nous ont fait entendre être commune fur leur rivage.

Leurs armes font l'arc & la fleche, des maffues de bois de fer, & des pierres qu'ils lancent fans fronde. Les fleches font des rofeaux armés d'une longue pointe d'os très-aigue. Quelques-unes de ces pointes font quarrées & garnies fur les arrêtes de petites pointes couchées en arriere qui empêchent de pouvoir retirer la fleche de la plaie. Ils ont encore des fabres de bois de fer. Leurs pirogues ne nous ont pas approchés. Elles nous ont paru de loin faites & voilées comme celles des îles des navigateurs.

La plage où nous avons abordé préfentoit une très-petite étendue. A vingt pas du bord de la mer on trouve le pied d'une montagne dont la pente, quoique très-rapide, eft couverte de bois. Le terrein eft très-léger & a peu de profondeur: auffi les fruits, quoique de la même efpece qu'à Taiti, font-ils moins beaux ici & d'une moins bonne qualité. Nous y avons trouvé une efpece de figues particuliere. On rencontre beaucoup de routes tracées dans le bois & des espaces enclos par des palissades de trois pieds de haut. Sont-ce des retranchemens où simplement des limites de possessions différentes ? Nous n'avons vu d'autres cases que cinq ou six petites hûtes dans lesquelles on ne pouvoit entrer qu'en se traînant sur le ventre. Nous étions cependant environnés d'un peuple nombreux ; je le crois fort misérable : cette guerre intestine dont nous avons été les témoins, est un cruel fléau. Nous entendîmes à plusieurs reprises le son rauque d'une espece de tambour sortir de la profondeur du bois vers le sommet de la montagne. C'est sans doute leur signal de ralliement ; car dès l'instant où nos coups de fusil les ont dispersés, il a recommencé à battre. Il redoubloit aussi son lugubre bruit, lorsque cette troupe ennemie que nous avons vue plusieurs fois, venoit à paroître. Notre Taitien, qui avoit desiré être de la descente, nous a paru trouver cette espece d'hommes fort vilaine ; il n'entendoit absolument aucun mot de leur langue.

A notre arrivée à bord nous rembarquâmes nos bateaux, & je fis servir courant au Sud-Ouest sur une longue côte que nous découvrîmes à toute vue depuis le Sud-Ouest jusqu'à l'Ouest-Nord-Ouest. Pendant la nuit il y eut peu de vent, & il ne cessa de varier ; de sorte que nous restâmes au pouvoir des courans qui nous entraînerent sur le Nord-Est. Ce tems continua la journée du 24 & la nuit suivante, & nous pûmes à peine nous élever à trois lieues de l'île des Lépreux. Le 25 à cinq heures du matin nous eûmes une assez jolie brise d'Est-Sud-Est, mais l'Étoile qui se trouvoit encore sous la terre, ne la ressentit pas & demeura en calme. Je fis route néanmoins toutes voiles dehors

Continuation de la route entre les terres.

pour reconnoître la terre d'Oueſt. A huit heures nous découvrions des terres dans tous les points de l'horiſon, & nous paroiſſions enfermés dans un grand golfe. L'île de la Pentecôte venoit rechercher au Sud la nouvelle côte que nous avions découverte, & nous ne pouvions être aſſurés ſi elle en étoit détachée, ou ſi ce qui nous ſembloit former la ſéparation, n'étoit pas une grande baie. Pluſieurs endroits ſur le reſte de la côte nous offroient auſſi l'apparence ou de paſſages ou de grands enfoncemens; un entre autres préſentoit dans l'Oueſt une ouverture conſidérable. Quelques pirogues traverſoient d'une terre à l'autre. A dix heures nous fûmes obligés de revirer ſur l'île aux Lépreux. L'Etoile qu'on n'appercevoit plus, même du haut des mâts, y étoit toujours en calme; quoique la briſe d'Eſt-Sud-Eſt ſe ſoutînt au large. Nous courûmes ſur cette flûte juſqu'à quatre heures du ſoir; ce ne fut qu'alors qu'elle reſſentit la briſe. Il étoit trop tard quand elle fut ralliée pour ſonger à des reconnoiſſances. Ainſi la journée du 25 fut perdue, nous paſſâmes la nuit ſur les bords.

Les relevemens que nous fimes le 26 au lever du ſoleil, nous apprirent que les courans nous avoient entraînés dans le Sud pluſieurs milles au-delà de notre eſtime. L'île de la Pentecôte ſe montroit toujours ſéparée des terres du Sud-Oueſt; mais la ſéparation étoit plus étroite. Nous découvrions pluſieurs autres coupures à cette côte, mais ſans pouvoir diſtinguer le nombre des îles de l'archipel qui nous environnoit. La terre s'étendoit à nos yeux depuis l'Eſt-Sud-Eſt, en paſſant par le Sud, juſqu'à l'Oueſt-Nord-Oueſt du compas, & nous ne la voyons pas terminée. Je fis courir depuis le Nord-Oueſt-quart-Oueſt en

rondiſſant

rondiſſant juſqu'à l'Oueſt le long d'une belle côte couverte d'arbres, ſur laquelle il paroiſſoit de grands eſpaces
de terrein cultivés, ſoit qu'ils le fuſſent en effet, ſoit que
ce fût un jeu de la nature. Le coup d'œil annonçoit un
pays riche, les croupes de quelques montagnes pelées &
de couleur rouge en de certains endroits ſembloient même indiquer que leurs entrailles renfermoient des miné-
raux. La route que nous ſuivions nous conduiſoit à ce
grand enfoncement apperçu la veille dans l'Oueſt. A midi
nous étions au milieu, & nous y obſervâmes la hauteur
du ſoleil. L'ouverture en eſt de cinq à ſix lieues; elle court
Eſt-quart-Sud-Eſt & Oueſt-quart-Nord-Oueſt du monde.
Quelques hommes ſe montrerent à la côte du Sud, &
d'autres approcherent des navires dans une pirogue, mais
dès qu'ils en furent à une portée de mouſquet, ils ceſſe-
rent de s'avancer malgré nos invitations; ces hommes
étoient noirs.

Aſpect du pays.

Nous rangeâmes la côte ſeptentrionale à trois quarts de
lieue de diſtance; elle eſt peu élevée & couverte d'arbres. Une multitude de Negres ſe faiſoient voir ſur le rivage; il s'en détacha même quelques pirogues qui n'eurent pas plus de confiance que celle qui avoit vogué de la
côte oppoſée. Après avoir longé celle-ci l'eſpace de deux à
trois lieues, nous vîmes un grand enfoncement qui nous
parut former une belle baie à l'ouvert de laquelle étoient
deux gros îlots. J'envoyai ſur-le-champ nos bateaux armés pour la reconnoître, & pendant ce tems nous reſtâmes ſur les bords à une & deux lieues de terre, ſondant
ſouvent ſans trouver de fond avec une ligne de 200
braſſes.

Sur les cinq heures nous entendîmes une ſalve de mouſ-

Tentatives

I i

pour chercher un mouillage.

queterie qui nous caufa beaucoup d'inquiétude ; elle for-toit d'un de nos canots qui, malgré mes ordres, s'étoit féparé des autres & fe trouvoit mal-à-propos dans le cas d'être attaqué par les infulaires, ayant vogué tout à fait à terre. Deux fleches qui lui furent tirées, fervirent de pré-texte à fa premiere décharge. Enfuite il longea la côte, faifant un feu très-vif de fa moufqueterie & de fes efpin-goles tant à terre que fur trois pirogues qui pafferent à por-tée & lui décocherent auffi quelques fleches. Une pointe avancée nous déroboit alors la vue du canot, & fon feu con-tinuel me donnoit lieu d'appréhender qu'il ne fût attaqué par une armée de pirogues. J'allois envoyer notre cha-loupe à fon fecours, lorfque nous le vîmes doubler feul cette pointe qui nous l'avoit caché. Les Negres pouffoient des cris affreux dans le bois où ils s'étoient tous jettés, & dans lequel on entendoit battre leur tambour. Je fis auffi-tôt à ce canot le fignal de ralliement, & je pris des mefu-rés pour que nous ne fuffions plus déshonorés par un pa-reil abus de la fupériorité de nos forces.

Ce qui nous empêche d'y mouiller.

Les canots de la Boudeufe reconnurent que cette côte que nous avions cru continue, eft un amas d'îles qui fe croifent, enforte que la baie n'eft que la rencontre de plu-fieurs des canaux qui les féparent. Cependant ils y trou-verent un affez bon fond de fable fur 40, 30 & 20 braffes d'eau; mais fon inégalité continuelle rendoit ce mouillage peu fûr, pour nous fur-tout qui n'avions plus d'ancres à ha-farder. Il falloit d'ailleurs y ancrer à une grande demi-lieue de la côte; plus près le fond étoit de roches. Ainfi les vaiffeaux n'auroient pu protéger les bateaux, & le pays eft fi couvert, qu'il eût toujours fallu avoir les armes à la main pour mettre les travailleurs à l'abri des furprifes.

On ne devoit pas se flatter que les naturels oubliassent le mal qu'on venoit de leur faire, & consentissent à échanger des rafraîchissemens. On remarqua ici les mêmes productions que sur l'île des Lépreux. Les habitans y étoient aussi de la même espece, presque tous noirs, nuds, à l'exception des parties naturelles, portant les mêmes ornemens en colliers & en bracelets, & se servant des mêmes armes.

Nous passâmes la nuit sur les bords. Le 27 au matin nous *arrivâmes* & prolongeâmes la côte environ à une lieue de distance. Vers dix heures on distingua sur une pointe basse une plantation d'arbres disposés en allées de jardin. Le terrein sous les arbres étoit battu & paroissoit sablé; un assez grand nombre d'habitans se montroient dans cette partie; de l'autre côté de la pointe il y avoit une apparence d'enfoncement, & je fis mettre les bateaux dehors. Ce fut en vain; ce n'étoit qu'un coude que formoit la côte, & nous la suivîmes jusqu'à la pointe du Nord-Ouest sans trouver de mouillage. Au-delà de cette pointe les terres revenoient sur le Nord-Nord-Ouest, & s'étendoient à perte de vue, terres d'une élévation extraordinaire & qui présentoient au-dessus des nuages une chaîne suivie de montagnes. Au reste le tems fut sombre & à grains avec de la pluie par intervalles. Plusieurs fois dans le jour on crut voir la terre devant nous, terre de brume qui s'évanouissoit dans les éclaircis. Nous passâmes toute la nuit qui fut très-orageuse à louvoyer à petits bords & les marées nous porterent dans le Sud beaucoup au-delà de notre estime. Nous eûmes la vue des hautes montagnes toute la journée du 28 jusqu'au soleil couchant

Nouvelle tentative pour faire ici une relâche.

Ii ij

que nous les relevâmes de l'Eſt au Nord-Nord-Eſt, à vingt
ou vingt-cinq lieues de diſtance.

Le 29 au matin nous ne vîmes plus de terres, nous
avions gouverné ſur l'Oueſt-Nord-Oueſt. Je nommai ces
terres que nous venions de découvrir *l'archipel des grandes*

Conjectures
ſur ces terres.

Cyclades. A en juger par ce que nous en avons parcouru
& par ce que nous avons apperçu dans le lointain, il contient au moins trois degrés en latitude & cinq en longitude. Je croirois même volontiers que c'eſt ſon extrémité
ſeptentrionale que Roggewin a vue ſous le onzieme parallele & qu'il a nommé *Thienhoven* & *Groningue.* Pour
nous, quand nous y atterrîmes, tout devoit nous perſua-
der que nous étions à *la terre auſtrale du Saint-Eſprit.* Les
apparences ſembloient ſe conformer au récit de Quiros,
& ce que nous découvrions chaque jour encourageoit nos
recherches. Il eſt bien ſingulier que préciſément par la
même latitude & la même longitude où Quiros place ſa
grande baie de *Saint-Jacques & Saint-Philippe,* ſur une
côte qui paroiſſoit au premier coup d'œil celle d'un continent, nous ayons trouvé un paſſage de largeur égale à
celle qu'il donne à l'ouverture de ſa baie. Le Navigateur
Eſpagnol a-t-il mal vû? A-t-il voulu maſquer ſes découvertes? Les Géographes avoient-ils deviné, en faiſant de la
terre du Saint-Eſprit un même continent avec *la nouvelle
Guinée.* Pour réſoudre ce problème, il falloit ſuivre
encore le même parallele pendant plus de trois cents
cinquante lieues. Je m'y déterminai, quoique l'état & la
quantité de nos vivres nous avertiſſent d'aller promptement chercher quelque établiſſement Européen. On verra
qu'il s'en eſt peu fallu que nous n'ayons été les victimes de
notre conſtance.

M. Verron fit plusieurs observations pendant le mois de Mai, & leurs résultats déterminerent notre longitude le 5, le 9, le 13 & le 22. Il ne s'étoit pas encore trouvé autant de différences entre les observations & l'estime de nos routes, différences toutes du même côté. Le 5 à midi j'étois plus Est que l'observé de 4^d 00′ 42″; le 9 de 4^d 23′ 4″; le 13 de 3^d 38′ 15″; le 22 enfin de 3^d 35′. Toutes ces différences, on le voit, annonçoient que depuis l'île de Taiti les courans nous avoient beaucoup entraînés dans l'Ouest. On expliqueroit par-là comment tous les naviga-teurs qui ont traversé l'océan Pacifique, ont rencontré la nou-velle Guinée beaucoup plutôt qu'ils ne l'auroient dû. Aussi ont-ils donné à cet océan une étendue de l'Est à l'Ouest beaucoup moindre que celle qu'il a véritablement. Je dois toutefois faire remarquer que pendant la saison où le soleil a été dans l'hémisphere austral, nos estimes ont été dans l'Ouest des observations, & que depuis qu'il a passé de l'autre côté, nos différences ont changé. Le thermometre dans ce mois a été communément entre 19 & 20 degrés, il a deux fois baissé à 18 & une seule fois à 15.

Tandis que nous étions entre les grandes Cyclades, quelques affaires m'avoient appellé à bord de l'Etoile, & j'eus occasion d'y vérifier un fait assez singulier. Depuis quelque tems il couroit un bruit dans les deux navires que le domestique de M. de Commerçon, nommé *Baré*, étoit une femme. Sa structure, le son de sa voix, son men-ton sans barbe, son attention scrupuleuse à ne jamais changer de linge, ni faire ses nécessités devant qui que ce fût, plusieurs autres indices avoient fait naître & accrédi-toient le soupçon. Cependant comment reconnoître une femme dans cet infatigable Baré, botaniste déja fort exercé

que nous avions vu suivre son maître dans toutes ses her-
borisations , au milieu des neiges & sur les monts glacés
du détroit de Magellan , & porter même dans ees mar-
ches pénibles provisions de bouche , armes & cahiers de
plantes avec un courage & une force qui lui avoient
mérité du Naturaliste le surnom de sa bête de somme ?
Il falloit qu'une scene qui se passa à Taiti, changeât le
soupçon en certitude. M. de Commerçon y descendit
pour herboriser ; à peine Baré qui le suivoit avec les cahiers sous son bras , eut mis pied à terre , que les Taitiens l'entourent, crient que c'est une femme & veulent
lui faire les honneurs de l'île. Le Chevalier de Bournand ,
qui étoit de garde à terre , fut obligé de venir à son secours & de l'escorter jusqu'au bateau. Depuis ce tems il
étoit assez difficile d'empêcher que les matelots n'alar-
massent quelquefois sa pudeur. Quand je fus à bord de
l'Etoile, Baré les yeux baignés de larmes , m'avoua qu'elle
étoit fille ; elle me dit qu'à Rochefort elle avoit trompé
son maître en se présentant à lui sous des habits d'homme
au moment même de son embarquement, qu'elle avoit
déja servi comme laquais un Genevois à Paris ; que née
en Bourgogne & orpheline, la perte d'un procès l'avoit
réduite dans la misere & lui avoit fait prendre le parti de
déguiser son sexe, qu'au reste elle savoit en s'embarquant
qu'il s'agissoit de faire le tour du Monde , & que ce
voyage avoit piqué sa curiosité. Elle sera la première , &
je lui dois la justice qu'elle s'est toujours conduite à bord
avec la plus scrupuleuse sagesse. Elle n'est ni laide ni
jolie & n'a pas plus de vingt - six ou vingt - sept ans.
Il faut convenir que si les deux vaisseaux eussent fait naufrage sur quelque île déserte de ce vaste Océan, la chance
eût éte fort singuliere pour Baré.

Pl. 11.

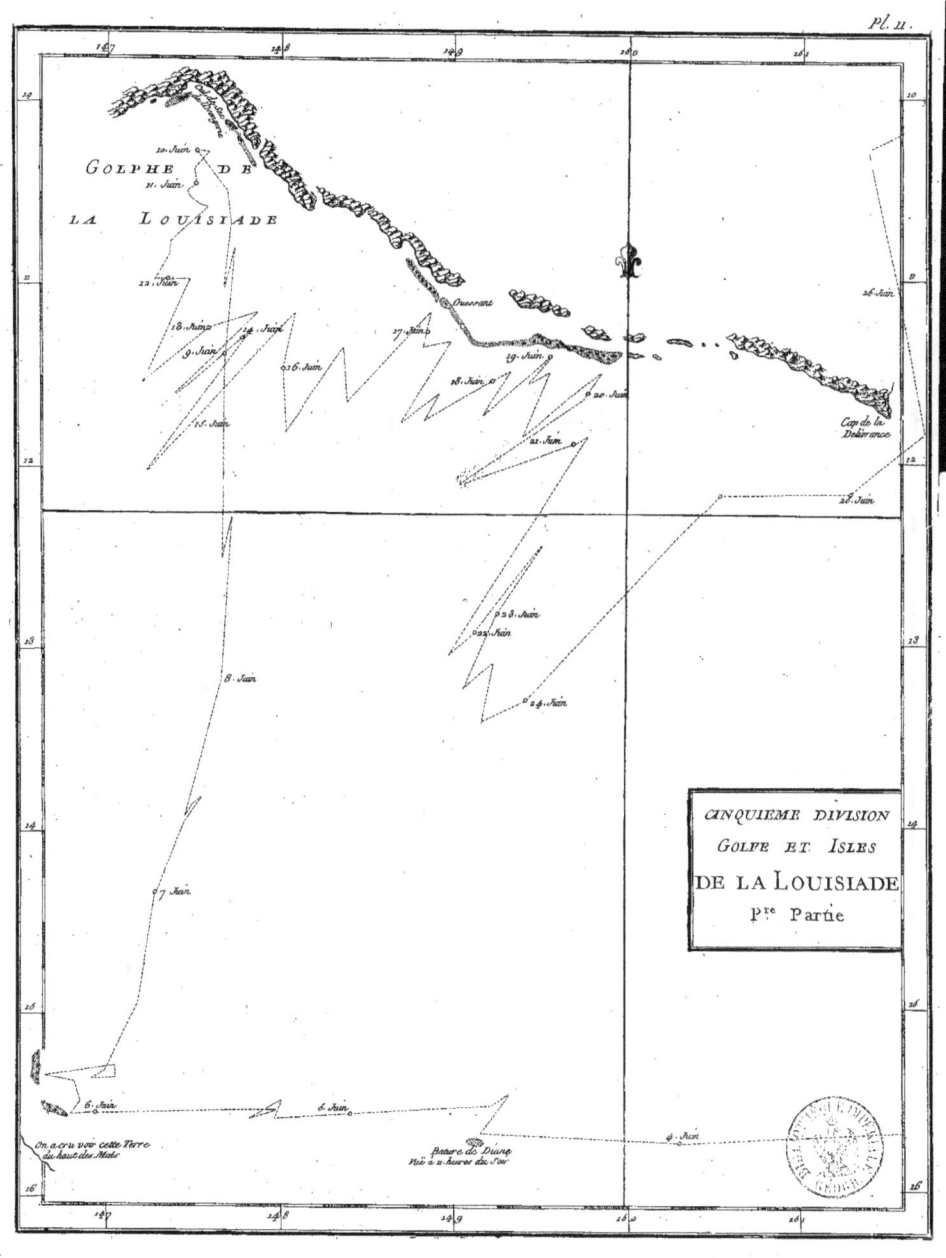

GOLPHE DE
LA LOUISIADE

Cap de la
Delivrance

CINQUIEME DIVISION
GOLFE ET ISLES
DE LA LOUISIADE
Pre Partie

On a cru voir cette Terre
du haut des Mats

Bature de Diane
Née à 11 heures du Soir

CHAPITRE V.

Navigation depuis les grandes Cyclades ; découverte du golfe de la Louisiade, extrémités où nous y sommes réduits ; découverte de nouvelles îles ; relâche à la nouvelle Bretagne.

DEPUIS le 29 Mai que nous ceſſâmes de voir la terre, je fis route à l'Oueſt avec un vent d'Eſt & de Sud-Eſt très-frais. L'Etoile retardoit conſidérablement notre marche. Nous ſondâmes toutes les vingt-quatre heures ſans trouver de fond avec une ligne de 240 braſſes. Le jour nous forcions de voiles, nous courions la nuit ſous les huniers riſés, virant de bord lorſque le tems étoit trop obſcur. La nuit du 4 au 5 Juin nous faiſions route à l'Oueſt ſous nos huniers à la faveur de la lune qui nous éclairoit, lorſqu'à onze heures du ſoir on apperçut à une demi-lieue de nous dans le Sud des briſans & une côte de ſable très-baſſe. Nous prîmes auſſitôt les amures à l'autre bord, ſignalant en même tems le danger à l'Etoile. Nous courûmes ainſi juſqu'à cinq heures du matin, & alors nous reprîmes notre route dans l'Oueſt-Sud-Oueſt pour aller reconnoître cette terre. Nous la revîmes à huit heures à une lieue & demie de diſtance. C'eſt un petit îlot de ſable qui s'élève à peine au-deſſus de l'eau & que ce peu de hauteur rend un écueil fort dangereux pour des vaiſſeaux qui font route de nuit ou par un tems de brume. Il eſt ſi ras, qu'à deux lieues de diſtance avec un horiſon fort net on ne le voit que du haut des mâts ; il eſt couvert d'oiſeaux. Je l'ai nommé *la bâture de Diane*.

Direction de la route en quittant les Cyclades.

1768. *Juin.*

Rencontre conſécutive de briſans.

Dans la journée du 5, on crut à quatre heures après-midi appercevoir la terre & des brisans dans l'Ouest; on se trompoit, & nous continuâmes à y courir jusqu'à dix heures du soir. Nous passâmes le reste de la nuit, partie en panne, partie à courir de petits bords, & au point du jour nous reprîmes notre route toutes voiles dehors. Depuis vingt-quatre heures, il passoit le long des navires beaucoup de morceaux de bois & des fruits que nous ne connoissions pas; la mer étoit aussi entiérement tombée, malgré le grand vent de Sud-Est, & ces circonstances réunies me faisoient penser que nous avions de la terre dans le Sud-Est assez près de nous. Nous vîmes aussi dans ces parages une espece de poissons volans singuliere. Ils sont noirs à aîles rouges: ils paroissent avoir quatre aîles au lieu de deux, & leur grosseur est un peu au-dessus de la grosseur commune de ces poissons.

Le 6, à une heure & demie de l'après-midi, une bâture qui se montra environ à trois quarts de lieue de l'avant à nous, m'avertit qu'il étoit tems de changer la route que je poursuivois toujours à Ouest. Elle avoit au-moins une demi-lieue d'étendue depuis le Ouest-quart-Sud-Ouest jusqu'au Ouest-Nord-Ouest, quelques-uns même crurent appercevoir une terre basse dans le Sud-Ouest des brisans. Je fis gouverner au Nord jusqu'à quatre heures, & alors je remis encore le cap à Ouest. Ce ne devoit pas être pour long-tems; à cinq heures & demie les vigies apperçurent du haut des mâts de nouveaux brisans dans le Nord-Ouest & le Nord-Ouest-quart-Ouest à-peu-près à une lieue & demie de nous. Nous les approchâmes davantage afin de les mieux reconnoître. On les vit s'étendre du Nord-Nord-Est au Sud-Sud-Ouest plus de deux milles, & on n'en appercevoit

(marginal note:) Indices de terre.

percevoit pas la fin. Peut-être alloient-ils rejoindre ceux qu'on avoit découverts trois heures auparavant. La mer brifoit avec fureur fur ces écueils, & quelques têtes de roches s'élevoient fur l'eau de diftance en diftance. Cette derniere rencontre étoit la voix de Dieu & nous y fûmes dociles. La prudence ne permettant pas de fuivre pendant la nuit une route incertaine au milieu de ces parages funeftes, nous la paffâmes à courir des bords dans l'efpace que nous avions reconnu le jour, & le 7 au matin, je fis gouverner au Nord-Eft-quart-Nord, abandonnant le projet de pouffer plus loin à l'Oueft fous le parallele de 15 degrés.

Changement forcé dans la direction de la route.

Nous étions affurément bien fondés à croire que la terre auftrale du Saint-Efprit n'étoit autre que l'archipel des grandes Cyclades, que Quiros avoit pris pour un continent, & repréfenté fous un point de vûe romanefque. Quand je perféverois à courir fous le parallele de 15 ^{d}, c'eft que je voulois que la vûe des côtes orientales de la *nouvelle Hollande* portât nos conjectures à l'évidence. Or, en fuivant les obfervations aftronomiques, dont l'accord depuis plus d'un mois affuroit la jufteffe, nous étions déjà le 6 à midi par 146 ^{d} de longitude orientale; c'eft-à-dire un degré plus à l'Oueft que ne l'eft la terre du Saint-Efprit felon M. Bellin. D'ailleurs la rencontre confécutive de ces brifans vus depuis trois jours, ces troncs d'arbres, ces fruits, ces goëmons que nous trouvions à chaque inftant, la tranquillité de la mer, la direction des courans, tout nous a fuffifamment indiqué les approches d'une grande terre; & que même elle nous environnoit déjà dans le Sud-Eft. Cette terre n'eft autre que la côte orientale de la nouvelle Hollande. En effet, ces écueils multipliés & étendus au

Réflexions géographiques.

K k

large, annoncent une terre basse ; & quand je vois Dampierre abandonner par notre même latitude de 15ᵈ 35ˊ la côte occidentale de cette région ingrate où il ne trouve pas même d'eau douce, j'en conclus que la côte orientale ne vaut pas mieux. Je penserois volontiers comme lui que cette terre n'est qu'un amas d'îles, dont les approches sont défendues par une mer dangereuse, semée d'écueils & de bas-fonds. Après de pareils éclaircissemens, il y auroit eu de la témérité à risquer de s'affaler sur une côte dont on ne devoit espérer aucun avantage, & de laquelle on ne pouvoit se relever qu'en luttant contre les vents régnans. Nous n'avions plus de pain que pour deux mois, des légumes pour quarante jours ; la viande salée étoit en plus grande quantité, mais elle infectoit. Nous lui préférions les rats qu'on pouvoit prendre. Ainsi de toutes façons il étoit tems de s'élever dans le Nord, en faisant même prendre de l'Est à notre route.

Malheureusement les vents de Sud-Est nous abandonnerent ici, & quand ensuite ils revinrent, ce fut pour nous mettre dans la situation la plus critique où nous nous fussions encore trouvés. Depuis le 7, la route ne nous avoit valu que le Nord-quart-Nord-Est, lorsque le 10 au point du jour on découvrit la terre depuis l'Est jusqu'au Nord-Ouest. Long-tems avant le lever de l'aurore, une odeur délicieuse nous avoit annoncé le voisinage de cette terre qui formoit un grand golfe ouvert au Sud-Est. J'ai peu vu de pays dont le coup d'œil fût plus beau. Un terrein bas, partagé en plaines & en bosquets, régnoit sur le bord de la mer, & s'élevoit ensuite en amphithéâtre jusqu'aux montagnes dont la cime se perdoit dans les nues. On en distinguoit trois étages, & la chaîne la plus élevée étoit à plus

Découvertes de nouvelles terres.

de 25 lieues dans l'intérieur du pays. Le triste état où nous étions réduits ne nous permettoit, ni de sacrifier quelque tems à la visite de ce magnifique pays que tout annonçoit être fertile & riche, ni de chercher en faisant route à Ouest, un passage au Sud de la nouvelle Guinée, qui nous frayât par le golfe de la Carpentarie une route nouvelle & courte aux îles Moluques. Rien n'étoit à la vérité plus problématique que l'existence de ce passage; on croyoit même avoir vu la terre s'étendre jusqu'au Ouest-quart-Sud-Ouest. Il falloit tâcher de sortir, au-plutôt & par le chemin qui sembloit ouvert, de ce golfe dans lequel nous étions engagés beaucoup plus même que nous ne le croyions d'abord. C'est où nous attendoit le vent de Sud-Est pour mettre notre patience aux dernieres épreuves.

Toute la journée du 10, le calme nous laissa à la merci d'une grosse lame du Sud-Est qui nous jettoit à terre. A quatre heures du soir, nous n'étions pas à plus de trois quarts de lieue d'une petite île basse, à la pointe orientale de laquelle est attachée une bâture qui se prolonge à deux ou trois lieues dans l'Est. Nous parvînmes, vers cinq heures, à mettre le cap au large, & la nuit se passa dans cette inquiétante situation, faisant tous nos efforts pour nous élever à l'aide des moindres brises. Le 11 après-midi, nous étions écartés de la côte environ de quatre lieues; à deux lieues la mer y est sans fond. Plusieurs pirogues voguoient le long de terre sur laquelle il y eut toujours de grands feux allumés. Il y a ici de la tortue; nous en trouvâmes les débris d'une dans le ventre d'un requin.

Le 11, nous relevâmes au soleil couchant les terres les plus Est à l'Est-quart-Nord-Est 2^d Est du compas, & les plus Ouest à Ouest Nord-Ouest, les unes & les autres en-

K k ij

Situation critique dans laquelle nous nous trouvons.

viron à quinze lieues de diftance. Les jours fuivans furent affreux: tout fut contre nous; le vent conftamment de l'Eft-Sud-Eft au Sud-Eft très-grand frais, de la pluie, une brume fi épaiffe que nous étions forcés de tirer des coups de canon pour nous conferver avec l'Etoile qui contenoit encore une partie de nos vivres, enfin une mer très-groffe qui nous affaloit fur la côte. A peine nous foutenions-nous en louvoyant, forcés de virer vent arriere, & ne pouvant faire que très-peu de voiles. Nous courions ainfi nos bords à tâtons au milieu d'une mer femée d'écueils, étant obligés de fermer les yeux fur tous les indices des dangers. La nuit du 11 au 12, fept ou huit de ces poiffons qu'on nomme *cornets*, poiffons qui fe tiennent toujours fur le fond, fauterent fur les paffavans. Il vint auffi fur le gaillard d'avant du fable & des goëmons de fond que les vagues y dépofoient en le couvrant. Je ne voulus pas faire fonder, la certitude du péril ne l'eût pas diminué, & il étoit le même quelque autre parti que nous euffions pris. Au refte nous devons notre falut à la connoiffance que nous eûmes de la terre le 10 au matin, immédiatement avant cette fuite de gros tems & de brume. En effet les vents étant de l'Eft-Sud-Eft au Sud-Eft, j'aurois penfé qu'en gouvernant au Nord-Eft, c'eût été un excès de prudence accordé à l'obfcurité du tems. Toutefois cette route nous mettoit dans le rifque évident de nous perdre, puifque nous avions la terre jufque dans l'Eft-Sud-Eft.

Le tems fe remit au beau le 16, le vent demeurant également contraire, mais au-moins le jour nous étoit rendu. A fix heures du matin nous vîmes la terre depuis le Nord jufqu'au Nord-Eft-quart-Eft du compas, & nous louvoyâmes pour la doubler. Le 17 au matin nous ne vî-

Dangers multipliés que nous courons.

mes point de terre au lever du foleil; mais à neuf heures
& demie nous apperçûmes une petite île dans le Nord-
Nord-Eft du compas à cinq ou fix lieues de diftance, &
une autre terre dans le Nord-Nord-Oueft environ à neuf
lieues. Peu après nous découvrîmes dans Nord-Eft-5 d-Eft
à quatre ou cinq lieues une autre petite île que fa reffemblance avec *Oueffant* nous fit appeler du même nom.
Nous continuions notre bordée au Nord-Eft-quart-Eft efpérant doubler toutes les terres, lorfqu'à onze heures on
en découvrit une nouvelle dans l'Eft-Nord-Eft-5 d-Nord
& des brifans dans l'Eft-Nord-Eft, qui paroiffoient venir
joindre Oueffant. Dans le Nord-Oueft de cet îlot on
voyoit une autre chaîne de brifans qui s'allongeoit à une
demi-lieue. La premiere île nous fembloit être auffi entre
deux chaînes de brifans.

Tous les navigateurs qui font venus dans ces parages,
avoient toujours redouté de tomber dans le Sud de la nouvelle Guinée, & d'y trouver un golfe correfpondant à celui de la *Carpantarie*, d'où il leur fût enfuite difficile de fe
relever. En conféquence ils ont tous gagné de bonne
heure la latitude de la nouvelle Bretagne, fur laquelle ils
alloient atterrir. Tous ont fuivi les mêmes traces, nous
en ouvrions de nouvelles, & il falloit payer l'honneur
d'une premiere découverte. Malheureufement le plus
cruel de nos ennemis étoit à bord, la faim. Je fus obligé
de faire une réduction confidérable fur la ration de pain
& de légumes. Il fallut auffi défendre de manger le cuir
dont on enveloppe les vergues & les autres vieux cuirs,
cet aliment pouvant donner de funeftes indigeftions. Il
nous reftoit une chevre, compagne fidele de nos aventures depuis notre fortie des îles Malouines où nous l'a-

Extrêmités
auxquelles
nous fommes
réduits.

vions prife. Chaque jour elle nous donnoit un peu de lait.
Les eſtomacs affamés dans un inſtant d'humeur, la con-
damnerent à mourir ; je n'ai pu que la plaindre , & le
boucher qui la nourriſſoit depuis ſi long-tems, a arroſé de
ſes larmes la victime qu'il immoloit à notre faim. Un jeune
chien pris dans le détroit de Magellan, eut le même ſort
peu de tems après.

Le 17 après midi les courans nous avoient été ſi favorables , que nous avions repris la bordée du Nord-Nord-
Eſt , portant fort au vent d'Oueſſant & de ſes bâtures.
Mais à quatre heures nous eûmes la conviction que ces
briſans s'étendoient beaucoup plus loin que nous n'avions
penſé ; on en découvroit juſque dans l'Eſt-Nord-Eſt , ſans
que ce fût encore leur fin. Il fallut reprendre pour la nuit
la bordée du Sud-Sud-Oueſt , & au jour celle de l'Eſt.
Pendant toute la matinée du 18 nous ne vîmes point de
terres , & déja nous nous livrions à l'eſpoir d'avoir doublé
îlots & briſans. Notre joie fut courte. A une heure après
midi une île ſe fit voir dans le Nord-Eſt-quart-Nord du
compas , & bientôt elle fut ſuivie de neuf ou dix autres. Il
y en avoit juſque dans l'Eſt-Nord-Eſt , & derriere ces îles
une terre plus élevée s'étendoit dans le Nord-Eſt , environ
à dix lieues de diſtance. Nous louvoyâmes toute la nuit ;
le jour ſuivant nous donna le même ſpectacle d'une double chaîne de terres courant à-peu-près Eſt & Oueſt , ſavoir au Sud une ſuite d'îlots joints par des récifs à fleur
d'eau , dans le Nord deſquels s'étendoient des terres plus
élevées. Les terres que nous découvrîmes le 20 , nous parurent prendre moins du Sud , & ne plus courir que ſur
l'Eſt-Sud-Eſt ; c'étoit un amendement à notre poſition. Je
pris le parti de courir des bords de vingt-quatre heures ;

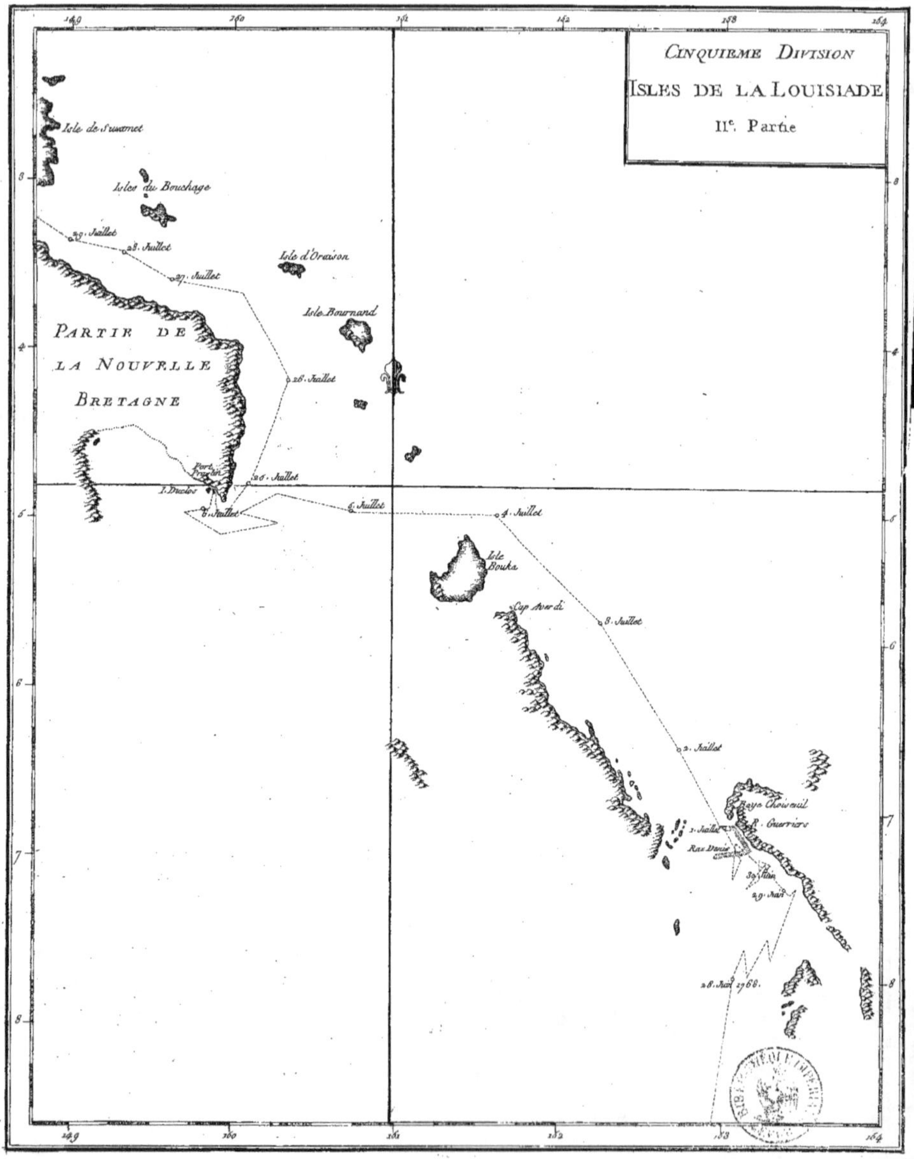

Pl. 12.

CINQUIÈME DIVISION
ISLES DE LA LOUISIADE
IIᵉ. Partie

Isle de S'aumet

Isles du Bouchage

29. Juillet
28. Juillet
27. Juillet

Isle d'Oraison

Isle Bournand

PARTIE DE
LA NOUVELLE
BRETAGNE

26. Juillet

26. Juillet

Port
I. Duclos
6. Juillet
6. Juillet
5. Juillet
4. Juillet

Isle
Bouka

Cap Averdi
5. Juillet

2. Juillet

Baye Choiseul
1. Juillet
R. Guerriere
Ras Denis
30. Juin
29. Juin

28. Juin 1768.

nous perdions trop à virer plus fouvent , la mer étant extrêmement groffe , le vent violent & conftamment le même : d'ailleurs nous étions contraints à faire peu de voiles
pour ménager une mâture caduque & des manœuvres en-
dommagées, & nos navires marchoient très-mal , n'étant
plus en affiette & n'ayant pas été carenés depuis fi long-
tems.

Nous vîmes la terre le 25 au lever du foleil depuis le
Nord jufqu'au Nord-Nord-Eft ; mais ce n'étoit plus une
terre baffe ; on appercevoit au contraire une terre extrêmement haute & qui paroiffoit fe terminer par un gros
cap. Il étoit vraifemblable qu'elle couroit enfuite fur le
Nord. Nous gouvernâmes tout le jour au Nord-Eft-quart-
Eft & à l'Eft-Nord-Eft, fans voir de terres plus Eft que le
cap que nous doublions avec une fatisfaction que je ne
fçaurois dépeindre. Le 26 au matin , le cap étant beaucoup fous le vent à nous , & ne voyant plus de terres au
vent, il fut enfin permis de mettre la route au Nord-
Nord-Eft. Nous appellâmes ce cap après lequel nous
avions fi long-tems afpiré , *le cap de la Délivrance,* & le
golfe dont il fait la pointe orientale, *le golfe de la Louifiade.*
C'eft une terre que nous avons bien acquis le droit de
nommer. Pendant les quinze jours paffés dans ce golfe ,
les courans nous ont affez régulièrement portés dans l'Eft.
Le 26 & le 27 le vent fut très-grand frais, la mer affreufe,
le tems à grains & fort obfcur. Il ne fut pas poffible de
faire du chemin pendant la nuit.

Nous nous étions élevés environ foixante lieues dans
le Nord depuis le cap de la Délivrance , lorfque le 28 au
matin on découvrit la terre dans le Nord-Oueft à neuf
ou dix lieues de diftance. C'étoient deux îles dont la plus

Nous dou-
blons enfin
les terres du
golfe.

méridionale reſtoit, à huit heures, dans le Nord-Oueſt-quart-Oueſt du compas. Une autre côte longue & élevée ſe fit appercevoir en même tems depuis l'Eſt-Sud-Eſt juſqu'à l'Eſt-Nord-Eſt. Celle-ci couroit ſur le Nord ; & à meſure que nous avancions dans le Nord-Eſt, on la voyoit ſe prolonger davantage & tourner au Nord-Nord-Oueſt. On découvrit cependant un eſpace où la côte étoit interrompue, ſoit que ce fût un canal ou l'ouverture d'une grande baie, car on crut diſtinguer des terres dans le fond. Le 29 au

Rencontre de nouvelles îles.

matin, la côte que nous avions à l'Eſt continuoit à s'étendre ſur le Nord-Oueſt, ſans que de ce côté notre horiſon fût borné. Je voulus la rallier pour la prolonger enſuite & chercher un mouillage. A trois heures après midi, étant à près de trois lieues de terre, nous avions trouvé fond par 48 braſſes, ſable blanc & morceaux de coquilles briſées ; nous portâmes alors ſur une anſe qui paroiſſoit commode ; mais le calme ſurvint & nous conſomma inutilement le reſte de la journée. La nuit ſe paſſa à courir de petits bords, & le 30 dès la pointe du jour j'envoyai les bateaux avec un détachement aux ordres du Chevalier de Bournand, pour viſiter le long de la côte pluſieurs anſes qui ſembloient promettre un mouillage, le fond trouvé au large étant d'un augure favorable. Je le ſuivis à petites voiles, prêt à le joindre au premier ſignal qu'il nous en feroit.

Deſcription des inſulaires.

Vers les dix heures une douzaine de pirogues de différentes grandeurs vinrent aſſez près des navires, ſans toutefois vouloir les accoſter. Il y avoit vingt-deux hommes dans la plus grande, dans les moyennes huit ou dix, deux ou trois dans les plus petites. Ces pirogues paroiſſoient bien faites ; elles ont l'avant & l'arriere fort relevés ; ce ſont

les

les premieres que nous ayons vu dans ces mers fans balancier. Ces infulaires font auffi noirs que les Negres d'A-
frique ; ils ont les cheveux crépus, mais longs, quelques-
uns de couleur rouffe. Ils portent des bracelets & des plaques au front & fur le col. J'ignore de quelle matiere
elle m'a paru être blanche. Ils font armés d'arcs & de fagayes, ils faifoient de grands cris, & il parut que leurs difpofitions n'étoient pas pacifiques. Je rappellai nos bateaux
à trois heures. Le Chevalier de Bournand me rapporta
qu'il avoit trouvé prefque par-tout bon fond pour mouiller par 30, 25, 20, 15 jufqu'à 11 braffes fable vazeux,
mais en pleine côte & fans riviere ; qu'il n'avoit vu qu'un
feul ruiffeau dans toute cette étendue. La côte ouverte eft
prefque inabordable, la vague y brife par-tout, les montagnes viennent s'y terminer au bord de la mer, & le fol eft
entiérement couvert de bois. Dans de petites anfes il y a
quelques cabanes, mais en petit nombre ; les infulaires
habitent dans la montagne. Notre petit canot fut fuivi
quelque tems par trois ou quatre pirogues qui fembloient
vouloir l'attaquer. Un infulaire même fe leva plufieurs
fois pour lancer une fagaye ; mais il ne le fit pas, & le canot revint à bord fans guerroyer.

Notre fituation au refte étoit affez critique. Nous avions
des terres inconnues jufqu'à ce jour, d'une part depuis le
Sud jufqu'au Nord-Nord-Oueft par l'Eft & le Nord ; de
l'autre depuis l'Oueft-quart-Sud-Oueft jufqu'au Nord-
Oueft. Malheureufement l'horifon étoit tellement embrumé depuis le Nord-Oueft jufqu'au Nord-Nord-Oueft,
qu'on n'y voyoit pas de ce côté à la diftance de deux
lieues. C'étoit toutefois dans cet intervalle que je comptois
chercher un paffage ; nous étions trop avancés pour recu-

Tentative
inutile pour
trouver un
mouillage.

L l

ler. Il eſt vrai qu'une forte marée qui venoit du Nord &
portoit dans le Sud-Eſt, nous faiſoit eſpérer d'y trouver
un débouché. Le fort de la marée ſe fit ſentir depuis quatre
heures juſqu'à cinq heures & demie du ſoir ; les vaiſſeaux,
quoique pouſſés d'un vent très-frais, gouvernoient avec
peine. La marée mollit à ſix heures. Pendant la nuit nous
louvoyâmes du Sud au Sud-Sud-Oueſt ſur un bord, de
l'Eſt-Nord-Eſt au Nord-Eſt ſur l'autre. Le tems fut à
grains avec beaucoup de pluie.

1768.
Juillet.

Le 1er Juillet à ſix heures du matin nous nous retrouvâmes au même point où nous étions la veille à l'entrée de
la nuit, preuve qu'il y avoit eu flux & reflux. Nous
gouvernâmes au Nord-Oueſt & Nord-Oueſt-quart-Nord.
A dix heures nous donnâmes dans un paſſage large environ de quatre à cinq lieues entre la côte prolongée juſqu'ici
à l'Eſt & les terres occidentales. Une marée très-forte,
qui porte Sud-Eſt & Nord-Oueſt, forme au milieu de ce
paſſage un raz qui le traverſe & où la mer s'élève & briſe

Parages dan-
gereux.

comme s'il y avoit des roches à fleur d'eau. Je le nommai
raz Denis, du nom de mon maître d'équipage, bon &
ancien ſerviteur du Roi. L'Etoile qui le paſſa deux heures
après nous & plus dans l'Oueſt, s'y trouva ſur 5 braſſes
d'eau fond de roches. La mer y étoit alors ſi mauvaiſe,
qu'ils furent contraints de fermer les écoutilles. A bord
de la frégate nous y ſondâmes par 44 braſſes, fond de
ſable, gravier, coquilles & corail. La côte de l'Eſt commençoit ici à s'abaiſſer & à tourner au Nord. Nous y apperçûmes, étant à-peu-près au milieu du paſſage, une jolie baie dont l'apparence promettoit un bon mouillage. Il
faiſoit preſque calme & la marée dont le cours étoit alors
au Nord-Oueſt, nous la fit dépaſſer en un inſtant. Nous

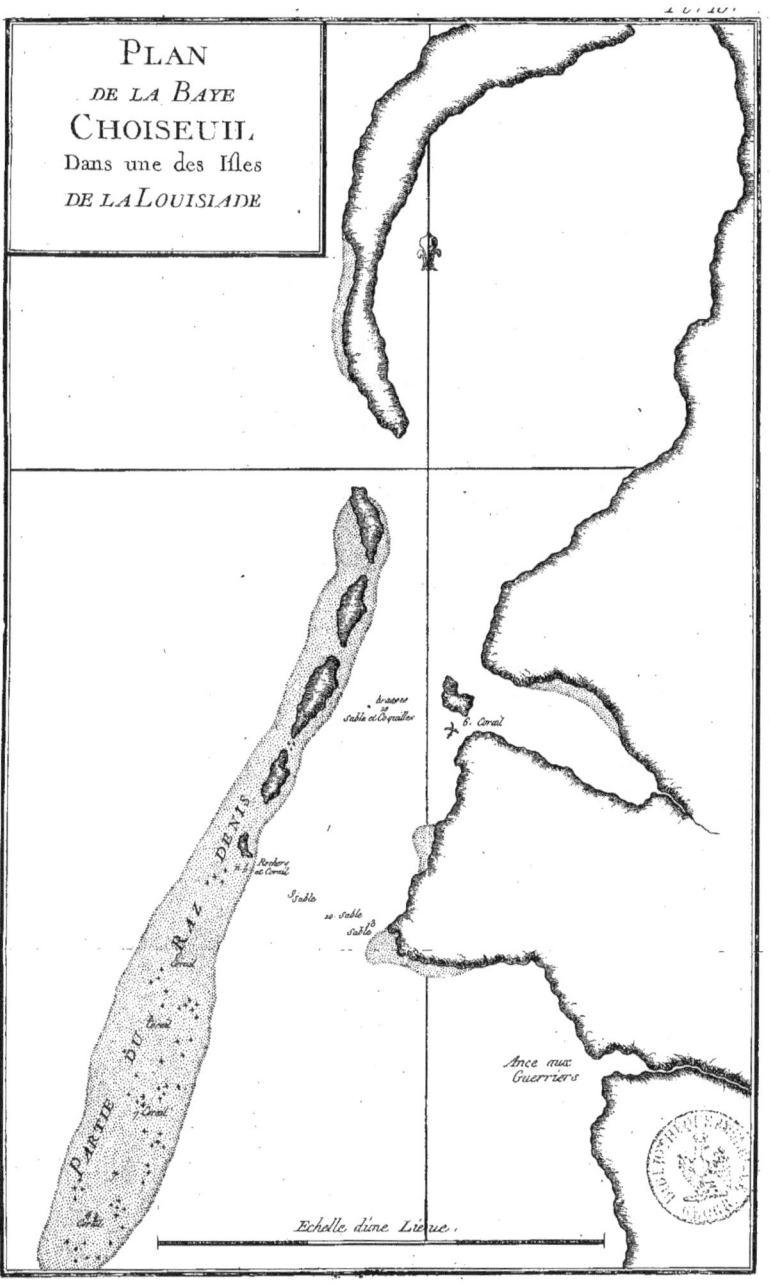

PLAN
DE LA BAYE
CHOISEUIL
Dans une des Isles
DE LA LOUISIADE

Ance aux
Guerriers

Echelle d'une Lieue.

tînmes auffitôt le vent dans l'intention de la vifiter. Un
déluge de pluie, furvenu à onze heures & demie, nous
déroba la vue de la terre & du foleil, & nous força de
différer nos recherches.

A une heure après-midi, j'envoyai les bateaux armés
aux ordres du Chevalier d'Oraifon, Enfeigne de Vaiffeau,
pour fonder & reconnoître la baie, & pendant le tems de
cette opération nous tâchâmes de nous maintenir à portée
de fuivre fes fignaux. Le tems étoit beau, mais prefque
calme. A trois heures, nous vîmes le fond fous nous par
10 & 8 braffes, fond de roches. A quatre heures nos bateaux firent fignal de bon mouillage, & nous manœuvrâmes auffi-tôt toutes voiles hautes pour le gagner. Il ventoit
peu & la marée nous étoit contraire. A cinq heures nous
repaffâmes fur le banc de roches par 10, 9, 8, 7, & 6
braffes. Nous vîmes même dans le Sud-Sud-Eft environ à
une encablure, un remoux qui fembloit indiquer qu'en cet
endroit il n'y avoit pas plus de deux ou trois braffes d'eau.
En gouvernant au Nord-Ouest & Nord-Ouest-quart-Nord,
nous augmentâmes d'eau. Je fis à l'Etoile le fignal *d'arriver*,
afin qu'elle évitât ce banc, & je lui envoyai fon bateau
pour la guider au mouillage. Cependant nous n'avancions
point, le vent étant trop foible pour nous aider à refouler
la marée, & la nuit approchoit à pas précipités. En deux
heures entieres nous ne gagnâmes pas une demi-lieue, &
il fallut renoncer à ce mouillage, étant impraticable d'aller le chercher à tâtons, environnés comme nous l'étions
de baffes, de récifs, & livrés à des courans rapides & irré-
guliers. Je fis donc gouverner à Ouest-quart-Nord-Ouest,
& Ouest-Nord-Ouest pour nous remettre au large, fondant
fouvent. Lorfque nous eûmes amené la pointe feptentrio-

Nouvelle ten-
tative pour
trouver une
relâche.

nale de la terre au Nord-Eft, nous *arrivâmes* au Nord-
Oueft, puis au Nord-Nord-Oueft & au Nord. Je reprends
le détail de l'expédition de nos bateaux.

Les infulaires
attaquent nos
bateaux.　Avant que d'entrer dans la baie, ils en avoient d'abord
rangé la pointe du Nord, qui eft formée par une prefqu'île le long de laquelle ils trouverent fond depuis 9 jufqu'à 13 braffes, fable & corail. Ils s'enfoncerent enfuite
dans la baie, & ils y trouverent à un quart de lieue en-
dedans un très-bon mouillage fur 9 & 12 braffes, fond de
fable gris & gravier, à l'abri depuis le Sud-Eft jufqu'au Sud-
Oueft en paffant par l'Eft & le Nord. Comme ils étoient
occupés à fonder, ils virent tout-d'un-coup paroître à l'entrée de la baie dix pirogues, fur lefquelles il y avoit environ cent cinquante hommes armés d'arcs, de lances & de
boucliers. Elles fortoient d'une ance, qui renferme une
petite riviere dont les bords font couverts de cabannes. Ces
pirogues s'avancerent en bon ordre, voguant fur nos bateaux à force de rames, & lorfqu'elles s'en jugerent affez
près, elles fe féparerent fort leftement en deux bandes
pour les envelopper. Les Indiens alors pousserent des cris
affreux, & faififfant leurs arcs & leurs lances, ils commencerent une attaque, qui devoit leur paroître un jeu,
contre une poignée d'hommes. On fit fur eux une premiere décharge qui ne les arrêta point. Ils continuerent à
lancer leurs fleches & leurs fagayes, fe couvrant de leurs
boucliers, qu'ils croyoient une arme défensive. Une fe-
Defcription
de leurs ca-
nots.　conde décharge les mit en fuite; plufieurs fe jetterent à la
mer pour gagner la terre à la nage. On leur prit deux pirogues : elles font fort longues, bien travaillées, l'avant &
l'arriere font extrèmement relevés, ce qui fert d'abri contre les fleches en préfentant le bout. Sur le devant d'une de

Fig. 3.

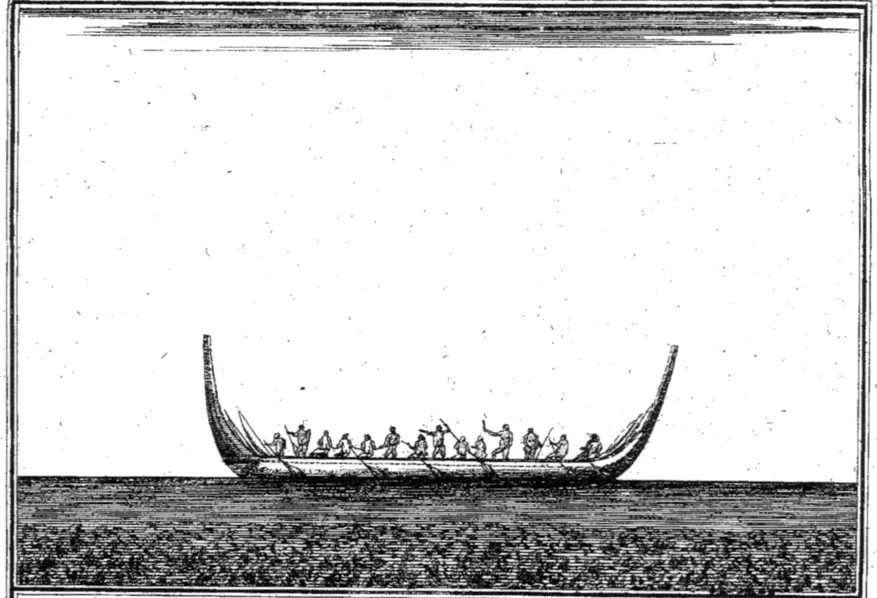

Canot Sauvage de l'Isle Choiseul.

ces pirogues il y avoit une tête d'homme sculptée ; les yeux étoient de nacre, les oreilles d'écaille de tortue , & la figure ressembloit à un masque garni d'une longue barbe. Les levres étoient teintes d'un rouge éclatant. On trouva dans leurs pirogues des arcs, des fleches en grand nombre, des lances, des boucliers, des cocos, & plusieurs autres fruits dont nous ne connoissions pas l'espece, de l'areke, divers petits meubles à l'usage de ces Indiens, des filets à mailles très-fines artistement tissus, & une mâchoire d'homme à demi grillée. Ces insulaires sont noirs & ont les cheveux crépus qu'ils teignent en blanc, en jaune & en rouge. Leur audace à nous attaquer, l'usage de porter des armes offensives & défensives, leur adresse à s'en servir, prouvent qu'ils sont presque toujours en état de guerre. Au reste, nous avons observé dans le cours de ce voyage, qu'en général les hommes negres sont beaucoup plus méchans que ceux dont la couleur approche de la blanche. Ceux-ci sont nuds, à l'exception d'une bande de natte qui leur couvre les parties naturelles. Leurs boucliers sont d'une forme ovale, faits de joncs tournés les uns au-dessus des autres, & parfaitement bien liés. Ils doivent être impénétrables aux fleches. Nous avons nommé la riviere & l'ance d'où sont sortis ces braves insulaires, *la riviere des Guerriers ;* l'île entiere & la baie, *île & baie Choiseul.* La presqu'île du Nord est entierement couverte de cocotiers.

Description des insulaires.

Il venta peu les deux jours suivans. Après être sortis du passage nous découvrîmes dans l'Ouest une côte longue & montueuse, dont les sommets se perdoient dans les nuès. Le 2 au soir nous voyons encore les terres de l'île Choiseul. Le 3 au matin nous ne voyions plus que la nou-

Suite de nos découvertes.

velle côte, qui eſt d'une hauteur ſurprenante, & qui court
ſur le Nord-Oueſt-quart-Oueſt. Sa partie ſeptentrionale
nous parut alors terminée par une pointe qui s'abaiſſe in-
ſenſiblement & forme un cap remarquable. Je lui ai donné
le nom de *cap l'Averdi.* Il nous reſtoit le 3 à midi, environ à douze lieues dans l'Oueſt-5 d.-Nord du compas, &
la hauteur méridienne que nous obſervâmes, nous donna
le moyen de déterminer avec juſteſſe ſa poſition en latitude. Les nuages qui couvroient les ſommets des terres ſe
diſſiperent au coucher du ſoleil, & nous laiſſerent appercevoir des cimes de montagnes d'une hauteur prodigieuſe.
Le 4 les premiers rayons du jour nous firent voir des
terres plus occidentales que le cap l'Averdi. C'étoit une
nouvelle côte moins élevée que l'autre, & courant ſur le
Nord-Nord-Oueſt. Entre la pointe Sud-Sud-Eſt de cette
terre & le cap l'Averdi, il reſtoit un vaſte eſpace formant
ou un paſſage ou un golfe conſidérable. Dans un grand
éloignement on y appercevoit quelques mondrains. Derriere cette nouvelle côte, nous en apperçûmes une plus
haute qui ſuivoit le même giſſement. Nous tînmes le plus
près toute la matinée pour accoſter la terre baſſe. Nous en
étions à midi environ à cinq lieues de diſtance, & nous
relevâmes ſa pointe du Nord-Nord-Oueſt au Sud-Oueſt-
quart-Oueſt. L'après midi trois pirogues, dans chacune
deſquelles étoient cinq à ſix Negres, ſe détacherent de la
côte & vinrent reconnoître les vaiſſeaux. Elles s'arrêterent
à une portée de fuſil, & ce ne fut qu'après y avoir paſſé
près d'une heure, que nos invitations réitérées les déterminerent enfin à s'approcher davantage. Quelques bagatelles qu'on leur jetta attachées ſur des morceaux de planches acheverent de leur donner un peu de confiance. Ils

accofterent le navire en montrant des noix de cocos &
criant *bouca*, *bouca*, *onellé*. Ils répétoient fans ceffe ces
mots que nous criâmes enfuite comme eux, ce qui parut
leur faire plaifir. Ils ne refterent pas long-tems le long du
vaiffeau. Ils nous firent figne qu'ils alloient nous chercher
des noix de cocos. On applaudit à leur deffein ; mais à
peine furent-ils éloignés à vingt pas, qu'un de ces hommes perfides tira une fleche qui n'atteignit heureufement
perfonne. Ils fuirent enfuite à force de rames ; nous étions
trop forts pour les punir.

Defcription
d'infulaires
qui s'appro-
chent des na-
vires.

Ces Negres font entierement nuds. Ils ont les cheveux
crépus & courts, les oreilles percées & fort allongées.
Plufieurs avoient la laine peinte en rouge & des taches
blanches en différens endroits du corps. Il paroît qu'ils
mâchent du bétel, puifque leurs dents font rouges. Nous
avons vû que les habitans de l'île Choifeul en font auffi
ufage ; car on trouva dans leurs pirogues de petits facs où
il y en avoit des feüilles avec de l'areke & de la chaux.
On a eu de ceux-ci des arcs longs de fix pieds, & des
fleches armées d'un bois fort dur. Leurs pirogues font
plus petites que celles de l'ance des Guerriers, & nous
fûmes furpris de ne trouver aucune reffemblance dans
leur conftruction. Ces dernieres ont l'avant & l'arriere peu
relevés ; elles font fans balancier, mais affez larges pour
que deux hommes y nagent en couple. Cette île que nous
avons appellée *Bouka*, paroît être extrèmement peuplée, fi
l'on en juge par la quantité de cafes dont elle eft couverte
& par les apparences de culture que nous y avons apper-
çues. Une belle plaine à mi-côte, toute plantée de cocotiers & d'autres arbres, nous offroit la plus agréable perf-
pective, & je defirois fort trouver un mouillage fur cette

côte ; mais le vent contraire & un courant rapide qui portoit dans le Nord-Oueſt nous en éloignoient viſiblement.
Pendant la nuit nous tînmes le plus près gouvernant au
Sud-quart-Sud-Oueſt & Sud-Sud-Oueſt, & le lendemain
au matin l'île Bouka étoit déjà bien loin de nous dans l'Eſt
& le Sud-Eſt. La veille au ſoir on avoit apperçu du haut des
mâts une petite île qui fut relevée depuis le Nord - Oueſt
juſqu'au Nord-Oueſt-quart-Oueſt du compas. Au reſte,
nous ne pouvions être loin de la nouvelle Bretagne, &
c'étoit-là que nous comptions trouver une relâche.

Relâche à la
nouvelle Bre-
tagne.

Nous eûmes connoiſſance le 5 après midi de deux petites îles dans le Nord & le Nord-Nord-Oueſt, à dix ou
douze lieues de diſtance, & preſque au même inſtant
d'une autre plus conſidérable entre le Nord - Oueſt &
l'Oueſt ; les terres de cette derniere, les plus voiſines de
nous à cinq heures & demie du ſoir, nous reſtoient au
Nord-Oueſt-quart-Oueſt environ à ſept lieues. La côte
étoit élevée & paroiſſoit renfermer pluſieurs baies. Comme nous n'avions plus ni eau ni bois, & que nos malades
empiroient, je réſolus de m'arrêter ici, & nous fîmes toute
la nuit les bordées les plus avantageuſes pour nous conſer-
ver cette terre ſous le vent. Le 6, au point du jour, nous
en étions à cinq ou ſix lieues, & nous portâmes deſſus
dans le même moment où nous découvrions une nouvelle
terre haute & de belle apparence dans le Oueſt-Sud-Oueſt
de celle-ci, depuis dix-huit juſqu'à douze & dix lieues de
diſtance. Sur les huit heures étant environ à trois lieues de
la premiere, j'envoyai le Chevalier du Bouchage avec
deux bateaux armés pour la reconnoître & y chercher un
mouillage. A une heure après midi il nous ſignala qu'il en
avoit trouvé un, & auſſi - tôt je fis ſervir & gouverner ſur
un

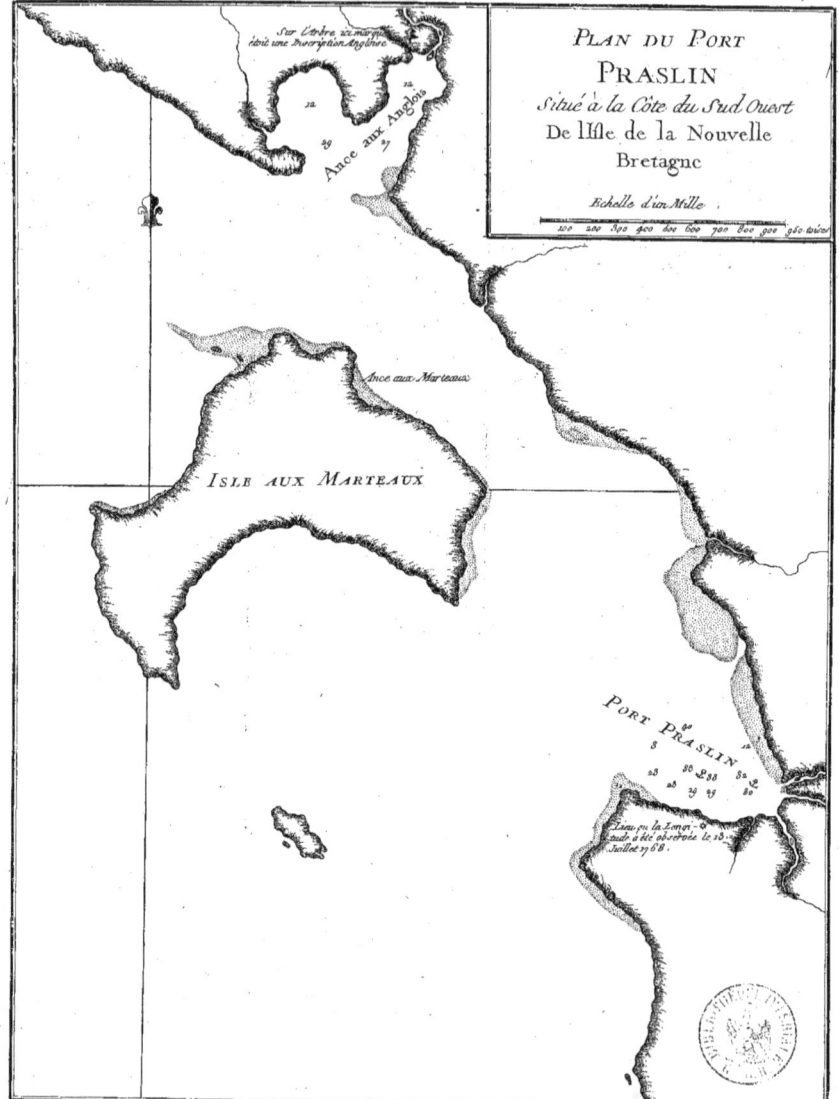

Pl. 14.

PLAN DU PORT
PRASLIN
Situé à la Côte du Sud Ouest
De l'Isle de la Nouvelle
Bretagne

Echelle d'un Mille

100 200 300 400 500 600 700 800 900 950 toises

Sur l'arbre, ici marqué
étoit une Inscription Angloise

Ance aux Anglois

Ance aux Marteaux

ISLE AUX MARTEAUX

PORT PRASLIN

Lieu, où la Lune
aude à été observée le 13
Juillet 1768.

un canot qu'il détacha au-devant de nous ; à trois heures
nous mouillâmes par 33 braſſes d'eau, fond de ſable blanc
fin & vaſeux. L'Étoile mouilla plus à terre que nous par
21 braſſes même fond.

En entrant on laiſſe à bas-bord dans l'Oueſt une petite
île & un îlot, qui ſont à une demi-lieue de la côte. Une
pointe, qui s'avance vis-à-vis l'îlot, forme en-dedans un
véritable port à l'abri de tous les vents, où le fond eſt par-
tout d'un beau ſable blanc, depuis 35 juſqu'à 15 braſſes.
Sur la pointe de l'Eſt il y a une bâture, mais viſible, &
qui ne s'étend pas au large. On voit auſſi au nord de la baie
deux petites bâtures qui découvrent à baſſe mer. A l'accore
des récifs il y a 12 braſſes d'eau. L'entrée de ce port eſt
très-aiſée ; la ſeule attention qu'on doive avoir, c'eſt de
ranger la pointe de l'Eſt de près & avec beaucoup de
voiles, parce que dès qu'elle eſt doublée on ſe trouve en
calme, & qu'alors il faut entrer ſur l'air du vaiſſeau. Notre
mouillage étoit par les marques ſuivantes ; *l'îlot de l'entrée*
reſtoit à l'Oueſt-quart-Sud-Oueſt-1ᵈ-30'-Oueſt ; *la pointe*
Eſt de l'entrée à Oueſt-quart-Sud-Oueſt-1ᵈ-Sud ; *la pointe*
Oueſt à l'Oueſt-quart-Nord-Oueſt ; *le fond du port* au Sud-
Eſt-quart-Eſt. Nous affourchâmes Eſt & Oueſt. Nous paſ-
sâmes le reſte de la journée à nous amarrer, à amener
vergues & mâts de hune, à mettre les chaloupes dehors,
& à viſiter tout le tour du port.

Il plut toute la nuit ſuivante & preſque toute la journée
du 7. Nous envoyâmes à terre nos pieces à l'eau ; nous y
dreſsâmes quelques tentes, & on commença à faire l'eau,
le bois, & les leſſives, toutes choſes de premiere néceſſité.
Le débarquement étoit magnifique, ſur un ſable fin, ſans
aucune roche ni vague ; l'intérieur du port dans un eſpace

M m

Qualités &
indices du
mouillage.

Deſcription
du port & des
environs.

de quatre cents pas, contenoit quatre ruiſſeaux. Nous en
prîmes trois pour notre uſage ; un deſtiné à faire l'eau de
la Boudeuſe, un ſecond pour celle de l'Etoile, le troiſieme
pour laver. Le bois ſe trouvoit au bord de la mer, & il
y en avoit de pluſieurs eſpeces, toutes très-bonnes pour
brûler, quelques-unes ſuperbes pour les ouvrages de
charpente, de menuiſerie, & même de tabletterie. Les
deux vaiſſeaux étoient à portée de la voix l'un de l'autre
& de la rive. D'ailleurs le port & ſes environs fort au loin
étoient inhabités, ce qui nous procuroit une paix & une
liberté précieuſes. Ainſi nous ne pouvions deſirer un ancrage plus ſûr, un lieu plus commode pour faire l'eau, le
bois, & les diverſes réparations dont les navires avoient
le plus urgent beſoin, & pour laiſſer errer à leur fantaiſie
nos ſcorbutiques dans les bois.

Tels étoient les avantages de cette relâche ; elle avoit
auſſi ſes inconvéniens. Malgré les recherches que l'on en
fit, on n'y découvrit ni cocos ni bananes, ni aucune des
reſſources qu'on auroit pû, de gré ou de force, tirer d'un
pays habité. Si la pêche n'étoit pas abondante, on ne
devoit attendre ici que la ſureté & le ſtrict néceſſaire. Il y
avoit alors tout lieu de craindre que nos malades ne s'y
rétabliſſent pas. A la vérité nous n'en avions pas qui fuſſent attaqués fortement, mais pluſieurs étoient atteints,
& s'ils n'amendoient point ici, le progrès du mal ne pouvoit plus être que rapide.

Le premier jour, ſur les bords d'une petite riviere éloignée de notre camp d'environ un tiers de lieue, on trouva une pirogue comme en dépôt & deux cabanes. La pirogue étoit à balancier, fort légere & en bon état. Il y
avoit à côté les débris de pluſieurs feux, de gros coquilla-

ges calcinés & des carcaffes de têtes d'animaux que M. de
Commerçon nous dit être de fangliers. Il n'y avoit pas
long-tems que les Sauvages étoient venus dans cet endroit ; car on trouva dans les cabanes des figues bananes
encore fraîches. On crut même entendre des cris d'hommes
dans les montagnes ; mais on a depuis vérifié qu'on avoit
pris pour tels le gémiffement de gros ramiers hupés d'un
plumage azur & qu'on nomme dans les Moluques *l'oifeau
couronné*. Nous fîmes au bord de cette riviere une rencontre plus extraordinaire. Un matelot de mon canot, cherchant des coquilles, y trouva enterré dans le fable un
morceau d'une plaque de plomb, fur lequel on lifoit ce
refte de mots Anglois H O R D H E R E
         I C K M A J E S T Y S.
On y voyoit encore les traces des clous qui avoient fervi
à attacher l'infcription, laquelle paroiffoit être peu ancienne. Les Sauvages avoient fans doute arraché la plaque &
l'avoient mife en morceaux.

Cette rencontre nous engageoit à reconnoître foigneufement tous les environs de notre mouillage. Auffi courûmes-nous la côte en-dedans de l'île qui couvre la baie ;
nous la fuivîmes environ deux lieues & nous aboutîmes à une
baie profonde, mais peu large, ouverte au Sud-Oueft, au
fond de laquelle nous abordâmes près d'une belle riviere.
Quelques arbres fciés ou abattus à coups de hache, frap-
perent auffitôt nos regards & nous apprirent que c'étoit-
là que les Anglois avoient relâché. Enfuite il nous en coûta
peu de recherches pour retrouver le lieu où avoit été placée l'infcription. C'étoit à un très-gros arbre fort apparent fur
la rive droite de la riviere, au milieu d'un grand efpace où
nous jugeâmes que les Anglois avoient dreffé des tentes ;

Traces trou-
vées d'un
campement
Anglois.

M m ij

car on voyoit encore aux arbres plufieurs amarrages de
bitord. Les clous étoient à l'arbre, & la plaque n'avoit été
arrachée que depuis peu de jours; car fa trace étoit fraîche. Dans l'arbre même il y avoit des gradins pratiqués
par les Anglois ou par les infulaires. Des rejettons qui s'é-
levoient fur la coupe d'un des arbres abattus, nous four-
nirent un moyen de conclure qu'il n'y avoit pas plus de
quatre mois que les Anglois avoient mouillé dans cette
baie. Le bitord trouvé l'indiquoit fuffifamment ; car, quoique dans un lieu fort humide, il n'étoit point pourri. Je
ne doute pas que le vaiffeau venu ici de relâche, ne foit
le *Swallow*, bâtiment de quatorze canons, commandé par
M. Carteret & forti d'Europe au mois d'Août 1766 avec
le *Delfin* que commandoit M. Walas. Nous avons eu depuis des nouvelles de ce bâtiment à Batavia, où nous en
parlerons & d'où on verra que nous avons fuivi fa trace
jufqu'en Europe. C'eft un hazard bien fingulier que celui
qui, au milieu de tant de terres, nous ramene à un point
où cette nation rivale venoit de laiffer un monument d'une
entreprife femblable à la nôtre.

La pluie fut prefque continuelle jufqu'au 11. Il y avoit

apparence de grand vent dehors; mais le port eft abrié de
tous côtés par les hautes montagnes qui l'environnent.
Nous accélérâmes nos travaux autant que le mauvais tems
le permettoit. Je fis auffi pomoyer nos cables & relever
une ancre pour mieux connoître la qualité du fond; on

n'en pouvoit fouhaiter un meilleur. Un de nos premiers
foins avoit été de chercher, affurément avec intérêt, fi le
pays pourroit fournir quelques rafraîchiffemens aux malades & quelque nourriture folide pour les fains. Nos recherches furent infructueufes. La pêche étoit abfolument

ingrate , & nous ne trouvâmes dans les bois que quelques
lataniers & des choux palmiftes en très-petit nombre; encore les falloit-il difputer à des fourmis énormes , dont les
effains innombrables ont forcé d'abandonner plufieurs
pieds de ces arbres déjà abattus. On vit, il eft vrai, cinq
ou fix fangliers ou cochons marons , & depuis ce tems il y
eut toujours des chaffeurs occupés à en chercher, fans que
jamais on en ait tué. C'eft le feul quadrupede que nous
ayons rencontré ici.

Quelques perfonnes ont auffi cru y reconnoître les traces d'un chat tigre. Nous avons tué quelques gros pigeons
de la plus grande beauté. Leur plumage eft verd-doré. Ils
ont le col & le ventre gris-blanc & une petite crête fur la
tête. Il y a auffi des tourterelles, des veuves plus groffes
que celles du Bréfil , des perroquets , des oifeaux couron-
nés, & une efpèce d'oifeau dont le cri reffemble fi fort à
l'aboyement d'un chien, qu'il n'y a perfonne qui n'y foit
trompé la premiere fois qu'on l'entend. Nous avons auffi
vû des tortues en différentes parties du canal , mais nous
n'étions pas dans le tems de la ponte. Il y a dans cette
baie de belles anfes de fable , où je crois qu'alors on en
pourroit prendre un affez bon nombre.

Tout le pays eft montagneux ; le fol y eft très-léger, à
peine le rocher eft-il recouvert. Cependant les arbres
y font de la plus grande élévation, & il y a plufieurs efpeces de très-beaux bois. On y trouve le betel, l'areca &
le beau jonc des Indes que nous tirons des Malais. Il croît
ici dans les lieux marécageux ; mais foit qu'il exige une
culture, foit que les arbres qui couvrent entierement la
terre nuifent à fon accroiffement & à fa qualité , foit enfin que nous ne fuffions pas dans la faifon de fa maturité,

on n'en a point coupé de beaux. Le poivrier aussi est commun ici, mais ce n'étoit alors ni le tems des fruits ni celui des fleurs. Le pays est en général peu riche en botanique. Au reste, il n'existe aucune trace qu'il ait jamais été habité à demeure. Il paroît certain que de tems-en-tems il y passe des Indiens; nous rencontrions fréquemmens sur le bord de la mer des endroits où ils s'étoient arrêtés; on les reconnoissoit facilement aux débris de leurs repas.

Le 10 il mourut un Matelot à bord de l'Etoile. Sa maladie étoit compliquée & ne tenoit en rien du scorbut. Les trois jours suivans furent très-beaux, & nous les employâmes utilement. Nous refîmes le pied de notre mât d'artimont qui s'étoit rongé dans la carlingue, & l'Etoile recoupa le sien dont la tête étoit consentie. Nous prîmes aussi à bord de cette flûte la farine & le biscuit qui lui restoient encore pour nous proportionnellement à notre nombre. Il se trouva moins de légumes qu'on n'avoit cru, & je fus obligé de retrancher plus d'un tiers des gourga-

Disette cruelle que nous éprouvons.

nes qui faisoient notre soupe : je dis notre, car tout se distribuoit également. Etats - majors & équipages étoient à la même nourriture; notre situation égalisoit les hommes comme la mort. Nous profitâmes aussi du beau tems pour faire des observations essentielles.

Le 11 au matin M. Verron établit à terre son quart de cercle & une pendule à secondes; il s'en servit le même jour pour observer la hauteur méridienne du soleil. Le mouvement de la pendule fut déterminé avec exactitude par des hauteurs correspondantes, prises deux jours de suite. Il y avoit le 13 une éclipse de soleil visible pour nous, & il falloit être en état de l'observer, si le tems le per-

mettoit. Il fut très-beau, & on pût voir le moment de
l'immersion & celui de l'émersion. M. Verron observoit
avec une lunette de neuf pieds ; le Chevalier du Bouchage
avec une lunette acromatique de Dollond, longue de quatre pieds ; mon poste étoit à la pendule. Le commencement de l'éclipse fut pour nous le 13 à 19ʰ 50′ 45″ du matin, la fin à 00ʰ 28′ 16″ de tems vrai, & sa grandeur de
3′ 22″. Nous avons enterré une inscription sous l'endroit
même où étoit la pendule, & nommé ce port *le port
Praslin.*

Observation
de longitude.

Cette observation est d'autant plus importante, qu'on
peut enfin par son moyen, & par celui des observations
astronomiques faites à la côte du Pérou, déterminer d'une
façon sûre l'étendue en longitude du vaste océan Pacifique, jusqu'à ce jour si incertaine. Nous fûmes d'autant
plus heureux d'avoir eu beau tems pendant la durée de
l'éclipse, que depuis ce jour jusqu'à notre départ, il n'y a
pas eu une seule journée qui ne fût affreuse. Le ciel n'eut
jamais plus de trois aunes, & la pluie continuelle jointe à
une chaleur étouffante, nous rendoit notre séjour ici pernicieux. Le 16 la frégate avoit achevé son travail, & nous
employâmes tous nos bateaux à finir celui de l'Etoile.
Cette flûte étoit presque lege, & comme on ne trouve
point ici de pierres propres à former du lest, il fallut lui
en faire un avec du bois : travail long, pénible & mal-
sain au milieu de ces forêts où regne une éternelle humidité.

On y tuoit journellement des serpens, des scorpions,
& une grande quantité d'insectes d'une espece singuliere.
Ils sont longs comme le doigt, cuirassés sur le corps ; ils
ont six pattes, des pointes saillantes des côtés, & une

Description
de deux insec-
tes.

queue fort longue. On m'apporta auſſi un animal qui nous
parut extraordinaire. C'eſt un inſecte d'environ trois pouces de long, de la famille des mantes; preſque toutes les
parties de ſon corps ſont compoſées d'un tiſſu, que même
en y regardant de près, on prendroit pour des feuilles;
chacune de ſes aîles eſt la moitié d'une feuille, laquelle
eſt entiere, quand les aîles ſont rapprochées; le deſſous
de ſon corps eſt une feuille d'une couleur plus morte que
le deſſus. L'animal a deux antenes & ſix pattes, dont les
parties ſupérieures ſont auſſi des portions de feuilles. M.
de Commerçon a décrit cet inſecte particulier, & l'ayant
conſervé dans de l'eſprit-de-vin, je l'ai remis au cabinet
du Roi.

　　On trouvoit ici un grand nombre de coquilles dont
pluſieurs fort belles. Les bâtures offroient des tréſors pour
la conchyologie. On recolta dans un même endroit dix
marteaux, eſpece, dit-on, fort rare (1). Auſſi le zele des
curieux étoit-il fort vif. Il fut rallenti par l'accident arrivé
à un de nos matelots, lequel en échouant la ſenne, fut pi-

Matelot pi-
qué par un
ſerpent d'eau. qué dans l'eau par une eſpece de ſerpent. L'effet du venin ſe
manifeſta une demi-heure après. Le matelot reſſentit des
douleurs violentes dans tout le corps. L'endroit de la
morſure qui étoit au côté gauche devint livide & enfla à
vue d'œil. Quatre ou cinq ſcarifications en tirerent beaucoup de ſang déja diſſous. Auſſitôt qu'on ceſſoit de faire
promener par force le malade, les convulſions le prenoient. Il ſouffrit horriblement pendant cinq ou ſix heures.
Enfin la thériaque & l'eau de luſſe qu'on lui avoit admi-

---

(1) Ils furent trouvés dans un anſe & que pour cette raiſon on a nommée
de la grande île qui forme cette baie, *l'île aux Marteaux.*

niſtrées dès la premiere demi-heure, provoquerent une ſueur abondante & l'ont tiré d'affaire.

Cette aventure rendit tout le monde plus circonſpect à ſe mettre dans l'eau. Notre Taïtien ſuivit avec curioſité le malade pendant tout le traitement. Il nous fit entendre que dans ſon pays il y avoit le long de la côte des ſerpens qui mordoient les hommes à la mer , & que tous ceux qui étoient mordus en mouroient. Ils ont une médecine, mais je la crois fort peu avancée. Il fut émerveillé de voir le matelot, quatre ou cinq jours après ſon accident, revenir au travail. Fort ſouvent , en examinant les productions de nos arts, & les moyens divers par leſquels ils augmentent nos facultés & multiplient nos forces , cet inſulaire tomboit dans l'admiration de ce qu'il voyoit & rougiſſoit pour ſon pays; *aouaou, Taïti, ſi de Taïti,* nous diſoit-il avec douleur. Cependant il n'aimoit pas à marquer qu'il ſentoit notre ſupériorité ſur ſa nation. On ne ſçauroit croire à quel point il eſt haut. Nous avons remarqué qu'il eſt auſſi ſouple que fier; & ce caractere prouve qu'il vit dans un pays où les rangs ſont inégaux, & quel eſt celui qu'il y tient.

Le 19 au ſoir nous fûmes enfin en état de partir; mais il ſembla que le tems ne fit qu'empirer : grand vent de Sud, déluge de pluie, tonnere, grains en tourmente. La mer étoit très-groſſe dehors, & les oiſeaux pêcheurs ſe refugioient dans la baie. Le 22 nous reſſentîmes vers dix heures & demie du matin pluſieurs ſecouſſes de tremblement de terre. Elles furent très-ſenſibles ſur nos vaiſſeaux & durerent environ deux minutes. Pendant ce tems la mer hauſſa & baiſſa pluſieurs fois de ſuite, ce qui effraya beaucoup ceux qui pêchoient ſur les récifs, & leur

Tems affreux qui nous perſécute.

Tremblement de terre.

N n

fit chercher un afyle dans les bateaux. Au refte il femble que dans cette faifon les pluies foient ici fans interruption. Un orage n'attend pas l'autre, le tonnere gronde prefque continuellement & la nuit donne l'idée des ténebres du chaos. Cependant nous allions tous les jours dans les bois

Efforts infructueux pour trouver des vivres.

chercher des lataniers & des palmiftes, & tâcher de tuer quelques tourterelles. Nous nous partagions en plufieurs bandes, & le réfultat ordinaire de ces caravanes pénibles étoit de revenir trempés jufqu'aux os & les mains vuides. On découvrit cependant les derniers jours quelques pommes de mangles & des prunes monbin; c'eût été un fecours utile fi on en eût eu connoiffance plutôt. On trouva auffi une efpece de lierre aromatique, auquel les Chirurgiens crurent reconnoître une vertu antifcorbutique; du-moins les malades qui en firent des infufions & s'en laverent, ont-ils éprouvé quelque foulagement.

Defcription d'une belle cafcade.

Nous avons tous été voir une cafcade merveilleufe qui fourniffoit les eaux du ruiffeau de l'Etoile. L'art s'efforceroit en vain de produire dans le palais des Rois ce que la nature a jetté ici dans un coin inhabité. Nous en admirâmes les groupes faillans dont les gradations prefque régulieres précipitent & diverfifient la chûte des eaux; nous fuivions avec furprife tous ces maffifs variés pour la figure & qui forment cent baffins inégaux, où font reçues les napes de cryftal coloriées par des arbres immenfes, dont quelques-uns ont le pied dans les baffins même. C'eft bien affez qu'il exifte des hommes privilégiés, dont le pinceau hardi peut nous tracer l'image de ces beautés inimitables; cette cafcade mériteroit le plus grand peintre.

Notre fituation empire chaque jour.

Cependant notre fituation empiroit à chaque inftant que nous demeurions ici & que nous perdions fans faire de chemin. Le nombre & les maux de nos scorbutiques augmentoient. L'équipage de l'Etoile étoit encore dans un état plus triste que le nôtre. Chaque jour j'envoyois des canots dehors reconnoître le tems. C'étoit constamment le vent de Sud presque en tourmente & une mer affreuse. Avec ces circonstances l'appareillage étoit impossible, d'autant plus qu'on ne sçauroit appareiller de ce port qu'en prenant une croupière sur une ancre, qu'il faut sortir tout de suite & qu'on n'eût pu embarquer au large la chaloupe qui seroit restée pour lever l'ancre que nous n'étions pas dans le cas de perdre. Ces obstacles me déterminèrent à aller le 23 reconnoître une passe entre *l'Ile des Marteaux* & la grande terre. J'en trouvai une, par laquelle nous pouvions sortir avec le vent de Sud en embarquant nos bateaux dans le canal. Elle avoit, il est vrai, d'assez grands inconvéniens, & nous ne fûmes pas heureusement dans le cas de nous en servir.

Il avoit plu sans interruption toute la nuit du 23 au 24; l'aurore amena le beau tems & le calme. Nous levâmes aussi-tôt notre ancre d'affourche; nous envoyâmes établir une amarre à des arbres, une haussière sur une ancre à jet, & nous virâmes à pic sur l'ancre de dehors. Pendant la journée entière nous attendîmes le moment d'appareiller; déjà nous en désespérions & l'approche de la nuit nous forçoit à nous réamarrer, lorsqu'à cinq heures & demie il se leva une brise du fond du port. Aussi-tôt nous larguâmes notre amarre de terre, filâmes le grelin de l'ancre à jet sur laquelle l'Etoile devoit appareiller après nous, & en une demi-heure nous fûmes sous voiles. Les canots nous remorquèrent jusqu'au milieu de la passe, où nous ressentîmes assez de vent pour nous passer de leur secours. Nous

Sortie du
port Praslin.

N n ij

les envoyâmes auffi-tôt à l'Etoile pour la mettre dehors.
A deux lieues au large, nous mîmes en travers pour l'attendre, embarquant notre chaloupe & nos petits canots.
A huit heures nous commençâmes à appercevoir la flûte
qui étoit fortie du port; mais le calme ne lui permit de
nous joindre qu'à deux heures après minuit. Notre grand
canot revint en même tems, & nous l'embarquâmes.

Dans la nuit il y eut des grains & de la pluie. Le beau
tems revint avec le jour. Les vents étoient au Sud-Ouest,
& nous gouvernâmes depuis l'Est-quart-Sud-Est jusqu'au
Nord-Nord-Est, rondiffant comme la terre. Il n'eût pas
été prudent de chercher à en paffer au vent : nous foup-
çonnions que c'étoit la nouvelle Bretagne, & toutes les
apparences nous le confirmoient. En effet, les terres que
nous avions découvertes plus à l'Ouest, fe rapprochoient
beaucoup de celles-ci, & on appercevoit au milieu de ce
qu'on auroit pû prendre pour un paffage, des mondrains
ifolés, qui tenoient fans doute au reste par des terres plus
baffes. Telle est la peinture que fait Dampierre de la
grande baie qu'il nomma *baie Saint-Georges*, & c'est à fa
pointe du Nord-Est que nous venions de mouiller, comme
nous le vérifiâmes dès les premiers jours de notre fortie.
Dampierre fut plus heureux que nous. Il trouva pour relâche un canton habité qui lui procura des rafraichiffe-
mens, & dont les productions lui firent concevoir de
grandes efpérances fur ce pays, & nous, qui étions tout
auffi indigens que lui, nous fommes tombés dans un dé-
fert, qui n'a fourni à nos befoins que du bois & de l'eau.

En fortant du port Praflin, je corrigeai ma longitude
fur celle que donna le calcul de l'éclipfe du foleil qu'on y
avoit obfervée; ma différence pouvoit être d'environ 3^d,

dont j'étois plus Eft. Le thermometre, pendant le féjour que nous y fîmes, fut conftamment de 22 à 23ᵈ; mais la chaleur y étoit plus grande qu'il ne fembloit l'annoncer. J'en attribue la caufe au défaut d'air dont on manque ici, ce baffin étant enfermé de toutes parts, dans la partie fur-tout dés vents régnans.

CHAPITRE VI.

Navigation depuis le port Praslin jusqu'aux Moluques;
relâche à Boero.

NOUS avions repris la mer après une relâche de huit
jours, pendant lesquels, comme on l'a vû, le tems avoit
été constamment mauvais, & les vents presque toujours
au Sud. Le 25 ils revinrent au Sud-Est, variant jusqu'à
l'Est, & nous suivîmes la côte environ à trois lieues
d'éloignement. Elle s'arrondissoit insensiblement, & bientôt
nous apperçûmes au large des îles qui se succédoient de
de distance en distance. Nous passâmes entre elles & la
grand-terre, & je leur donnai le nom des Officiers des
Etats-majors. Il n'étoit plus douteux que nous côtoyions
la nouvelle Bretagne. Cette terre est très-élevée & paroît
entrecoupée de belles baies, dans lesquelles nous appercevions des feux & d'autres traces d'habitations.

Distribution
de hardes aux
matelots.

Le troisieme jour de notre sortie je fis couper nos tentes de campagne pour distribuer de grandes culotes aux
gens des deux équipages. Nous avions déjà fait, en différentes occasions, de semblables distributions de hardes de
toute espece. Sans cela, comment eût-il été possible que
ces pauvres gens fussent vêtus pendant une aussi longue campagne, où il leur avoit fallu plusieurs fois passer alternativement du froid au chaud, & essuyer maintes reprises du
déluge? Au reste, je n'avois plus rien à leur donner, tout
étoit épuisé. Je fus même forcé de retrancher encore une
once de pain sur la ration. Le peu qui nous restoit de vivres étoit en partie gâté, & dans tout autre cas on eût

Extrême di-
sette de vi-
vres.

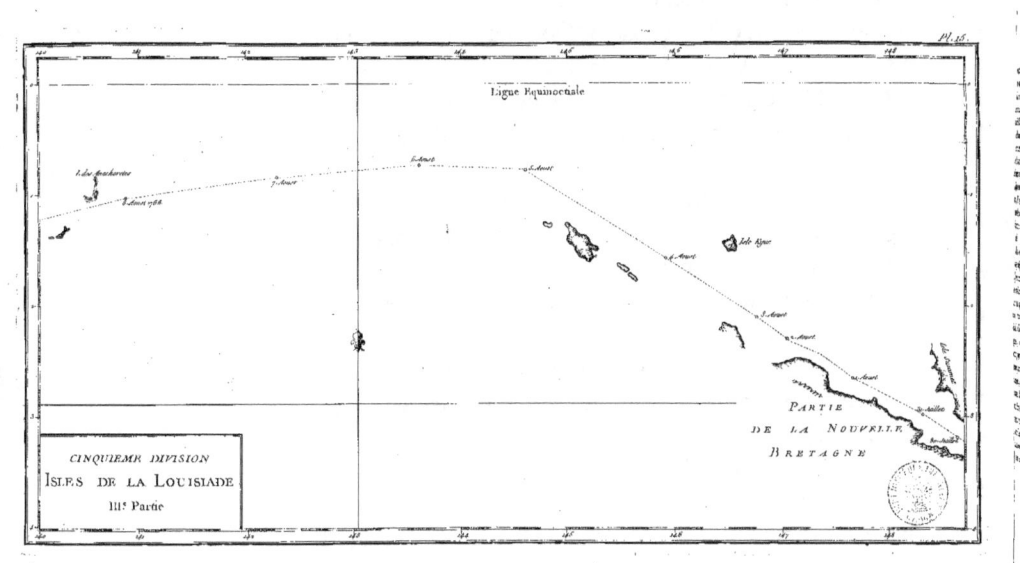

Pl. 25.

Ligne Equinoctiale

CINQUIEME DIVISION
ISLES DE LA LOUISIADE
IIIᵉ Partie

PARTIE
DE LA NOUVELLE
BRETAGNE

jetté à la mer toutes nos falaifons ; mais il falloit manger
le mauvais comme le bon. Qui pouvoit fçavoir quand cela
finiroit ? Telle étoit notre fituation de fouffrir en même
tems du paffé qui nous avoit affoiblis, du préfent dont les
triftes détails fe répétoient à chaque inftant, & de l'avenir
dont le terme indéterminé étoit prefque le plus cruel de nos
maux. Mes peines perfonnelles fe multiplioient par celles
des autres. Je dois cependant publier qu'aucun ne s'eft laiffé
abattre, & que la patience à fouffrir a été fupérieure aux
pofitions les plus critiques. Les Officiers donnoient l'exemple, & jamais les matelots n'ont ceffé de danfer le foir,
dans la difette comme dans les tems de la plus grande
abondance. Il n'avoit pas été néceffaire de doubler leur
paie.

Nous eûmes conftamment la vue de la nouvelle Bretagne jufqu'au 3 Août. Pendant ce tems il venta peu,
il plut fouvent, les courans nous furent contraires, &
les navires marchoient moins que jamais. La côte prenoit de plus en plus du Oueft. Le 29 au matin nous nous
en trouvâmes plus près que nous n'avions encore
été. Ce voifinage nous valut la vifite de quelques pirogues, deux vinrent à la portée de la voix de la frégate,
cinq autres furent à l'Etoile. Elles étoient montées chacune par cinq ou fix hommes noirs, à cheveux crépus &
laineux, quelques-uns les avoient poudrés de blanc. Ils
portent la barbe affez longue, & des ornemens blancs
aux bras en forme de bracelets. Des feuilles d'arbre couvrent, tant bien que mal, leur nudité. Ils font grands &
paroiffent agiles & robuftes. Ils nous montroient une efpece de pain & nous invitoient par fignes à venir à terre ;
nous les invitions à venir à bord ; mais nos invitations,

Defcription
des habitans
de la nouvelle
Bretagne.

le don même de quelques morceaux d'étoffe jettés à la
mer, ne leur infpirerent pas la confiance de nous accofter.
Ils ramafferent ce qu'on avoit jetté, & pour remerciement
l'un d'eux avec une fronde, nous lança une pierre qui ne
vint pas jufqu'à bord ; nous ne voulûmes pas leur rendre le
mal pour le mal, & ils fe retirerent en frappant tous enfemble fur leurs canots avec de grands cris. Ils poufferent
fans doute les hoftilités plus loin à bord de l'Etoile ; car
nous en vîmes tirer plufieurs coups de fufil qui les mirent
en fuite. Leurs pirogues font longues, étroites & à balancier. Toutes ont l'avant & l'arriere plus ou moins ornés
de fculptures peintes en rouge, qui font honneur à leur
adreffe.

Le lendemain il en vint un beaucoup plus grand nombre, qui ne firent aucune difficulté d'accofter le navire.
Celui de leurs conducteurs qui paroiffoit être le chef, portoit un bâton long de deux ou trois pieds, peint en rouge,
avec une pomme à chaque bout. Il l'éleva fur fa tête avec
fes deux mains, en nous approchant, & il demeura quelque tems dans cette attitude. Tous ces Negres paroiffoient
avoir fait une grande toilette ; les uns avoient la laine
peinte en rouge ; d'autres portoient des aigrettes de plume
fur la tête, d'autres des pendans d'oreilles de certaines
graines, ou de grandes plaques blanches & rondes pendues
au col ; quelques-uns avoient des anneaux paffés dans
les cartilages du nez : mais une parure affez générale à
tous, étoit des bracelets faits avec la bouche d'une groffe
coquille fciée. Nous voulûmes lier commerce avec eux,
pour les engager à nous apporter quelques rafraîchiffemens. Leur mauvaife foi nous fit bientôt voir que nous n'y
réuffirions pas. Ils tâchoient de faifir ce qu'on leur propo-
foit,

foit, & ne vouloient rien rendre en échange. A peine put-on tirer d'eux quelques racines d'ignames. On fe laffa de leur donner, & ils fe retirerent. Deux canots voguoient vers la frégate à l'entrée de la nuit, une fufée que l'on tira pour quelque fignal, les fit fuir précipitamment.

Au refte, il fembla que les vifites qu'ils nous avoient rendues ces deux derniers jours, n'avoient été que pour nous reconnoître & concerter un plan d'attaque. Le 31 on vit, dès la pointe du jour, un effain de pirogues fortir de terre, une partie paffa par notre travers fans s'arrêter, & toutes dirigerent leur marche fur l'Etoile, que fans doute ils avoient obfervé être le plus petit des deux bâtimens, & fe tenir derriere. Les Negres firent leur attaque à coups de pierres & de fleches. Le combat fut court. Une fufil-lade déconcerta leurs projets, plufieurs fe jetterent à la mer, & quelques pirogues furent abandonnées : depuis ce moment nous ceffâmes d'en voir.

Ils attaquent l'Etoile.

Le terres de la nouvelle Bretagne ne couroient mainte-nant que fur le Oueft-quart-Nord-Oueft & l'Oueft, & dans cette partie elles s'abaiffoient confidérablement. Ce n'étoit plus cette côte élevée & garnie de plufieurs rangs de montagnes ; la pointe feptentrionale que nous décou-vrions étoit une terre prefque noyée & couverte d'arbres de diftance en diftance. Les cinq premiers jours du mois d'Août furent pluvieux, le tems fut à l'orage & le vent à grains. Nous n'apperçûmes la côte que par lambeaux, dans les éclaircis & fans pouvoir en diftinguer les détails. Toute-fois nous en vîmes affez pour être convaincus que les ma-rées continuoient à nous enlever une partie du médiocre chemin que nous faifions chaque jour. Je fis alors gouver-ner au Nord-Oueft, puis au Nord-Oueft-quart-Oueft,

Defcription de la partie feptentrionale de la nouvelle Bretagne.

1768.
Août.

O o

pour éviter un labyrinthe d'îles, qui font femées à l'extrémité feptentrionale de la nouvelle Bretagne. Le 4 après
midi nous reconnûmes diftinctement deux îles que je crois
être celles que Dampierre nomme *île Matthias* & *île Ora-*
geufe. L'île Matthias, haute & montagneufe, s'étend fur
le Nord-Oueft, huit à neuf lieues. L'autre n'en a pas plus
de trois ou quatre, & entre les deux eft un îlot. Une île
que l'on crut appercevoir le 5 à deux heures du matin
dans l'Oueft, nous fit reprendre du Nord. On ne fe trompoit pas, & à dix heures la brume, qui jufqu'alors avoit
été épaiffe, s'étant diffipée, nous apperçûmes dans le Sud-
Eft quart-Sud cette île qui eft petite & baffe. Les marées
cefferent alors de porter fur le Sud & fur l'Eft ; ce qui fembloit venir de ce que nous avions dépaffé la pointe feptentrionale de la nouvelle Bretagne, que les Hollandois
nomment *cap Solomafwer*. Nous n'étions plus alors que par
00ᵈ 41′ de latitude méridionale. Nous avions fondé prefque
tous les jours fans trouver de fond.

Île des Ana-
choretes.

    Nous courûmes à Oueft jufqu'au 7 avec un affez joli
frais & beau tems fans voir de terre. Le 7 au foir l'horifon fort embrumé m'ayant paru, au coucher du foleil,
être un horifon de terre depuis l'Oueft jufqu'au Oueft-
Sud-Oueft, je me déterminai à tenir pour la nuit la route
du Sud-Oueft-quart-Oueft ; nous reprîmes au jour celle
du Oueft. Nous vîmes dans la matinée environ à cinq ou
fix lieues devant nous une terre baffe. Nous gouvernâmes
à Oueft-quart-Sud-Oueft & Oueft-Sud-Oueft pour en
paffer au Sud. Nous la rangeâmes environ à une lieue &
demie. C'étoit une île plate, longue d'environ trois lieues,
couverte d'arbres & partagée en plufieurs divifions liées
enfemble par des bâtures & des bancs de fable. Il y a fur

Pl. 16.

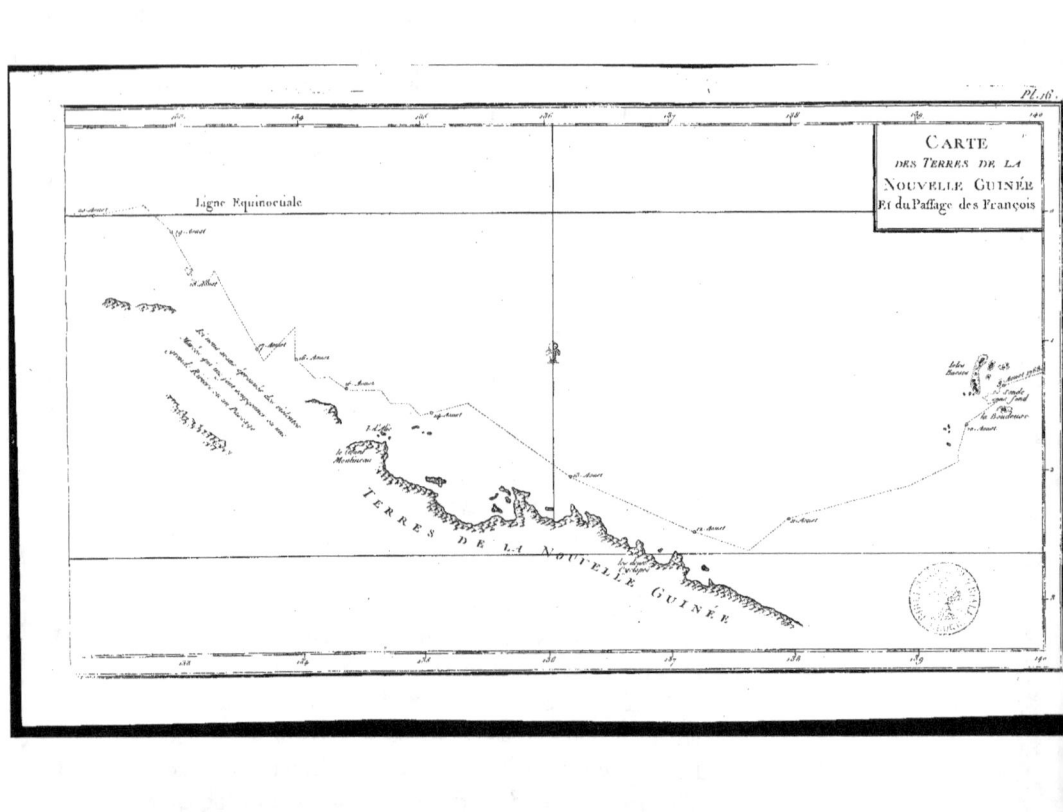

cette île une grande quantité de cocotiers, & le bord de la mer y est couvert d'un si grand nombre de cases, qu'on peut juger de-là qu'elle est extrêmement peuplée. Ces cases sont hautes, presque quarrées & bien couvertes. Elles nous parurent plus vastes & plus belles que ne sont ordinairement des cabanes de roseaux, & nous crûmes revoir les maisons de Taiti. On découvroit un grand nombre de pirogues occupées à la pêche tout autour de l'île ; aucune ne parut se déranger pour nous voir passer, & nous jugeâmes que ces habitans, qui n'étoient pas curieux, étoient contens de leur sort. Nous nommâmes cette île *l'île des Anachoretes*. A trois lieues dans l'Ouest de celle-ci on vit du haut des mâts une autre île basse.

La nuit fut très-obscure & quelques nuages fixes dans le Sud nous y firent soupçonner de la terre. En effet au jour, nous découvrîmes deux petites îles dans le Sud-Est-quart-Sud 3ᵈ Sud à huit ou neuf lieues de distance. On ne les avoit pas encore perdues de vûe à huit heures & demie, lorsqu'on eut connoissance d'une autre île basse dans l'Ouest-quart-Sud-Ouest, & peu après d'une infinité de petites îles qui s'étendoient dans le Ouest-Nord-Ouest & le Sud-Ouest de cette derniere, laquelle peut avoir deux lieues de long; toutes les autres ne sont à proprement parler, qu'une chaîne d'îlots raz & couverts de bois, rencontre désastreuse. Il y avoit cependant un îlot séparé des autres & plus au Sud, lequel nous parut être plus considérable. Nous dirigeâmes notre route entre celui-là & l'archipel d'îlots, que je nommai *l'Echiquier*, & que je voulois laisser au Nord. Nous n'étions pas prêts d'en être dehors. Cette chaîne apperçue dès le matin, se prolongeoit beau-

Archipel nommé par nous l'Echiquier.

O o ij

coup plus loin dans le Sud-Ouest que nous ne l'avions pu juger alors.

Danger que nous y courons. Nous cherchions, comme je viens de le dire, à la doubler dans le Sud; mais à l'entrée de la nuit nous y étions encore engagés, sans sçavoir précisément jusqu'où elle s'étendoit. Le tems, incessamment chargé de grains, ne nous avoit jamais montré dans un même instant tout ce que nous devions craindre; pour surcroit d'embarras, le calme vint aussitôt que la nuit, & ne finit presque qu'avec elle. Nous la passâmes dans la continuelle appréhension d'être jettés sur la côte par les courans. Je fis mettre deux ancres en mouillage, & allonger leurs bittures sur le pont, précaution presque inutile : car on sonda plusieurs fois sans trouver le fond. Tel est un des plus grands dangers de ces terres : presque à deux longueurs de navire des récifs qui les bordent, on n'a point la ressource de mouiller. Heureusement le tems se maintint sans orages; même vers minuit, il se leva une fraîcheur du Nord qui nous servit à nous élever un peu dans le Sud-Est. Le vent fraîchit à mesure que le soleil montoit, & il nous retira de ces îles basses, que je crois inhabitées; au moins pendant le tems qu'on s'est trouvé à portée de les voir, on n'y a distingué ni feux, ni cabanes, ni pirogues. L'Etoile avoit été dans cette nuit plus en danger encore que nous; car elle fut très-long-tems sans gouverner, & la marée l'entraînoit visiblement à la côte, lorsque le vent vint à son aide. A deux heures après midi nous doublâmes l'îlot le plus occidental, & nous gouvernâmes à Ouest-Sud-Ouest.

Vue de la nouvelle Guinée. Le 11 à midi, étant par 2ᵈ 17′ de latitude australe, nous apperçûmes dans le Sud une côte élevée qui nous parut être celle de la nouvelle Guinée. Quelques heures après, on la vit plus clairement. C'est une terre haute & montueuse, qui dans cette partie s'étend sur l'Ouest-Nord-Ouest. Le 12 à midi, nous étions environ à dix lieues des terres les plus voisines de nous. Il étoit impossible de détailler la côte à cette distance; il nous parut seulement une grande baie, vers 2ᵈ 25′ de latitude Sud, & des terres basses dans le fond qu'on ne découvroit que du haut des mâts. Nous jugeâmes aussi par la vitesse avec laquelle nous doublions les terres, que les courans nous étoient devenus favorables; mais pour apprécier avec quelque justesse la différence qu'ils occasionnoient dans l'estime de notre route, il eût fallu cingler moins loin de la côte. Nous continuâmes à la prolonger à dix ou douze lieues de distance. Son gissement étoit toujours sur l'Ouest-Nord-Ouest, & sa hauteur prodigieuse. Nous y remarquâmes sur-tout deux pics très-élevés, voisins l'un de l'autre & qui surpassent en hauteur toutes les autres montagnes. Nous les avons nommés *les deux Cyclopes*. Nous eûmes occasion de remarquer que les marées portoient sur le Nord-Ouest. Effectivement nous nous trouvâmes le jour suivant plus éloignés de la côte de la nouvelle Guinée, qui revient ici sur l'Ouest. Le 14, au point du jour nous découvrîmes deux îles & un îlot qui paroissoit entre deux, mais plus au Sud. Elles gissent entre elles Est-Sud-Est & Ouest-Nord-Ouest corrigés; elles sont à deux lieues de distance l'une de l'autre, de médiocre hauteur, & n'ont pas plus d'une lieue & demie d'étendue chacune.

Nous avancions peu chaque journée. Depuis que nous étions sur la côte de la nouvelle Guinée, nous avions assez régulièrement une foible brise d'Est ou de Nord-Est, qui

Vents & courans que nous ressentons.

commençoit vers deux ou trois heures après midi, & du-
roit environ jusque vers minuit, à cette brise succédoit un
intervalle plus ou moins long de calme qui étoit suivi de
la brise de terre variable du Sud-Ouest au Sud-Sud-Ouest,
laquelle se terminoit aussi vers midi par deux ou trois
heures de calme. Nous revîmes le 15 au matin la plus occidentale des deux îles que nous avions reconnues la veille.
Nous découvrîmes en même tems d'autres terres, qui nous
parurent îles, depuis le Sud-Est-quart-Sud jusqu'à l'Ouest-
Sud-Ouest, terres fort basses, par-dessus lesquelles nous
appercevions dans une perspective éloignée les hautes
montagnes du continent. La plus élevée, que nous relevâmes à huit heures du matin au Sud-Sud-Est du compas, se
détachoit des autres, & nous la nommâmes *le géant Mou-*
lineau. Nous donnâmes le nom de *la nymphe Alie* à la plus
occidentale des îles basses dans le Nord-Ouest de Mouli-
neau. A dix heures du matin nous tombâmes dans un raz
de marée, où les courans paroissoient porter avec violence sur le Nord & Nord-Nord-Est. Ils étoient si vifs,
que jusqu'à midi ils nous empêcherent de gouverner ; &
comme ils nous entraînerent fort au large, il nous devint
impossible d'asseoir un jugement précis sur leur véritable
direction. L'eau, dans le lit de marée, étoit couverte de
troncs d'arbres flottans, de divers fruits & de goëmons,
elle y étoit en même tems si trouble, que nous craignîmes
d'être sur un banc, mais la sonde ne nous donna point de
fond à 100 brasses. Ce raz de marée sembloit indiquer ici ou
une grande riviere dans le continent, ou un passage qui
couperoit les terres de la nouvelle Guinée, passage dont
l'ouverture seroit presque Nord & Sud. Suivant deux distances des bords du soleil & de la lune, observées à l'oc-

tan par le Chevalier du Bouchage & M. Verron, notre longitude le 15 à midi étoit de 136ᵈ 16′ 30″ à l'Eſt de Paris. Mon eſtime ſuivie depuis la longitude déterminée au port Praſlin, en différoit de 2ᵈ 47′. Nous obſervâmes le même jour 1ᵈ 17′ de latitude auſtrale.

Obſervations comparées avec l'eſtime de la route.

Le 16 & le 17 il fit preſque calme, le peu de vent qui ſouffla fut variable. Le 16 on ne vit la terre qu'à ſept heures du matin, encore ne la vit-on que du haut des mâts, terre extrêmement haute & coupée. Nous perdîmes toute cette journée à attendre l'Etoile qui, maîtriſée par le courant, ne pouvoit pas mettre le cap en route; & le 17, comme elle étoit fort éloignée de nous, je fus obligé de virer ſur elle pour la rallier; ce que nous ne fîmes qu'aux approches de la nuit. Elle fut très-orageuſe avec un déluge de pluie & des tonneres épouvantables. Les ſix jours ſuivans nous furent tout auſſi malheureux: de la pluie, du calme, & le peu qui venta, ce fut du vent de-bout. Il faut s'être trouvé dans la poſition où nous étions alors, pour être en état de s'en former l'idée. Le 17 après midi on avoit apperçu depuis le Sud-Sud-Oueſt-5ᵈ-Sud du compas juſqu'au Sud-Oueſt-5ᵈ-Oueſt, à ſeize lieues envi-ron de diſtance, une côte élevée qu'on ne perdit de vue qu'à la nuit. Le 18 à neuf heures du matin, on découvrit une île haute dans le Sud-Oueſt-quart-Oueſt, diſtante à-peu-près de douze lieues; nous la revîmes le lendemain, & elle nous reſtoit à midi depuis le Sud-Sud-Oueſt juſ-qu'au Sud-Oueſt dans un éloignement de quinze à vingt lieues. Les courans nous donnerent pendant ces trois der-niers jours dix lieues de différence Nord; nous ne pûmes ſavoir quelle étoit celle qu'ils nous donnoient en longi-tude.

Paſſages de la ligne. Le 20 nous paſſâmes la ligne pour la ſeconde fois de la campagne. Les courans continuoient à nous éloigner des terres. Nous n'en vîmes point le 20 ni le 21, quoique nous euſſions tenu les bordées qui nous en rapprochoient le plus. Il nous devenoit cependant eſſentiel de rallier la côte & de la ranger d'aſſez près, pour ne pas commettre quelque erreur dangereuſe, qui nous fît manquer le débouquement dans la mer des Indes, & nous engageât dans l'un des golfes de *Gilolo*. Le 22, au point du jour, nous eûmes connoiſſance d'une côte plus élevée qu'aucune autre partie de la nouvelle Guinée que nous euſſions encore vue. Nous gouvernâmes deſſus, & à midi on la releva depuis le Sud-Sud-Eſt-¼d-Sud, juſqu'au Sud-Oueſt, où elle ne paroiſſoit pas terminée. Nous venions de paſſer la ligne pour la troiſieme fois. La terre couroit ſur l'Oueſt-Nord-Oueſt, & nous l'accoſtâmes, déterminés à ne la plus quitter juſqu'à être parvenus à ſon extrémité, que les Géographes nomment *le cap Mabo*. Dans la nuit nous doublâmes une pointe, de l'autre côté de laquelle la terre, toujours fort élevée, ne couroit plus que ſur l'Oueſt-quart-Sud-Oueſt & l'Oueſt-Sud-Oueſt. Le 23 à midi, nous voyons une étendue de côte d'environ vingt lieues, dont la partie la plus occidentale nous reſtoit preſque au Sud-Oueſt à treize ou quatorze lieues. Nous étions beaucoup plus près de deux îles baſſes & couvertes d'arbres, éloignées l'une de l'autre d'environ quatre lieues. Nous en Tentative inutile faite à terre. approchâmes à une demi-lieue, & tandis que nous attendions l'Etoile écartée de nous à une grande diſtance, j'envoyai le Chevalier de Suzannet avec deux de nos bateaux armés, à la plus ſeptentrionale des deux îles. Nous penſions y voir des habitations & nous eſpérions en tirer quelques.

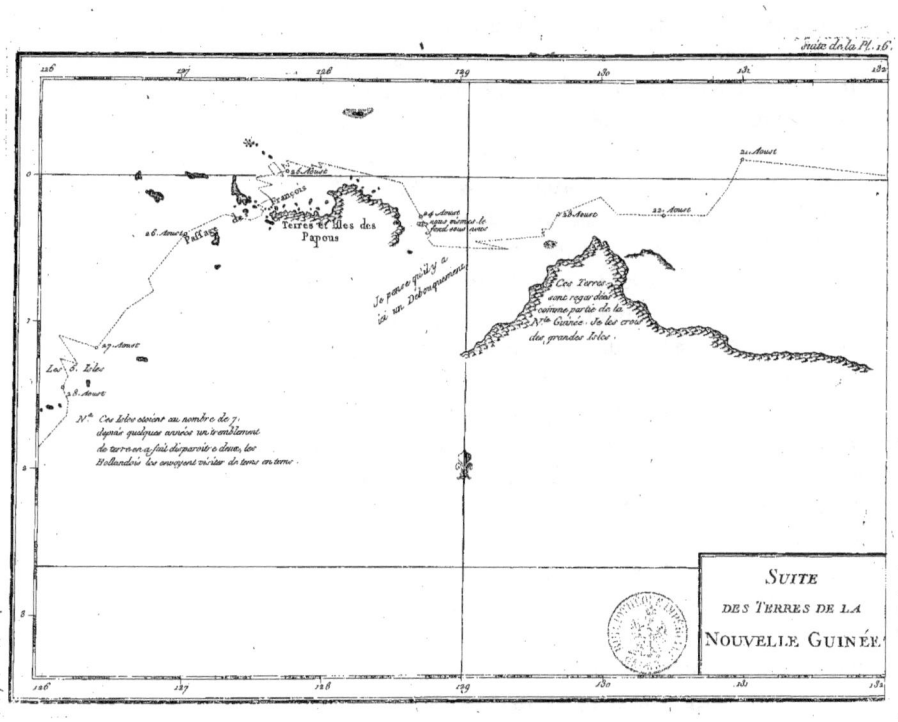

SUITE

DES TERRES DE LA

NOUVELLE GUINÉE.

quelques rafraîchissemens. Un banc qui regne le long de l'île & s'étend même assez loin dans l'Est, força les bateaux de faire un grand tour pour le doubler. Le Chevalier de Suzannet ne trouva ni cases, ni habitans, ni rafraîchissemens. Ce qui de loin nous avoit semblé former un village, n'étoit qu'un amas de roches minées par la mer & creusées en caverne. Les arbres qui couvroient l'île ne portoient aucun fruit propre à la nourriture des hommes. On y enterra une inscription. Les bateaux ne revinrent à bord qu'à dix heures du soir. L'Etoile venoit de nous rejoindre. La vue continuelle de la côte nous avoit appris que les courans portoient ici sur le Nord-Ouest.

Après avoir embarqué nos bateaux, nous tâchâmes de prolonger la terre autant que les vents constans au Sud & au Sud-Sud-Ouest voulurent nous le permettre. Nous fûmes obligés de courir plusieurs bords, dans l'intention de passer au vent d'une grande île, que nous avions apperçue au coucher du soleil dans l'Ouest & l'Ouest-quart-Nord-Ouest. L'aube du jour nous surprit encore sous le vent de cette île. Sa côte orientale, qui peut avoir cinq lieues de longueur, court à-peu-près Nord & Sud, & à sa pointe méridionale on voit un îlot bas & de peu d'étendue. Entre elle & la terre de la nouvelle Guinée, qui se prolonge ici presque sur le Sud-Ouest-quart-Ouest, il se présentoit un vaste passage dont l'ouverture, d'environ huit lieues, gît Nord-Est & Sud-Ouest. Le vent en venoit, & la marée portoit dans le Nord-Ouest; comment gagner en louvoyant ainsi contre vent & mer? Je l'essayai jusqu'à neuf heures du matin. Je vis avec douleur que c'étoit infructueusement, & je pris le parti d'*arriver*, pour ranger la côte septentrionale de l'île, abandonnant à regret un dé-

P p

Dangereux côté.

Suite de la nouvelle Guinée.

Peine du marino d'équipage.

bouché, que je crois très-beau pour se firer de cette chaîne
éternelle d'îles.

Nous eûmes dans cette matinée deux alertes consécutives. La première fois on cria d'enhaut qu'on voyoit devant nous une longue suite de brisans, & l'on prit aussi-
tôt les amures à l'autre bord. Ces brisans examinés ensuite plus attentivement, se trouverent être des raz d'une
marée violente, & nous reprîmes notre route. Une heure
après plusieurs personnes crierent du gaillard d'avant qu'on
voyoit le fond sous nous, l'affaire pressoit, mais l'alarme
fut heureusement aussi courte qu'elle avoit été vive. Nous
l'eussions même cru fausse, si l'Etoile, qui étoit dans nos
eaux, n'eût apperçu ce même haut fond pendant près de
deux minutes. Il lui parut un banc de corail. Présque Nord
& Sud de ce banc, qui peut avoir encore moins d'eau
dans quelque partie, il y a une anse de sable sur laquelle
sont construites quelques cases environnées de cocotiers.
La remarque peut d'autant plus servir de point de reconnoissance, que jusques-là nous n'avons vû aucunes traces
d'habitations sur cette côte. A une heure après midi nous
doublâmes la pointe du Nord-Est de la grande île, qui
s'étend ensuite sur l'Ouest & l'Ouest-quart-Sud-Ouest,
près de vingt lieues. Il fallut serrer le vent pour la prolonger, & nous ne tardâmes pas à appercevoir d'autres îles
dans l'Ouest & d'Ouest-quart-Nord-Ouest. On en vit
même une au soleil couchant qui fut relevée dans le Nord-
Est-quart-Nord, à laquelle se joignoit une bâture qui parut s'étendre jusqu'au Nord-quart-Nord-Ouest : ainsi nous
étions encore une fois enclavés.

Nous perdîmes dans cette journée, notre premier Maître d'équipage nommé *Denys*, qui mourut du scorbut. Il

Danger ca-
ché.

Perte du maî-
tre d'équipa-
ge.

étoit Malouin & âgé d'environ cinquante ans, passés presque tous au service du Roi. Les sentimens d'honneur & les connoissances qui le distinguoient dans son état important, nous l'ont fait regretter universellement. Quarante-cinq autres personnes étoient atteintes du scorbut; la limonade & le vin en suspendoient seuls les funestes progrès.

Nous passâmes la nuit sur les bords, & le 25 au lever du jour nous nous trouvâmes environnés de terres. Il s'offroit à nous trois passages; l'un ouvert au Sud-Ouest, le second à Ouest-Sud-Ouest, & le troisieme presque Est & Ouest. Le vent ne nous accordoit que ce dernier, & je n'en voulois point. Je ne doutois pas que nous ne fussions au milieu des îles des Papous. Il falloit éviter de tomber plus loin dans le Nord, de crainte, comme je l'ai déjà dit, de nous enfoncer dans quelqu'un des golfes de la côte orientale de Gilolo. L'essentiel, pour sortir de ces parages critiques, étoit donc de nous élever en latitude australe; or au-delà du passage du Sud-Ouest, on appercevoit dans le Sud la mer ouverte autant que la vue pouvoit s'étendre: ainsi je me décidai à louvoyer pour gagner ce débouché. Toutes ces îles & îlots qui nous enfermoient sont fort escarpées, de hauteur médiocre, & couvertes d'arbres. Nous n'y avons apperçu aucun indice qu'elles soient habitées.

A onze heures du matin, nous eûmes fond de sable sur 45 brasses; c'étoit une ressource. A midi, nous observâmes 00d 54 de latitude boréale, ainsi nous venions de passer la ligne pour la quatrieme fois. A six heures du soir, nous étions à même de donner dans le passage du Ouest-Sud-Ouest. C'étoit avoir gagné environ trois lieues par le travail de la journée entiere. La nuit nous fut plus favorable, graces à la lune dont la lumiere nous permit de lou-

P p ij

Navigation embarrassante.

Passage de la ligne pour la quatrieme fois.

voyer entre les pierres & les îles. D'ailleurs le courant qui nous avoit été contraire tant que nous fûmes par le travers des deux premières passes, nous devint favorable, dès que nous vînmes à ouvrir le passage du Sud-Ouest.

Le canal par lequel nous débouquâmes enfin dans cette nuit, peut avoir de deux à trois lieues de large. Il est borné à l'Ouest par un amas d'îles & d'îlots assez élevés. Sa côte de l'Est que nous avions prise au premier coup d'œil pour la pointe la plus occidentale de la grande île, n'est aussi qu'un amas de petites îles & de rochers qui de loin semblent former une seule masse ; & les séparations entre ces îles présentent d'abord l'aspect de belles baies ; c'est ce que nous reconnoissions à chaque bordée que nous rapportions sur ces terres. Ce ne fut qu'à quatre heures & demie du matin que nous parvînmes à doubler les îlots les plus Sud du nouveau passage que nous nommâmes *le passage des François*. Le fond paroît augmenter au milieu de cet archipel en avançant vers le Sud. Nos sondes ont été de 55 à 75 & 80 brasses, fond de sable gris, vaze & coquilles pourries. Lorsque nous fûmes entièrement hors du canal, nous sondâmes sans trouver de fond. Je fis alors gouverner au Sud-Ouest.

Le 26, à la pointe du jour, nous découvrîmes une nouvelle île dans le Sud-Sud-Ouest, & peu après une autre dans l'Ouest-Nord-Ouest. A midi on ne voyoit plus le labyrinthe d'où nous sortions, & la hauteur méridienne nous donna 00ᵈ 23′ de latitude australe. C'étoit pour la

cinquieme fois que nous avions passé la ligne. Nous continuâmes de tenir le plus près bas-bord amure, & l'après-midi nous eûmes connoissance d'une petite île dans le Sud-Est. Le lendemain, au lever du soleil, nous en vîmes

une peu élevée, à neuf ou dix lieues dans le Sud-Sud-Est.
Elle parut s'étendre Nord-Est & Sud-Ouest environ deux
lieues. Un gros mondrain fort escarpé & d'une hauteur
remarquable, que nous nommâmes *le gros Thomas*, se fit
voir à dix heures du matin. A sa pointe méridionale il y a
un petit îlot, il y en a deux à sa pointe septentrionale. Les
courans avoient cessé de nous porter au Nord, nous eûmes
au contraire de la différence Sud. Cette circonstance, jointe
à l'observation de la latitude qui nous mettoit plus Sud
que le cap Mabo, me donna l'entière conviction que nous
entrions enfin dans l'archipel des Moluques.

Je demanderois au reste quel est ce cap *Mabo* & où il
est situé. On en fait le cap qui termine dans le Nord la partie occidentale de la nouvelle Guinée ; Dampierre &
Wood Rogers le placent, le premier dans un des golfes de
Gilolo à 30′ de latitude australe, le second à huit lieues au
plus de cette grande île. Mais toute cette partie n'est qu'un
archipel assez vaste de petites îles, qu'à raison de leur
nombre, l'Amiral Rogewin, qui les traversa en 1722,
nomma *les mille Isles*. Comment donc le cap Mabo, voi-
sin de Gilolo, appartient-il à la nouvelle Guinée ? où le
placer même, si, comme nous avons tout lieu de le croire,
la nouvelle Guinée elle-même n'est qu'un amas de grandes
îles, dont les divers canaux sont encore inconnus ? Il ne
devra appartenir qu'à celle de ces îles considérables qui
sera la plus occidentale.

Le 27 après midi, nous découvrîmes cinq à six îles,
depuis l'Ouest-quart-Sud-Ouest 5ᵈ-Sud jusque dans
l'Ouest-Nord-Ouest du compas. Pendant la nuit nous tînmes la bordée du Sud-Sud-Est, de sorte qu'on ne les revit
plus le 28 au matin. Nous apperçûmes alors cinq autres

Discussion sur le cap Mabo.

Entrée dans l'archipel des Moluques.

petites îles fur lefquelles nous courûmes. Elles nous reftoient à midi depuis le Sud-Sud-Oueft-1ᵈ-Oueft, jufqu'au
Oueft-quart-Sud-Oueft-1ᵈ-Sud, à la diftance de deux,
trois, quatre & cinq lieues. On voyoit encore le gros
Thomas à l'Eft-Nord-Eft-5ᵈ-Nord environ cinq lieues.
On apperçut auffi alors une nouvelle île dans l'Oueft-Sud-
Oueft, à fept ou huit lieues. Nous reffentîmes pendant ces
vingt-quatre heures plufieurs fortes marées qui paroiffoient
venir de l'Oueft. Cependant la différence de notre eftime
à l'obfervation méridienne & aux relevemens nous donna
dix à onze milles fur le Sud-Oueft-quart-Sud & Sud-Sud-
Oueft. A neuf heures du matin, j'ordonnai à l'Etoile de
monter fes canons & d'envoyer fon canot aux îles du
Sud-Oueft, pour reconnoître s'il y avoit quelque mouillage, & fi ces îles fourniffoient quelques productions intéreffantes.

Rencontre
d'un Negre. Il fit prefque calme dans l'après midi, & le canot ne
revint qu'à neuf heures du foir. Il avoit abordé à deux de
ces îles, où on n'avoit trouvé aucune trace d'habitation
ni de culture, ni aucune efpece de fruit. Les gens du canot
étoient prêts à fe retirer lorfqu'ils virent avec furprife un
Negre s'approcher feul dans une pirogue à deux balan-
ciers. Il avoit à une oreille un anneau d'or, & pour armes
deux zagayes. Il aborda le canot fans crainte ni furprife.
On lui demanda à boire & à manger, & il offrit de l'eau
& quelque peu d'une efpece de farine qui paroiffoit faire
fa nourriture. On lui donna un mouchoir, un miroir &
quelques bagatelles pareilles. Il rioit en recevant ces préfens & ne les admiroit pas. Il fembloit connoître les Européens, & on penfa que ce pouvoit être un Negre fugitif
de quelqu'une des îles voifines où les Hollandois ont des

Pl. 17

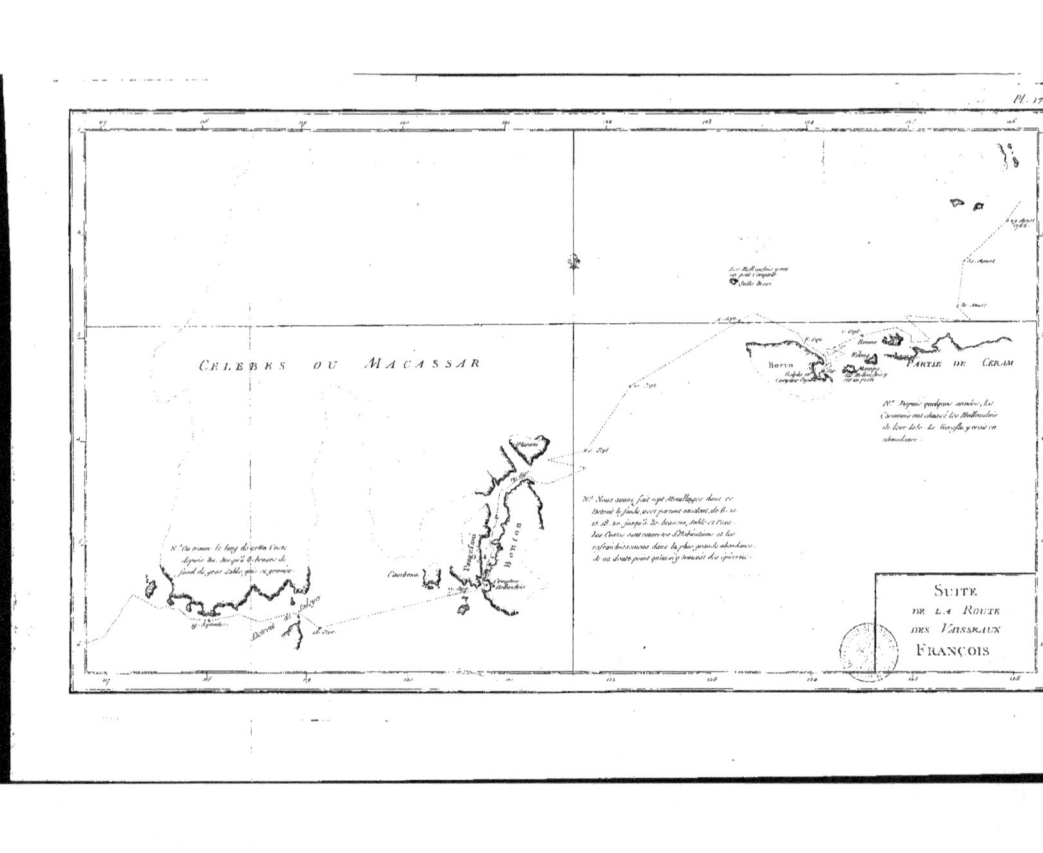

CELEBES OU MACASSAR

PARTIE DE CERAM

Borin

SUITE
DE LA ROUTE
DES VAISSEAUX
FRANÇOIS

poftes, ou que peut-être y avoit-il été envoyé pour la
pêche. Les Hollandois nomment ces îles *les cinq Ifles*, &
de tems en tems ils les font vifiter. Ils nous ont dit qu'autrefois elles étoient au nombre de fept, mais que deux
ont été abymées dans un tremblement de terre; révolution
affez fréquente dans ces parages. Il y a entre ces îles un
prodigieux courant fans aucun mouillage. Les arbres &
les plantes y font à-peu-près les mêmes qu'à la nouvelle
Bretagne. Nos gens y prirent une tortue du poids environ
de deux cents livres.

Depuis ce tems nous continuâmes à éprouver de fortes
marées qui portoient fur le Sud, & nous tînmes la route
qui en approchoit le plus. Nous fondâmes plufieurs fois
fans trouver de fond, & nous n'eûmes connoiffance que
d'une feule île dans l'Oueft & à dix ou douze lieues de
nous, jufqu'au 30 après midi que nous apperçûmes dans le
Sud & à un grand éloignement une terre confidérable. Le
courant qui nous fervoit mieux que le vent, nous en approcha dans la nuit; & le 31 au point du jour nous nous
en trouvâmes à fept ou huit lieues. C'étoit *l'île Ceram*.
Sa côte en partie boifée, défrichée en partie, couroit à-
peu-près Eft & Oueft, fans que nous la viffions terminée.
C'eft une île très-haute : des montagnes énormes s'élevent
fur le terrein de diftance en diftance, & le grand nombre
de feux que nous y vîmes de tous les côtés, annonce qu'elle
eft fort peuplée. Nous paffâmes la journée & la nuit fuivante à naviguer le long de la côte feptentrionale de cette
île, courant des bordées pour nous élever dans l'Oueft &
gagner fa pointe occidentale. Le courant nous étoit favorable, mais le vent étoit court.

Je remarquerai à l'occafion de la contrariété que nous

Vue de Ce-
am.

Remarque
fur les Mouf-

fons dans ces parages.

éprouvions depuis long-tems de la part des vents, que dans les Moluques on appelle mouſſon du Nord celle du Oueſt, & mouſſon du Sud celle de l'Eſt; parce que pendant la première les vents ſoufflent plus ordinairement du Nord-Nord-Oueſt que du Oueſt, & pendant la ſeconde ils viennent le plus ſouvent du Sud-Sud-Eſt. Ces vents régnent alors de même dans les îles des Papous & ſur la côte de la nouvelle Guinée; nous le ſavions par une triſte expérience, ayant employé trente-ſix jours à faire quatre cents cinquante lieues.

1768.
Septembre.

Le premier Septembre, la lumiere du jour naiſſant nous montra que nous étions à l'entrée d'une baie dans laquelle il y avoit pluſieurs feux. Bientôt après, nous apperçûmes deux embarcations à la voile, de la forme des bateaux Malays. Je fis arborer pavillon & flamme Hollandoiſe, & tirer un coup de canon, & je fis une faute ſans le ſçavoir. Nous avons appris depuis que les habitans de Ceram ſont en guerre avec les Hollandois, qu'ils ont chaſſés de preſque toutes les parties de leur île. Auſſi courûmes-nous inutilement un bord dans la baie; les bateaux ſe réfugièrent à terre, & nous profitâmes du vent frais pour continuer notre route. Le terrein du fond de la baie eſt bas & uni, entouré de hautes montagnes, & la baie eſt ſemée de pluſieurs îles. Il nous fallut gouverner à Oueſt-Nord-Oueſt pour en doubler une aſſez grande, ſur la pointe de laquelle on voit un îlot & un banc de ſable, avec une bâture qui paroît s'alonger une lieue au large. Cette île ſe nomme *Bonao*, laquelle eſt coupée en deux par un canal fort étroit. Quand nous l'eûmes doublée, nous gouvernâmes juſqu'à midi à Oueſt-quart-Sud-Oueſt.

Il venta grand frais du Sud-Sud-Oueſt au Sud-Sud-Eſt,

&

& nous louvoyâmes le reste du jour entre *Bonoa*, *Kalang*
& *Manipa*, cherchant à faire du chemin dans le Sud-Ouest.
A dix heures du soir nous eûmes connoissance des terres
de l'île *Boero*, par des feux qui y étoient allumés ; &
comme mon projet étoit de m'y arrêter, nous passâmes la
nuit sur les bords pour nous en tenir à portée & savoir si
nous pouvions. Je sçavois que les Hollandois avoient sur Projet pour
notre sûreté.
cette île un comptoir foible, quoiqu'assez riche en rafraichissemens. Dans l'ignorance profonde où nous étions de
la situation des affaires en Europe, il ne nous convenoit
pas d'en venir hasarder des premières nouvelles chez des
étrangers, qu'en un lieu où nous fussions à-peu-près les
plus forts ; alors j'envoyai, ne vînt à bord ; j'envoyai
Ce ne fut pas sans d'excessifs mouvemens de joie que nous Triste état des
équipages.
découvrîmes à la pointe du jour l'entrée du *golfe de Cajeli*.
C'est où les Hollandois ont leur établissement ; c'étoit le
terme où dévoient finir nos plus grandes misères. Le scorbut avoit fait parmi nous de cruels ravages depuis notre
départ du port *Praslin* ; personne ne pouvoit s'en dire entierement exempt, & la moitié de nos équipages étoit hors
d'état de faire aucun travail. Huit jours de plus passés à Bâture du
golfe de Ca-
jeli.
la mer eussent assurément coûté la vie au plus grand nom-
bre, & la santé à presque tous. Les vivres qui nous restoient étoient si pourris & d'une odeur si cadavéreuse, que
les momens les plus durs de nos tristes journées étoient
ceux où la cloche avertissoit de prendre ces alimens
dégoûtans & malsains. Combien cette situation embellis-
soit encore à nos yeux le charmant aspect des côtes de
Boero ! Dès le milieu de la nuit, une odeur agréable, ex-
halée des plantes aromatiques dont les îles Moluques sont
couvertes, s'étoit fait sentir plusieurs lieues en mer, &

Q q

avoit semblé l'avant-coureur qui nous annonçoit la fin de nos maux. L'aspect d'un bourg assez grand situé au fond du golfe, celui des vaisseaux à l'ancre, la vûe de bestiaux errans dans les prairies qui environnent le bourg, causerent des transports, que j'ai partagés sans doute, & que je ne sçaurois dépeindre pour nous; à peine pour...

Projet pour nous sauuer.

Il nous avoit fallu courir plusieurs bords, avant que de pouvoir entrer dans le golfe dont la pointe septentrionale se nomme *pointe de Lissatetto*, & celle du Sud-Est *pointe Rouba*. Ce ne fut qu'à dix heures que nous pûmes mettre le cap sur le bourg. Plusieurs bateaux naviguoient dans la baie; je fis arborer le pavillon Hollandois & tirer un coup de canon, aucun ne vint à bord; j'envoyai alors mon ca-

Tête sur les équipages.

not sonder en avant du navire. Je craignois un banc qui se trouve à la côte du Sud-Est du golfe. A midi & demi une pirogue, conduite par des Indiens, s'approcha du vaisseau, le chef nous demanda en Hollandois qui nous étions, & refusa toujours de monter à bord. Cependant nous avancions à pleines voiles, suivant les signaux du canot qui sondoit. Bientôt nous vîmes le banc dont nous avions redou-

Bâture du golfe de Ca-jeli.

té l'approche. La mer étoit basse & le danger paroissoit à découvert. C'est une chaîne de roches mêlées de corail, laquelle part de la côte du Sud-Est du golfe, à une lieue environ en dedans de la *pointe Rouba*, & s'étend du Sud-Est au Nord-Ouest, l'espace d'une demi-lieue. A quatre longueurs de canot de son extrémité on est sur cinq ou six brasses d'eau, mauvais fond de corail, & on passe tout de suite à 17 brasses, fond de sable & vaze. Notre route fut à-peu-près le Sud-Ouest trois lieues depuis 10 h. jusqu'à 1 h. 30 que nous mouillâmes vis-à-vis la loge auprès de plusieurs petits bâtimens Hollandois, à moins d'un

Q d

quart de lieue de terre. Nous étions par 17 brasses d'eau
fond de sable & vaze, & nous fîmes les relevemens suivans :

La pointe Lissafetto au Nord ¼ Est, deux lieues.
La pointe Roula au Nord-Est ¼ Est, une demi-lieue.
Une presqu'île à Ouest ¼ quart Nord-Ouest ¼ Ouest, trois
quarts de lieue.
*La pointe d'une batture qui s'allonge plus d'une demi-lieue
au large de la presqu'île,* au Nord-Ouest ¼ quart Ouest.
Le pavillon de la loge Hollandoise, au Sud ¼ quart Sud-
Ouest ¼ Ouest.

L'Etoile mouilla près de nous, plus dans l'Ouest-Nord-
Ouest.

Bonté récipro-
que.
Relâche à
Boëro.

À peine avions-nous jetté l'ancre, que deux soldats
Hollandois sans armes, dont l'un parloit François, vinrent
à bord nous demander de la part du Résident du comptoir
quels motifs nous attiroient dans ce port, lorsque nous ne
devions pas ignorer que l'entrée en étoit permise qu'aux
seuls vaisseaux de la Compagnie Hollandoise. Je renvoyai
avec eux un Officier pour déclarer au Résident que la nécessité de prendre des vivres nous forçoit à entrer dans le
premier port que nous avions rencontré, sans nous permettre d'avoir égard aux traités qui interdisoient aux navires étrangers la relâche dans les ports des Moluques, &
que nous sortirions aussitôt qu'il nous auroit fourni les secours dont nous avions le plus urgent besoin. Les deux
soldats revinrent peu de tems après pour me communiquer
un ordre signé du Gouverneur d'Amboine, duquel le Résident de Boëro dépend directement, par lequel il est expres-
sément défendu à celui-ci de recevoir dans son port aucun
vaisseau étranger. Le Résident me prioit en même tems de lui

Embarras du
Résident.

donner par écrit une déclaration des motifs de ma relâche, afin qu'elle pût justifier auprès de son supérieur auquel il l'enverroit, la conduite qu'il étoit obligé de tenir en nous recevant ici. Sa demande étoit juste, & j'y satisfis en lui donnant une déposition signée, dans laquelle je déclarois qu'étant parti des îles Malouines & voulant aller dans l'Inde en passant par la mer du Sud, la mousson contraire & le défaut de vivres nous avoient empêché de gagner les îles Philippines & forcé de venir chercher au premier port des Moluques des secours indispensables, secours que je le sommois de me donner en vertu du titre le plus respectable de l'humanité.

Dès ce moment il n'y eut plus de difficulté; le Résident, en règle vis-à-vis de sa Compagnie, fit contre fortune bon cœur. Soit nous offrit ce qu'il avoit d'un air aussi libre que s'il eût été le maître chez lui. Vers les cinq heures je descendis à terre avec plusieurs Officiers pour lui faire une visite. Malgré le trouble que devoit lui causer notre arrivée, il nous reçut à merveille. Il nous offrit même à souper, & certes nous l'acceptâmes. Le spectacle du plaisir & de l'avidité avec lequel nous le dévorions, lui prouva mieux que nos paroles que ce n'étoit pas sans raison que nous criions à la faim. Tous les Hollandois en étoient en extase, ils nous voyoient manger dans la crainte de nous faire tort. Il faut avoir été marin & réduit aux extrémités que nous éprouvions depuis plusieurs mois, pour se faire une idée de la sensation que produit la vue de salades & d'un bon souper sur des gens en pareil état. Ce souper fut pour moi un des plus délicieux instans de mes jours, d'autant que j'avois renvoyé à bord des vaisseaux de quoi y faire souper tout le monde aussi bien que nous.

Il fut réglé que nous aurions journellement du cerf pour
entretenir nos équipages à la viande fraîche pendant le
séjour, qu'on nous donneroit en partant dix-huit bœufs,
quelques moutons & à-peu-près autant de volailles que
nous en demanderions. Il fallut suppléer au pain par du
riz, c'est la nourriture des Hollandois. Les infulaires vivent de pain de fagu qu'ils tirent du cœur d'un palmier
auquel ils donnent ce nom; ce pain reffemble à la caffave.
Nous ne pûmes avoir cette abondance de légumes qui
nous eût été fi falutaire, les gens du pays n'en cultivent
point. Le Réfident voulut bien en fournir pour les malades,
du jardin de la Compagnie.

Au refte, tout ici appartient à la compagnie directement
ou indirectement, gros & menu bétail, grains & denrées
de toute efpece. Elle feule vend & achete. Les Maures à
la vérité nous ont vendu des volailles, des chevres, du
poiffon, des œufs, & quelques fruits; mais l'argent de
cette vente ne leur reftera pas long-tems. Les Hollandois
fçauront bien le retirer pour des hardes fort fimples, mais
qui n'en font pas moins cheres. La chaffe même du cerf
n'eft pas libre, le réfident feul en a le droit. Il donne à fes
chaffeurs trois coups de poudre & de plomb, pour lefquels ils doivent apporter deux animaux qu'on leur paye
alors fix fols piece. S'ils n'en rapportent qu'un, on retient,
fur ce qui leur eft dû, le prix d'un coup de poudre & de
plomb.

Dès le 3 au matin, nous établîmes nos malades à terre
pour y coucher pendant notre féjour. Nous envoyions
auffi journellement la plus grande partie des équipages fe
promener & fe divertir. Je fis faire l'eau des navires & les
divers tranfports par des efclaves de la compagnie que le

Police de la
Compagnie.

Réfident nous loua à la journée. L'Etoile profita de ce tems
pour garnir les chouquets de ses mâts majeurs, lesquels
avoient un jeu dangereux. Nous avions affourché en arrivant ; mais fur ce que les Hollandois nous dirent de la
bonté du fond & de la régularité des brifes de terre & du
large, nous relevâmes notre ancre d'affourche. Effectivement nous y vîmes les bâtimens Hollandois fur une feule
ancre.

Nous eûmes pendant notre relâche ici le plus beau tems
du monde. Le thermometre y montoit ordinairement à 25.d
dans la plus grande chaleur du jour ; la brife du Nord-Eft
au Sud-Eft le jour, changeoit fur le foir, elle venoit alors
de terre, & les nuits étoient fort fraîches. Nous eûmes occafion de connoître l'intérieur de l'île ; on nous permit d'y
faire plufieurs chaffes de cerfs, par battues, auxquelles
nous prîmes un grand plaifir. Le pays eft charmant, entre-
coupé de bofquets, de plaines, & de côteaux dont les val-
lons font arrofés par de jolies rivieres. Les Hollandois y
ont apporté les premiers cerfs qui s'y font prodigieufement
multipliés, & dont la chair eft excellente. Il y a auffi un
grand nombre de fangliers, & quelques efpeces de gibier
à plumes.

On donne à l'île de Boëro ou Burro environ dix-huit
lieues de l'Eft à l'Oueft, & treize du Nord au Sud. Elle
étoit autrefois foumife au Roi de Ternate, lequel en tiroit
tribut. Le lieu principal eft *Cajeli*, fitué au fond du golfe
de ce nom, dans une plaine marécageufe, qui s'étend
près de quatre milles entre les rivieres *Soweill* & *Abbo*.
Cette derniere eft la plus grande de l'île, & toutefois fes
eaux font fort troubles. Le débarquement eft ici fort incommode, fur-tout de baffe mer, pendant laquelle il faut

Police de la Compagnie.

Détails fur l'île Boëro.

que les bateaux s'arrêtent fort loin de la plage. La loge
Hollandoise, & quatorze habitations d'Indiens, autrefois
dispersées en divers endroits de l'île, mais aujourd'hui
réunies autour du comptoir, forment le bourg de Cajeli.
On y avoit d'abord construit un fort en pierre : un accident
le fit sauter en 1689, & depuis ce tems on s'y contente
d'une enceinte de foibles palissades, garnie de six canons
de petit calibre, tant bien que mal en batterie ; c'est ce
qu'on appelle *le fort de la Défense*, & j'ai pris ce nom pour
un sobriquet. La garnison, aux ordres du Résident, est
composée d'un Sergent & 25 hommes : sur toute l'île il
n'y a pas cinquante blancs. Quelques autres negreries y
sont répandues, où l'on cultive du riz. Dans le tems où
nous y étions, les forces des Hollandois y étoient augmen-
tées par trois navires, dont le plus grand étoit *la Draak*,
renault de quatorze canons, commandé par un Saxon
nommé *Kop-le-Clerc*. Son équipage est de cinquante Européens, & sa destination de croiser dans les Moluques,
sur-tout contre les Papous & les Ceramois.

Les naturels du pays se divisent en deux classes, *les
Maîtres* & *les Alfouriens*. Les premiers sont réunis sous la
loge & soumis entierement aux Hollandois qui leur inspi-
rent une grande crainte des nations étrangeres. Ils sont
observateurs zélés de la loi de Mahomet, c'est-à-dire qu'ils
se lavent souvent, ne mangent point de porc, & prennent
autant de femmes qu'ils en peuvent nourrir. Ajoutez à
cela qu'ils en paroissent fort jaloux & les tiennent renfer-
mées. Leur nourriture est le sagu, quelques fruits, & du
poisson. Les jours de fêtes ils se régalent avec du riz que
la compagnie leur vend. Leurs chefs ou *brencaces* se tiennent
auprès du Résident, qui paroît avoir pour eux quelques

égards, & contient le peuple par leur moyen. La compagnie a ſçu ſemer parmi ces chefs des habitans un levain de jalouſie réciproque qui aſſure l'eſclavage général, & la politique qu'elle obſerve ici vis-à-vis des naturels, eſt la même dans tous ſes autres comptoirs. Si un chef forme quelque complot, un autre le découvre & en avertit auſſi-tôt les Hollandois.

Ces Maures au reſte ſont vilains, pareſſeux & peu guerriers. Ils ont une extrême frayeur des Papous qui viennent quelquefois au nombre de deux ou trois cents brûler les habitations, enlever ce qu'ils peuvent & ſur-tout des eſclaves. La mémoire de leur derniere viſite faite il y avoit trois ans, étoit encore récente. Les Hollandois ne font point faire le ſervice d'eſclaves aux naturels de Boëro. La Compagnie tire ceux dont elle ſe ſert, ou de Celebes ou de Ceram, les habitans de ces deux îles ſe vendant réciproquement.

Peuple ſage. Les *Alfouriens* ſont libres ſans être ennemis de la Compagnie. Satisfaits d'être indépendans, ils ne veulent point de ces babioles que les Européens donnent ou vendent en échange de la liberté. Ils habitent épars çà & là les montagnes inacceſſibles dont eſt rempli l'intérieur de l'île. Ils y vivent de ſagu, de fruits & de la chaſſe. On ignore quelle eſt leur religion, ſeulement on dit qu'ils ne ſont point Mahométans: car ils élevent & mangent des cochons. De tems-en-tems, les chefs des Alfouriens viennent viſiter le Réſident, ils feroient auſſi-bien de reſter chez eux.

Productions de Boëro. Je ne ſçais s'il y a eu autrefois des épiceries ſur cette île; en tout cas, il eſt certain qu'il n'y en a plus aujourd'hui. La compagnie ne tire de ce poſte que des bois d'ébene d'ébène noirs & blancs, & quelques autres espèces de bois, très-recherchées pour la menuiserie. Il y a aussi une belle poivrière dont la vue nous a confirmé que le poivrier est commun à la nouvelle Bretagne. Les fruits y sont rares, des cocos, des bananes, des pamplemousses, quelques limons & citrons, des oranges amères, & fort peu d'ananas. Il y croît une fort bonne espèce d'orge nommée *ottong* & le *sago bornep*, dont on fait une bouillie qui nous a paru détestable. Les bois sont habités par un grand nombre d'oiseaux d'espèces très-variées, & dont le plumage est charmant, entre autres des perroquets de la plus grande beauté. On y trouve cette espèce de chat sauvage qui porte ses petits dans une poche placée au bas de son ventre, cette chauve-souris dont les ailes ont une énorme envergure, des serpens monstrueux qui peuvent avaler un mouton, & cet autre serpent, plus dangereux cent fois, qui se tient sur les arbres & se darde dans les yeux des passans qui regardent en l'air. On ne connoît point de remèdes contre la piqûure de ce dernier : nous en tuâmes deux, dans une chasse de cerf. La rivière de *Abbo*, dont les bords sont presque par-tout couverts d'arbres touffus, est infestée de crocodiles énormes, qui dévorent bêtes & gens. C'est la nuit qu'ils sortent, & il y a des exemples d'hommes enlevés par eux dans les pirogues. On les empêche d'approcher, en portant des torches allumées. Le rivage de Boëro fournit peu de belles coquilles. Ces coquilles précieuses, objet de commerce pour les Hollandois, se trouvent sur la côte de Ceram, à Amblaw & à Banda, d'où on les envoye à Batavia. C'est aussi à Amblaw que se trouve le catakoi de la plus belle espèce.

Henri Ouman, Résident de Boëro, y vit en souverain.

dés du Réfi-
dent à notre
égard.

Il a cent efclaves pour le fervice de fa maifon, & il poffede en abondance le néceffaire & l'agréable. Il eft fous-marchand, & ce grade eft le troifieme au fervice de la compagnie. C'eft un homme né à Batavia, lequel a époufé une créole d'Amboine. Je ne fçaurois trop me louer de fes bons procédés à notre égard. Ce fut fans doute pour lui un moment de crife que celui où nous entrâmes ici ; mais il fe conduifit en homme d'efprit. Après s'être mis en regle vis-à-vis de fes chefs, il fit de bonne grace ce dont il ne pouvoit fe difpenfer, & il y joignit les façons d'un homme franc & généreux. Sa maifon étoit la nôtre ; à toute heure on y trouvoit à boire & à manger, & ce genre de politeffe en vaut bien un autre, pour qui fur-tout fe reffentoit encore de la famine. Il nous donna deux repas de cérémonie, dont la propreté, l'élégance & la bonne chere nous furprirent dans un endroit fi peu confidérable. La maifon de cet honnête Hollandois eft jolie, élégamment meublée & entierement à la Chinoife. Tout y eft difpofé pour y procurer du frais ; elle eft entourée de jardins, & traverfée par une riviere. Du bord de la mer on y arrive par une avenue de grands arbres. Sa femme & fes filles, habillées à la Chinoife, font très-bien les honneurs du logis. Elles paffent le tems à apprêter des fleurs pour des diftillations, à nouer des bouquets & préparer du bétel. L'air qu'on refpire dans cette maifon agréable eft délicieufement parfumé, & nous y euffions tous fait bien volontiers un long féjour. Quel contrafte de cette exiftence douce & tranquille, avec la vie dénaturée que nous menions depuis dix mois !

Conduite
d'Aotourou à
Boëro.

Je dois dire un mot de l'impreffion qu'a faite fur Aotourou la vue de cet établiffement Européen. On conçoit

que sa surprise a dû être grande à l'aspect d'hommes vêtus
comme nous, de maisons, de jardins, d'animaux domestiques en grand nombre & si variés. Il ne pouvoit se las-
ser de regarder tous ces objets nouveaux pour lui. Sur-
tout il prisoit beaucoup cette hospitalité exercée d'un air
franc & de connoissance. Comme il ne voyoit pas faire
d'échange, il ne pensoit pas que nous payassions, il croyoit
qu'on nous donnoit. Au reste il se conduisit avec esprit
vis-à-vis des Hollandois. Il commença par leur faire entendre qu'il étoit chef dans son pays & qu'il voyageoit pour
son plaisir avec ses amis. Dans les visites, à table, à la
promenade il s'étudioit à nous copier exactement. Comme
je ne l'avois pas mené à la première visite que nous fîmes,
il s'imagina que c'étoit parce que ses genoux sont cagneux,
& il vouloit absolument faire monter dessus des matelots
pour les redresser. Il nous demandoit souvent si Paris étoit
aussi beau que ce comptoir.

Observations sur les moussons & les courans.

Cependant nous avions embarqué, le 6 après midi,
le riz, les bestiaux & tous les autres rafraîchissemens. La
mémoire du bon Résident étoit fort chers, mais on nous
assura que les prix étoient réglés par la Compagnie, &
qu'on ne pouvoit s'écarter de son tarif. Du reste les vivres
y étoient d'une excellente qualité ; le bœuf & le mouton
ne sont pas à beaucoup près aussi bons dans aucun pays
chaud de ma connoissance, & les volailles y sont de la
plus grande délicatesse. Le beurre de Boëro a dans ce
pays une réputation que les Bretons ne trouverent pas
légitimement acquise. Le 7 au matin je fis embarquer les
malades, & on disposa tout pour appareiller le soir avec
la brise de terre. Les vivres frais & l'air sain de Boëro
avoient procuré à nos scorbutiques un amendement sensi-

Bonne qualité des vivres qu'on y trouve.

AUTOUR DU MONDE.

<table>
<tr><td>

Observations
sur les mouf-
sons & les
courans.

</td><td>

ble. Ce séjour à terre, quoiqu'il n'eût été que de six jours,
les mettoit dans le cas de se guérir à bord, ou du-moins
de ne pas empirer, avec l'usage des rafraîchissemens que
nous étions désormais en état de leur donner.

Il eût sans doute été à souhaiter pour eux & même pour
les gens sains de prolonger la relâche ici; mais la fin de
la mousson de l'Est nous pressoit de partir pour Batavia. Si
une fois elle changeoit, il nous devenoit impossible de nous
y rendre, parce qu'alors, outre le vent contraire à com-
battre, les courans suivent encore la loi de la mousson ré-
gnante. Il est vrai qu'ils conservent près d'un mois le cours
de celle qui a précédé; mais le changement de mousson,
qui arrive ordinairement en Octobre, peut primer comme
il peut retarder d'un mois. Septembre est peu venteux,
Octobre & Novembre le sont encore moins. C'est la sai-
son des calmes & celle que choisit le Gouverneur d'Am-
boine pour faire sa tournée dans les îles dépendantes de
son Gouvernement. Juin, Juillet & Août sont très-plu-
vieux. La mousson de l'Est, au Nord de Céram & de
Boëro, souffle ordinairement du Sud-Sud-Est au Sud-Sud-
Ouest; dans les îles d'Amboine & de Banda elle est de
l'Est au Sud-Est. Celle de l'Ouest souffle de d'Ouest-Sud-
Ouest au Nord-Ouest. Le mois d'Avril est le terme où fi-
nissent communément les vents d'Ouest; c'est la mousson
orageuse, comme celle de l'Est est la mousson pluvieuse.
Le Capitaine Clerk nous dit qu'il avoit en vain croisé de-
vant Amboine pour y entrer pendant tout le mois de Juil-
let; il y avoit essuyé des pluies continuelles qui avoient
mis tout son équipage sur les cadres. C'est dans ce même
tems que nous étions si bien arrosés au port Praslin.

Il y avoit eu cette année à Boëro trois tremblemens de

</td></tr>
</table>

terre presque consécutifs, le 7 Juin, le 12 & le 27 Juillet. C'est le 22 de ce même mois que nous en avions ressenti un à la nouvelle Bretagne. Ces tremblemens de terre ont, dans cette partie du monde, de terribles conséquences pour la navigation. Quelquefois ils anéantissent des îles & des bancs de sable connus ; quelquefois aussi ils en créent où il n'y en avoit pas, & il n'y a rien à gagner à ce marché. Il seroit bien moins dangereux aux navigateurs que les choses restassent comme elles sont.

Le 7 après midi, tout étoit à bord, & nous n'attendions que la brise de terre, pour mettre à la voile. Elle ne fut sensible qu'à huit heures du soir. J'envoyai aussi-tôt un canot, avec un feu, se mouiller sur la pointe du banc qui est à la côte du Sud-Est, & nous travaillâmes à appareiller. On ne nous avoit pas trompé, en nous assurant que la tenue étoit forte dans ce mouillage. Nous fûmes très-long-tems à faire avec le cabestan des efforts inutiles ; le tourne-vire même cassa, & nous ne parvînmes qu'à l'aide de poulies de franc funin, à retirer notre ancre de la vaze colante où elle étoit enfoncée. Nous ne fûmes sous voiles qu'à onze heures. La pointe du banc une fois doublée, nous embarquâmes nos bateaux & l'Etoile les siens, & nous gouvernâmes successivement au Nord-Est, au Nord-Est-quart-Nord & Nord-Nord-Est, pour sortir du golfe de Cajeli.

Pendant notre séjour ici M. Verron avoit fait à bord plusieurs observations de distance, dont le résultat moyen lui servit à déterminer la longitude de ce golfe, & le place 2ᵈ 53′ plus à l'Ouest que nos estimes suivies depuis la longitude observée à la nouvelle Bretagne. Au reste, quoique nous ayons trouvé établie, comme de raison, aux

(marginalia)
blemens de terre.

Sortie de Boëro.

Observations astronomiques.

Moluques, la vraie date d'Europe, sur laquelle nous perdions un jour, en suivant autour du monde le cours du
soleil, je continuerai à marquer la date de nos journaux,
en prévenant qu'au-lieu du mercredi 7, on comptoit dans
l'Inde le jeudi 8. Je ne corrigerai ma date qu'à l'île de
France.

CHAPITRE VII.

Route depuis Boëro jusqu'à Batavia.

QUOIQUE je fusse convaincu que les Hollandois représentent la navigation dans les Moluques, comme beaucoup
plus dangereuse encore, qu'elle ne l'est effectivement, je
n'ignorois cependant pas qu'elle ne fût semée d'écueils &
de difficultés. La plus grande étoit pour nous de n'avoir
aucune carte fidelle de ces parages, les cartes Françoises
de cette partie de l'Inde étant plus propres à faire perdre
les navires qu'à les guider. Je n'avois pu tirer des Hollandois de Boëro que des connoissances vagues & des lumieres fort imparfaites. Lorsque nous y arrivâmes, le Draak
devoit en partir sous peu de jours, pour conduire un Ingénieur à Maçassar, & j'avois bien compté le suivre jusques-
là. Mais le Résident donna ordre au Commandant de ce
sénaut de rester à Cajeli jusqu'à ce que nous fussions sortis.
Ainsi nous appareillâmes seuls, & je dirigeai ma route pour
passer au Nord de Boëro & aller chercher le détroit de
Button, que les Hollandois nomment *Button's strat.*

Nous rangeâmes la côte de Boëro environ à une lieue
& demie de distance, & les courans ne nous firent éprouver aucune différence sensible jusqu'à midi. Nous avions
apperçu le 8 au matin les îles de Kilang & de Manipa. Depuis la terre basse que l'on trouve à la sortie du golfe de Cajeli, la côte est fort élevée, & court sur l'Ouest-Nord-Ouest &
Ouest-quart-Nord-Ouest. Le 9 nous eûmes connoissance
dans la matinée de l'île de *Xullabessie.* Elle est peu considérable, & les Hollandois y ont un comptoir dans une

1768.
Septembre.
Difficultés
de la naviga-
tion dans les
Moluques.

redoute nommée *Claverblad* ou *le Trefle*. La garnison est d'un Sergent & vingt-cinq hommes aux ordres du sieur Arnoldus Holtman, qui n'est que teneur de livres. Cette île dépendoit autrefois du gouvernement d'Amboine, elle releve aujourd'hui de celui de Ternate. Tant que nous courûmes le long de Boëro nous eûmes peu de vent, & les brises réglées à-peu-près comme dans la baie; les courans dans ces deux jours nous porterent dans l'Ouest près de 8 lieues. Nous évaluâmes avec assez de précision cette différence par les fréquens relevemens que nous faisions. La derniere journée ils nous porterent aussi un peu dans le Sud, ce que vérifia la hauteur méridienne observée le 10.

Nous avions vû les dernieres terres de Boëro le 9 au coucher du soleil. Nous trouvâmes au large des vents assez frais du Sud au Sud-Sud-Est, & nous passâmes dans des raz de marée sensibles. Je fis gouverner au Sud-Ouest quand les vents le permirent, afin de tenir entre *Wawoni* & *Button*, voulant passer par le détroit de ce nom. On prétend que dans cette saison il est dangereux de passer dans l'Est de Button, que l'on y court risque d'être affalés sur la côte par les courans & le vent, & qu'alors il faut pour s'en relever, attendre que la mousson du Ouest soit bien établie. Voilà ce que m'a dit un marin Hollandois, & je n'en suis pas garant. Ce que je puis attester avec connoissance de cause, c'est que le passage du détroit est infiniment préférable à l'autre route, soit au Nord, soit au Sud de l'écueil nommé *Toukanbessie*: cette derniere route étant semée de dangers tant visibles que cachés, redoutables même aux pratiques.

Le 10 au matin, le nommé Julien Launai, Tailleur, mourut à bord du scorbut. Il commençoit à entrer en convalescence

Avis nautique.

Pl. 18

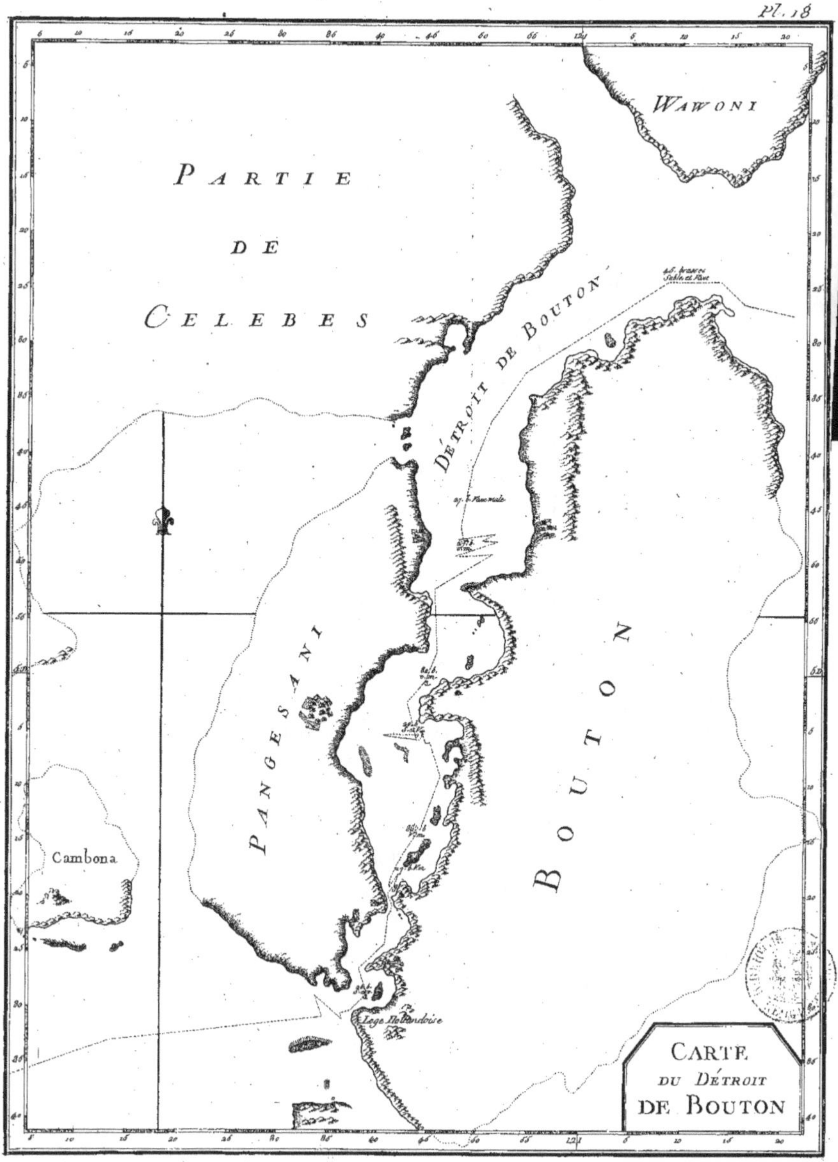

WAWONI

PARTIE

DE

CELEBES

DÉTROIT DE BOUTON

P A N G E S A N I

B O U T O N

Cambona

Lego Hollandoise

CARTE
DU DÉTROIT
DE BOUTON

valefcence, deux débauches d'eau-de-vie l'ont tué.

Le 11 à huit heures du matin, on vit la terre depuis l'Oueft-quart-Sud-Oueft jufqu'au Sud-Oueft-quart-Sud-5^d-Oueft. A neuf heures nous reconnûmes que c'étoit l'île de Wawoni, île haute, fur-tout dans fon milieu; à onze heures, on découvrit la partie feptentrionale de Button. A midi, nous obfervâmes 4^d 6' de latitude auftrale. La pointe feptentrionale de Wawoni nous reftoit alors à Oueft-5^d-Nord, fa pointe méridionale au Sud-Oueft-quart-Oueft-4^d-Oueft, huit à neuf lieues, & la pointe du Nord-Eft de Button au Sud-Oueft-quart-Oueft-4^d-Sud, environ à neuf lieues. L'après midi, nous courûmes jufqu'à deux lieues de Wawoni, enfuite nous revirâmes au large & nous louvoyâmes toute la nuit pour nous mettre au vent de l'entrée du détroit de Button, & être à même d'y donner à la pointe du jour. En effet, elle nous reftoit le 12 à fix heures du matin, entre le Nord-Oueft-quart-Oueft & l'Oueft-Nord-Oueft, & je fis porter fur la pointe feptentrionale de Button. En même tems, je fis mettre les canots dehors, & je les gardai à la remorque. A neuf heures nous embouquâmes le détroit avec une jolie brife qui dura jufqu'à dix heures & demie, & reprit un peu avant midi.

Il convient, en entrant dans ce détroit, de ranger la terre de Button, dont la pointe feptentrionale eft d'une moyenne hauteur & hachée en plufieurs mondrains. Le cap, qui fait l'entrée de bas-bord, eft taillé en falaife. Il a en-avant de lui quelques pierres blanches affez élevées au-deffus de l'eau, & dans l'Eft, une jolie baie dans laquelle nous vîmes une petite embarcation à la voile. La pointe correfpondante de *Wawoni* eft baffe, affez unie,

Vue du détroit de Button.

Defcription de l'entrée.

S s

& elle se prolonge dans l'Ouest. La terre de *Celebes* se présente alors devant vous ; on voit un passage ouvert dans le Nord entre cette grande île & Wawoni, passage faux ; celui du Sud, qui est le vrai, paroît presque fermé ; on y apperçoit dans l'éloignement une terre basse hachée en especes d'îlots. A mesure qu'on entre, on découvre sur la côte de Button de gros caps ronds & de jolies ances. Au large d'un de ces caps sont deux roches, qu'il est impossible de ne pas prendre de loin pour deux navires à la voile, l'un assez grand, l'autre plus petit. Environ à une lieue dans l'Est d'elles, & à un quart de lieue de la côte, la sonde nous donna 45 brasses fond de sable & de vaze. Le détroit depuis l'entrée gît successivement du Sud - Ouest au Sud.

A midi nous observâmes 4ᵈ 29′ de latitude australe, nous avions alors un peu dépassé les deux roches. Elles sont au large d'un îlot, derriere lequel il paroît un joli enfoncement. Nous y vîmes une embarcation faite en forme de coffre quarré, avec une pirogue à la remorque. Elle cheminoit à la voile & à la rame, en côtoyant la terre. Un matelot François, repris à Boero, qui depuis quatre ans naviguoit avec les Hollandois dans les Moluques, nous dit que c'étoit un bateau d'Indiens forbans qui cherchent à faire des prisonniers pour les vendre. Notre rencontre parut les gêner. Ils amenerent leur voile & se hâlerent à la perche, tout-à-fait terre-à-terre, derriere l'îlot.

Nous continuâmes notre route dans le détroit, les vents rondissant comme le canal, & nous ayant permis de venir par degrés du Sud-Ouest au Sud. Nous crûmes vers deux heures après midi que la marée commençoit à nous être contraire ; la mer alors baignoit le pied des arbres sur la

Aspect du pays.

côte, ce qui prouveroit que le flot vient ici du Nord, au-
moins dans cette faison. A deux heures & demie, nous
paſſâmes devant un fuperbe port qui eſt à la côte de Celebes. Cette terre offre un coup-d'œil charmant par la variété des terreins bas, des côteaux & des montagnes. La
verdure y embellit le payfage, & tout annonce une contrée riche. Bientôt après l'île de *Pangafani* & les îlots qui
en font au Nord, fe détacherent, & nous diftinguâmes
les divers canaux qu'ils préfentent. Les hautes montagnes
de Célebes paroiſſoient au-deſſus & dans le Nord de ces
terres. C'eſt par cette longue île de Pangafani & par celle
de Button qu'eſt enfuite formé le détroit. A cinq heures &
demie nous étions enclavés de maniere qu'on n'appercevoit ni entrée ni fortie; & la fonde nous donna 27 braſſes
d'eau & un excellent fond de vaze.

Premier
mouillage.

La brife, qui vint alors de l'Eſt-Sud-Eſt, nous força de
tenir le plus près pour ne pas nous écarter de la côte de
Button. A fix heures & demie, les vents refufant de plus
en plus & la marée contraire étant aſſez forte, nous mouillâmes une ancre à jet à-peu-près à mi-canal, par la même
fonde que nous avions déjà eue, 27 braſſes vaze molle,
ce qui dénote un fond égal dans toute cette partie. La largeur du détroit, depuis l'entrée jufqu'à ce premier mouillage, varie de fept, huit, neuf jufqu'à dix milles. La nuit
fut très-belle. Nous penfâmes qu'il y avoit des habitations
fur cette partie de Button, parce que nous y vîmes plufieurs feux. Pangafani nous parut beaucoup plus peuplé,
à en juger par la grande quantité de feux qui brilloient
de toutes parts. Cette île eſt ici baſſe, unie, couverte
de beaux arbres, & je ne ferois pas furpris qu'elle con-
tînt des épiceries.

S s ij

Le 13 au matin il vint autour des navires un grand nombre de pirogues à balancier. Les Indiens nous apporterent des poules, des œufs, des bananes, des perruches & des catakois. Ils demandoient de l'argent de Hollande, fur-tout des pieces argentées qui valent deux fols & demi. Ils prenoient auffi volontiers des couteaux à manches rouges. Ces infulaires venoient d'une peuplade confidérable, fituée fur les hauteurs de Button vis-à-vis notre mouillage, laquelle occupe cinq ou fix croupes de montagnes. Le terrein y eft par-tout défriché, féparé par des foffés & bien planté. Les habitations y font les unes ramaffées en villages, les autres au milieu d'un champ entouré de haies. Ils cultivent le riz, le maïs, des patates, des ignames & d'autres racines. Nulle part nous n'avons mangé de bananes d'un goût auffi délicat. Ils ont auffi en grande abondance des cocos, des citrons, des pommes de mangles & des ananas. Tout ce peuple eft fort bazané, petit & laid. Leur langue, de même que celle des habitans des Moluques, eft le Malais & leur religion, celle de Mahomet. Ils paroiffent fins négocians, mais ils font doux & de bonne foi. Ils nous propoferent à acheter des pieces de coton coloriées & fort groffieres. Je leur montrai de la mufcade & du clou, & je leur en demandai. Ils me répondirent qu'ils en avoient de fecs dans leurs maifons, & que lorfqu'ils en vouloient, ils alloient en chercher à Ceram & aux environs de Banda, où ce n'eft affurément pas les Hollandois qui les en fourniffent. Ils me dirent qu'un grand navire de la Compagnie avoit paffé dans le détroit il y avoit environ dix jours.

Depuis le lever du foleil, le vent étoit foible & contraire, variant du Sud au Sud-Oueft; j'appareillai à dix

Trafic avec les habitans.

heures & demie sur un prime flot, & nous louvoyâmes bord sur bord sans faire beaucoup de chemin. A quatre heures après midi nous donnâmes dans un passage qui n'a pas plus de quatre milles de large. Il est formé, du côté de Button, par une pointe basse qui est fort saillante, & laisse à son Nord un grand enfoncement dans lequel il y a trois îles; du côté de Pangasani, par sept ou huit petits ilots couverts de bois, qui en sont au plus à un demi quart de lieue. Dans un de nos bords, nous rangeâmes presque à portée de pistolet ces ilots, tout près desquels nous filâmes 15 brasses, sans trouver de fond. La sonde nous avoit donné dans le canal 35, 30, 27 brasses fond de vaze. Nous avions passé en dehors, c'est-à-dire dans l'Ouest des trois îles dépendantes de la côte de Button. Elles sont assez considérables & peuplées.

La côte de Pangasani est ici élevée en amphithéâtre avec une terre basse au pied, que je crois être souvent noyée. Je le conclus de ce que les insulaires ont leurs habitations sur la croupe des montagnes. Peut-être aussi, comme ils sont presque toujours en guerre avec leurs voisins, veulent-ils laisser une lisiere de bois entre leurs foyers & les ennemis qui tenteroient des descentes. Il paroit même qu'ils se font redouter des habitans de Button, qui traitent ceux-ci de forbans, auxquels on ne peut se fier. Aussi les uns & les autres portent-ils toujours le cric à leur ceinture. A huit heures du soir le vent ayant manqué tout-à-fait, nous laissâmes tomber notre ancre à jet par 36 brasses fond de vaze molle; l'Etoile mouilla dans le Nord & plus à terre. Nous venions ainsi de passer le premier goulet étroit.

Le 14, nous appareillâmes à huit heures du matin sous

Second
mouillage.

Troisieme

& quatrieme mouillages.

toutes voiles, la brife étant foible, & nous louvoyâmes jufqu'à midi, qu'ayant vû un banc dans le Sud-Sud-Oueft, je fis mouiller par 20 braffes, fable & vaze, & j'envoyai un canot fonder autour du banc. Il vint dans la matinée plufieurs pirogues le long du bord, une entre autres qui portoit à pouppe pavillon Hollandois deferlé. A fon approche, toutes les autres fe retirerent pour lui faire place. C'étoit la voiture d'un orencaie ou chef. La compagnie leur accorde fon pavillon & le droit de le porter. A une heure après midi, nous remîmes à la voile pour tâcher de gagner quelques lieues; il n'y eut pas moyen, le vent étoit trop foible & trop court; nous perdîmes environ une demi-lieue, & à trois heures & demie nous remouillâmes par 13 braffes fond de fable, vaze, coquillage & corail.

Avis nautiques.

Cependant M. le Corre que j'avois envoyé dans le canot, pour fonder entre le banc & la terre, revint & me fit le rapport fuivant. Près du banc, il y a 8 & 9 braffes d'eau; à mefure qu'on fe rapproche de la côte de Button, terre haute & efcarpée par le travers d'une fuperbe baie, l'eau va toujours en augmentant, jufqu'à ce qu'on ne trouve plus de fond en filant 80 braffes de ligne, à-peu-près à mi-canal entre le banc & la terre. Par conféquent, fi le calme prenoit dans cette partie, il n'y a de mouillage que près le banc. Le fond au refte, dans fes environs, eft d'une bonne qualité. Plufieurs autres bancs s'étendent entre celui-ci & la côte de Pangafani. On ne fçauroit donc trop recommander de hanter dans tout ce détroit la terre de Button. C'eft le long de cette côte que font les bons mouillages; elle ne cache aucun danger, & d'ailleurs les vents en viennent le plus fréquemment. D'ici, prefque jufqu'au débouquement, elle paroîtroit n'être qu'une

chaîne d'îles fucceffives : mais c'est qu'elle est coupée de
plufieurs baies, qui doivent former de fuperbes ports.

La nuit fut très-belle & fans vent. Le 15, à cinq heures
du matin, nous appareillâmes avec une foible brife de
l'Est-Sud-Est, & je fis gouverner pour rallier tout-à-fait la
côte de Button. A fept heures & demie nous avions doublé le banc & la brife nous manqua. Je mis chaloupe &
canot dehors, & je fignalai à l'Etoile d'en faire autant. La
marée étoit favorable, & nos bateaux nous remorquèrent
jufqu'à trois heures du foir. Nous paffâmes devant deux
magnifiques baies, où je penfe bien que l'on trouveroit à
mouiller, mais le long & fort près des hautes terres, il n'y
a pas de fond. A trois heures & demie le vent foufla de
l'Est-Sud-Est bon frais, & nous fîmes route pour aller
chercher un mouillage à portée de la paffe étroite par laquelle on débouque de ce détroit. Nous n'en découvrions
encore aucune apparence. Au contraire plus nous avancions, moins nous appercevions d'iffue. Les terres des
deux bords qui fe croifent ici, paroiffent une côte continue
& ne laiffent pas même foupçonner aucune ouverture.

A quatre heures & demie nous étions par le travers &
dans l'Ouest d'une baie fort ouverte, & l'on vit un bateau du pays qui paroiffoit s'y enfoncer vers le Sud. J'envoyai mon canot à fa fuite, avec ordre de me l'amener,
dans l'intention de me procurer par ce moyen un pilote.
Pendant ce tems nos autres bateaux furent employés à
fonder. Un peu au large & prefque par le travers de la
pointe feptentrionale de la baie, on trouva 25 braffes
d'eau fond de fable & corail, enfuite nous perdîmes le
fond. Je fis mettre à l'autre bord, puis en travers fous les
huniers, pour donner aux bateaux le tems de fonder. Après

Suite & def-
cription du
détroit.

avoir dépaſſé l'ouverture de la baie, on retrouve fond le long de la terre qui tient à ſa pointe méridionale. Nos ca-nots ſignalerent 45, 40, 35, 29 & 28 braſſes fond de vaze, & nous manœuvrâmes pour gagner ce mouillage, aidés par les chaloupes. A cinq heures & demie nous y laiſſâmes tomber une de nos ancres de boſſoir par 35 braſſes d'eau fond de vaze molle. L'Etoile mouilla dans le Sud de nous.

Cinquieme mouillage. Comme nous venions de mouiller, mon canot revint avec le bateau Malays. On n'avoit pas eu de peine à le déterminer à ſuivre, & nous y prîmes un Indien qui de-manda quatre ducatons (environ quinze francs) pour nous conduire; ce fut un marché bientôt conclu. Le pi-lote coucha à bord & ſa pirogue fut l'attendre de l'autre côté de la paſſe. Il nous dit qu'il alloit s'y rendre par le fond d'une baie voiſine de celle près de laquelle nous étions, où il n'y avoit qu'un portage fort court pour la pi-rogue. Au reſte nous euſſions alors pu facilement nous paſſer du ſecours de ce pilote; quelques inſtans avant que nous mouillaſſions, le ſoleil donnant ſur l'entrée du gou-let dans un jour plus favorable, nous fit découvrir dans le Sud-Sud-Oueſt-4d-Oueſt la pointe de bas-bord du débou-quement; mais il faut la deviner : elle chevauche un ro-cher à double étage qui fait la pointe de ſtribord. Quel-ques-uns de nos Meſſieurs profiterent du reſte du jour pour aller ſe promener. Ils ne trouverent point d'habita-tions à portée de notre mouillage. Ils fouillerent auſſi le bois dont cette partie eſt entierement couverte, ſans y trouver aucune production intéreſſante. Ils rencontrerent ſeulement près du rivage un petit ſac qui contenoit quel-ques noix-muſcades ſeches.

Le

Le lendemain je fis virer à deux heures & demie du matin; il étoit quatre heures avant que nous fuffions fous voiles. A peine ventoit-il; toutefois remorqués par nos bateaux, nous gagnâmes l'embouchure du paffage. La mer alors étoit toute baffe fur les deux rives; &, comme nous avions éprouvé jufqu'ici que le flot venoit du Nord, nous attendions à chaque inftant le courant favorable; mais nous étions loin de compte. Le flot ici vient du Sud du-moins dans cette faifon, & j'ignore où font les limites des deux puiffances. Le vent avoit confidérablement renforcé & fouffloit à pouppe. Ce fut en vain qu'avec fon fecours nous luttâmes une heure & demie contre le courant; l'Etoile qu'il fit retrograder la première, mouilla prefque à l'embouchure de la paffe à la côte de Button, dans une efpece de coude où la marée fait un retour & n'eft pas auffi fenfible. A l'aide du vent je bataillai encore près d'une heure fans defavantage; mais le vent ayant abandonné la partie, j'eus bientôt perdu un grand mille, & je mouillai à une heure après midi par 30 braffes fond de fable & de corail. Je reftai tout appareillé & gouvernant pour foulager mon ancre qui n'étoit qu'une ancre à jet très-foible.

Toute la journée les pirogues environnerent les navires. Elles alloient & venoient comme à une foire chargées de rafraîchiffemens, de curiofités & de pieces de coton. Le commerce fe faifoit fans nuire à la manœuvre. A quatre heures après midi, le vent ayant fraîchi & la mer étant prefque étale, nous levâmes l'ancre, & avec tous nos bateaux devant la frégate, nous donnâmes dans la paffe fuivis de l'Etoile remorquée de même par les fiens. A cinq heures & demie le plus étroit étoit heureufement paffé,

Sixieme
mouillage.

Sortie du dé-
troit de But-
ton; defcrip-
tion de la paf-
fe.

T t

& à fix heures & demie nous mouillâmes en-dehors dans la baie nommée *baie de Button*, fous le pofte Hollandois.

Reprenons la defcription de la paffe. Quand on vient du Nord, elle ne commence à s'ouvrir que lorfqu'on en eft environ à un mille. Le premier objet qui frappe du côté de Button, eft une roche détachée & minée par-deffous, laquelle préfente exactement l'image d'une galere tentée, dont la moitié de l'éperon feroit emportée; les arbuftes qui la couvrent, produifent l'effet de la tente; de baffe mer, la galere tient à la baie: lorfque la mer eft haute, c'eft un îlot. La terre de Button, médiocrement élevée dans cette partie, y eft couverte de maifons & le rivage enclos de pêcheries. L'autre côté de la paffe eft coupé à pic. Sa pointe eft reconnoiffable par deux entailles qui forment deux étages dans le rocher. Lorf-qu'on a dépaffé la galere, les terres des deux bords font entierement efcarpées, pendantes même en quelques endroits fur le canal. On croiroit que le dieu de la mer, d'un coup de fon trident, y ouvrit un paffage à fes eaux amoncelées. Les côtes cependant offrent un afpect riant. Celle de Button eft cultivée en amphithéâtre & garnie de cafes dans tous les endroits qui ne font point affez rapides pour qu'un homme ne puiffe pas y arriver. Celle de Pangafa-ni qui n'eft qu'une roche prefque vive, eft toutefois couverte d'arbres; mais on n'y voit que deux ou trois habitations.

A un mille & demi ou deux milles au Nord de la paffe, plus près de Button que de Pangafani, on trouve 20, 18, 15, 12 & 10 braffes, fond de vaze; à mefure qu'on fait le Sud, avançant en canal, le fond change, on trouve du fable & du corail par diverfes profondeurs, depuis 35 juf-qu'à 12 braffes, enfuite on perd le fond.

Le paffage peut avoir une demi-lieue de longueur; fa largeur varie depuis environ cent cinquante jufqu'à quatre cents toifes, eftime jugée au coup-d'œil; le canal va en ferpentant & du côté de Pangafani, environ aux deux tiers de fa longueur, il y a une pêcherie qui avertit de *défendre* ce côté & de hanter celui de Button. En général il faut, autant qu'il eft poffible, tenir le milieu du goulet. Il convient auffi, à moins d'un vent favorable affez frais, d'avoir fes bateaux devant foi, pour fe tenir bien gouvernant dans les finuofités du canal. Au refte, le courant y eft affez fort pour le faire paffer d'un tems calme, même d'un foible vent contraire; il ne l'eft pas affez pour vaincre un vent ennemi qui feroit frais, & permettre alors de paffer en cajolant fous les huniers. En débouquant de la paffe, les terres de Button, plufieurs îles qui en font dans le Sud-Ouest, & les terres de Pangafani préfentent l'afpect d'un grand golfe. Le meilleur mouillage y eft vis-à-vis le comptoir Hollandois à environ un mille de terre.

Notre pilote Buttonien nous avoit aidé de fes lumieres, autant qu'un homme qui connoît le local & n'entend rien à la manœuvre de nos vaiffeaux, le pouvoit faire. Il avoit la plus grande attention à nous avertir des dangers, des bancs, des mouillages. Seulement il vouloit que nous miffions toujours le cap droit où nous avions affaire, il ne tenoit compte de notre maniere de ferrer le vent, pour le ménager & s'en affurer. Il penfoit auffi que nous tirions 8 ou 10 braffes d'eau. Dans la matinée, il nous étoit venu à bord un autre Indien, vieillard fort inftruit, que nous crûmes le pere du pilote. Ils refterent avec nous jufqu'au foir, & je les renvoyai dans un de mes canots. Leur habitation eft voifine du comptoir Hollandois. Ils ne voulurent abfolu-

T t ij

ment goûter à aucuns de nos mets, pas même au pain ;
quelques bananes & du betel, voilà quelle fut leur nourriture. Ils ne furent pas si religieux sur la boisson. Le pratique
que & son pere burent largement de l'eau-de-vie, assurés
sans doute que Mahomet n'avoit défendu que le vin.

Grande visi-
te des insulai-
res.

Le 17 à cinq heures du matin, nous fûmes sous voiles.
Le vent étoit debout, foible d'abord, ensuite assez frais, &
nous restâmes *sur les bords*. Dès les premiers rayons du
jour, nous vîmes déboucher de toutes parts un essaim de
pirogues, les navires en furent bientôt environnés, & le
commerce s'établit. Tout le monde s'en trouva bien. Les Indiens tirerent assurément avec nous meilleur parti de leurs
denrées qu'ils n'eussent fait avec les Hollandois ; mais ils
s'en défaisoient toujours à vil prix, & les matelots purent
tous se munir de poules, d'œufs & de fruits. On ne voyoit
que volaille sur les deux vaisseaux, tout en étoit garni jusqu'aux hunes. Je conseille toutefois à ceux qui revien-
droient ici, de faire emplette, s'ils le peuvent, de la
monnoie dont les Hollandois se servent dans les Moluques,
sur-tout de ces pieces argentées qui valent deux sols &
demi. Comme les Indiens ne connoissoient pas les monnoies que nous avions, ils ne donnoient aucune valeur ni
aux réaux d'Espagne, ni à nos pieces de douze & de vingt-
quatre sols : fort souvent même ils ne vouloient pas les
prendre. Ceux-ci débiterent aussi quelques cotonnades plus
fines & plus jolies que celles que nous avions encore vues,
& une énorme quantité de catakois & de perruches du
plus beau plumage.

Vers neuf heures du matin, nous eûmes la visite de
cinq *orencaies* de Button. Ils vinrent dans un canot semblable à ceux des Européens, à cette différence près qu'on

le voguoit avec des pagayes au lieu d'avirons. Ils portoient
à pouppe un grand pavillon Hollandois. Ces orencaies
font bien vêtus. Ils ont des culottes longües, des camisoles
avec des boutons de métal & des turbans, tandis que les
autres Indiens font nuds. Ils avoient aussi la marque distinctive que leur donne la compagnie, qui est la canne à
pomme d'argent, avec cette marque ☙ : Le plus âgé
avoit au-dessus une M de la façon suivante ☙. Ils venoient, dirent-ils, se ranger à l'obéissance de la compagnie, & quand ils sçûrent que nous étions François, ils ne
furent point déconcertés, & dirent que très-volontiers ils
offroient leurs hommages à la France. Ils accompagne-
rent leur compliment de bien venu du don d'un chevreuil.
Je leur fis au nom Roi un présent d'étoffes de soie, qu'ils
partagèrent en cinq lots, & je leur appris à connoître le
pavillon de la nation. Je leur proposai de la liqueur ; c'étoit
ce qu'ils attendoient, & Mahomet leur permit d'en boire
à la prospérité du Souverain de Button, de la France, de
la compagnie de Hollande, & à notre heureux voyage.
Ils m'offrirent alors tous les secours qui pouvoient dépendre d'eux, & ajoutèrent que, depuis trois ans, il avoit
passé en divers tems trois vaisseaux Anglois auxquels ils
avoient fourni eau, bois, volailles & fruits, qu'ils étoient
leurs amis, & qu'ils voyoient bien que nous le serions
aussi. Dans ce moment leurs verres étoient pleins, & ils
avoient déjà plusieurs fois vuidé rasade. Au reste, ils me
prévinrent que le Roi de Button résidoit dans ce canton,
& je vis bien qu'ils avoient les mœurs de la capitale. Ils
l'appellent *Sultan*, nom qu'ils ont sans doute reçu des Ara-
bes en même tems que leur religion. Ce Sultan est despote
& puissant, si le nombre des sujets fait la puissance ; car

fon île eſt grande & bien peuplée. Les orencaies, après avoir pris congé de nous, firent une viſite à bord de l'Etoile. Ils y burent auſſi à la ſanté de leurs nouveaux amis, & il fallut leur prêter une main ſecourable pour s'embarquer dans leurs pirogues.

Situation des Hollandois à Button.

　Je leur avois demandé entre deux raſades ſi leur île produiſoit des épiceries, ils me répondirent que non, & je crois volontiers qu'ils ont dit la vérité, en conſidérant la foibleſſe du poſte que les Hollandois entretiennent ici. Ce poſte eſt l'aſſemblage de ſept ou huit huttes de bambous, avec une eſpece de paliſſade décorée d'une gaule de pavillon. Là réſident pour la compagnie un Sergent & trois hommes. Cette côte au reſte préſente le plus agréable coup d'œil. Elle eſt par-tout défrichée & garnie de caſes. Les plantations de cocotiers y ſont fréquentes. Le terrein s'éleve en pente douce & offre par-tout des enclos cultivés. Le bord de la mer eſt tout en pêcheries. La côte qui eſt vis-à-vis Button n'eſt ni moins riante, ni moins peuplée.

　Notre pilote revint auſſi nous voir dans la matinée, & il m'apporta quelques cocos, les meilleurs que j'euſſe encore rencontrés. Il m'avertit que, lorſque le ſoleil auroit monté, la briſe du Sud-Eſt ſeroit très-forte, & je lui fis boire un grand coup d'eau-de-vie pour la bonne nouvelle. Effectivement nous vîmes toutes les pirogues ſe retirer vers onze heures. Elles ne vouloient pas ſe compromettre au large aux approches du vent frais, qui ne manqua pas de ſouffler, comme nous l'avoit annoncé l'Indien. Une briſe de Sud-Eſt fraîche & vigoureuſe nous prit, comme nous courions un bord ſur une île à l'Oueſt de Button, elle nous permit de gouverner à Oueſt-Sud-Oueſt, & nous

fit faire bon chemin, malgré la marée. J'avertirai ici qu'il Avis nauti-
faut fe méfier d'un banc, qui s'étend affez au large de ques.
cette île dont je viens de parler. Au refte, en louvoyant
pendant la matinée, nous fondâmes plufieurs fois, fans
trouver fond, à 50 braffes de ligne.

Nous obfervâmes à midi 5ᵈ 31ᶦ 30ᶦᶦ de latitude auftrale,
& cette obfervation, jointe à celle que nous avions faite à
l'entrée du détroit, nous fervit à en déterminer la longueur
avec précifion. A trois heures nous apperçûmes l'extrémité méridionale de Pangafani. Nous voyions, dès le matin, les hautes montagnes de l'*île Camhona*, fur laquelle
eft un pic, dont la tête s'élève au-deffus des nuages. Vers
quatre heures & demie, nous découvrîmes une portion
des terres de Celebes. Nous embarquâmes nos bateaux
au foleil couchant, & nous mîmes toutes voiles dehors,
gouvernant à Oueft-Sud-Oueft, jufqu'à dix heures du
foir que nous mîmes le cap à Oueft-quart-Sud-Oueft ; &
nous courûmes à cette route toute la nuit, bonnettes greiées
haut & bas.

Mon intention étoit d'aller ainfi prendre connoiffance Remarques
de l'île *Saleyer*, à trois ou quatre lieues dans le Sud de fa fur cette na-
pointe feptentrionale, c'eft-à-dire par 5ᵈ 55ᶦ à 6ᵈ de lati- vigation.
tude, afin de chercher enfuite le détroit de ce nom, qui
eft entre cette île & celle de Celebes, le long de laquelle
on court fans la voir : attendu que fa côte, prefque depuis
Pangafani, forme un golfe d'une immenfe profondeur. Au
refte il faut de même revenir chercher *le détroit de Saleyer*
lorfqu'on paffe par le *Toukan beffie* ; & on conclura fans
doute de ce qui a été détaillé ci-deffus, que la route par
la rue de Button eft, à tous égards, préférable. C'eft une
des navigations les plus fûres & les plus agréables que

Avantages de la route précédente. l'on puisse faire. Elle réunit à la bonté des mouillages & à l'agrément de faire le chemin à son aise, tous les avantages de la meilleure relâche. L'abondance étoit aussi grande maintenant sur nos vaisseaux que l'avoit été la disette. Le scorbut disparoissoit à vue d'œil. Il s'y déclaroit à la vérité un grand nombre de cours de ventre, occasionnés par le changement de nourriture : cette incommodité, dangereuse dans les pays chauds, où il est ordinaire qu'elle se convertisse en flux de sang, devient encore plus communément une maladie grave dans le parage des Moluques. A terre, comme à la mer, il est mortel d'y dormir à l'air, sur-tout lorsque le tems est serein.

Passage du détroit de Saleyer. Le 18 au matin nous ne vîmes point la terre, & je crois que pendant la nuit les courans nous firent perdre environ trois lieues; nous continuâmes la route du Ouest-quart-Sud-Ouest. A neuf heures & demie nous eûmes bonne connoissance des hautes terres de *Saleyer* depuis le Ouest-Sud-Ouest jusqu'au Ouest-quart-Nord-Ouest, & à mesure que nous avançâmes, nous découvrîmes une pointe moins élevée qui semble terminer cette île au Nord. Je fis alors gouverner depuis le Ouest-quart-Nord-Ouest successivement jusqu'au Nord-Ouest-quart-Nord, afin de bien reconnoître le détroit. Ce passage, formé par les terres de Celebes & celles de Saleyer, est encore resserré par trois îles qui le barrent. Les Hollandois les nomment *Bougerones*, & ce passage *le Bout-saron*. Ils ont sur Saleyer un poste commandé aujourd'hui par Jan Hendrik Voll, teneur de livres.

Description de ce passage. Nous observâmes à midi $5^d\ 55'$ de latitude australe. Nous crûmes d'abord voir une premiere île au Nord de la terre moyenne que nous avions prise pour la pointe de Saleyer;

Saleyer ; mais c'eſt un terrein aſſez élevé, & terminé lui-même par une pointe preſque noyée qui tient à Saleyer par une langue de terre extrêmement baſſe. Enſuite nous découvrîmes à la fois deux îles aſſez longues & d'une moyenne élevation, diſtantes entre elles de 4 à 5 lieues, & enfin, entre ces deux-là, nous en apperçûmes une troiſieme très-petite & très-baſſe. Le bon paſſage eſt auprès de cette petite île, ſoit au Nord ſoit au Sud. Je me ſuis déterminé pour ce dernier qui m'a paru le plus large. Afin de faciliter la narration, nous nommerons la petite île *l'île du Paſſage*, & les deux autres, l'une *l'île du Sud*, l'autre *l'île du Nord.*

Lorſque nous les eûmes ſuffiſamment reconnues, je mis en travers à l'entrée de la nuit pour attendre l'Etoile. Elle ne ſe rallia qu'à huit heures du ſoir, & nous donnâmes dans le paſſage, en conſervant le milieu du canal, dont la largeur peut être de ſix à ſept milles. A neuf heures & demie nous étions Nord & Sud de *l'île du Paſſage*, & *l'île du Sud* par ſon milieu, nous reſtoit entre le Sud & le Sud-quart-Sud-Eſt. Je fis alors gouverner à Oueſt-quart-Sud-Oueſt à une heure du matin, puis mettre en travers, bas-bord amure juſqu'à quatre heures du matin. Avant & dans le paſſage on ſonda pluſieurs fois à la main ſans trouver de fond, avec 20 & 25 braſſes de ligne. Nousralliâmes le 19 au point du jour la côte de Celebes, & nous la rangeâmes à la diſtance de trois ou quatre milles. Il eſt en vérité difficile de voir un plus beau pays dans le monde. La perſpective offre dans le fond du tableau de hautes montagnes, au pied deſquelles regne une plaine immenſe cultivée par-tout & par-tout garnie de maiſons. Le bord de la mer forme une plantation ſuivie de cocotiers, &

Deſcription
de cette partie
de Celebes,

V v

l'œil d'un marin, à peine échappé aux falaifons, voit
avec raviffement des troupeaux de bœufs errer dans ces
plaines riantes qu'embelliffent des bofquets femés de diftance en diftance. La population dans cette partie paroît être confidérable. A midi & demi nous étions par le
travers d'une groffe bourgade, dont les habitations, con-
ftruites au milieu des cocotiers, fuivoient pendant une
grande étendue la direction de la côte, le long de laquelle
on trouve 18 & 20 braffes fond de fable gris, fond qui di-
minue à mefure qu'on approche de terre.

Cette partie méridionale de Celebes eft terminée par
trois pointes longues, unies & baffes, entre lefquelles il
y a deux baies affez profondes. Sur les deux heures nous
avions donné chaffe à un bateau Malais, dans l'efpérance
d'y trouver quelqu'un qui nous pût procurer des connoiffances pratiques de ces parages. Il avoit auffitôt mis à courir à terre, & lorfque nous le joignîmes à portée de mouf-
quet, il étoit entre la terre & nous, & nous n'étions plus
que fur 7 braffes d'eau. Je lui fis tirer trois ou quatre coups
de canon, dont il ne tint compte. Il nous prenoit fans
doute pour un navire de la Compagnie Hollandoife &
craignoit l'efclavage. Prefque tous les gens de cette côte
font pirates, & les Hollandois en font des efclaves,
quand ils les prennent. Obligé d'abandonner ce bateau,
je mandai le canot de l'Etoile que j'envoyai fonder
devant moi.

Difficultés
de la naviga-
tion dans cet-
te partie.
Nous étions dans ce moment prefque par le travers de
la troifieme pointe de Celebes, nommée *Tanakeka*, après
laquelle la côte court fur le Nord-Nord-Oueft. Prefque
dans le Nord-Oueft de cette pointe il y a quatre îles, dont
la plus confidérable, appellée *Tanakeka*, comme la

pointe du Sud-Ouest de Celebes, est basse, unie, & longue d'environ trois lieues. Les trois autres, plus septentrionales que celles-ci, sont très-petites. Il s'agissoit alors de doubler le bas fond dangereux de *brill* où *la lunette*, que je crois être Nord & Sud de Tanakeka, à la distance de quatre ou cinq lieues au plus. Deux passages se présentoient, l'un entre la pointe Tanakeka & les îles, & on prétend que c'est celui-là que suivent les Hollandois, l'autre entre l'île Tanakeka & la lunette. Je préférai ce dernier dont les routes sont moins composées, & que je croyois le plus large.

J'ordonnai au bateau de l'Etoile de diriger sa route, de maniere à passer environ à une lieue & demie de l'île Tanakeka, & je le suivis sous les huniers, l'Etoile se tenant dans mes eaux. Nous cheminâmes sur 8, 9, 10, 11 & 12 brasses d'eau, gouvernant du Ouest-Nord-Ouest au Ouest-quart-Nord-Ouest, puis à Ouest quand nous vînmes à 13, 14, 15 & 16 brasses, & que l'île la plus septentrionale nous resta au Nord-Nord-Est. Je rappellai pour-lors le bateau de l'Etoile, & je fis route au Sud-Ouest-quart-Sud, sondant d'horloge en horloge (1), & trouvant toujours de 15 à 16 brasses fond de gros sable gris & gravier. A dix heures du soir, le fond augmenta, on eut à dix heu-& demie 70 brasses, sable & corail, puis on n'en trouva plus en filant 120 brasses. A minuit, je fis signal à l'Etoile d'embarquer son bateau & de forcer de voiles, & je gouvernai au Sud-Ouest, pour passer à mi-canal entre la lunette & le banc nommé *Saras*, sondant toutes les heures sans trouver de fond. Au reste, lorsque le vent n'est pas favorable & frais pour entreprendre de doubler la lunette,

_____

(1) Chaque horloge à bord est d'une demi-heure.

il convient de mouiller à la côte de Celebes, dans quelqu'une des baies, & d'y attendre un tems fait ; fans cela on court rifque d'être entraîné par les courans fur ce dangereux bas-fond, fans pouvoir s'en défendre.

Suite de la direction de la route. Au jour on ne vit point de terre ; à dix heures je fis courir à Oueft-Sud-Oueft, & à midi nous obfervâmes 6^d 10′ de latitude. Eftimant alors avoir doublé le banc de Saras, certain au moins par l'obfervation d'en être au Sud, je dirigeai notre courfe à Oueft, & après avoir fait cinq à fix lieues à cette route, je fis gouverner à Oueft-quart-Nord-Oueft, fondant d'heure en heure fans trouver de fond. Nous nous entretînmes ainfi en canal, entre le *Seftenbanc* & *la Poule* au Nord, *le Pater nofter* & *le Tangayang* au Sud, portant toutes voiles dehors jour & nuit, afin de gagner fur l'Etoile le tems de fonder. On m'avoit dit qu'ici les courans portoient fur les îles & banc de Tangayang. Par l'obfervation de la hauteur méridienne qui fut de 5^d 44′, nous eûmes au contraire au moins neuf minutes de différence Nord. Le meilleur confeil à donner, c'eft de s'entretenir ici, à n'avoir pas fond. On fera fûr alors d'être en canal ; fi on approchoit trop des îles du Sud, on commenceroit à ne plus trouver que 30 braffes d'eau.

Nous courûmes toute la journée du 21 pour reconnoître les îles *Alambaï*. Les cartes Françoifes en marquent trois enfemble, & une plus grande dans le Sud-Eft d'elles, à fept lieues de diftance. Cette derniere n'exifte point où ils la placent, & les îles Alambaï font toutes les quatre réunies. Je comptois être au foleil couchant par leur latitude, & je fis gouverner à Oueft-quart-Sud-Oueft, jufqu'à ce qu'on eût couru le chemin de la vue. Pendant le jour on s'étoit difpenfé de fonder. A huit heures du foir la

fonde donna 40 braſſes d'eau, fond de ſable & vaze. Nous
gouvernâmes alors au Sud-Oueſt-quart-Oueſt & Oueſt-
Sud-Oueſt, juſqu'à ſix heures du matin ; puis, comptant
avoir dépaſſé les îles Alambaï, à Oueſt-quart-Sud-Oueſt
juſqu'à midi. La ſonde, pendant la nuit, donna conſtamment 40 braſſes, fond de vaze molle, juſqu'à quatre heures qu'elle n'en donna que 38. A minuit nous vîmes un
bateau qui couroit à l'encontre de nous ; dès qu'il nous
apperçut, il tint le vent, & deux coups de canon ne le
firent pas *arriver*. Ces gens-là craignent plus les Hollandois
que les coups de canon. Un autre, que nous vîmes le matin, ne fut pas plus curieux de nous accoſter. Nous obſervâmes à midi 6ᵈ 8′ de latitude, & cette obſervation nous
donna encore une différence Nord de huit minutes avec
notre eſtime.

Nous étions enfin hors de tous les pas périlleux qui font
redouter la navigation des Moluques à Batavia. Les Hollandois prennent les plus grandes précautions pour tenir
ſecretes les cartes ſur leſquelles ils naviguent dans ces parages. Il eſt vraiſemblable qu'ils en groſſiſſent les dangers ;
du-moins, j'en vois peu dans les détroits de Button, de Saleyer & dans le dernier paſſage dont nous ſortions, trois
objets dont à Boëro ils nous avoient fait des monſtres. Je
conviens que cette navigation ſeroit beaucoup plus difficile de l'Oueſt à l'Eſt ; les points d'atterrage dans l'Eſt
n'étant pas beaux & pouvant aiſément ſe manquer, au-
lieu que ceux de l'Oueſt ſont beaux & ſûrs. Toutefois, dans
l'une & l'autre route, l'eſſentiel eſt d'avoir, tous les jours,
de bonnes obſervations de latitude. Le défaut de ce ſecours, pourroit jetter dans des erreurs funeſtes. Nous
n'avons pû, ces derniers jours, évaluer ſi l'effet des cou-

Remarques
générales ſur
cette naviga-
tion.

rans étoit dans l'Eſt ou dans l'Oueſt, n'ayant point eu de points de relevement.

Inexaſtitude des cartes connues de cette partie. Je dois avertir ici que toutes les cartes marines Françoiſes de cette partie ſont pernicieuſes. Elles ſont inexaſtes, non-ſeulement dans les giſſemens des côtes & îles, mais même dans des latitudes eſſentielles. Les détroits de Button & de Saleyer ſont extrêmement fautifs; nos cartes ſuppriment même les trois îles qui rétréciſſent ce dernier paſſage, & celles qui ſont dans le Nord-Nord-Oueſt de l'île Tanakeka. M. d'Aprés, du-moins, avertit qu'il ne garantit point ſa carte des Moluques ni celle des Philippines, n'ayant pû trouver de mémoires ſatisfaiſans ſur cette partie. Pour la ſureté des navigateurs, je ſouhaiterois la même délicateſſe à tous ceux qui compilent des cartes. Celle qui m'a donné le plus de lumieres, eſt la carte d'Aſie de M. Danville, publiée en 1752. Elle eſt très-bonne depuis Ceram, juſqu'aux îles Alambaï. Dans toute cette route j'ai vérifié, par mes obſervations, l'exaſtitude de ſes poſitions & des giſſemens qu'il donne aux parties intéreſſantes de cette navigation difficile. J'ajouterai que la nouvelle Guinée & les îles des Papous approchent plus de la vraiſemblance ſur ſa carte que ſur aucune autre que j'euſſe entre les mains. C'eſt avec plaiſir que je rends cette juſtice au travail de M. Danville. Je l'ai connu particulierement, & il m'a paru auſſi bon citoyen que bon critique & ſçavant éclairé.

Depuis le 22 au matin nous ſuivîmes la route du Oueſt-quart-Sud-Oueſt juſqu'au lendemain 23 à huit heures que nous gouvernâmes à Oueſt-Sud-Oueſt. La ſonde donna 47, 45, 42 & 41 braſſes; & ce fond, je le dirai une fois pour tout, eſt ici & ſur toute la côte de Java un excellent fond de vaze molle. Nous trouvâmes encore sept minutes de différence Nord par la hauteur méridienne que nous obfervâmes de 6ᵈ 24'. L'Etoile avoit fignalé la vue de terre dès fix heures du matin ; mais le tems s'étant mis à grains, nous ne l'apperçûmes point alors. Je fis après midi prendre plus du Sud à la route, & à deux heures on découvrit du haut des mâts la côte feptentrionale de l'île *Maduré*. On la releva à fix heures depuis le Sud-Eft-quart-Sud jufqu'à Oueft-quart-Sud-Oueft-5ᵈ-Oueft ; l'horifon étoit trop fort pour qu'on pût eftimer à quelle diftance elle nous reftoit. La fonde de l'après-midi fut conftamment de 40 braffes. Nous vîmes un grand nombre de bateaux pêcheurs, dont quelques-uns à l'ancre & qui avoient leurs filets dehors.

Les vents pendant la nuit varierent du Sud-Eft au Sud-Oueft, nous tînmes le plus près, bas-bord amure & la fonde depuis dix heures du foir donna 28, 25 & 20 braffes ; elle fut de 17 braffes, lorfqu'à neuf heures du matin nous eûmes rallié la terre, & à midi elle n'en donna plus que dix. La groffe terre de *la pointe d'Alahg* fur l'île *Java* nous reftoit alors au Sud-Eft-quart-Sud environ à deux lieues, *l'île Mandali* au Sud-Oueft-quart-Oueft-2ᵈ-Sud, deux milles, & les terres les plus Oueft à Oueft-Sud-Oueft quatre lieues. Dans cette pofition nous obfervâmes 6ᵈ 42' 30", ce qui étoit affez conforme à la latitude eftimée.

En tranfportant ce point de midi fur la carte à grand point de M. d'Aprés, fuivant les relevemens, je trouvai,

1°. Que la côte de Java y eft placée de neuf à douze minutes plus Sud qu'elle ne l'eft effectivement par le terme moyen de notre obfervation méridienne.

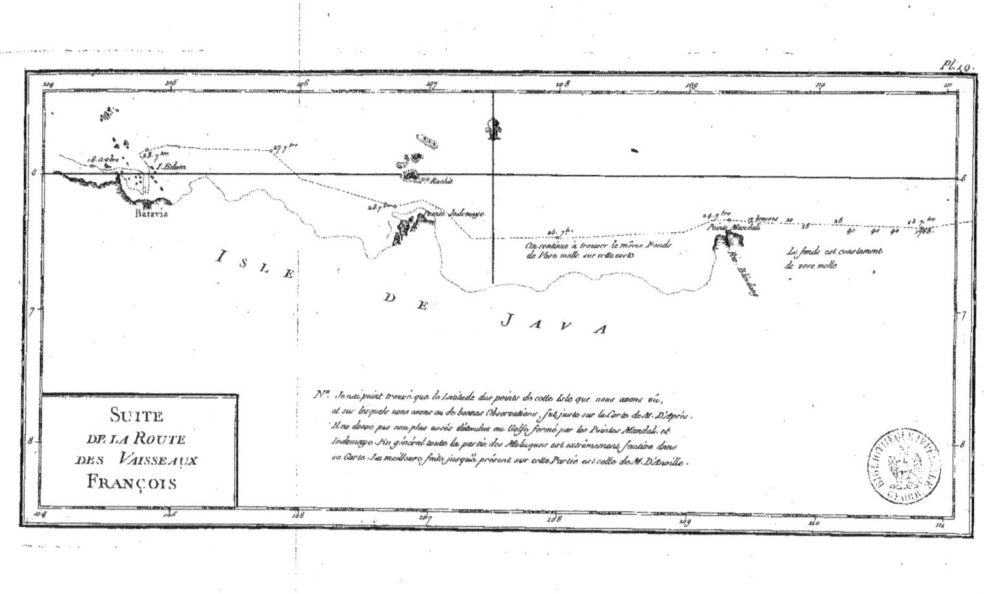

Pl. 10.

SUITE
DE LA ROUTE
DES VAISSEAUX
FRANÇOIS

ISLE DE JAVA

Batavia

2°. Que le giffement de la pointe d'Alang n'y eft pas exaƈt, attendu qu'il la fait courir fur le Oueft-Sud-Oueft & Sud-Oueft-quart-Oueft, tandis que dans la vérité elle court, depuis l'île Mandali, fur le Oueft-quart-Sud Oueft, environ quinze milles; après quoi elle reprend du Sud & forme un grand golfe.

3°. Qu'il donne trop peu d'étendue à cette partie de la côte, & qu'à fuivre le relevement fur fa carte, nous euf-fions d'un midi à l'autre fait treize milles de moins à Oueft, foit que la côte ait cette quantité de plus en éten-due, foit que le courant nous eût entraînés dans l'Eft.

Rencontre de navires Hol-landois.

Outre un grand nombre de bateaux pêcheurs, nous avions vu dans la matinée quatre navires, dont deux fai-foient la même route que nous & portoient pavillon Hol-landois déferlé. Sur les trois heures nous en joignîmes un auquel nous parlâmes; c'étoit un fénaut venant de *Malac-ca* & allant à *Japara*. Sa conferve, navire à trois mâts & qui fortoit auffi de Malacca, alloit à *Saramang*. Ils ne tar-derent pas à mouiller à la côte. Nous la rangeâmes à la diftance d'environ trois quarts de lieue jufqu'à quatre heures du foir. Je fis alors gouverner à Oueft-quart-Nord-Oueft, afin de ne pas m'enfoncer dans le golfe & de paffer au large d'un banc de corail qui eft à cinq ou fix lieues de terre. Jufqu'ici la côte de Java eft peu élevée fur le bord de la mer; mais on apperçoit de hautes montagnes dans l'intérieur. A cinq heures & demie nous avions le milieu des îles *Carimon Java* au Nord-2ᵈ-Oueft, environ à huit lieues.

Route le long de Java.

Nous courûmes à Oueft-quart-Nord-Oueft jufqu'à quatre heures du matin, puis à Oueft jufqu'à midi. La fonde, qui la veille avoit été près de terre de 9 à 10 braf-fes,

fes, augmenta dès sept heures du soir à 30 & elle donna
dans la nuit 32, 34 & 35 brasses. Au soleil levant nous
ne vîmes point de terre, seulement quelques navires &,
suivant l'ordinaire, une infinité de bateaux pêcheurs. Malheureusement il fit calme presque toute la journée du 25
jusqu'à cinq heures du soir. Je dis malheureusement, d'autant plus qu'il nous étoit intéressant d'avoir connoissance
de la côte avant la nuit, afin de diriger la route en conséquence pour passer entre *la pointe Indermaye* & *les îles
Rachit*, & ensuite au large des roches sous l'eau qui en
sont à l'Ouest. Depuis midi qu'on avoit observé 6ᵈ 26ʹ de
latitude, nous gouvernions à Ouest & Ouest-quart-Sud-
Ouest; mais le soleil se coucha sans qu'on pût découvrir la
terre. Quelques-uns crurent, mais sans certitude, appercevoir *les Montagnes bleues* qui sont à quarante lieues dans
l'Est de Batavia. De six heures du soir à minuit, je fis
gouverner à Ouest & Ouest-quart-Nord-Ouest, sondant
d'heure en heure par 25, 24, 21, 20 & 19 brasses. A
une heure du matin nous courûmes à Ouest-quart-Nord-
Ouest, depuis deux heures jusqu'à quatre, au Nord-Ouest,
puis au Nord-Ouest-quart-Ouest jusqu'à six heures. Mon
intention, estimant à une heure du matin être à mi-canal
entre les îles Rachit & la terre de Java, étoit de m'élever
dans le Nord des roches. La sonde me donna trois fois 20
brasses, puis 22, puis 23, & pour lors je me supposai à
trois ou quatre lieues dans le Nord-Nord-Ouest des îles
Rachit.

J'étois bien loin de compte; le 26 les rayons du soleil
levant nous montrerent la côte de Java depuis le Sud-
quart-Sud-Ouest jusqu'à Ouest quelques degrés Nord; &
à sept heures & demie on vit du haut des mâts les îles Ra-

*Erreur dans
l'estime de
notre route.*

X x

chit, environ à sept lieues de distance dans le Nord-Nord-Ouest & le Nord-Ouest-quart-Nord. Cette vue me donnoit une énorme & dangereuse différence sur la carte de M. d'Après; mais je suspendis mon jugement jusqu'à ce que la hauteur méridienne prononçât s'il falloit attribuer cette différence aux courans, ou bien en accuser la carte. Je fis gouverner à Ouest-quart-Nord-Ouest & Ouest-Nord-Ouest, afin de bien reconnoître la côte qui est ici extrêmement basse & n'offre aucune montagne dans l'intérieur. Le vent étoit du Sud-Sud-Est au Sud-Est & à l'Est, joli frais.

Causes de cette erreur.

A midi la pointe la plus méridionale d'*Indermaye* nous restoit à l'Est-quart-Sud-Est-2^d-Sud, environ à quatre lieues, le milieu des *îles Rachit* au Nord-Est, à cinq lieues de distance, & le terme moyen des hauteurs observées à bord nous plaça par 6^d 12′ de latitude. D'après cette hauteur & le relevement, il me parut que le golfe entre l'île Mandali & la pointe Indermaye, a sur la carte vingt-deux minutes d'étendue de moins de l'Est à l'Ouest que dans la réalité, & que la côte y est jettée 16 minutes plus au Sud que ne la placeroient nos observations. La même correction doit avoir lieu pour les îles Rachit, en y ajoutant que la distance entre ces îles & la terre de Java, est au-moins de deux lieues plus considérable que celle marquée sur la carte. A l'égard des gissemens des diverses parties de la côte entre elles, ils m'ont paru être assez exacts, autant qu'on en peut juger par des estimes faites successivement, à la vue & en courant. Au reste les différences, notées ci-dessus, sont très-périlleuses pour qui navigue de nuit sur cette carte.

Route jusqu'à Batavia.

Depuis le matin la sonde avoit donné 21, 23, 19 & 18

braffes. La brife de l'Eft-Sud-Eft continua, & nous rangeâmes la terre à trois ou quatre milles, afin de paffer dans le Sud de ces roches cachées dont j'ai déjà parlé & qu'on marque à cinq ou fix lieues dans l'Oueft des iles Rachit. A une heure après midi un bateau qui étoit mouillé devant nous, appareilla ftribord amure, ce qui me fit penfer qu'alors le courant changeoit & nous devenoit contraire. Nous lui parlâmes à deux heures; un Hollandois, qui le commandoit & qui nous a paru y être feul blanç avec des mulatres, nous dit qu'il alloit à Amboine & Ternate, & qu'il fortoit de Batavia dont il fe faifoit à vingt-fix lieues. Après être forti du paffage de Rachit & avoir paffé en-dedans des roches fous l'eau, je voulois porter au Nord-Oueft pour doubler des bancs de fable nommés *les bancs périlleux* qui s'avancent affez au large entre les pointes *Indermaye* & *Sidari*. Les vents nous refuferent, & ne pouvant préfenter qu'à Oueft-Nord-Oueft, je pris le parti à fept heures du foir de laiffer tomber une ancre à - jet par 13 braffes fond de vaze environ à une lieue de terre. Le louvoyage étoit court & peu fûr entre les roches fous l'eau d'une part, & les bancs périlleux de l'autre. Nous avions fondé depuis midi par 19, 15, 14 & 10 braffes. Avant que de mouiller, nous courûmes un petit bord au large qui nous remit par 13 braffes.

Nous appareillâmes le 27 à deux heures du matin avec les vents de terre, qui, cette nuit, nous vinrent par l'Oueft, au-lieu que les nuits précédentes ils avoient fait le tour du Nord au Sud par l'Eft. Ayant gouverné au Nord-Oueft, nous ne revîmes la terre qu'à huit heures du matin, terre extrêmement baffe & prefque noyée; nous tînmes la même route jufqu'à midi, & depuis l'apareillage jufqu'à

X x ij

cette heure-là, nos fondes varierent de 13 à 16, 20, 22, 23 & 24 braſſes. A dix heures & demie, on avoit eu fond de corail, je fis reſonder un inſtant après, le fond étoit de vaze comme à l'ordinaire.

A midi, nous obſervâmes 5ᵈ 48′ de latitude; d'en-bas on ne voyoit pas la terre, tant elle eſt baſſe. On la releva d'en-haut, depuis le Sud juſqu'au Sud-Oueſt-quart-Oueſt, à la diſtance eſtimée de cinq à ſix lieues: la hauteur de ce jour, comparée avec le relevement, ne donneroit pas au-delà de deux ou trois minutes, dont cette partie de la côte de Java ſeroit placée trop Sud ſur la carte de M. d'Aprés; différence égale à zéro, puiſqu'il faudroit ſuppoſer l'eſtime de la diſtance du relevement parfaitement juſte. Les courans nous avoient encore porté Nord, & je crois Oueſt.

Toute la journée le tems fut très-beau & le vent favorable, je fis prendre, après midi, un peu du Nord à la route, afin d'éviter les baſſes de la pointe de *Sidari*. A minuit, comptant les avoir dépaſſées, je mis le cap à Oueſt-quart-Sud-Oueſt & Oueſt-Sud-Oueſt; puis au Sud-Oueſt, voyant que le fond, de 19 braſſes qu'il y avoit à une heure du matin, étoit augmenté ſucceſſivement juſqu'à 27. A trois heures du matin on apperçut une île dans le Nord-Oueſt-5ᵈ-Nord environ à trois lieues. Convaincu pour lors que j'étois plus avancé que je ne le croyois, craignant même de dépaſſer Batavia, je mouillai pour attendre le jour. Au ſoleil levant nous reconnûmes toutes les îles de la baie de Batavia; celle d'*Edam*, ſur laquelle eſt un pavillon, nous reſtoit au Sud-Eſt-quart-Sud, environ à quatre lieues, & *l'île d'Onruſt* ou *du Carénage* au Sud-Sud-Oueſt-4ᵈ-Sud, à près de cinq lieues; nous nous trouvâmes ainſi dix lieues plus à

l'Oueſt que nous ne l'eſtimions, différence qui a pû pro-
venir & des courans & de ce que la côte n'eſt pas projet-
tée exactement.

A dix heures & demie du matin je tentai un premier appareillage ; mais le vent étant preſque auſſitôt tombé tout-
à-fait & la marée contraire, je mouillai ſous voiles une ancre à jet. Nous appareillâmes de nouveau à midi & demi;
nous gouvernâmes ſur le milieu de l'île d'Edam, juſqu'à
en être environ à trois quarts de lieue ; le dôme de la
grande Egliſe de Batavia nous reſtant alors au Sud, nous
mîmes le cap deſſus, paſſant entre les baliſes qui indiquent
le chenal. A ſix heures, nous mouillâmes dans la rade par
6 braſſes fond de vaze, ſans affourcher; attendu qu'on
ſe contente ici d'avoir une ſeconde ancre prête à laiſſer
tomber. Une heure après l'Etoile mouilla dans l'Eſt-Nord-
Eſt de nous, & à deux encablures. C'eſt ainſi qu'après
avoir tenu la mer pendant dix mois & demi, nous arrivâmes le 28 Septembre 1768, dans une des plus belles colo-
nies de l'univers, où nous nous regardâmes tous, comme
ayant terminé notre voyage.

  Batavia, ſuivant mon eſtime, eſt par 6ᵈ 11′ de latitude
auſtrale, & 104ᵈ 52′ de longitude orientale du méridien
de Paris.

CHAPITRE VIII.

Séjour à Batavia, & détail sur les Moluques.

LE tems des maladies, qui commence ici ordinairement à la fin de la mousson de l'Est, & les approches de la mousson pluvieuse de l'Ouest, nous avertissoient de ne rester à Batavia que le moins qu'il nous seroit possible. Toutefois, malgré l'impatience où nous étions d'en sortir au plutôt, nos besoins devoient nous y retenir un certain nombre de jours, & la nécessité d'y faire cuire du biscuit, qu'on ne trouva pas tout fait, nous arrêta plus long-tems encore que nous n'avions compté. Il y avoit dans la rade, à notre arrivée, 13 ou 14 vaisseaux de la compagnie de Hollande, dont un portoit le pavillon Amiral. C'est un vieil vaisseau qu'on laisse pour cette destination; il a la police de la rade & rend les saluts à tous les vaisseaux marchands. J'avois déjà envoyé un Officier pour rendre au Général compte de notre arrivée, lorsqu'il vint à bord un canot de ce vaisseau Amiral, avec je ne sçais quel papier écrit en Hollandois. Il n'y avoit point d'Officier dedans le canot, & le Patron, qui sans doute en faisoit les fonctions, me demanda qui nous étions & une déposition écrite & signée de moi. Je lui répondis que j'avois envoyé faire ma déclaration à terre, & je le congédiai. Il revint peu de tems après insistant sur sa première demande; je le renvoyai une seconde fois avec la même réponse, & il se le tint pour dit. L'Officier qui étoit allé chez le Général ne fut de retour qu'à neuf heures du soir. Il n'avoit point vû son Excellence qui étoit à la campagne, & on l'avoit conduit chez le *Sa-*

Cérémonial à l'arrivée.

bandar ou Introducteur des étrangers, qui lui donna rendez-vous au lendemain, & lui dit que fi je voulois defcendre à terre, il me conduiroit chez le Général.

Les vifites, dans ce pays, fe font de bonne heure ; l'exceffive chaleur y contraint. Nous partîmes à fix heures du matin, conduits par le Sabandar M. Vanderluys, & nous allâmes trouver M. Vander Para, Général des Indes orientales, lequel étoit dans une de fes maifons de plaifance à trois lieues de Batavia. Nous vîmes un homme fimple & poli, qui nous reçut à merveille & nous offrit tous les fecours dont nous pouvions avoir befoin. Il ne parut ni furpris ni fâché que nous euffions relâché aux îles Moluques ; il approuva même beaucoup la conduite du Réfident de Boëro & fes bons procédés à notre égard. Il confentit à ce que je miffe nos malades à l'hôpital de la Compagnie, & il envoya fur-le-champ l'ordre de les y recevoir. A l'égard des fournitures néceffaires aux vaiffeaux du Roi, il fut convenu qu'on remettroit les états de demandes au Sabandar, qui feroit chargé de nous pourvoir de tout. Un des droits de fa charge étoit de gagner & avec nous & avec les fourniffeurs. Lorfque tout fut réglé, le Général me demanda fi je ne faluerois pas le pavillon ; je lui répondis que je le ferois, à condition que ce feroit la place qui rendroit le falut & coup pour coup. Rien n'eft plus jufte, me dit-il, & la citadelle a les ordres en conféquence. Dès que je fus de retour à bord, nous faluâmes de quinze coups de canon, & la ville répondit par le même nombre.

Je fis auffitôt defcendre à l'hôpital les malades des deux navires au nombre de vingt-huit, les uns encore affectés du fcorbut, les autres, en plus grand nombre, attaqués du flux de fang. On travailla auffi à remettre au Sabandar

Vifite au Général de la Compagnie.

l'état de nos befoins , en bifcuit , vin , farine , viande
fraîche & légumes, & je le priai de nous faire fournir
notre eau par les chalans de la Compagnie. Nous fon-
geâmes en même tems à nous loger en ville pour le tems
de notre féjour. C'eft ce que nous fîmes dans une grande
& belle maifon, que l'on appelle *iner logment*, dans laquelle on eft logé & nourri pour deux *rifdales* par jour,
non compris les domeftiques ; ce qui fait près d'une piftole
de notre monnoie. Cette maifon appartient à la Compagnie, qui l'afferme à un particulier, lequel a, par ce moyen,
le privilege exclufif de loger tous les étrangers. Cependant les vaiffeaux de guerre ne font pas foumis à cette
loi ; & en conféquence l'Etat-major de l'Etoile s'établit en
penfion dans une maifon bourgeoife. Nous louâmes auffi
plufieurs voitures, dont on ne fçauroit abfolument fe paffer dans cette grande ville , voulant fur - tout en parcourir
les environs , plus beaux infiniment que la ville même.
Ces voitures de louage font à deux places, traînées par
deux chevaux, & le prix, chaque jour, en eft un peu plus
de dix francs.

Nous rendîmes en corps, le troifieme jour de notre
arrivée, une vifite de cérémonie au Général, que le Sabandar en avoit prévenu. Il nous reçut dans une feconde
maifon de plaifance, nommée *Jacatra*, laquelle eft à-peu-
près au tiers de la diftance de Batavia à la maifon où j'a-
vois été le premier jour. Je ne fçaurois mieux comparer
le chemin qui y mene, qu'aux plus beaux boulevards de
Paris, en les fuppofant encore embellis à droite & à gauche par des canaux d'une eau courante. Nous euffions
dû faire auffi d'autres vifites d'étiquette , introduits de
même par le Sabandar, fçavoir chez le Directeur-général,
chez

chez le Préſident de Juſtice, & chez le Chef de la marine.
M. Vandersluys ne nous en dit rien, & nous n'allâmes
viſiter que le dernier.

Son titre eſt *Scopenhagen*. Quoique cet Officier n'ait au
ſervice de la Compagnie que le grade de Contre-Amiral,
celui-ci eſt néanmoins Vice-Amiral des Etats, par une faveur particuliere du Stathouder. Ce prince a voulu diſtinguer ainſi un homme de qualité que le dérangement de
ſa fortune a forcé de quitter la marine des Etats qu'il a
bien ſervi, pour venir prendre ici le poſte qu'il y occupe.

Le Scopen hagen eſt membre de la haute Régence,
dans les aſſemblées de laquelle il a ſéance & voix délibéra-
tive pour les affaires de marine; il jouit auſſi de tous les
honneurs des Edel-heers. Celui-ci tient un grand état, fait
bonne chere, & ſe dédommage des mauvais momens qu'il
a ſouvent paſſés à la mer, en occupant une maiſon déli-
cieuſe hors de la ville.

Pendant que nous reſtâmes ici, les principaux de Batavia s'empreſſerent à nous en rendre le ſéjour agréable. De
grands repas à la ville & à la campagne, des concerts,
des promenades charmantes, la variété de cent objets réunis ici & preſque tous nouveaux pour nous, le coup d'œil
de l'entrepôt du plus riche commerce de l'univers; mieux
que cela, le ſpectacle de pluſieurs peuples qui, bien qu'op-
poſés entierement pour les mœurs, les uſages, la religion,
forment cependant une même ſociété; tout concouroit à
amuſer les yeux, à inſtruire le navigateur, à intéreſſer
même le philoſophe. Il y a de plus ici une Comédie qu'on
dit aſſez bonne; nous n'avons pû juger que de la ſalle qui
nous a paru jolie, n'entendant pas la langue; ce fut bien
aſſez pour nous d'y aller une fois. Nous fûmes infiniment

*Amuſemens
qu'on trouve
à Batavia.*

Y y

plus curieux des Comédies Chinoises, quoique nous n'en-
tendissions pas mieux ce qui s'y débitoit ; il ne seroit pas fort
agréable de les voir tous les jours, mais il faut en avoir
vû une de chaque genre. Indépendamment des grandes
pieces qui se représentent sur un théâtre, chaque carre-
four, dans le quartier Chinois, a ses treteaux, sur lesquels
on joue tous les soirs des petites pieces & des pantomimes.
Du pain & des spectacles, demandoit le peuple Romain ; il
faut aux Chinois du commerce & des farces. Dieu me garde
de la déclamation de leurs acteurs & actrices qu'accompagnent toujours quelques instrumens. C'est la charge du
récitatif obligé, & je ne connois que leurs gestes qui soient
encore plus ridicules. Au reste, quand je parle de leurs
acteurs, c'est improprement ; ce sont des femmes qui font
les rôles d'hommes. Au surplus, & on en tirera telles con-
clusions qu'on voudra, j'ai vû les coups de bâtons prodi-
gués sans mesure sur les planches chinoises, y avoir un
succès tout aussi brillant que celui dont ils jouissent à la
comédie Italienne & chez Nicolet.

Beautés de ses dehors.

Nous ne nous lassions point de nous promener dans les
environs de Batavia. Tout Européen, accoutumé même
aux plus grandes capitales, seroit étonné de la magnificence de ses dehors. Ils sont enrichis de maisons & de
jardins superbes, entretenus avec ce goût & cette propreté qui frappe dans tous les pays Hollandois. Je ne crain-
drai pas de dire qu'ils surpassent en beauté & en richesses
ceux de nos plus grandes villes de France, & qu'ils approchent de la magnificence des environs de Paris. Je ne dois
pas oublier un monument qu'un particulier y a élevé aux
Muses. Le sieur Mohr, premier Curé de Batavia, homme
riche à millions, mais plus estimable par les connoissances

& son goût pour les sciences, y a fait construire dans un
jardin d'une de ses maisons, un observatoire qui honore-
roit toute maison royale. Cet édifice, qui est à peine fini,
lui a coûté des sommes immenses. Il fait mieux encore, il
y observe lui-même. Il a tiré d'Europe les meilleurs instrumens en tout genre, nécessaires aux observations les plus
délicates, & il est en état de s'en servir. Cet Astronome,
le plus riche sans contredit des enfans d'Uranie, a été en-
chanté de voir M. Verron. Il a voulu qu'il passât les nuits
dans son observatoire; malheureusement il n'y en a pas eu
une seule qui ait été favorable à leurs desirs. M. Mohr a
observé le dernier passage de Vénus, & il a envoyé ses
observations à l'Académie de Harlem; elles serviront à
déterminer avec précision la longitude de Batavia.

Il s'en faut bien que cette ville, quoique belle, réponde à
ce qu'annoncent ses dehors. On y voit peu de grands édifices, mais elle est bien percée; les maisons sont commodes & agréables; les rues sont larges & ornées la plûpart
d'un canal bien revêtu & bordé d'arbres, qui sert à la propreté & à la commodité. Il est vrai que ces canaux entretiennent une humidité malsaine qui rend le séjour de Batavia pernicieux aux Européens. On attribue aussi en partie
le danger de ce climat à la mauvaise qualité des eaux; ce
qui fait que les gens riches ne boivent ici que des eaux de
Selse, qu'ils font venir de Hollande à grands frais. Les rues
ne sont point pavées, mais de chaque côté il y a un large
& beau parapet revêtu de pierres de taille ou de briques, &
la propreté hollandoise ne laisse rien à desirer pour l'entretien de ces trotoirs. Je ne prétends pas au reste donner une
description détaillée de Batavia, sujet épuisé tant de fois.
On aura l'idée de cette ville fameuse en sachant qu'elle est

Intérieur de
la ville.

Y y ij

bâtie dans le goût des belles villes de la Hollande, avec
cette différence que les tremblemens de terre imposent la
nécessité de ne pas élever beaucoup les maisons, qui n'ont
ici qu'un étage. Je ne décrirai point non plus le camp des
Chinois, lequel est hors de la ville, ni la police à laquelle
ils sont soumis, ni leurs usages, ni tant d'autres choses déjà
dites & redites.

On est frappé du luxe établi à Batavia ; la magnificence
& le goût qui décorent l'intérieur de presque toutes les
maisons, annoncent la richesse des habitans. Ils nous ont
cependant dit que Batavia n'étoit plus à beaucoup près ce
qu'elle avoit été. Depuis quelques années la Compagnie
y a défendu aux particuliers le commerce d'Inde en Inde,
qui étoit pour eux la source d'une immense circulation de
richesses. Je ne juge point ce nouveau réglement de
la Compagnie ; j'ignore ce qu'elle gagne à cette prohi-
bition. Je dis seulement que les particuliers attachés à
son service, ont encore le secret de tirer trente, quarante,
cent jusqu'à deux cents mille livres de revenu d'emplois
qui ont de gages quinze cents, trois mille, six mille livres
au plus. Or presque tous les habitans de Batavia sont employés de la Compagnie. Cependant il est sûr qu'aujour-
d'hui le prix des maisons, à la ville & à la campagne, est
plus des deux tiers au-dessous de leur ancienne valeur.
Toutefois Batavia sera toujours riche du plus au moins ; &
par le secret dont nous venons de parler, & parce qu'il
est difficile à ceux qui ont fait fortune ici, de la faire repasser en Europe. Il n'y a de moyen d'y envoyer ses fonds
que par la Compagnie qui s'en charge à huit pour cent
d'escompte ; mais elle n'en prend que fort peu à la fois à
chaque particulier. Ces fonds d'ailleurs ne se peuvent en-

voyer en fraude, l'efpece d'argent qui circule ici perdant en Europe vingt-huit pour cent. La Compagnie fe fert de l'Empereur de Java pour faire frapper une monnoie particulière qui eft la monnoie des Indes.

Nulle part dans le monde les états ne font moins confondus qu'à Batavia; les rangs y font affignés à chacun; des marques extérieures les conftatent d'une façon immuable, & la férieufe étiquette eft plus fevere ici qu'elle ne le fut jamais à aucun congrès. La haute Régence, le Confeil de Juftice, le Clergé, les Employés de la Compagnie, fes Officiers de Marine & enfin le Militaire, telle y eft la gradation des états.

La haute Régence eft compofée du Général qui y préfide; des Confeillers des Indes, dont le titre eft *Edel-heer*, du Préfident du Confeil de Juftice & du Scopen hagen. Elle s'affemble au château deux fois par femaine. Les Confeillers des Indes font aujourd'hui au nombre de feize, mais ils ne font pas tous à Batavia. Quelques-uns ont les gouvernemens importans du cap de Bonne-Efpérance, de Ceylan, de la côte de Coromandel, de la partie orientale de Java, de Macaffar & d'Amboine, & ils y réfident. Ces Edel-heers ont la prérogative de faire dorer en plein leurs voitures, devant lefquelles ils ont deux coureurs, tandis que les particuliers n'en peuvent avoir qu'un. Il faut de plus que tous les caroffes s'arrêtent quand ceux des Edel-heers paffent; & alors hommes & femmes font obligés de fe lever. Le Général, outre cette diftinction, eft le feul qui puiffe aller à fix chevaux; il eft toujours fuivi d'une garde à cheval, ou au moins des Officiers de cette garde & de quelques ordonnances; lorfqu'il paffe, hommes & femmes font obligés de defcendre de leurs

Détails fur l'adminiftration de la Compagnie.

voitures, & il n'y a que celles des Edel-heers qui chez lui puissent entrer jusqu'au perron. Ils ont seuls les honneurs du Louvre. J'en ai vu quelques-uns assez sensés pour rire en particulier avec nous de ces magnifiques prérogatives.

Le Conseil de Justice juge souverainement & sans appel au civil comme au criminel. Il y a vingt ans qu'il condamna à mort un Gouverneur de Ceylan. Cet Edel-heer fut convaincu d'avoir commis d'horribles concussions dans son gouvernement, & exécuté à Batavia dans la place qui est vis-à-vis de la citadelle. Au reste la nomination du Général des Indes, celle des Edel-heers & des Conseillers de Justice vient d'Europe. Le Général & la haute Régence de Batavia proposent aux autres emplois, & leur choix est toujours ratifié en Hollande. Toutefois le Général nomme en dernier ressort à toutes les places militaires. Un des plus considérables & des meilleurs emplois pour le revenu, après les gouvernemens, est celui de Commissaire de la campagne. Cet Officier a l'inspection sur tout ce qui fait le domaine de la Compagnie dans l'île Java, même sur les possessions & la conduite des divers Souverains de l'île; il a de plus la police absolue sur les Javans sujets de la Compagnie. Cette police est fort sévère, & les fautes un peu graves sont punies de supplices rigoureux. La constance des Javans à souffrir des tourmens barbares est incroyable; mais quand on les exécute, il faut leur laisser des caleçons blancs & sur-tout ne pas leur trancher la tête. La Compagnie même compromettroit son autorité en refusant d'avoir pour eux cette complaisance; les Javans se révolteroient. La raison en est simple: comme il est de foi dans leur religion qu'ils seroient mal reçus dans l'autre monde s'ils y arrivoient décapités & sans caleçons blancs, ils osent croire que le despotisme n'a de droits sur eux que dans celui-ci.

Un autre emploi fort recherché, dont les fonctions sont belles & le revenu considérable, c'est celui de Sabandar ou Ministre des étrangers. Ils sont deux, le Sabandar des chrétiens & celui des payens. Le premier est chargé de tout ce qui regarde les étrangers Européens. Le second a le détail de toutes les affaires relatives aux diverses nations de l'Inde, en y comprenant les Chinois. Ceux-ci sont les courtiers de tout le commerce intérieur de Batavia, où leur nombre passe aujourd'hui celui de cent mille. C'est aussi à leur travail & à leurs soins que les marchés de cette grande ville doivent l'abondance qui y regne depuis quelques années. Tel est au reste l'ordre des Emplois au service de la Compagnie, assistant, teneur de livres, sous-marchand, marchand, grand marchand, gouverneur. Tous ces grades civils ont un uniforme, & les grades militaires ont une espece de correspondance avec eux. Par exemple le Major a rang de grand marchand, le Capitaine de sous-marchand, &c. mais les militaires ne peuvent jamais parvenir aux places de l'administration sans changer d'état. Il est tout simple que dans une Compagnie de commerce le corps militaire n'ait aucune influence. On ne l'y regarde que comme un corps soudoyé, & cette idée est ici d'autant plus juste qu'il n'est entierement composé que d'étrangers.

La Compagnie possede en propre une portion considérable de l'île Java. Toute la côte du Nord à l'Est de Batavia lui appartient. Elle a réuni, depuis plusieurs années, à son domaine, l'île *Maduré*, dont le Souverain s'étoit ré-

Ordre des emplois au service de la Compagnie.

Domaines de la Compagnie sur l'île Java.

volté, & le fils est aujourd'hui Gouverneur de cette même île dont son pere étoit Roi. Elle a de même profité de la révolte du Roi de *Balimbuam*, pour s'approprier cette belle province qui fait la pointe orientale de Java. Ce Prince, frere de l'Empereur, honteux d'être soumis à des marchands, & conseillé, dit-on, par les Anglois qui lui avoient fourni des armes, de la poudre, & même construit un fort, voulut secouer le joug. Il en a coûté deux ans & de grandes dépenses à la Compagnie pour le soumettre, & cette guerre venoit d'être terminée deux mois avant que nous arrivassions à Batavia. Les Hollandois avoient eu le désavantage dans une première bataille; mais dans une seconde le Prince Indien a été pris avec toute sa famille & conduit dans la citadelle de Batavia, où il est mort peu de jours après. Son fils & le reste de cette famille infortunée devoient être embarqués sur les premiers vaisseaux, & conduits au cap de Bonne-Espérance, où ils finiront leurs jours sur l'île *Roben*.

En combien de souverainetés est partagée l'île Java.

Le reste de l'île Java est divisé en plusieurs Royaumes. L'Empereur de Java, dont la résidence est dans la partie méridionale de l'île, a le premier rang, ensuite le Sultan de *Mataran* & le Roi de *Bantam*. *Tseribon* est gouverné par trois Rois vassaux de la Compagnie, dont l'agrément est aussi nécessaire aux autres Souverains pour monter sur leur trône précaire. Il y a chez tous ces Rois une garde Européenne qui répond de leur personne. La Compagnie a de plus quatre comptoirs fortifiés chez l'Empereur, un chez le Sultan, quatre à Bantam & deux à Tseribon. Ces Souverains sont obligés de donner à la Compagnie leurs denrées aux taux d'un tarif qu'elle-même a fait. Elle en tire du riz, des sucres, du caffé, de l'étain, de l'arrak, &

leur

leur fournit feule l'opium dont les Javans font une grande confommation, & dont la vente produit des profits confidérables.

Batavia eſt l'entrepôt de toutes les productions des Moluques. La récolte des épiceries s'y apporte toute entiere ; on charge chaque année fur les vaiſſeaux ce qui eſt néceſſaire pour la confommation de l'Europe & on brûle le reſte. C'eſt ce commerce feul qui aſſure la richeſſe, je dirai même l'exiſtence de la Compagnie des Indes Hollandoife ; il la met en état de fupporter les frais immenſes auxquels elle eſt obligée, & les déprédations de ſes employés auſſi fortes que ſes dépenſes même. C'eſt auſſi fur ce commerce excluſif & fur celui de Ceylan qu'elle dirige ſes principaux foins. Je ne dirai rien fur Ceylan que je ne connois pas ; la Compagnie vient d'y terminer une guerre ruineuſe, avec plus de fuccès qu'elle n'a pû faire celle du golfe Perſique, où ſes comptoirs ont été détruits. Mais comme nous fommes preſque les feuls vaiſſeaux du Roi qui aient pénétré dans les Moluques, on me permettra quelques détails fur l'état actuel de cette importante partie du monde, que fon éloignement & le filence des Hollandois dérobent à la connoiſſance des autres nations.

Commerce de Batavia.

On ne comprenoit autrefois fous le nom de *Moluques* que les petites îles fituées preſque fous la ligne, entre 15′ de latitude Sud & 50′ de latitude Nord, le long de la côte occidentale de *Gilolo*, dont les principales font *Ternate*, *Tidor*, *Mothier* ou *Mothir*, *Machian* & *Bachian*. Peu-à-peu ce nom eſt devenu commun à toutes les îles qui produifoient des épiceries. *Banda*, *Amboine*, *Ceram*, *Bouro* & toutes les îles adjacentes ont été rangées fous la même dénomination, dans laquelle même quelques-uns

Détails fur les Moluques.

Z z

ont voulu, mais fans fuccès, faire entrer *Bouton* & *Cele-*
bes. Les Hollandois divifent aujourd'hui ces pays, qu'ils
appellent *pays d'Orient*, en quatre gouvernemens principaux, defquels dépendent les autres comptoirs, & qui ref-
fortiffent eux-mêmes de la haute Régence de Batavia. Ces
quatre gouvernemens font *Amboine*, *Banda*, *Ternate* &
Macaffar.

Gouverne-
ment d'Am-
boine.

D'Amboine, dont un Edel-heer eft Gouverneur, relevent fix comptoirs; fçavoir, fur Amboine même, *Hila* &
Larique, dont les Réfidens ont l'un le grade de Marchand,
l'autre celui de Sous-marchand; dans l'Oueft d'Amboine
les îles *Manipa* & *Boero*, fur la premiere defquelles eft
un fimple teneur de livres, & fur la feconde notre bien-
faiteur Hendrik Ouman, Sous-marchand; *Haroeko*, petite
île à-peu-près dans l'Eft-Sud-Eft d'Amboine, où réfide
un Sous-marchand; & enfin *Saparoea*, île auffi dans le
Sud-Eft, & environ à quinze lieues d'Amboine. Il y réfide
un Marchand, lequel a fous fa dépendance la petite île
Neeflaw, où il détache un Sergent & quinze hommes; il
y a un petit fort conftruit fur une roche à Saparoea & un
bon mouillage dans une jolie baie. Cette île & celle de
Neeflaw fourniroient en clous la cargaifon d'un navire.
Toutes les forces du gouvernement d'Amboine confiftent
dans le fond de cent cinquante hommes, aux ordres d'un
Capitaine, un Lieutenant & cinq Enfeignes. Il y a de plus
deux Officiers d'artillerie & un Ingénieur.

Gouverne-
ment de Ban-
da.

Le gouvernement de *Banda* eft plus confidérable pour
les fortifications, & la garnifon y eft plus nombreufe; le
fond en eft de trois cents hommes, commandés par un
Capitaine en premier, un Capitaine en fecond, deux
Lieutenans, quatre Enfeignes, & un Officier d'artillerie.

Cette garnison, ainsi que celle d'Amboine & des autres chefs-lieux, fournit tous les postes détachés. L'entrée à Banda est fort difficile pour qui ne la connoît pas. Il faut ranger de près la montagne de *Gunongapi* sur laquelle est un fort, en se méfiant d'un banc de roches qu'on laisse à bas-bord. La passe n'a pas plus d'un mille de large, & on n'y trouve point de fond. Il convient ensuite de ranger le banc pour aller chercher par 8 ou 10 brasses sous le fort *London*, le mouillage dans lequel peuvent ancrer cinq ou six vaisseaux.

Trois postes dépendent du gouvernement de Banda, *Ouriën*, où est un teneur de livres ; *Wayer*, où réside un Sous-marchand ; & l'île *Pulo Ry en Rhun*, voisine de Banda, couverte aussi de muscades. C'est un Grand-marchand qui y commande. Il y a sur cette île un fort ; il n'y peut mouiller que des sloops, encore sont-ils sur un banc qui défend les approches du fort. Il faudroit même le canoner à la voile, car tout attenant le banc il n'y a plus de fond. Au reste, il n'y a point d'eau douce sur l'île ; la garnison est obligée de la faire venir de Banda. Je crois que l'île *Arrow* est aussi dans le district de ce gouvernement. Il y a dessus un comptoir avec un Sergent & quinze hommes, & la Compagnie en retire des perles. Il n'en est pas ainsi de Timor & Solor, qui bien qu'elles en soient voisines, ressortissent directement de Batavia. Ces îles fournissent du bois de sandal. Il est assez singulier que les Portugais aient conservé un poste à Timor, & plus singulier encore qu'ils n'en tirent pas un grand parti.

Ternate a quatre comptoirs principaux dans sa dépendance ; sçavoir *Gorontalo*, *Manado*, *Limbotto* & *Xullabessie*. Les Résidens des deux premiers ont le grade de

Gouvernement de Ternate.

Sous-marchands; les feconds ne font que teneurs de livres. Il en dépend en outre plufieurs petits poftes commandés par des Sergens. Deux cents cinquante hommes font répartis dans le gouvernement de Ternate, aux ordres d'un Capitaine, un Lieutenant, neuf Enfeignes, & un Officier d'artillerie.

Gouverne-ment de Ma-caffar. Le gouvernement de *Macaffar*, fur l'île Celebes, lequel eft occupé par un Edel-heer, a dans fon département quatre comptoirs; *Boelacomba en Bonthain* & *Bima*, où réfident deux Sous-marchands; *Saleyer* & *Maros*, dont les Réfidens ne font que teneurs de livres. Macaffar ou *Jompandam* eft la plus forte place des Moluques; toutefois les naturels du pays y refferrent foigneufement les Hollandois dans les limites de leur pofte. La garnifon y eft compofée de trois cents hommes, que commandent, un Capitaine en premier, un Capitaine en fecond, deux Lieutenans & fept enfeignes. Il y a auffi un Officier d'artillerie. On ne trouve pas d'épiceries dans le diftrict de ce gouvernement, à moins qu'il ne foit vrai que Button en produit, ce que je n'ai pû vérifier. L'objet de fon établiffement a été de s'affurer d'un paffage qui eft une des clefs des Moluques, & d'ouvrir avec *Celebes* & *Borneo* un commerce avantageux. Ces deux grandes îles fourniffent aux Hollandois de l'or, de la foie, du coton, des bois précieux, & même des diamans, en échange pour du fer, des draps, & d'autres marchandifes de l'Europe ou de l'Inde.

Politique des Hollandois dans les Moluques. Ce détail des différens poftes occupés par les Hollandois dans les Moluques, eft à peu de chofes près exact. La police qu'ils y ont établie, fait honneur aux lumieres de ceux qui étoient alors à la tête de la Compagnie. Lorfqu'ils en eurent chaffé les Efpagnols & les Portugais,

ſuccès qui avoient été le fruit des combinaiſons les plus
éclairées, du courage & de la patience, ils ſentirent bien
que ce n'étoit pas aſſez pour rendre le commerce des
épiceries excluſif, d'avoir éloigné des Moluques tous les
Européens. Le grand nombre de ces îles en rendoit la
garde preſque impoſſible, il ne l'étoit pas moins d'empêcher
un commerce de contrebande des Inſulaires avec la Chine,
les Philippines, Macaſſar & tous les vaiſſeaux interlopes
qui voudroient le tenter. La Compagnie avoit encore plus
à craindre qu'on n'enlevât des plants d'arbres & qu'on ne
parvînt à les faire réuſſir ailleurs. Elle prit donc le parti
de détruire, autant qu'il ſeroit poſſible, les arbres d'épiceries dans toutes ces îles, en ne les laiſſant ſubſiſter
que ſur quelques-unes qui fuſſent petites & faciles à gar-
der; alors tout ſe trouvoit réduit à bien fortifier ces dé-
pôts prétieux. Il fallut ſoudoyer les Souverains, dont cette
denrée faiſoit le revenu, pour les engager à conſentir à
ce qu'on en anéantît ainſi la ſource. Tel eſt le ſubſide annuel de 20000 riſdales que la Compagnie Hollandoiſe
paye au Roi de Ternate & à quelques autres Princes des
Moluques. Lorſqu'elle n'a pu déterminer quelqu'un de ces
Souverains à permettre que l'on brûlât ſes plants, elle les
brûloit malgré eux, ſi elle étoit la plus forte, ou bien elle
leur achetoit annuellement les feuilles des arbres encore
vertes, ſçachant bien qu'après trois ans de ce dépouille-
ment, les arbres périroient; ce qu'ignorent ſans doute les
Indiens.

Par ce moyen, tandis que la canelle ne ſe recolte que
ſur Ceylan, les îles Banda ont été ſeules conſacrées à la
culture de la muſcade; Amboine & Uleaſter qui y touche,
à la culture du gérofle, ſans qu'il ſoit permis d'avoir du

géroflei à Banda, ni de la mufcade à Amboine. Ces dé-
pôts en fourniffent au-delà de la confommation du monde
entier. Les autres poftes des Hollandois dans les Moluques ont pour objet d'empêcher les autres nations de s'y
établir, de faire des recherches continuelles pour découvrir & brûler les arbres d'épiceries & de fournir à la fubfiftance des feules îles où on les cultive. Au refte tous les
Ingénieurs & marins employés dans cette partie, font
obligés, en fortant d'emploi, de remettre leurs cartes &
plans, & de prêter ferment qu'ils n'en confervent aucun.
Il n'y a pas long-tems qu'un habitant de Batavia a été
fouetté, marqué & relégué fur une île prefque déferte,
pour avoir montré à un Anglois un plan des Moluques.

La recolte des épiceries fe commence en Décembre,
& les vaiffeaux deftinés à s'en charger, arrivent dans le
courant de Janvier à Amboine & Banda, d'où ils repartent
pour Batavia en Avril & Mai. Il va auffi tous les ans deux
vaiffeaux à Ternate, dont les voyages fuivent de même
la loi des mouffons. De plus, il y a quelques fénauts de
douze ou quatorze canons deftinés à croifer dans ces parages.

Chaque année les *Gouverneurs* d'Amboine & de Banda affemblent vers la mi-Septembre tous les orencaies
ou chefs de leurs départemens. Ils leur donnent d'abord
des feftins & des fêtes qui durent plufieurs jours, & enfuite ils partent avec eux dans de grands bateaux nommés
coracores, pour faire la tournée de leur gouvernement &
brûler les plants d'épiceries inutiles. Les *Réfidens* des
comptoirs particuliers font obligés de fe rendre auprès de
leurs Gouverneurs généraux & de les accompagner dans
cette tournée qui finit ordinairement à la fin d'Octo-

bre ou au commencement de Novembre & dont le
retour eſt célébré par de nouvelles fêtes. Lorſque nous
étions à Boëro, M. Ouman ſe diſpoſoit à partir pour Amboine avec les orencaïes de ſon île.

Les Hollandois ont maintenant la guerre avec les habitans de Ceram, île riche en clous. Ces Inſulaires ne veulent point laiſſer détruire leurs plants, & ils ont chaſſé la
Compagnie de tous les poſtes principaux qu'elle occupoit
ſur leur terrein : elle n'a conſervé que le petit comptoir
de *Savaï*, ſitué dans la partie ſeptentrionale de l'île, où elle
tient un Sergent & quinze hommes. Les Ceramois ont
des armes à feu & de la poudre, & tous, indépendamment d'un patois national, parlent bien le Malais. Les
Papous ſont auſſi continuellement en guerre avec la Compagnie & ſes vaſſaux. On leur a vu des bâtimens armés
de pierriers & montés de deux cents hommes. Le Roi de
Salviati, l'une de leurs plus grandes îles, vient d'être arrêté par ſurpriſe, comme il alloit rendre hommage au Roi
de Ternate, duquel il eſt vaſſal, & les Hollandois le retiennent priſonnier.

Quoi de plus ſage que le plan que nous venons d'expo-
ſer ? quelles meſures pouvoient être mieux concertées
pour établir & pour ſoutenir un commerce excluſif ? Auſſi
la Compagnie en jouit-elle depuis long-tems, & c'eſt à
quoi elle doit cet état de ſplendeur qui la rend plus ſemblable à une puiſſante République, qu'à une ſociété de
Marchands. Mais, ou je me trompe fort, ou le tems n'eſt
pas loin, auquel ce commerce précieux doit recevoir de
mortelles atteintes. J'oſerai le dire, pour en détruire l'ex-
cluſion, il n'y a qu'à le vouloir. La meilleure ſauvegarde
des Hollandois, eſt l'ignorance du reſte de l'Europe ſur

l'état véritable de ces îles, & le nuage myſtérieux qui enveloppe ce jardin des Heſperides. Mais il eſt des difficultés que la force de l'homme ne peut vaincre, & des inconvéniens auxquels toute ſa ſageſſe ne ſçauroit remédier. Les Hollandois peuvent bien conſtruire à Amboine & Banda des fortifications reſpectables, ils peuvent les munir de garniſons nombreuſes; mais après quelques années, des tremblemens de terre, preſque périodiques, viennent renverſer de fond-en-comble tous ces ouvrages, & chaque année la malignité du climat emporte les deux tiers des ſoldats, matelots & ouvriers qu'on y envoye. Voilà des maux ſans remede. Les forts de Banda, bouleverſés ainſi il y a trois ans, ſont à peine reconſtruits aujourd'hui; ceux d'Amboine ne le ſont pas encore. D'ailleurs la Compagnie a pû parvenir à détruire, dans quelques îles, une partie des épiceries connues; mais il en eſt qu'elle ne connoît pas, & d'autres même qu'elle connoît & qui ſe défendent contre ſes efforts.

Aujourd'hui les Anglois fréquentent beaucoup les parages des Moluques, & ce n'eſt aſſurément pas ſans deſſein. Il y avoit pluſieurs années que de petits bâtimens qui partoient de *Bancoul*, étoient venus examiner les paſſages & prendre les connoiſſances relatives à cette navigation difficile. On a lû que les habitans de Bouton nous ont dit que trois navires Anglois avoient depuis peu paſſé dans ce détroit; nous avons auſſi parlé des ſecours qu'ils ont donnés à l'infortuné Souverain de Balimbuam; & il paroît certain que c'eſt d'eux auſſi que les Ceramois tirent de la poudre & des armes; ils leur avoient même conſtruit un fort que le Capitaine le Clerc nous a dit avoir détruit, & dans lequel il a trouvé deux canons. En 1764 M. Watſon, qui

commandoit

commandoit le *Kinsberg*, frégate de vingt-six canons, vint
à l'entrée de *Savaï*, s'y fit donner, à coups de fufils, un
pilote pour le conduire au mouillage, & commit beaucoup
de vexations dans ce foible comptoir. Il fit auffi je ne fçais
quelle tentative chez les Papous, mais elle ne lui réuffit
pas. Sa chaloupe fut enlevée par ces Indiens, & tous les Européens qui étoient dedans, entre autres un fils de Mylord
Sandwic, Garde de la Marine, qui la commandoit, furent
attachés à des poteaux, circoncis & maffacrés enfuite dans
les tourmens.

Il femble au refte que les Anglois ne veulent point cacher
leurs projets à la compagnie Hollandoife. Il y a quatre
ans qu'ils établirent un pofte dans une des îles des Papous,
nommée *Soloe* ou *Tafara*. M. Dalrimple qui le fonda, en
fut le premier Gouverneur; mais les Anglois ne l'ont gardé
que trois ans. Ils viennent de l'abandonner, & M. Dalrimple a paffé à Batavia en 1768, fur le *Patty*, Capitaine
Dodwell; d'où il s'eft rendu à Bancoul, où le Patty a coulé
bas dans la rade. Ce pofte fourniffoit des nids d'oifeaux,
de la nacre, des dents d'éléphant, des perles & des *tripans*
ou *fwalopps*, efpece de glu où d'écume dont les Chinois
font grand cas. Ce que je trouve merveilleux, c'eft qu'ils
venoient vendre leurs cargaifons à Batavia; je le fçais du
négociant qui les y achetoit. Le même homme m'a affuré
que les Anglois avoient auffi des épiceries par le moyen
de ce pofte; peut-être les tiroient-ils des Ceramois. Pourquoi l'ont-ils abandonné? c'eft ce que j'ignore. Il fe peut
qu'ayant déjà levé un grand nombre de plans d'épiceries, les
ayant tranfplantés dans quelqu'une de leurs poffeffions aux
Indes, & fe croyant affurés de leur réuffite, ils aient aban-

A a a

donné un poste dispendieux, trop capable d'alarmer une nation & d'en éclairer une autre.

Nous apprîmes à Batavia les premieres nouvelles des vaisseaux dont nous avions plusieurs fois dans notre voyage retrouvé la trace. M. Wallas y étoit arrivé en Janvier 1768, & reparti presque aussitôt. M. Carteret, séparé involontairement de son chef, peu après être sorti du détroit de Magellan, a fait un voyage plus long de beaucoup, & dont je crois les aventures plus compliquées. Il est venu à Macassar à la fin de Mars de la même année, ayant perdu presque tout son équipage, & son vaisseau étant délabré. Les Hollandois n'ont pas voulu le souffrir à Jompandam, & l'ont renvoyé à Bontain, consentant avec peine à ce qu'il y prît des Maures pour remplacer les hommes qu'il avoit perdus; après deux mois de séjour dans l'île Celebes, il s'est rendu le 3 Juin à Batavia, où il a carené, & d'où il n'est reparti que le 15 de Septembre, c'est-à-dire, douze jours seulement avant que nous y arrivassions. M. Carteret a peu parlé ici de son voyage; il en a dit assez cependant pour qu'on ait sçu que dans un passage qu'il nomme le *détroit de Saint-Georges*, il a eu affaire avec des Indiens dont il montroit les fleches, qui ont blessé plusieurs de ses gens, entre autres son second, lequel est reparti de Batavia sans être guéri.

Il n'y avoit pas plus de huit ou dix jours que nous étions à Batavia, lorsque les maladies commencerent à s'y déclarer. De la santé la meilleure en apparence, on passoit en trois jours au tombeau. Plusieurs de nous furent attaqués de fievres violentes, & nos malades n'éprouvoient aucun soulagement à l'hôpital. J'accélérai, autant qu'il

B B b

m'étoit possible, l'expédition de nos besoins; mais notre
Sabandar étant aussi tombé malade, & ne pouvant plus agir,
nous essuyâmes des difficultés & des lenteurs. Ce ne fut
que le 16 Octobre que je pus être en état de sortir, &
j'appareillai pour aller me mouiller en-dehors de la rade;
l'Etoile ne devoit avoir son biscuit que ce jour-là. Elle ne
finit de l'embarquer qu'à la nuit; & dès que le vent le lui
permit, elle vint mouiller auprès de nous. Presque tous les
Officiers de mon bord étoient ou déjà malades, ou ressen-
toient les dispositions à le devenir. Le nombre des dissen-
teries n'avoit point diminué dans les équipages, & le séjour
prolongé à Batavia eût certainement fait plus de ravages
parmi nous que n'avoit fait le voyage entier. Notre Taitien, que l'enthousiasme de tout ce qu'il voyoit avoit sans
doute préservé quelque tems de l'influence de ce climat
pernicieux, tomba malade dans les derniers jours, & sa
maladie a été fort longue, quoiqu'il ait eu pour les remedes toute la docilité à laquelle pourroit se dévouer un homme né à Paris; aussi quand il parle de Batavia, ne la nom-
me-t-il que la terre qui tue, *enoua maté.*

CHAPITRE IX.

Départ de Batavia; relâche à l'Ile de France; retour en France.

LE 16 Octobre, j'appareillai seul de la rade de Batavia pour mouiller par 7 brasses & demie fond de vaze molle, environ une lieue en-dehors; j'étois ainsi à un demi-mille dans l'Ouest-quart Nord-Ouest de la balise qu'on laisse à stribord, quand on entre à Batavia. L'île d'*Edam* me re- stoit au Nord-Nord-Est 4d. Est, à trois lieues; *Onrust* au Nord-Ouest-quart-Ouest, deux lieues un tiers; *Rotter- dam* au Nord-2d. Ouest, une lieue & demie. L'Etoile, qui ne put avoir son pain que fort tard, appareilla à trois heures du matin, & gouvernant sur les feux que je tins allumés toute la nuit, elle vint mouiller auprès de moi.

Détail sur la route à faire pour sortir de Batavia.   Comme la route pour sortir de Batavia est intéressante, on me permettra le détail de celle que j'ai faite. Le 17 nous fûmes, sous voiles à cinq heures du matin, & nous gouvernâmes au Nord-quart-Nord-Est pour passer dans l'Est de *Rotterdam* environ à une demi-lieue; puis au Nord-Ouest-quart-Nord pour passer au Sud de *Horn* & de *Harlem*; ensuite du Ouest-quart-Nord-Ouest au Ouest- quart-Sud-Ouest, pour ranger au Nord les îles d'*Amster- dam* & de *Middelbourg*, sur la dernière desquelles est un pavillon; puis à Ouest, laissant à stribord une balise pla- cée dans le Sud *de la petite Cambuis*. A midi nous observâ- mes 5d. 55′. de latitude méridionale, & nous étions pour lors Nord & Sud de la pointe Sud-Est *de la grande Cam- buis*, environ à un mille. J'ai de-là fait route pour passer entre deux balises placées, l'une au Sud de la pointe

A a a

Nord-Ouest de la grande Cambuis, l'autre Est & Ouest
de *l'île des Antropophages*, autrement dite *Pulo Laki*. Pour
lors on range la côte à la distance qu'on veut ou qu'on
peut. A cinq heures & demie, le courant nous affalant sur
la côte, je mouillai une ancre à jet par 11 brasses fond de
vaze; la pointe Nord-Ouest de *la baie de Bantam* me re-
stant à Ouest-quart-Nord-Ouest-2d-Ouest environ cinq
lieues, & le milieu de *Pulo Baby* au Nord-Ouest-5d-Ouest
trois lieues.

Il y a, pour sortir de Batavia, une autre route que celle
que j'ai prise. En partant de la rade, on range la côte de
Java, laissant à bas-bord une tonne qui sert de balise, environ à deux lieues & demie de la ville, puis on range
l'île Kepert au Sud; on suit la côte & on passe entre deux
balises situées, l'une au Sud de l'île Middelbourg, l'autre
vis-à-vis de celle-là sur un banc qui tient à la pointe de la
grande terre; on retrouve ensuite la balise qui est au Sud
de la petite Cambuis, & pour lors les deux routes se réu-
nissent. La carte particuliere que je donne de la sortie de
Batavia, indique ces deux routes avec exactitude.

Le 18 à deux heures du matin, nous étions à la voile,
mais il nous fallut mouiller le soir; ce ne fut que le 19
après midi que nous sortîmes *du détroit de la Sonde* passant
au Nord de *l'île du Prince*. Nous observâmes à midi 6d 30′
de latitude australe, & à quatre heures après midi, étant
environ à quatre lieues de la pointe Nord-Ouest de l'île
du Prince, je pris mon point de départ sur la carte de M.
d'Après par 6d 21′ de latitude australe, & 102d de longitude orientale du méridien de Paris. Au reste on peut
mouiller par-tout le long de l'île de Java. Les Hollandois
y entretiennent de petits postes de distance en distance;

Sortie du dé-
troit de la
Sonde.

& chacun d'eux a ordre d'envoyer un foldat à bord des vaiffeaux qui paffent avec un regiftre fur lequel on prie d'infcrire le nom du vaiffeau, d'où il vient & où il va. On met ce qu'on veut fur ce regiftre ; mais je fuis fort éloigné d'en blâmer l'ufage, puifque par ce moyen on peut avoir des nouvelles de bâtimens dont fouvent on eft inquiet, & que d'ailleurs le foldat, chargé de préfenter ce regiftre, apporte auffi des poules, des tortues & d'autres rafraîchiffemens qu'il vend à fort bon compte. Il n'y avoit plus de fcorbut au-moins apparent à bord de mes vaiffeaux ; mais beaucoup de gens y étoient attaqués du flux de fang. Je pris donc le parti de faire route pour l'île de France, fans attendre l'Etoile, & je lui en fis le fignal le 20.

Route jufqu'à l'île de France.

Cette route n'eut rien de remarquable que le beau & bon tems qui l'a rendue fort courte. Nous eûmes conftamment le vent de Sud-Eft très-frais. Nous en avions befoin ; car le nombre des malades augmentoit chaque jour, les convalefcences étoient fort longues, & il fe joignit aux flux de fang des fievres chaudes ; un de mes charpentiers en mourut la nuit du 30 au 31. Ma mâture me caufoit auffi beaucoup d'inquiétude. Il y avoit lieu d'appréhender que le grand mât ne rompît cinq ou fix pieds au-deffous du trelingage. Je le fis jumeller, & pour le foulager, je dégreyai le mât de perroquet & tins toujours deux ris dans le grand hunier. Ces précautions retardoient confidérablement notre marche ; malgré cela,

1768. Novembre.

le dix-huitieme jour de notre fortie de Batavia, nous eûmes la vue de *l'île Rodrigue*, & le furlendemain celle de *l'île de France*.

Vue de l'île Rodrigue.

Le 5 Novembre à quatre heures du foir, nous étions Nord & Sud de la pointe Nord-Eft de l'île Rodrigue, d'où j'ai conclu la différence fuivante de notre eftime depuis l'île du Prince jufqu'à Rodrigue. M. Pingré y a obfervé 60^d 52^l de longitude à l'Eft de Paris, & à quatre heures je me trouvois, fuivant mon eftime, par 61^d 26^l. En fuppofant donc que l'obfervation faite fur l'île à l'habitation, y ait été faite à deux minutes dans l'Oueft de la pointe dont j'étois Nord & Sud à quatre heures, ma différence fur douze cents lieues de route étoit trente-quatre minutes fur l'arriere du vaiffeau. La différence des obfervations faites le 3 par M. Verron, a été pour le même moment de 1^d 12^l fur l'avant du vaiffeau.

Nous avions eu connoiffance de l'île Ronde le 7 à midi; à cinq heures du foir nous étions Nord & Sud de fon milieu. Nous tirâmes du canon à l'entrée de la nuit, efpérant qu'on allumeroit le feu *de la pointe aux Canonniers;* mais ce feu, mentionné par M. d'Aprés dans fon inftruction, ne s'allume plus, de maniere qu'après avoir doublé *le coin de Mire* qu'on peut ranger d'auffi près qu'on veut, je me trouvai fort embarraffé pour éviter la bâture dangereufe qui avance plus d'une demi-lieue au large de la pointe aux Canonniers. Je louvoyai, afin de m'entretenir au vent du port, tirant de tems en tems un coup de canon; enfin entre onze heures & minuit il vint à bord un des pilotes du port entretenus par le Roi. Je me croyois hors de peine, & je lui avois remis la conduite du bâtiment, lorfqu'à trois heures & demie il nous échoua près de la *baie des Tombeaux.* Par bonheur il n'y avoit pas de mer, & la manœuvre que nous fîmes rapidement pour tâcher *d'abattre* du côté du large, nous réuffit; mais que l'on conçoive quelle douleur mortelle c'eût été pour nous, après tant de dangers néceffaires heureufement évités, de venir

Atterrage à l'île de France.

Danger que court la frégate.

échouer au port par la faute d'un ignorant auquel l'ordonnance nous forçoit de nous livrer. Nous en fûmes
quittes pour quarante-cinq pieds de notre fauffe quille
qui furent emportés.

Cet accident, dont il s'en eft peu fallu que nous ne fuffions la victime, me met dans le cas de faire la réflexion
suivante. Lorfqu'on en veut à l'île de France, & que l'on
verra que de jour on ne peut atteindre l'entrée du port,
la prudence exige que de bonne heure on prenne fon
parti de ne pas s'engager trop près de la terre. Il convient
de s'entretenir pour la nuit en-dehors & au vent de l'île
Ronde, non en cape, mais en louvoyant avec un bon
corps de voiles à caufe des courans. Au refte il y a mouillage entre les petites îles; nous y avons trouvé de 30 à 25
braffes fond de fable; mais il n'y faudroit mouiller que dans
le cas d'une extrême néceffité.

Le 8 dans la matinée nous entrâmes dans le port où
nous fûmes amarrés dans la journée. L'Etoile parut à fix
heures du foir & ne put entrer que le lendemain. Nous
nous trouvâmes être en arriere d'un jour, & nous y repri-
mes la date de tout le monde.

Détail de ce
que nous y
faifons.

Dès le premier jour j'envoyai tous mes malades à l'hôpital, je donnai l'état de mes befoins en vivres & agrès,
& nous travaillâmes fur-le-champ à difpofer la frégate
pour être carénée. Je pris tous les ouvriers du port qu'on
put me donner & tous ceux de l'Etoile, étant déterminé
à partir auffitôt que je ferois prêt. Le 16 & le 18 on chauf-
fa la frégate. Nous trouvâmes fon doublage vermoulu,
mais fon franc-bord étoit auffi fain qu'en fortant du chantier.

Nous fûmes obligés de changer ici une partie de notre
mâture.

mâture. Notre grand mât avoit un enton au pied & devoit manquer par-là aussitôt que par la tête, où la meche étoit cassée. On me donna un grand mât d'une seule piece, deux mâts de hune, des ancres, des cables & du filain dont nous étions absolument indigens. Je remis dans les magasins du Roi mes vieux vivres, & j'en repris pour cinq mois. Je livrai pareillement à M. Poivre, Intendant de l'île de France, le fer & les clous embarqués à bord de l'Etoile, ma cucurbite, ma ventouse, beaucoup de médicamens, & quantité d'effets devenus inutiles pour nous, & dont cette colonie avoit besoin. Je donnai aussi à la légion vingt-trois soldats qui me demanderent à y être incorporés. Messieurs de Commerçon & Verron consentirent pareillement à différer leur retour en France; le premier pour examiner l'histoire naturelle de ces îles & celle de Madagascar; le second pour être à portée d'aller observer dans l'Inde le passage de Venus; on me demanda de plus M. de Romainville Ingénieur, & quelques jeunes volontaires & pilotins pour la navigation d'Inde en Inde.

Il n'étoit pas malheureux; après un aussi long voyage, d'être encore en état d'enrichir cette colonie d'hommes & d'effets nécessaires. La joie que j'en ressentis fut cruellement altérée par la perte que nous y fîmes du Chevalier du Bouchage, Enseigne de vaisseau, sujet d'un mérite distingué, qui joignoit aux connoissances qui font le grand Officier de mer, toutes les qualités du cœur & de l'esprit qui rendent un homme précieux à ses amis. Les soins affectueux & l'habileté de M. de la Porte, notre Chirurgien-major, n'ont pu le sauver. Il mourut dans mes bras le 19 Novembre, d'une dissenterie commencée à Batavia. Peu de jours après un jeune fils de M. le Moyne Commis-

Perte de deux Officiers.

B b b

faire-ordonnateur de la Marine, embarqué avec moi volontaire, & nommé depuis peu Garde de la Marine, mourut de la poitrine.

J'admirai à l'île de France les forges qui y ont été établies par Messieurs de Rosting & Hermans. Il en est peu d'aussi belles en Europe, & le fer qu'elles fabriquent est de la premiere qualité. On ne conçoit pas ce qu'il a fallu de constance & d'habileté pour perfectionner cet établissement, & ce qu'il a coûté de frais. Il a maintenant neuf cents Negres, dont M. Hermans a tiré & fait exercer un bataillon de deux cents hommes, parmi lesquels s'est établi l'esprit de corps. Ils sont entre eux fort délicats sur le choix de leurs camarades, & refusent d'admettre tous ceux qui ont commis la moindre friponnerie. Voilà donc le point d'honneur avec l'esclavage.

1768.
Décembre.

Pendant notre séjour ici nous avions constamment joui du plus beau tems. Le 5 Décembre le ciel commença à se couvrir de gros nuages, les montagnes s'embrumerent, tout annonça la saison des pluies & l'approche de l'ouragan qui se fait sentir dans ces îles presque toutes les années. Le 10 j'étois prêt à mettre à la voile; la pluie & le

Départ de
l'île de France.

vent debout ne me le permirent pas. Je ne pus appareiller que le 12 au matin, laissant l'Etoile au moment d'être carenée. Ce bâtiment ne pouvoit être en état de sortir avant la fin du mois, & notre jonction étoit dorénavant inutile. Cette flûte, sortie de l'île de France à la fin du mois de Décembre, est arrivée en France un mois après moi. A midi je pris mon point de départ par la latitude australe observée de 20ᵈ 22′, & par 54ᵈ 40ᵗ de longitude à l'Est de Paris.

Route jus-

Le tems fut d'abord très-couvert, avec des grains &

de la pluie. Nous ne pûmes avoir connoiffance de l'île de Bourbon. A mefure que nous nous éloignâmes le tems devint plus beau. Le vent étoit favorable & frais, mais bientôt notre nouveau grand mât nous caufa les mêmes inquiétudes que le premier. Il faifoit à la tête un arc fi confidérable, que je n'ofai me fervir de grand perroquet ni porter le hunier tout haut.

Depuis le 22 Décembre jufqu'au 8 Janvier nous eûmes conftamment vent debout, mauvais tems ou calme. Ces vents d'Oueft étoient, me difoit-on, fans exemple ici dans cette faifon. Ils ne nous en moleftèrent pas moins quinze jours de fuite que nous paffâmes à la cape ou à louvoyer avec une très-groffe mer. Nous eûmes la connoiffance de la côte d'Afrique avant que d'avoir eu la fonde. Lors de la vue de cette terre que nous prîmes pour *le cap des Baffes*, nous n'avions pas de fond. Le 30 nous trouvâmes 78 braffes, & depuis ce jour nous nous entretînmes *fur le banc des Eguilles*, avec la vue prefque continuelle de la côte. Bientôt nous rencontrâmes plufieurs navires Hollandois de la flotte de Batavia. L'avant-coureur en étoit parti le 20 Octobre & la flotte le 6 Novembre: les Hollandois étoient encore plus furpris que nous de ces vents d'Oueft qui fouffloient ainfi contre faifon.

Enfin le 8 Janvier au matin nous eûmes connoiffance du *cap Falfe*, & bientôt après la vue des *terres du cap de Bonne-Efpérance*. J'obferverai qu'à cinq lieues dans l'Eft-Sud-Eft du cap Falfe, il y a une roche fous l'eau fort dangereufe; qu'à l'Eft du cap de Bonne-Efpérance eft un recif qui s'avance plus d'un tiers de lieue au large, & au pied du cap même un rocher qui met au large à la même diftance. J'avois atteint un vaiffeau Hollandois apperçu le

Bbb ij

qu'au cap de Bonne-Efpérance.

Mauvais tems que nous effuyons.

1769.
Janvier.

Avis nautiques.

matin, & j'avois diminué de voiles pour ne le pas dépasser, afin de le suivre en cas qu'il voulût entrer de nuit. A sept heures du soir il amena perroquets, bonnettes, & même ses huniers ; pour-lors je pris le bord du large, & je louvoyai toute la nuit avec un grand frais de vent de Sud, variable du Sud-Sud-Est au Sud-Sud-Ouest.

Au point du jour les courans nous avoient entraînés de près de neuf lieues dans le Ouest-Nord-Ouest ; le vaisseau Hollandois étoit à plus de quatre lieues sous le vent à nous. Il fallut forcer de voiles pour regagner ce que nous avions perdu ; aussi ceux qui doivent passer la nuit sur les bords dans l'intention d'entrer au jour dans la baie du cap, feront-ils bien de mettre en-travers dès la pointe orientale du cap de Bonne-Espérance, en se tenant environ à trois lieues de terre ; dans cette position les courans les auront mis en bonne posture d'entrer de grand matin. A neuf heures du matin, nous mouillâmes dans la baie du Cap, à la tête de la rade, & nous affourchâmes Nord-Nord-Est & Sud-Sud-Ouest. Il y avoit ici quatorze grands navires de toutes nations, & il en arriva plusieurs autres pendant le séjour que nous y fîmes. M. Cartetet en étoit sorti le jour des Rois. Nous saluâmes de quinze coups de canon la ville, qui nous en rendit un pareil nombre.

Relâche au cap de Bonne-Espérance.

Nous eûmes tout lieu de nous louer du Gouverneur, & des habitans du cap de Bonne-Espérance ; ils s'empressèrent de nous procurer l'utile & l'agréable. Je ne m'arrêterai point à décrire cette place que tout le monde connoît. Le Cap relève immédiatement de l'Europe & n'est point dans la dépendance de Batavia, ni pour l'administration militaire & civile, ni pour la nomination des emplois. Il suffit même d'en avoir exercé un au Cap, pour n'en pouvoir poſſéder aucun à Batavia. Cependant le Conſeil du Cap correſpond avec celui de Batavia pour les affaires de commerce. Il eſt compoſé de huit perſonnes, du nombre deſquelles eſt le Gouverneur qui en eſt le Préſident. Le Gouverneur n'entre point dans le Conſeil de Juſtice auquel préſide le Commandant en ſecond; ſeulement il ſigne les arrêts de mort.

Il y a un poſte militaire à *False-baye* & un à *la baie de Saldagna*. Cette derniere qui forme un port ſuperbe, à l'abri de tous les vents, n'a pu devenir le chef-lieu, parce qu'il n'y a pas d'eau. On travaille maintenant à augmenter l'établiſſement de False-baye; c'eſt où les vaiſſeaux mouillent pendant l'hiver, quand la baie du Cap eſt interdite. On y trouve les mêmes ſecours & à tout auſſi bon compte qu'au Cap. Il y a par terre huit lieues de mauvais chemin d'un de ces lieux à l'autre.

A-peu-près à moitié chemin des deux eſt le canton de Conſtance, qui produit le fameux vin de ce nom. Ce vignoble, où l'on cultive des plants de muſcat d'Eſpagne, eſt fort petit, mais il eſt faux qu'il appartienne à la Compagnie, & qu'il ſoit, comme on le croit ici, entouré de murs & gardé. On le diſtingue en haut Conſtance & petit Conſtance, ſéparés par une haie, & appartenans à deux propriétaires différens. Le vin qui s'y recueille eſt à-peu-près égal en qualité, quoique chacun des deux Conſtances ait ſes partiſans. Il ſe fait année commune cent vingt à cent trente barriques de ce vin, dont la Compagnie prend un tiers à un prix tarifé, le reſte ſe vend aux acheteurs qui ſe préſentent. Le prix actuel eſt de trente piaſtres l'alvrame ou le baril de ſoixante & dix bouteilles de vin blanc, trente-cinq piaſtres l'alvrame de rouge. Mes

Détail ſur le vignoble de Conſtance.

camarades & moi nous allâmes dîner chez M. de Van-
derſpie, propriétaire du haut Conſtance. Il nous fit la
meilleure chere du monde, & nous y bûmes beaucoup
de ſon vin, ſoit en dînant, ſoit en goûtant des différentes
pièces pour faire notre emplette.

Le terroir de Conſtance, terminé en pente douce, eſt
d'un ſable graveleux. La vigne s'y cultive ſans échalas ;
le ſep eſt taillé à petit bois. Le vin s'y fait en mettant dans
la cuve la grape égrenée. Les futs pleins ſe conſervent
dans un cellier à rez-de-chauſſée, dans lequel l'air a une
libre circulation. Nous viſitâmes en revenant de Conſtance deux maiſons de plaiſance qui appartiennent au
Gouverneur. La plus grande nommée *Newland* a un jardin beaucoup plus beau que celui de la Compagnie au
Cap. Nous avons trouvé ce dernier fort inférieur à ſa réputation. De longues allées de charmilles très-hautes lui
donnent l'air d'un jardin de Moines ; il eſt planté de chê-
nes qui y viennent très-mal.

Les plantations des Hollandois ſe ſont fort étendues ſur
toute la côte, & l'abondance y eſt par-tout le fruit de la
culture, parce que le cultivateur, ſoumis aux ſeules loix,
y eſt libre & ſûr de ſa propriété. Il y a des habitans juſqu'à près de cent cinquante lieues de la capitale ; ils n'ont
d'ennemis à craindre que les bêtes féroces ; car les Hot-
tentots ne les moleſtent point. Une des plus belles parties
de la colonie du Cap, eſt celle à laquelle on a donné le nom
de *petite Rochelle*. C'eſt une peuplade de François chaſſés
de leur patrie par la révocation de l'édit de Nantes. Elle
ſurpaſſe toutes les autres par la fécondité du terrein & l'induſtrie des colons. Ils ont conſervé à cette mere adoptive le
nom de leur ancienne patrie, qu'ils aiment toujours, toute
rigoureuſe qu'elle leur a été.

Etat des Hol-
landois au
cap.

Le Gouvernement envoye de tems-en-tems des caravanes visiter l'intérieur du pays. Il s'en est fait une de huit mois en 1763. Le détachement perça dans le Nord & fit, m'a-t-on assuré, des découvertes importantes ; ce voyage n'eut pas cependant le succès qu'on devoit s'en promettre ; le mécontentement & la discorde se mirent dans le détachement & forcerent le chef à revenir sur ses pas, laissant ses découvertes imparfaites. Les Hollandois avoient eu connoissance d'une nation jaune , dont les cheveux sont longs , & qui leur a paru très-farouche.

C'est dans ce voyage que l'on a trouvé le quadrupede de dix-sept pieds de hauteur, dont j'ai remis le dessein à M. de Buffon ; c'étoit une femelle qui allaitoit un faon dont la hauteur n'étoit encore que de sept pieds. On tua la mere, le faon fut pris vivant, mais il mourut après quelques jours de marche. M. de Buffon m'a assuré que cet animal est celui que les *Naturalistes* nomment *la giroffe*. On n'en avoit pas revû depuis celui qui fut apporté à Rome du tems de César, & montré à l'amphithéâtre. On a aussi trouvé il y a trois ans, & apporté au Cap, où il n'a vécu que deux mois, un quadrupede d'une grande beauté, lequel tient du taureau, du cheval & du cerf, & dont le genre est absolument nouveau. J'ai pareillement remis à M. de Buffon le dessein exact de cet animal dont je crois que la force & la vitesse égalent la beauté. Ce n'est pas sans raison que l'Afrique a été nommée la mere des monstres.

Munis de bons vivres, de vins & de rafraichissemens de toute espece, nous appareillâmes de la rade du Cap le 17 après midi. Nous passâmes entre l'île *Roben* & la côte, à six heures du soir le milieu de cette île nous restoit au

Départ du
cap.

Sud-Sud-Est-4^d-Sud environ à quatre lieues de diftance; c'eft d'où je pris mon point de départ par 33^d 46' de
latitude Sud, & 15^d 48' de longitude orientale de Paris.
Je defirois de rejoindre M. Carteret fur lequel j'avois certainement un grand avantage de marche, mais qui avoit
encore onze jours d'avance fur moi.

Je dirigeai ma route pour prendre connoiffance de *l'île
Sainte-Helene*, afin de m'affurer la relâche à *l'Afcenfion*,

Vue de Sain-
te-Helene.

relâche qui devoit faire le falut de mon équipage. Effectivement nous en eûmes la vue le 29 à deux heures après
midi, & le relevement que nous en fîmes ne nous donna
de différence avec l'eftime de notre route que huit à dix
lieues. La nuit du 3 au 4 Février étant par la latitude de

1769.
Février.

l'Afcenfion & m'en faifant environ à dix-huit lieues de
diftance, je fis courir fous les deux huniers. Au point du
jour nous vîmes l'île à-peu-près à neuf lieues de diftance,
& à onze heures nous mouillâmes dans l'ance du Nord-
Oueft *ou de la montagne de la Croix* par 12 braffes fond de
fable & corail. Suivant les obfervations de M. l'abbé de
la Caille, nous étions à ce mouillage par 7^d 54' de latitude Sud, & 16^d 19' de longitude occidentale de Paris.

Relâche à
l'Afcenfion.

À peine eûmes-nous jetté l'ancre que je fis mettre les
bateaux à la mer & partir trois détachemens pour la pêche de la tortue; le premier dans *l'ance du Nord-Eft*; le
fecond dans *l'ance du Nord-Oueft*, vis-à-vis de laquelle
nous étions; le troifieme dans *l'ance aux Anglois*, laquelle
eft dans le Sud-Oueft de l'île. Tout nous promettoit une
pêche favorable; il n'y avoit point d'autre navire que le
nôtre, la faifon étoit avantageufe & nous entrions en nouvelle lune. Auffitôt après le départ des détachemens, je fis
toutes mes difpofitions pour jumeller au-deffous du capelage,

lage, mes deux mâts majeurs: fçavoir le grand mât avec un petit mât de hune, le gros bout en-haut; & le mât de mifaine, lequel étoit fendu horizontalement entre les jottereaux, avec une jumelle de chêne.

On m'apporta dans l'après-midi la bouteille qui renferme le papier fur lequel s'infcrivent ordinairement les vaiffeaux de toutes nations qui relâchent à l'Afcenfion. Cette bouteille fe dépofe dans la cavité d'un des rochers de cette baie, où elle eft également à l'abri des vagues & de la pluie. J'y trouvai écrit le *Swallow*, ce vaiffeau Anglois commandé par M. Carteret, que je defirois de rejoindre. Il étoit arrivé ici le 31 Janvier & reparti le premier Février; c'étoient déjà fix jours que nous lui avions gagnés depuis le cap de Bonne-Efpérance. J'infcrivis la Boudeufe & je renvoyai la bouteille.

La journée du 5 fe paffa à jumeller nos mâts fous le capelage, opération délicate dans une rade où la mer eft clapoteufe, à tenir nos agrêts & à embarquer les tortues. La pêche fut abondante; on en avoit retourné dans la nuit foixante & dix, mais nous ne pûmes en prendre à bord que cinquante-fix, on remit les autres en liberté. Nous obfervâmes au mouillage 9ᵈ 45′ de variation Nord-Oueft. Le 6 à trois heures du matin, les tortues & bateaux étant embarqués, nous commençâmes à lever nos ancres; à cinq heures nous étions fous voiles enchantés de notre pêche & de l'efpoir que notre premier mouillage feroit dorénavant dans notre patrie. Combien nous en avions fait depuis le départ de Breft!

En partant de l'Afcenfion, je tins le vent pour ranger les îles *du cap Verd* d'auffi près qu'il me feroit poffible. Le 11 au matin, nous paffâmes la ligne pour la fixième fois

Départ de l'Afcenfion.

Paffage de la ligne.

C c c

dans ce voyage par 20^d de longitude eftimée. Quelques jours après, comme malgré la jumelle dont nous l'avions fortifié, le mât de mifaine faifoit une très-mauvaife figure, il fallut le foutenir par des pataras, degréer le petit perroquet, & tenir prefque toujours le petit hunier aux basris & même ferré.

Rencontre du Swallow.

Le 25 au foir, on apperçut un navire au vent & de l'avant à nous, nous le confervâmes pendant la nuit, & le lendemain nous le joignîmes; c'étoit le Swallow. J'offris à M. Carteret tous les fervices qu'on peut fe rendre à la mer. Il n'avoit befoin de rien; mais fur ce qu'il me dit qu'on lui avoit remis au Cap des lettres pour France, j'envoyai les chercher à fon bord. Il me fit préfent d'une fleche qu'il avoit eue dans une des îles rencontrées dans fon voyage autour du monde, voyage qu'il fut bien loin de nous foupçonner d'avoir fait. Son navire étoit fort pêtit, marchoit très-mal, & quand nous eûmes pris congé de lui, nous le laiffâmes comme à l'ancre. Combien il a dû fouffrir dans une auffi mauvaife embarcation! Il y avoit huit lieues de différence entre fa longitude eftimée & la nôtre; il fe faifoit plus à l'Oueft de cette quantité.

Erreur dans l'eftime de notre route.
1769.
Mars.

Nous comptions paffer dans l'Eft des îles Açores, lorfque le 4 Mars dans la matinée, nous eûmes connoiffance de l'île Tercere, que nous doublâmes dans la journée en la rangeant de fort près. La vue de cette île, en la fuppofant bien placée fur le grand plan de M. Bellin, nous donneroit environ foixante & fept lieues d'erreur du côté du Oueft, dans l'eftime de notre route; erreur confidérable dans un trajet auffi court que celui de l'Afcenfion aux Açores. Il eft vrai que la pofition de ces îles en longitude eft encore incertaine. Cependant je crois que dans les parages des îles du cap Verd il regne des courans très-violens. Au reste, il étoit essentiel de déterminer la longitude des Açores par de bonnes observations astronomiques, & de bien constater la distance des unes aux autres, & leurs gissemens entre elles. Rien de tout cela n'est juste sur les cartes d'aucune nation. Elles ne different que par le plus ou le moins d'erreur. Cet objet important vient d'être rempli par M. de Fleurieu, Enseigne des vaisseaux du Roi.

Je corrigeai ma longitude en quittant Tercere sur celle qu'assigne à cette île la carte à grand point de M. Bellin. Nous eûmes fond le 13 après midi, & le 14 au matin la vue d'Ouessant. Comme les vents étoient courts & la marée contraire pour doubler cette île, nous fûmes forcés de prendre la bordée du large; les vents étoient à Ouest grand frais, & la mer fort grosse. Environ à dix heures du matin, dans un grain violent, la vergue de misaine se rompit entre les deux poulies de drisse & la grand-voile fut au même instant deralinguée depuis un point jusqu'à l'autre. Nous mîmes aussitôt à la cape sous la grand voile d'étai le petit focq & le focq de derriere, & nous travaillâmes à nous raccommoder. Nous envergâmes une grande voile neuve, nous refîmes une vergue de misaine avec la vergue d'artimon, une vergue de grand hunier, & un bout dehors de bonnettes, & à quatre heures du soir nous nous retrouvâmes en état de faire de la voile. Nous avions perdu la vue d'Ouessant, & pendant la cape, le vent & la mer nous avoient fait dériver dans sa manche.

Déterminé à entrer à Brest, j'avois pris le parti de louvoyer avec des vents variables du Sud-Ouest au Nord-Ouest, lorsque le 15 au matin, on vint m'avertir que le

Vue d'Ouessant.

Coup de vent qui nous dégraye.

Arrivée à Saint-Malo.

mât de mifaine menaçoit de fe rompre au-deffous du capelage. La fecouffe qu'il avoit reçue dans la rupture de
fa vergue avoit augmenté fon mal ; & quoique nous en
euffions foulagé la tête en abaiffant fa vergue, faifant le
ris dans la mifaine, & tenant le petit hunier fur le ton avec
tous fes ris faits, cependant nous reconnûmes après un
examen attentif, que ce mât ne réfifteroit pas long-tems
au tangage que la groffe mer nous faifoit éprouver *au
plus près* ; d'ailleurs toutes nos manœuvres & poulies
étoient pourries, & nous n'avions plus de rechange ; quel
moyen, dans un état pareil, de combattre entre deux
côtes contre le gros tems de l'équinoxe ? Je pris donc le
parti de faire vent arriere & de conduire la frégate à Saint-
Malo. C'étoit alors le port le plus prochain qui pût nous
fervir d'afyle. J'y entrai le 16 après midi, n'ayant perdu
que fept hommes pendant deux ans & quatre mois écoulés
depuis notre fortie de Nantes.

Puppibus & læti Nautæ impofuère coronas.

Virgil. Æneid. liv. IV.

Fin du Voyage autour du Monde.

VOCABULAIRE

DE

L'ILE TAITI.

A

A Bobo,	demain.
Aibou,	venez.
Ainé,	fille.
Aiouta,	il y en a.
Aipa,	le terme de négation, il n'y en a pas.
Aneania,	importun, ennuyeux.
Aouaou,	fi, terme de mépris, de déplaisance.
Aouereré,	noir.
Aouero,	œuf.
Aouri,	fer, or, argent, tout métal ou instrument de métal.
Aoutti,	poisson volant.
Aouira,	éclair.
Apalari,	briser, détruire.
Ari,	coco.
Arioi,	célibataire & homme sans enfans.
Ateatea,	blanc.

Je ne connois aucun mot qui commence par nos lettres consonnes suivantes *B, C, D.*

E

Ea,	racine.

Eaï,	le feu.
Eaia,	perruche.
Eaibou,	vase.
Eaiabou-maa,	vase qui sert à mettre le manger.
Eame,	boisson faite avec le coco.
Eani,	toutes façons de se battre.
Eao,	les nuages, & fleur en bouton ou non ouverte.
Eatoua,	la Divinité. Le même mot exprime aussi ses Ministres, ainsi que les Génies subalternes bienfaisans ou malfaisans.
Eeva,	deuil.
Eie,	voile de pirogue.
Eiva-eoura,	danse ou fête des Taitiens.
Eivi,	petit.
Eite,	entendre.
Elao,	mouche.
Emaa,	fronde.
Emao,	requin, veut dire aussi mordre.
Emeitai,	donner.
Emoe,	dormir.
Enapo,	hier.
Enene,	décharger.
Enia,	dedans, sur.
Enninnito,	s'étendre en bâillant.
Enoanoa,	sentir bon.
Enomoi,	terme pour appeller, venez ici.
Enoo-te-papa,	asseyez-vous.
Enoua,	la terre & ses différentes parties.
Enoua Taiti,	le pays de Taiti.
Enoua Paris,	le pays de Paris.

Eo,	fuer.
Eoe-tea,	fleche.
Eoe-pai,	pagaye ou rame.
Emoure-papa,	l'arbre dont ils tirent le coton ou la bourre pour leurs étoffes.
Eone,	fable, pouffiere.
Eonou,	tortue.
Eote,	baifer.
Eouai,	pluie.
Eouao,	voler, dérober.
Eououa,	boutons fur le vifage.
Eoui,	roter.
Eounoa,	bru, belle-fille.
Eouramaï,	lumiere.
Eouri,	danfeur.
Eouriaye,	danfeufe.
Epao,	vapeur lumineufe qui file dans le ciel, que le peuple nomme *étoile qui file*. A Taiti on les regarde comme des génies malfaifans.
Epata,	coup de langue pour appeller la femme.
Epepe,	papillon.
Epija,	oignon.
Epoumaa,	fifflet. Il fert à appeller aux repas.
Epouponi,	fouffler le feu.
Epoure,	prier.
Epouta,	bleffure; ce mot exprime auffi la cicatrice.
Era,	foleil.
Era-ouao,	foleil levant.
Era-ouopo,	foleil couchant.

Era-ouavatea,	soleil à midi,
Eraï,	le ciel.
Erepo,	sale, malpropre.
Eró,	fourmi.
Eri,	Roi.
Erie,	royal.
Eroï,	laver, nettoyer.
Eroleva,	ardoise.
Eroua,	trou.
Erouai,	vomir.
Eroupe,	pigeon bleu d'une espece fort grosse, semblable à ceux qui sont chez M. le Maréchal de Soubise.
Etai,	la mer.
Etao,	lancer.
Etaye,	pleurer.
Eteina,	frere ou sœur aînée.
Etouana,	frere ou sœur cadette.
Etere,	aller.
Etere maine,	revenir.
Etio,	huître.
Etipi,	couper, coupé.
Etoi,	hache.
Etoumou,	tourterelle.
Etouna,	anguille.
Etoouo,	raper.
Evai,	l'eau.
Evaie,	humide.
Evaine,	femme.
Evana,	arc.
Evare,	maison.

Evaroua-t-eatoua,

Evaroua-t-eatoua, Souhait qui se fait aux personnes qui éternuent, & qui veut dire que le mauvais génie ne t'endorme pas, ou que le bon génie te réveille.

Evero,   lance.

Evetou,   étoile.

Evetou-eave,   comete.

Evi,   fruit acide, semblable à une poire, particulier à Taïti.

Evuvo,   flûte.

Les mots suivans se prononcent *e* long, comme l'*η* des Grecs.

ηti,   figures de bois qui représentent des génies subalternes, & se nomment *ηti-tane* ou *ηti-aine*, suivant que ces génies sont du sexe masculin ou du féminin. Ces figures servent à des cérémonies religieuses, & les Taïtiens en ont plusieurs dans leurs maisons.

ηieie,   corbeille.

ηou,   pet. Ils l'ont en horreur & brûlent tout ce qui est dans les maisons où l'on a peté.

ηouou,   moule.

ηreou-tataou,   couleur à piquer; c'est celle qui sert à ces caracteres ineffaçables qu'ils s'impriment sur les différentes parties du corps.

ηiri & aussi *ouariri*, se facher, se mettre en colere.

Je ne connois aucun mot qui commence par les consonnes suivantes *F*, *G*.

H

Horreo, sonde faite avec les coquilles les plus pesantes, se prononce comme s'il y avoit un *h* devant l'*o.*

I

Iôre, rat.
Iroiroi, fatiguer.
Iroto, dedans.
Ivera, chaud.

Je ne connois aucun mot qui commence par la consonne *L.*

M

Maa, manger.
Maea, enfans jemeaux.
Maeo, se gratter, démanger.
Mai, de plus, se dit aussi *maine;* c'est un adverbe de répétition : *etere,* aller, *etere-mai* ou *etere-maine,* aller une seconde fois, revenir.
Maglli, froid.
Mala, plus.
Malama, la lune.
Malou, considérable, grand.
Mama, léger.
Mamaï, malade.
Manoa, bonjour, serviteur, expression de politesse ou d'amitié.
Manou, oiseau, léger.

Mao,	émérillon pour la pêche.
Mataï,	vent.
Mataï-malac,	vent d'Est ou de Sud-Est.
Mataï-aoueraï,	vent d'Ouest ou de Sud-Ouest.
Matao,	hameçon.
Matapo,	borgne, louche.
Matari,	les pléiades.
Matïe,	l'herbe, *gramen.*
Mato,	montagne.
Mate,	tuer.
Mea,	chose.
Meia,	bananier, bananes.
Metoua,	parens; *Metoua-tane* ou *eoure,* pere; *metoua-aine* ou *erau,* mere.
Mimi,	uriner.
Móa,	coq & poule.
Moea,	natte.
Mona,	beau, bón.
Moreou,	calme, tems sans vent.
Motoua,	petit-fils.

N

Nate,	donner.
Nie,	voile de bateau.
Niouniou,	jonquille.

O

Oaï,	murailles & pierres.
Oaïe,	ouvrir.
Oorah,	la piece d'étoffe dont on s'enveloppe.

D d d ij

Ooróa,   génèreux, qui donne.

Opoupoui,   boire.

Oualilo,   voler, dérober.

Ouaoura,   aigrette de plumes.

Ouaora,   guérir ou guéri.

Ouanao,   accoucher.

Ouare,   cracher.

Ouatere,   timonier.

Ouera,   chaud.

Oueneo,   cela ne sent pas bon, infecte.

Ouetopa,   perdre, perdu.

Ouhi,   hé, beau.

Ouope,   mûr, en maturité.

Oupani,   fenêtre.

Oura,   rouge.

Ouri,   chien & quadrupedes.

Pai,   pirogue.

Paia,   assez.

Papa,   bois, siège & tout meuble de bois.

Papanit,   fermer, boucher.

Paoro,   coquille, nacre.

Parouai,   habit, étoffe.

Patara,   grand-pere.

Patiri,   tonnere.

Picha,   coffre.

Pirara,   poisson.

Piropiro,   puanteur d'un pet ou des excrémens.

Piroi,   la piece d'étoxx on s'envelo.

Piripiri,   négatif, avare qui ne donne point.

Po,   jour.

Póe,   perle, pendant d'oreilles.

Poi,   pour, à.

Poiri,   obscur.

Poria,   gras, embonpoint, bien portant.

Porotata,   loge à chiens.

Pouaa,   cochon, sanglier.

Pouerata,   fleurs.

Poupoui,   à la voile.

Pouta,   blessure.

Poro,   sens ligués, très exigeant aux...

Je ne connois aucun mot qui commence par la lettre *Q*.

R

Rai,   grand, gros, considérable.

Ratira,   vieux, âgé.

Roa,   gros, fort gras.

Rowa   fil.

Aucun mot venu à ma connoissance ne commence par la lettre *S*.

T

Taitdi,   sale.

Taio,   ami.

Tamai,   ennemi, en guerre.

Tane,   homme, mari.

Taoüti,   nom de la grande Prêtresse obligée à la virginité. Elle a dans le pays la plus grande considération.

Tara-tane,   femme mariée.

Taporai,	battre, maltraiter.
Taoüa-mai,	Médecin.
Taoumi,	hauffecol pour les cérémonies.
Taoümta,	couverture de tête.
Taoura,	corde.
Tata,	homme.
Tatoue,	l'acte de la génération.
Tearea,	jaune.
Teouteou,	valet, efclave.
Tero,	noir.
Tetouan,	femme barrée.
Tiarai,	fleurs blanches qu'ils portent aux oreil- les en guife de pendans.
Titi,	cheville.
Tinatore,	ferpent.
Toa,	fort, puiffant, malfaifant.
Tomaiti,	enfant.
Toni,	terme d'appel ou cri pour les filles. On y ajoute *Peió* allongé, ou *Pijó* pro- noncé doucement comme le grand *j* des Efpagnols. Si la fille fe donne un coup fur la partie extérieure du ge- nou, c'eft un refus ; mais fi elle dit *énomoi*, c'eft l'expreffion de fon con- fentement.
Toto,	fang.
Touapouou,	boffu.
Touaine,	frere & fœur, en ajoutant le mot qui diftingue le fexe.
Toubabaou,	pleurer.
Touie,	maigre.

Toumaay,	action de faire des armes. C'est avec un morceau de bois armé de pointes faites avec des matieres plus dures que le bois. Ils se placent comme nous pour faire des armes.
Toura,	dehors.
Toutai,	faire ses nécessités.
Toutn,	excrémens.
Toupanoa,	ouvrir fenêtre ou porte.
Touroutoto,	vieillard décrépit.
Toutoi-papa,	lumiere des grands; niao-papa, lumiere du peuple.

V

Vareva,	pavillon qu'on porte devant les Rois & les principaux.

Je ne connois point de mots qui commencent par les lettres U, X, Y, Z.

Noms de différentes parties du corps.

Aoupo,	le dessus de la tête.
Boho,	crâne.
Eouttou,	le visage.
Mata,	les yeux.
Taria,	les oreilles.
Etaa,	mâchoire.
Eiou,	le nez.
Lamolou,	les levres.
Ourou,	les cheveux.
Allelo,	la langue.

Eniou,	les dents.
Eniaou,	curedents. Ils les font de bois.
Ouni,	la barbe.
Papaourou,	les joües.
Arapoa,	gorge, gosier.
Taah,	menton.
Eou,	mamelles, tetons.
Aoao,	le cœur.
Erima,	la main.
Apourima,	le dedans de la main.
Eaiou,	les ongles.
Etoua,	dos.
Etapono,	épaules.
Obou,	intestins.
Tinai,	ventre.
Pito,	nombril.
Toutaba,	glandes des aines.
Etoe,	fesses.
Aoua,	cuisses.
Eanai,	jambes.
Etapoué,	pied.
Eoua,	testicules.
Eoure,	sexe de l'homme.
Erao,	sexe de la femme.
Eomo,	clitoris.

Nombres.

Atai,	un.
Aroua,	deux.
Atorou,	trois.
Aheha,	quatre.

Erima,

Erima,	cinq.
Aouno,	fix.
Ahitou,	fept.
Awarou,	huit.
Ahiva,	neuf.
Aourou,	dix.

Ils n'ont point de mots pour exprimer onze, douze, &c. Ils reprennent *atai*, *aroua*, &c. jufqu'à vingt qu'ils difent *ataitao*.

Ataitao-mala atai, vingt plus un ou vingt & un, &c.

Ataitao-mala aourou, trente, c'eft-à-dire, vingt plus dix.

Aroua-tao, quarante; *aroua-tao mala atorou*, quarante-trois, &c.

Arouo-tao mala aourou, quarante plus dix ou cinquante.

Je n'ai pu faire compter Aotourou au-delà de ce dernier nombre.

Noms de plantes.

Amiami,	cotiledon.
Amoa,	fougere.
Aoute,	rofe.
Eaaeo,	canne à fucre.
Eaere,	le faule pleureur, autrement dit le faule du grand Seigneur.
Eaia,	poires.
Eape,	araum de Virginie.
Eatou,	lys de S. Jacques.
Eoe,	bambou.
Eóai,	indigo.
Eora,	faffran des Indes.
Eotonoutou,	figues.

E e e

Eoui,	igname.
Epoua,	rhubarbe.
Eraca,	marons, chataignes.
Erea,	gingembre.
Etaro,	araum violet.
Eti,	sang-dragon.
Etiare,	grenadille ou fleur de la passion.
Etoutou,	rivina.
Mairerao,	sumak à trois feuilles.
Mati,	raisins.
Oporo-maa,	poivre.
Pouraou,	rose de Cayenne.
Toroire,	héliotrope.

Ils ont une espece d'article qui représente nos articles *a* & *de* ; c'est le mot *te*. Ainsi ils disent *parouaï-te-Aotou-rou*, l'habit d'Aotourou ou à Aotourou ; *maa-te-Eri*, le manger des Rois.

Je joins ici quelques réflexions de M. Pereire, que M. de la Condamine m'a communiquées, & dont j'ai supprimé plusieurs articles qui ne contenoient que des questions ou des doutes.

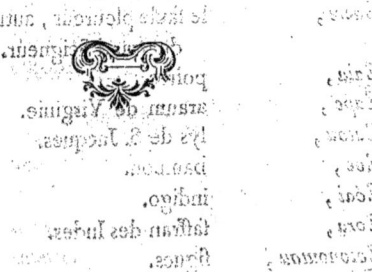

OBSERVATIONS

SUR l'articulation de l'Insulaire de la mer du Sud, que
M. de Bougainville a amené de l'Isle Taiti, & sur
le Vocabulaire qu'il a fait du langage de cette isle. Par
M. PEIRERE, de la Société Royale de Londres, Inter-
prete du Roi.

M. de la Condamine m'ayant fait l'honneur de m'inviter d'aller avec lui examiner le langage de cet étranger,
qu'on lui avoit dépeint comme fort extraordinaire, nous
avons été le voir ensemble le 25 Avril 1769.

Comme on m'avoit dit qu'il ne pouvoit pas prononcer
le françois, mon premier soin a été de chercher à reconnoître quels étoient les sons de cette langue qui manifeste-
roient chez lui cette difficulté. J'ai donc commencé par
lui faire entendre successivement tous les sons dont nous
nous servons, & j'ai observé avec surprise que malgré l'envie qu'il marquoit avoir de les imiter, il n'a pu absolument
articuler aucune des consonnes qui commencent les syllabes *va da fa ga sa za*, non plus que le son qu'on nomme
l mouillée, ni pas une des voyelles appellées nazales. Ce
n'est pas tout ; il n'a pas sçu faire de distinction entre les
articulations *cha* & *ja* ; & n'a prononcé qu'imparfaitement
le *b* & l'*r* ordinaire, & plus imparfaitement encore la double *r*, c'est-à-dire l'*r* forte ou initiale. Je suis porté à croire
outre cela, bien que je ne m'en sois pas assuré sur lui, que ce
ne sera pas sans grande difficulté qu'il prononcera l'*r* même
simple, lorsqu'elle se trouvera immédiatement précédée

E e e ij

d'un *p*, d'un *t*, ou d'un *v*, quoiqu'il articule bien ces consonnes quand elles sont immédiatement suivies de voyelles & que par conséquent il aura bien de la peine à prononcer, par exemple les syllabes *pré*, *trou*, *vrai*, quoiqu'il prononce franchement *Poutaveri*, nom qu'il s'est donné
lui-même, en voulant prendre celui de *Bougainville* : car
(chose encore remarquable) il n'a pû prononcer ce
nom autrement.

Ma conjecture est fondée sur ce qu'en l'entendant parler
en sa langue avec M. de Bougainville, j'ai cru remarquer
qu'il n'employoit jamais deux consonnes consécutivement
ou sans l'interposition de quelques voyelles, & sur ce que
dans le Vocabulaire que M. de Bougainville a fait de
cette langue, contenant environ deux cents cinquante
mots, Vocabulaire que M. de la Condamine à qui il l'a
prêté, a eu la complaisance de me communiquer, je n'ai
trouvé que le seul mot *taoum'ta* (couverture de tête) où il
se rencontre deux consonnes ensemble ; encore ne puis-je
pas m'empêcher de soupçonner dans ce mot l'omission de
quelque voyelle entre l'*m* & le *t*.

La douceur de ce langage est telle que tous les mots
finissent par des voyelles, & il falloit bien que cela fût,
ou que pas un ne commençât par des consonnes, car autrement on entendroit quelquefois deux consonnes de
suite, ou sans voyelle intermédiaire, entre la fin d'un
mot & le commencement du mot suivant, & alors je
n'aurois pas eu occasion de faire la remarque précédente.

Les mots, dans ce Dictionnaire, commencent ou par
des voyelles ou par des consonnes explosives *p*, *t*, ou par
la nazale *m*, je n'y vois que peu de mots qui commencent
par *r*, & deux seuls qui commencent par *n*. Je pense que

Ee ij

ce peut être par erreur que ces mots se trouvent écrits
de la forte, & qu'il se peut pareillement qu'il n'y ait
d'autres confonnes initiales dans la langue de Taïti que
les trois susdites *m, p, t,* car indépendamment de ce que
j'ai déjà dit par rapport à l'*r* forte, j'ai observé que Poutaveri qui m'a très-bien répété les syllabes *ma, pa, ta,* n'a
pû prononcer à beaucoup près si franchement aucune des
autres syllabes que je lui ai fait entendre commençant
toûjours par les confonnes; alors foit qu'il trouvât ou non
de la difficulté à prononcer ces syllabes, il n'a pas sçu
chercher à les prononcer fans les faire précéder d'une
voyelle, le plus fouvent afpirée, ce qui m'a perfuadé qu'il
ne les a jamais articulés autrement. En effet, s'il y avoit
dans fon île des mots qui commençaffent par les confonnes des fyllabes *na, ra, va,* &c. il paroît clair qu'il pronon-
ceroit ces fyllabes avec la même netteté qu'il a fait
ma, pa, ta, c'eft-à-dire fans héfiter ni les faire précéder d'aucun autre fon. C'eft par un pareil défaut d'habitude que l'*l* mouillée, quoiqu'également ufitée & fembla-
blement prononcée en France & en Efpagne dans le
milieu des mots, eft pour l'ordinaire auffi mal-aifée à prononcer à un François, lorfqu'elle eft initiale, comme
dans ces mots Efpagnols, *llamar, llevar,* qu'à un Efpagnol lorfqu'elle eft finale, comme dans les mots François
bétail, foleil, cette articulation ne fe trouvant jamais au
commencement d'un mot François ni à la fin d'un mot
Efpagnol.

J'ai trouvé dans plufieurs mots du Vocabulaire Taïtien,
des confonnes que Poutaveri n'a pû prononcer ou n'a prononcé qu'imparfaitement, ce qui me fait penfer qu'on ne
s'en eft fervi en écrivant ces mots que faute d'autres let-

tres qui puſſent exprimer mieux ſur le papier les ſons étrangers qu'il aura fait entendre. Ces mots ſont, 1°. *abobo*
(demain) *eaïbou* (vaſe) *toubabaou* (pleurer) & *obou*
(ventre) qui ſuppoſent en Poutaveri l'articulation franche
du *b*, lettre que pourtant il ne prononce qu'à l'Eſpagnole,
ou ſans preſque joindre les levres; 2°. *maglli* (froid)
allelo (la langue) & quelques autres qui feroient croire
qu'il a dans ſa langue le *g* guttural, lequel y manque entierement, & l'*l* qui n'y eſt, à ce qu'il m'a paru, que d'une
maniere équivoque.

Le nom de flûte en cette langue, *evuvo*, me paroît très-
remarquable, en ce qu'il prouveroit que le ſon de l'*u*
voyelle François qui manque à toutes les autres nations
du monde connu, eſt d'uſage à Taiti.

Le mot *aoua* a cela de particulier qu'il ſignifie également *pluie* & les *teſticules* ; & le mot *etaï* qu'il équivaut à
mer & à *pleurer*. Au reſte, ſi chacun de ces mots ſignifie plus
d'une choſe, on trouve auſſi dans ce Dictionnaire des choſes ſignifiées chacune par plus d'un mot, *pleurer* y étant
exprimé, tant par *etaï* que par *toubabaou*, & *blanc* tant par
ateatea que par *eani*.

La comparaiſon de quelques mots de ce petit Vocabulaire entre eux décele de l'art & de l'invention dans ces
inſulaires pour la formation de leur langue, *epouta* (cica-
trice) vient viſiblement de *pouta* (bleſſure); *evaie* (humide, aqueux) d'*evaï* (eau); *mamaï* (malade); & *taoua maï*
(médecin) de *maï* (mal); *toua pouou* (boſſu) d'*etoua* (dos);
ataïtao (vingt) d'*ataï* (un), &c.

Il étoit naturel de penſer après cela qu'*era* (le ſoleil)
étant le plus bel être de la nature, qui l'échauffe, la vivi-
fie, la réjouit, ſerviroit de racine aux noms de pluſieurs

chofes avec lefquelles cet aftre auroit quelque rapport par quelqu'une de ces qualités. Je n'ai cependant trouvé que trois de ces mots parmi les deux cent-cinquante environ du Vocabulaire , mais leur dérivation d'*Era* ne me paroît point équivoque : ce font *eraï* (ciel), *ouéra* (chaud), & *erao* (partie naturelle de la femme).

TABLE
DES MATIERES.
PREMIERE PARTIE.

sur

roi à bord de la frégate. Hostilités des Portugais contre les Espagnols. Mauvais procédés du Viceroi à notre égard. Ils nous déterminent à partir de Rio-Janeiro. Détails sur les richesses de cette place. Réglemens pour l'exploitation des mines. Mines de diamans. Précautions contre la contrebande. Mines d'or. Revenus que le Roi de Portugal tire de Rio-Janeiro.

SECONDE PARTIE.

Tentative inutile pour trouver un mouillage. Parages dangereux. Nouvelle tentative pour trouver une relâche. Les Infulaires attaquent nos bateaux. Defcription de leurs canots. Defcription des Infulaires. Suite de nos découvertes. Defcription d'Infulaires qui s'approchent des navires. Relâche à la nouvelle Bretagne. Qualités & indices du mouillage. Defcription du port & des environs. Rencontre finguliere. Traces d'un campement Anglois. Productions du pays. Difette cruelle que nous éprouvons. Obfervations de longitude. Defcription de deux infectes. Matelot piqué par un ferpent d'eau. Tems affreux qui nous perfécute. Tremblement de terre. Efforts infructueux pour trouver des vivres. Defcription d'une belle cafcade. Notre fituation empire chaque jour. Sortie du port Praflin.

Diftribution de hardes aux matelots. Extrême difette des vivres. Defcription des habitans de la nouvelle Bretagne. Ils attaquent l'Etoile. Defcription de la partie feptentrionale de la nouvelle Bretagne. Ile des Anachoretes. Archipel nommé par nous *l'Echiquier.* Danger que nous y courons. Vue de la nouvelle Guinée. Vents & courans que nous reffentons. Obfervations comparées avec l'eftime de la route. Paffages de la ligne. Tentatives inutiles faites à terre. Suite de la nouvelle Guinée. Danger caché. Perte du maître d'équipage. Navigation embarraffante. Paffage de la ligne pour la quatrieme fois. Defcription du canal par lequel nous débouquons. Cinquieme paffage de la ligne. Difcuffion fur le cap Mabo. Entrée dans l'archipel des Moluques. Rencontre d'un Negre. Vue de Ceram. Remarque fur les mouffons dans ces parages. Projet pour notre fureté. Trifte état des équipages. Bâture du golfe de Cajeli. Relâche à Boëro. Embarras du Réfident Hollandois. Bonne reception qu'il nous fait. Police de la Compagnie des Indes Hollandoifes. Détails fur l'île de Boëro; fur les naturels du pays. Peuple fage. Productions de Boëro. Bons procédés du Réfident à notre égard. Conduite

nate. Gouvernement de Macaffar. Politique que les Hollandois ont fuivie & fuivent dans les Moluques relativement aux épiceries. Maladies contractées à Batavia.

CHAP. IX. *Départ de Batavia ; relâche à l'île de France, au cap de Bonne-Espérance, à l'Ascension ; retour en France,* 372
Détail fur la route à faire pour fortir de Batavia. Sortie du détroit de la Sonde. Route jufqu'à l'île de France. Vue de l'île Rodrigue. Atterrage à l'île de France. Danger que court la frégate. Avis nautique. Relâche à l'île de France. Détail de ce que nous y faifons. Perte de deux Officiers. Départ de l'île de France. Route jufqu'au cap de Bonne-Efpérance. Mauvais tems que nous effuyons. Avis nautiques. Relâche au cap de Bonne-Efpérance. Détail fur le vignoble de Conftance. Etat des Hollandois au cap. Départ du cap. Vue de Sainte-Helene. Relâche à l'Afcenfion. Départ de l'Afcenfion. Paffage de la ligne. Rencontre du Swallow. Erreur dans l'eftime de notre route. Vue d'Oueffant. Coup de vent qui nous dégraye. Arrivée à Saint-Malo.

Fin de la Table des Matieres.

Ggg

ERRATA.

Page 21, ligne 13, quarante tonneaux de lest, *ajoutez* de fer.

Page 32, ligne 7, au lieu de days, *lisez* pays.

Page 111, ligne 17, au lieu de Guatiguasa, *lisez* Guatiguasu.

Page 116, ligne derniere, au lieu de ayant en hauteur, *lisez* ayant eu hauteur.

Page 117, ligne 10, au lieu de Quebrantanessos, *lis.* Quebrantauessos.

Page 147, ligne 14, au lieu de distingâmes, *lisez* distinguâmes.

Page 151, ligne 19, au lieu de remarquer, *lisez* remorquer.

Page 152, à la note 1, ligne 8, au lieu de Descardes, *lis.* Descordes.

Page 157, ligne 28, au lieu de barisa, *lisez* baissa.

Page 183, ligne 29, au lieu de tertes, *lisez* terres.

Page 202, ligne 20, au lieu de enclablure, *lisez* encablure.

Page 205, ligne 23, au lieu de inscrite, *lisez* inscrit.

Page 229, ligne 20, au lieu de pend, *lisez* prend.

Page 261, ligne 6, au lieu de petire, *lisez* petite.

Page 311, avant-derniere ligne, au lieu de orencaiçs, *lisez* orencaies.

Page 328, ligne 15, au lieu de qu'il, *lisez* qu'elle.

Avis au Relieur pour la difpofition des Cartes.

Avis pour les Figures.

APPROBATION.

J'AI lu par ordre de M. le Chancelier un Manuscrit intitulé, *Voyage autour du Monde*, & je n'y ai rien trouvé qui m'ait paru devoir en empêcher l'impression. A Paris, le 15 Janvier 1771, DUCLOS.

PRIVILEGE DU ROI.

LOUIS, PAR LA GRACE DE DIEU, ROI DE FRANCE ET DE NAVARRE: A nos amés & féaux Conseillers, les Gens tenans nos Cours de Parlement, Maîtres des Requêtes ordinaires de notre Hôtel, Grand-Conseil, Prevôt de Paris, Baillifs, Sénéchaux, leurs Lieutenans Civils, & autres nos Justiciers qu'il appartiendra. SALUT: Notre amé le sieur CHARLES SAILLANT, Libraire, Nous a fait exposer qu'il desireroit faire imprimer & donner au Public le *Voyage autour du Monde* par M. DE BOUGAINVILLE, s'il Nous plaisoit lui accorder nos Lettres de permission pour ce nécessaires. A CES CAUSES, voulant favorablement traiter l'Exposant, Nous lui avons permis & permettons par ces Présentes de faire imprimer ledit Ouvrage autant de fois que bon lui semblera, & de le faire vendre & débiter par tout notre Royaume pendant le tems de trois années consécutives, à compter du jour de la date des Présentes. Faisons défenses à tous Imprimeurs, Libraires & autres personnes de quelque qualité & condition qu'elles soient, d'en introduire d'impression étrangere dans aucun lieu de notre obéissance. A la charge que ces Présentes seront enregistrées tout au long sur le Registre de la Communauté des Imprimeurs & Libraires de Paris, dans trois mois de la date d'icelles; que l'impression dudit Ouvrage sera faite dans notre Royaume, & non ailleurs, en bon papier & beaux caracteres; que l'Impétrant se conformera en tout aux Réglemens de la Librairie, & notamment à celui du 10 Avril 1725, à peine de déchéance de la présente Permission; qu'avant de l'exposer en vente, le Manuscrit qui aura servi de copie à l'impression dudit Ouvrage, sera remis dans le même état où l'Approbation y aura été donnée, ès mains de notre très-cher & féal Chevalier, Chancelier, Garde des Sceaux de France, le Sieur DE MAUPEOU; qu'il en sera ensuite remis deux Exemplaires dans notre Bibliotheque publique, un dans celle de notre Château du Louvre & un dans celle dudit Sieur DE MAUPEOU; le tout à peine de nullité des Présentes. Du contenu desquelles vous mandons & enjoignons de faire jouir ledit Exposant & ses ayans cause pleinement & paisiblement, sans souffrir qu'il leur soit fait aucun trouble ou empêchement. Voulons qu'à la copie des Présentes, qui sera imprimée tout au long au commencement ou à la fin dudit Ouvrage, foi soit ajoutée comme à l'Original, Commandons au premier notre Huissier ou Sergent sur ce requis, de faire pour l'exécution d'icelles tous actes requis & nécessaires, sans demander autre permission, & nonobstant Clameur de Haro, Charte Normande & Lettres à ce contraires, CAR tel est notre plaisir. DONNÉ à Paris le vingt-septieme jour du mois de Février l'an mil sept cens soixante-onze, & de notre Regne le cinquante-sixieme. Par le Roi en son Conseil, LEBEGUE.

Registré sur le Registre XVIII. de la Chambre Royale & Syndicale des Libraires & Imprimeurs de Paris, N. 1468 fol. 445, conformément au Réglement de 1723; A Paris ce 2 Mars 1771. J. HERISSANT, Syndic.

p 239 description intéressante de Botanie

p 211 description de Taïti

p 216 proprété

p 219 habitude de fumer longueur
éternuer
p 220 description et par

p 193 cap die 40 pieds de
long

p 224 Taïtien amené à Paris p 227

p 224 navigation de 300 lieues

229
231 longitude

p 129 Patagons de six pieds

p 131 mangent la viande crue

p 159 — étant pirogues

p 205 — acte de Prise de Possession

par les Molucques
Bougainville
p 361

p 400

carte de D'Anville cité par Bougainville
p 342

ils faisaient discours préliminaires p. 20

Zeachen — p. 14

p. 31 progrès de la géographie
par le Paraguai

p. 128 ils aiment les couleurs rouges

p. 171 Description du cap des Roses

p. 175 Mer Pacifique nommée
Mer occidentale

p 26g sculpture des insulaires
— chez Bomtien

perles à O-Taïti

p 36g établissement anglais —

p 36g

p 148 archipel Bourbon = îles de la société

Mœurs — souffrance publique p 198

www.ingramcontent.com/pod-product-compliance
Lightning Source LLC
Chambersburg PA
CBHW070747030726
47504CB00003B/467